Pro/ENGINEER Wildfire 4.0 中文版

标准教程

张银彩 胡仁喜 刘昌丽 等编著

科 学 出 版 社

北京科海电子出版社

内 容 提 要

本书由目前工业设计资深技术专家执笔，包括建模设计、曲面设计、钣金设计、装配设计和工程图绘制等内容，在理论讲解过程中穿插大量工程应用实例，内容全面，实例丰富。

全书分为 11 章。前 10 章介绍了 Pro/ENGINEER Wildfire 4.0 的基础知识；草图的绘制方法、标注和约束；各种基准特征的创建和用途；各种基础特征的创建方法和技巧；各种工程特征的创建方法和技巧；各种复杂特征的创建方法和技巧；各种特征编辑的操作方法；各种曲面特征的创建和编辑方法；钣金模块中各种钣金特征的创建方法和技巧；零件的装配过程以及爆炸图等。第 11 章讲解了工程视图的绘制。

本书还提供了配套的多媒体教学光盘。光盘中不仅包含全书所有实例的素材源文件，还包括书中实例的全程语音讲解的 AVI 文件，长达 198 分钟。使用作者精心设计的多媒体界面，读者可以轻松愉悦地学习。

本书既可以作为各类工科院校、各类职业院校相关专业以及电脑培训学校的教材，也可供广大工程技术人员、Pro/ENGINEER 自学爱好者学习使用。

图书在版编目（CIP）数据

Pro/ENGINEER Wildfire 4.0 中文版标准教程/张银彩

等编著.—北京：科学出版社，2008

　　ISBN　978-7-03-022933-5

　　I. P…　Ⅱ. 张…　Ⅲ. 机械设计：计算机辅助设计—应用软件，Pro/ENGINEER Wildfire 4.0—教材　Ⅳ.TH122

中国版本图书馆 CIP 数据核字（2008）第 137983 号

责任编辑：周晓娟 / 责任校对：科　海
责任印刷：科　海 / 封面设计：林　陶

科 学 出 版 社 出版

北京东黄城根北街 16 号
邮政编码：100717
http://www.sciencep.com

北京市艺辉印刷有限公司印刷

科学出版社发行　　各地新华书店经销

*

2008 年 10 月第 一 版　　　　开本：16 开
2008 年 10 月第 一 次印刷　　印张：23.75
印数：000 1~4 000　　　　　　字数：578 千字

定价：38.00 元（含 1DVD 价格）
（如有印装质量问题，我社负责调换）

前 言

Pro/ENGINEER是美国PTC公司（参数技术公司）基于单一数据库、参数化、基础特征、全相关及工程数据再利用等概念基础上发展起来的CAD产品，它使产品从设计到生产的整个过程集合在一起，用户可以同时对同一产品进行并行的设计制造工作，从而提高了设计质量、缩短了开发周期。Pro/ENGINEER自问世以来，已成为世界上最普及的三维CAD/CAM系统的标准软件，拥有80多个专用模块，涉及机械设计、工业设计、热分析、功能仿真、加工制造等方面，为用户提供了全套的解决方案。目前，PTC公司推出的最新Pro/ENGINEER版本为Pro/ENGINEER Wildfire 4.0。

本书旨在帮助学生和新用户以最快的速度、最便捷的方式掌握Pro/ENGINEER Wildfire 4.0中文版的使用。全书采用通俗易懂、循序渐进的方法讲解Pro/ENGINEER Wildfire 4.0的功能和命令操作，通过具体的"操作步骤"讲述软件的建模过程，即"为何"和"何时"将功能应用于所需项目中。

本书特色

1．内容全面，实例丰富

全书按照Pro/ENGINEER Wildfire 4.0基础、草图绘制、基准特征、基础特征设计、工程特征设计、复杂特征设计、特征编辑、曲面造型、钣金特征、实体装配和工程图绘制的顺序循序渐进地展开，既包含基础建模、装配特征和工程图等基本内容，也包括曲面和钣金等相对复杂的知识。在对每个知识点进行讲解的过程中，大量引用工程实践中的实例，既做到理论知识讲解有的放矢，又使本书贴近工程应用实践。全书实例的讲解顺序是按工业设计结构特点从易到难，分类设计，遵循工业设计的设计流程和准则，以帮助读者逐步建立整体设计的思想和工程设计的大局观念。

2．分类汇总，举一反三

本书所有实例归类讲解，摆脱其他书籍为讲解而讲解的樊篱。在利用实例讲解Pro/ENGINEER Wildfire 4.0知识的同时，对实例的功能进行剖析和解释，让读者在按图索骥绘制的同时了解所设计的零件的功用，明确绘制和设计的目的，这样既锻炼了读者的Pro/ENGINEER Wildfire 4.0绘图能力，又锻炼了工程设计能力。

本书在编写过程中吸收了大量工程技术人员应用Pro/ENGINEER Wildfire 4.0软件的经验，避免手册式的枯燥介绍。通过打零实例的讲解，切合实际地介绍了该软件的应用，将重要的知识点嵌入到具体的设计中，使读者可以循序渐进、随学随用、边看边操作，符合教育心理学和学习认识规律。

3. 多媒体教学视频

本书还提供了配套的多媒体教学光盘。光盘中不仅包含全书所有实例的素材源文件，还包括书中实例的全程语音讲解的AVI文件，长达198分钟。使用作者精心设计的多媒体界面，读者可以轻松愉悦地学习。

本书作者

本书由目前工业设计资深技术专家执笔。参加编写的作者都是工业设计、CAD教学与研究方面的专家和技术权威，他们有着多年的教学经验，也是CAD设计与开发的高手。作者集中自己多年的心血，融于字里行间，书中很多内容都是经过反复研究得出的经验总结。本书所有实例都严格按照机械设计规范进行绘制，严格执行国家标准。在进行具体结构设计时，充分考虑机械零件的实际加工工艺与具体工程应用要求，并仔细推敲、准确绘制或表述。同时，本书融入了机械制造、金属工艺与材料等相关知识，而不是想当然或敷衍了事地随意绘制或标注。这种对细节的把握与雕琢无不体现作者的工程学术造诣与精益求精的严谨治学态度。

本书由三维书屋工作室策划，张银彩、胡仁喜和刘昌丽主编。参加编写的还有王敏、康士廷、王义发、张日晶、王艳池、熊慧、王培合、董伟、王玉秋、周冰、王兵学、李瑞、王渊峰、袁涛、王佩楷、李鹏、张俊生、周广芬、陈丽芹、李世强等，他们在资料的收集、整理、校对方面做了大量的工作，保证书稿内容系统、全面，在此表示感谢！

读者对象

本书既可以作为各类工科院校、各类职业院校相关专业以及电脑培训学校的教材，也可供广大工程技术人员、Pro/ENGINEER自学爱好者学习使用。

超值服务

本书免费为任课教师提供PowerPoint演示文档，该文档可将书中的内容及图片以幻灯片的形式呈现在学生面前，在很大程度上减轻了教师的备课负担，所以深受广大教师的欢迎。请任课教师致电：010-82896438或发E-mail：feedback@khp.com.cn获取电子教案。

由于时间仓促，作者水平有限，疏漏之处在所难免，希望广大读者发送邮件到feedback@khp.com.cn或者win760520@126.com提出宝贵的意见。

编 者
2008年9月

目 录

Contents

目录

Contents
目录

第1章

Pro/ENGINEER Wildfire 4.0 入门

本章导读

Pro/ENGINEER Wildfire（野火版）是全面的一体化软件，可以让产品开发人员提高产品质量、缩短产品上市时间、减少成本、改善过程中的信息交流途径，同时为新产品的开发和制造提供了全新的创新方法。

内容要点

✧ 建模准则
✧ 系统配置

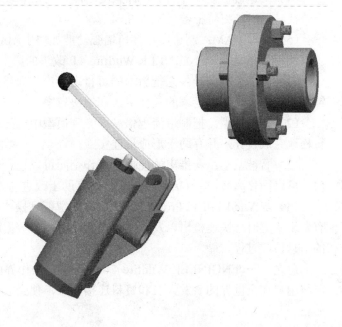

1.1　Pro/ENGINEER Wildfire 4.0 简介

Pro/ENGINEER Wildfire 是业界第一套把产品开发和企业商业过程无缝连接起来的产品，兼顾了组织内部和整个广义的价值链。Pro/ENGINEER Wildfire 不仅提供了智能化的界面，使产品设计操作更为简单，并且继续保留了 Pro/ENGINEER 将 CAD、CAM、CAE 这3 个部分融为一体的一贯传统，为产品设计生产的全过程提供概念设计、详细设计、数据协同、产品分析、运动分析、结构分析、电缆布线、产品加工等功能模块。Pro/ENGINEER Wildfire 4.0 是 PTC 有史以来质量最高的 Pro/ENGINEER 新版本，与前两个野火版本相比，该版本蕴涵了丰富的最佳实践，可以帮助用户更快、更轻松地完成工作。

1.1.1　主要特点

目前日益复杂的产品开发环境要求工程师在不影响质量的前提下压缩开发周期，以缩短上市时间。为了成功地解决这些问题，工程师正在努力寻找能够提高整个产品开发过程中个人效率和流程效率的解决方案。Pro/ENGINEER Wildfire 4.0 重点解决了这些具体问题。

野火版 4.0 版本中用于提高个人效率的功能有以下几种。

（1）快速草绘工具：减少了使用和退出草绘环境所需的点击菜单次数，它可以处理大型草图，使系统性能提高了 80%。

（2）快速装配：流行的用户界面和最佳装配工作流程使装配速度提高 5 倍，同时，对 Windows XP-64 位系统的最新支持允许处理超大型部件装配。

（3）快速制图：为传统 2D 视图增加着色视图的功能，有助于快速阐明设计概念和清除含糊内容。对制图环境的改进将效率提高了 63%。

（4）快速钣金设计：捕捉设计意图功能使用户能以比以往快 90%的速度快速地建立钣金特征，同时能将特征数目减少 90%。

（5）快速 CAM：制造用户接口增强功能加快了制造几何图形的建立速度，快了 3 倍。

流程效率是 Pro/ENGINEER Wildfire 4.0 改进的第二个方面，重要功能包括以下几项。

（1）智能流程向导：系统新增的可自定义流程向导蕴涵了丰富的专家知识，能让公司针对不同流程来选用专家的最佳实践和解决方案。

（2）智能模型：把制造流程信息内嵌到模型中，该功能让用户能够根据制造流程比较轻松地完成设计，并有助于形成最佳实践。

（3）智能共享：新推出的便携式工作空间可以记录所有修改过、未修改过和新建的文件，可以简化离线访问 CAD 数据工作，有助于改进与外部合作伙伴的协作。

（4）与 Windchill 和 Pro/INTRALINK 的智能互操作性：重要项目的自动报告、项目只有发生变更时才快速检出以及模型树中新增的报告数据库状态的状态栏，提供了一个高效的信息访问过程。

总之，Pro/ENGINEER Wildfire 4.0 的特点是操作界面简单、功能齐全、支持网络连接，能将用户在全世界的研发人员和资料连接起来，使企业有能力将产品和产品开发放在业务的中心位置，并激发产品开发过程中的隐藏价值。

1.1.2 行为建模技术

每个工程师解决问题的方法都不一样，如果有时间研究所有可能的设计解决方案，工程师会乐意这样做。但是，工程师还有许多其他重要的事情要做。设想一下，如果知道工程师如何解决问题，并让计算机自动研究所有可能的解决方案，那么是否可以得到最佳设计？作为 Pro/ENGINEER Wildfire 的一个插件，行为建模技术把获取产品意图看成是工程过程必不可少的一部分。行为建模技术是在设计产品时，综合考虑产品所要求的功能行为、设计背景和几何图形。行为建模技术采用知识捕捉和迭代求解的智能化方法，使工程师可以面对不断变化的要求，追求高度创新的、能满足行为和完善性要求的设计。

行为建模技术的强大功能体现在以下 3 个方面。

1. 智能模型

智能模型能捕捉设计和过程信息以及定义一件产品所需要的各种工程规范。智能模型是一些智能设计，提供了一组远远超过传统核心几何特征范围的自适应过程特征。这些特征有两个不同的类型：一个是应用特征，封装了产品和过程信息；另一个是行为特征，包括工程和功能规范。自适应过程特征提供了大量信息，进一步详细确定了设计意图和性能，是产品模型的一个完整部分，使智能模型具有高度灵活性，从而对环境的变化反应迅速。

2. 目标驱动式设计

目标驱动式设计能优化每件产品的设计，以满足使用自适应过程特征从智能模型中捕捉的多个目标和不断变化的市场需求。同时，还能解决相互冲突的目标问题，采用传统方法不可能完成这一工作。由于规范是智能模型特征中固有的，所以模型一旦被修改，工程师就能快速和简单地重新生成和重新校验是否符合规范，即用规范来实际地驱动设计。由于目标驱动式设计能自动满足工程规范，所以工程师能集中精力设计更高性能、更多功能的产品。在保证解决方案能满足基本设计目标的前提下，工程师能够自由发挥创造力和技能，改进设计。

3. 开放式可扩展环境

一种开放式可扩展环境是行为建模技术的第三大支柱，提供无缝工程设计工程，能保证产品不会丢失设计意图，避免了繁琐。为了尽可能发挥行为建模方法的优势，在允许工程师充分利用企业现有外部系统、应用程序、信息和过程的地方都部署这项技术。这些外部资源对满足设计目标的过程很有帮助，并能返回结果，这样就能成为最终设计的一部分。一个开放式可扩展环境通过在整个独特的工程中提供连贯性，从而增强设计的灵活性，并能生成更可靠的设计。

1.2 启动 Pro/ENGINEER Wildfire 4.0

单击 Windows 窗口中的"开始"菜单,展开"程序(P)"→"PTC"→"Pro ENGINEER" → "Pro ENGINEER",如图 1-1 所示。

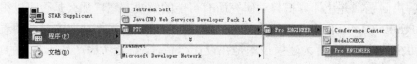

图 1-1 启动 Pro/ENGINEER

如果 Windows 桌面上有回图标,双击此图标,也可启动 Pro/ENGINEER。启动 Pro/ENGINEER 时,将出现如图 1-2 所示的闪屏(Splash Screen)。

图 1-2 打开 Pro/ENGINEER 系统时的闪屏

1.3 Pro/ENGINEER Wildfire 4.0 工作界面

出现闪屏后,将打开如图 1-3 所示的 Pro/ENGINEER Wildfire 4.0 工作界面。 Pro/ENGINEER 系统会直接通过网络和 PTC 公司的 Pro/ENGINEER Wildfire 4.0 资源中心的 网页链接上(网络通)。要取消打开 Pro/ENGINEER Wildfire 4.0 便与资源中心的网页链接 这一设置(可以先跳过这个操作,看过工作窗口的布置后再进行此操作),可以单击"工具" 菜单中的"定制屏幕"命令,打开"定制"对话框,如图 1-4 所示。打开"浏览器"选项 卡,如图 1-5 所示。

取消选中"浏览器"选项卡中的"默认情况下在载入 Pro/E 时展开浏览器"复选框, 然后单击"确定"按钮,以后再打开 Pro/ENGINEER Wildfire 4.0 时将不会直接链接资源中 心的网页。

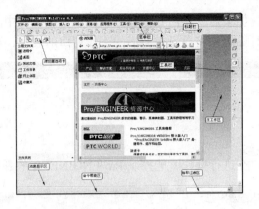

图 1-3　Pro/ENGINEER Wildfire 4.0 工作界面

图 1-4　"定制"对话框　　　　　　　　图 1-5　"浏览器"选项卡

　　Pro/ENGINEER Wildfire 4.0 的工作窗口如图 1-3 所示，分为 8 部分。其中，工具栏按放置的位置不同，分为"上工具栏"和"右工具栏"，即位于窗口上方的是上工具栏，位于窗口右侧的是右工具栏。

　　单击 Web 浏览器关闭条，系统关闭 Web 浏览器窗口，如图 1-6 所示。

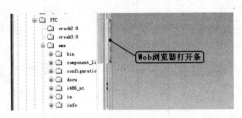

图 1-6　Web 浏览器操作条

　　再次单击 Web 浏览器打开条，又可以把 Web 浏览器窗口打开。

1.3.1　标题栏

　　标题栏显示当前活动的工作窗口名称，如果当前没有打开任何工作窗口，则显示系统名称。系统可以同时打开几个工作窗口，但是只有一个工作窗口处于活动状态，用户只能对活动的窗口进行操作。如果需要激活其他窗口，可以在菜单栏中的"窗口"菜单中选取要激活的工作窗口，此时标题栏将显示被激活的工作窗口的名称，如图 1-7 所示。

Pro/ENGINEER Wildfire 4.0

图 1-7 Pro/ENGINEER 标题栏

1.3.2 菜单栏

菜单栏主要是让用户在进行操作时能控制 Pro/ENGINEER 的整体环境，如图 1-8 所示。

文件(F) 编辑(E) 视图(V) 插入(I) 分析(A) 信息(N) 应用程序(P) 工具(T) 窗口(W) 帮助(H)

图 1-8 Pro/ENGINEER 菜单栏

文件：文件的存取等，如图 1-9 所示。
编辑：剪切、复制等，如图 1-10 所示。
视图：3D 视角的控制，如图 1-11 所示。
插入：插入各种特征，如图 1-12 所示。
分析：提供各种分析功能，如图 1-13 所示。
信息：显示模型的各种数据，如图 1-14 所示。

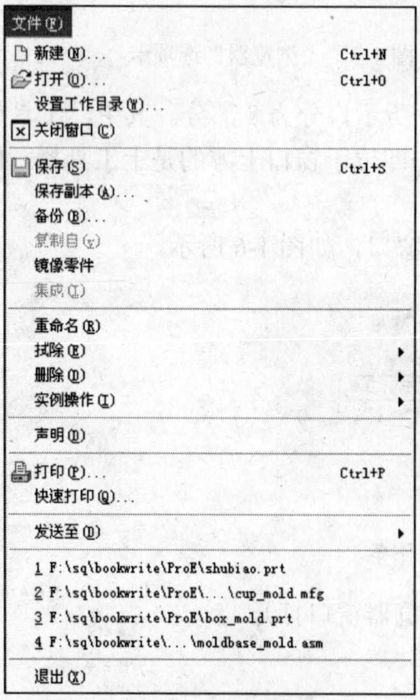

图 1-9 "文件"菜单 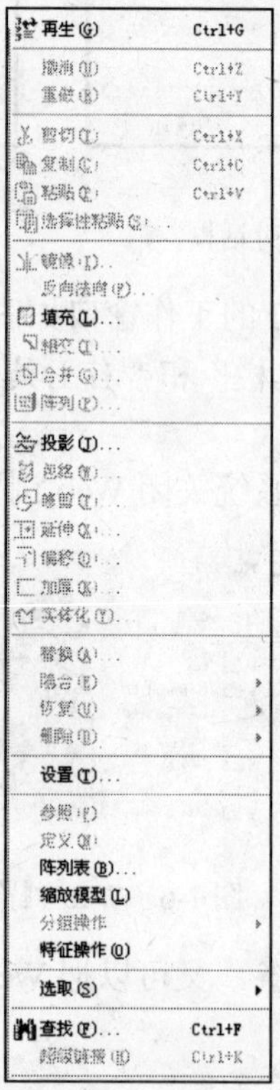   图 1-10 "编辑"菜单   图 1-11 "视图"菜单

图 1-12　"插入"菜单　　　图 1-13　"分析"菜单　　　图 1-14　"信息"菜单

应用程序：标准模块及其他应用模块，菜单如图 1-15 所示。

工具：提供多种应用工具，菜单如图 1-16 所示。

窗口：窗口的控制，菜单如图 1-17 所示。

帮助：各命令功能的详细说明，菜单如图 1-18 所示。

图 1-15　"应用程序"菜单　　　图 1-16　"工具"菜单

图 1-17 "窗口"菜单   图 1-18 "帮助"菜单

1.3.3 工具栏

右击工具栏中的任何一个处于激活状态的命令，可以打开工具栏配置快捷菜单，如图 1-19 所示。

工具栏名称前带对号标识的表示当前窗口中打开了此工具栏。工具栏名称是灰色的表示当前设计环境中此工具栏无法使用，故其为未激活状态。需要打开或关闭某个工具栏，单击工具栏名称即可。工具栏中的命令以生动形象的图标表示，给用户的操作带来了很大的方便和快捷。工具栏中的各工具栏简单介绍如下。

1. "信息"工具栏

"信息"工具栏如图 1-20 所示，各图标的含义如表 1-1 所示。

图 1-19 工具栏配置快捷菜单   图 1-20 "信息"工具栏

表 1-1 "信息"工具栏各图标含义

图标	含义	图标	含义
	显示指定特征的信息		显示有关模型特征列表的信息
	在尺寸值和名称间切换		生成组件的材料清单
	显示指定元件安装过程的信息		电缆信息

2．"刀具"工具栏

"刀具"工具栏如图 1-21 所示，各图标的含义如表 1-2 所示。

图 1-21　"刀具"工具栏 　　　　　图 1-22　"分析"工具栏

表 1-2　"刀具"工具栏各图标的含义

图标	含义	图标	含义
	设置各种环境选项		创建宏
	运行跟踪或培训文件		选取分布式计算的主机

3．"分析"工具栏

"分析"工具栏如图 1-22 所示，各图标含义如表 1-3 所示。

表 1-3　"分析"工具栏各图标的含义

图标	含义	图标	含义
	距离		角
	区域		直径
	曲率：曲线的曲率、半径、相切选项；曲面的曲率、垂直选项		剖面：截面的曲率、半径、相切、位置选项和加亮的位置
	偏移：曲线或曲面		着色曲率：高斯、最大、剖面选项
	拔模检测		显示保存的分析
	隐藏所有已保存的分析		

4．"基准"工具栏

"基准"工具栏如图 1-23 所示，各图标含义如表 1-4 所示。

表 1-4　基准工具栏各图标含义

图标	含义	图标	含义
	基准点工具		插入参照特征
	草绘工具		基准平面工具
	基准轴工具		插入基准曲线
	基准坐标系工具		插入分析特征

5."基准显示"工具栏

"基准显示"工具栏如图 1-24 所示，各图标含义如表 1-5 所示。

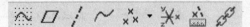

图 1-23 "基准"工具栏   图 1-24 "基准显示"工具栏

表 1-5 "基准显示"工具栏各图标的含义

符号	含义	符号	含义
	线框		隐藏线
	无隐藏线		着色

6."基础特征"工具栏

"基础特征"工具栏如图 1-25 所示，各图标含义如表 1-6 所示。

表 1-6 "基础特征"工具栏各图标的含义

符号	含义	符号	含义
	拉伸工具		旋转工具
	可变剖面扫描工具		边界混合工具
	造型工具		

7."工程特征"工具栏

"工程特征"工具栏如图 1-26 所示，各图标含义如表 1-7 所示。

图 1-25 "基础特征"工具栏    图 1-26 "工程特征"工具栏

表 1-7 工程特征工具栏各图标的含义

符号	含义	符号	含义
	孔工具		壳工具
	筋工具		拔模工具
	倒圆角工具		倒角工具

8."帮助"工具栏

"帮助"工具栏如图 1-27 所示，命令为"上下文相关帮助" 。

9. "文件" 工具栏

"文件" 工具栏如图 1-28 所示，各图标含义如表 1-8 所示。

表 1-8 "文件" 工具栏各图标的含义

图标	含义	图标	含义
	发送带有活动窗口中对象的邮件		发送带有活动窗口中对象的链接的电子邮件
	创建新对象		打开现有对象
	保存活动对象		打印活动对象

10. "模型显示" 工具栏

"模型显示" 工具栏如图 1-29 所示，各图标含义如表 1-9 所示。

图 1-27 "帮助" 工具栏 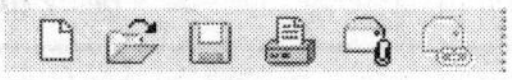   图 1-28 "文件" 工具栏    图 1-29 "模型显示" 工具栏

表 1-9 "模型显示" 工具栏各图标的含义

图标	含义	图标	含义
	启动视图管理器		重画当前视图
	旋转中心开/关		定向模式开/关
	放大		缩小
	重新调整对象使其完全显示在屏幕上		重定向视图
	保存的视图列表		设置层、层项目和显示状态

11. "注释" 工具栏

"注释" 工具栏如图 1-30 所示，图标为 "插入注释特征" 。

12. "窗口" 工具栏

"窗口" 工具栏如图 1-31 所示，各图标含义如表 1-10 所示。

表 1-10 "窗口" 工具栏各图标的含义

图标	含义	图标	含义
	关闭窗口并保持对象在进程中		基准平面开/关
	基准轴开/关		基准点开/关
	坐标系开/关		

13. "编辑"工具栏

"编辑"工具栏如图 1-32 所示，各图标含义如表 1-11 所示。

图 1-30　"注释"工具栏 　　图 1-31　"窗口"工具栏 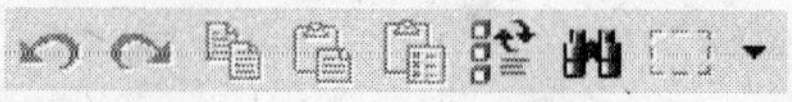　　　　图 1-32　"编辑"工具栏

表 1-11　"编辑"工具栏各图标的含义

图标	含义	图标	含义
	撤销		重做
	复制		粘贴
	选择性粘贴		再生模型
	在模型树中按规则搜索、过滤及选取项目		选取框内部的项目

14. "编辑特征"工具栏

"编辑特征"工具栏如图 1-33 所示，各图标含义如表 1-12 所示。

表 1-12　"编辑特征"工具栏各图标的含义

图标	含义	图标	含义
	镜像工具		合并工具
	修剪工具		阵列工具

15. "视图"工具栏

"视图"工具栏如图 1-34 所示，各图标含义如表 1-13 所示。

表 1-13　"视图"工具栏各图标的含义

图标	含义	图标	含义
	旋转中心开/关		定向模式开/关
	设置层、层项目和显示状态		启动视图管理器
	模型树显示选项		按类型和状态切换模型树项目的显示

16. "渲染"工具栏

"渲染"工具栏如图 1-35 所示，各图标含义如表 1-14 所示。

图 1-33　"编辑特征"工具栏 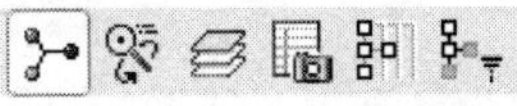　　图 1-34　"视图"工具栏 　　　　图 1-35　"渲染"工具栏

表 1-14　"渲染"工具栏各图标的含义

图标	含义	图标	含义
	为对象指定颜色和外观		指定对象的光源
	打开场景调色板		将环境效果指定给视图
	用于图像的编辑器		为当前窗口激活渲染房间编辑器
	用于照片级逼真渲染参数的编辑器		激活渲染工具栏
	使用当前渲染引擎渲染当前窗口		切换实时渲染效果
	渲染区域（仅用于 Photolux）		

1.3.4　浏览器选项卡

　　浏览器选项卡界面中有 4 个选项卡，分别是"模型树"、"文件夹浏览器"、"收藏夹"和"连接"。

　　"模型树"选项卡如图 1-36 所示，从图中可以看到，"模型树"浏览器显示当前模型的各种特征，如图基准面、基准坐标系、插入的新特征等等。用户在此浏览器中可以快速地找到想要进行操作的特征，查看各特征生成的先后次序等，给用户带来极大的方便。

　　"模型树"选项卡提供了两个下三角按钮，一个是"显示"另一个是"设置"。单击"显示"下三角按钮，打开如图 1-37 所示的下拉菜单，菜单中最下面的命令"加亮模型"表示当此命令被选中时，所选的特征将以红色标识，便于用户识别。

　　单击"显示"下拉菜单中的"层树"命令，将切换到"层树"浏览器，显示当前设计环境中的所有层，如图 1-38 所示。用户在此浏览器中可以对层进行新建、删除、重命名等操作。

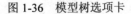

图 1-36　模型树选项卡　　　　　　　图 1-37　显示选项

　　单击"文件夹浏览器"标签，切换到"文件夹浏览器"选项卡，如图 1-39 所示，类似于 Windows 的资源浏览器。此浏览器刚打开时，默认的文件夹是当前系统的工作目录。工作目录是指系统在打开、保存、放置轨迹文件时默认的文件夹，工作目录也可以由用户重

新设置，具体方法将在以后介绍。

图 1-38　层树子项　　　　　图 1-39　文件夹浏览器

在"文件夹浏览器"的根目录下有一个"进程中"子项，单击此子项，"浏览器"窗口将显示驻留在当前进程中的设计文件，如图 1-40 所示，这些文件就是在当前打开的 Pro/ENGINEER 环境中设计过的文件。如果关闭 Pro/ENGINEER，这些文件将丢失，再重新打开 Pro/ENGINEER 时，那些保留在进程中的设计文件就没有了。

在"文件夹浏览器"的根目录下有一个"共享空间"子项，单击此子项，系统将启动 PTC 会议中心，如图 1-41 所示。在网络通信的情况下，可以连接到会议服务器上。

图 1-40　进程中子项　　　　　图 1-41　启动 PTC 会议中心

单击"收藏夹"标签，切换到"收藏夹"选项卡，如图 1-42 所示，在此浏览器中显示个人文件夹，通过"添加"、"组织"命令可以进行文件夹的新建、删除、重命名等操作。

单击"连接"标签，切换到"连接"选项卡，如图 1-43 所示，在此可以选择想要连接的对象，如浏览器、项目、目录等。

图 1-42　　"收藏夹"选项卡　　　　　图 1-43　　"连接"选项卡

1.3.5　主工作区

Pro/ENGINEER 的主工作区是 Pro/ENGINEER 工作窗口中面积最大的部分，在设计过程中设计对象就在这个区域显示，其他基准（如基准面、基准轴、基准坐标系）等也在这个区域显示。

1.3.6　拾取过滤区

单击拾取过滤区的下三角按钮，弹出如图 1-44 所示的拾取过滤区上滑菜单，在此弹出菜单条中可以选取拾取过滤的项，如特征、基准等。在拾取过滤区选取了某项，将不会在主工作区中选取其他项。拾取过滤区默认的选项为"智能"，在主设计区中即可选取弹出菜单中列出的所有项。

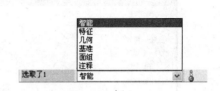

图 1-44　拾取过滤区

1.3.7　消息显示区

对当前窗口所进行操作的反馈消息显示在消息显示区中，告诉用户此步操作的结果。

1.3.8　命令帮助区

当光标落在命令、特征、基准等上面时，命令帮助区将显示命令名、特征名、基准名等帮助信息，便于用户了解即将进行的操作。

1.4　文件操作

本小节主要介绍文件的基本操作，如新建文件、打开文件、保存文件等，注意硬盘文件和进程中的文件的异同以及删除和拭除的区别。

1.4.1　新建文件

单击工具栏中"文件"工具栏的"创建新对象"按钮，打开"新建"对话框，如图 1-45 所示。

从图 1-45 中可以看到，Pro/ENGINEER Wildfire 4.0 提供如下文件类型。

草绘：2D 剖面图文件，扩展名为.sec。

零件：3D 零件模型，扩展名为.prt。

组件：3D 组合件，扩展名为.asm。

制造：NC 加工程序制作，扩展名为.mfg。

绘图：2D 工程图，扩展名为.drw。

格式：2D 工程图的图框，扩展名为.frm。

报表：生成一个报表，扩展名为.rep。

图表：生成一个电路图，扩展名为.dgm。

布局：产品组合规划，扩展名为.lay。

标记：对已存在的文件进行标记。

打开"新建"对话框时，默认的选项为"零件"，在子类型中可以选择"实体"、"复合"、"钣金件"和"主体"，默认的子类型选项为"实体"。

选中"新建"对话框中的"组件"单选按钮，其子类型如图 1-46 所示。

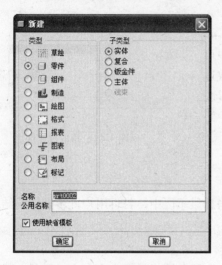

图 1-45　新建零件　　　　　　　　图 1-46　新建组件

选中"新建"对话框中的"制造"单选按钮，其子类型如图 1-47 所示。

在"新建"对话框中选中"使用默认模板"复选框，生成文件时将自动使用默认的模板，否则在单击"新建"对话框中的"确定"按钮后还要在弹出的"新文件选项"对话框中选取模板。例如，选中"零件"单选按钮后的"新文件选项"对话框如图 1-48 所示。

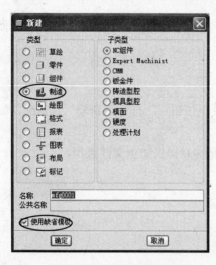

图 1-47　新建制造　　　　　　　　图 1-48　选取模板

在"新文件选项"对话框中可以选取所要的模板。

1.4.2 打开现有对象

单击工具栏中"文件"工具栏的"打开现有对象"按钮 📂，系统打开"文件打开"对话框，如图 1-49 所示。

图 1-49 "文件打开"对话框

在此对话框中，可以选择并打开 Pro/ENGINEER 的各种文件。单击"文件打开"对话框中的"预览"按钮，则在此对话框的右侧打开文件预览框，可以预览所选择的 Pro/ENGINEER 文件。

1.4.3 打开内存中的文件

单击"文件打开"对话框左侧的"进程中"按钮 🔳，则可以选择当前进程中的文件，单击"确定"按钮可以打开此文件。同样，打开的文件也是进程中的最新版本。

1.4.4 保存文件

当前设计环境中若有设计对象时，单击"文件"工具栏的"保存活动对象"按钮 🔲，系统打开"保存对象"对话框，在此对话框中可以选择保存目录、新建目录、设定保存文件的名称等操作，单击此对话框中的"确定"命令可以保存当前设计的文件。

1.4.5 删除文件

单击"文件"菜单中的"删除"命令，弹出一个二级菜单，如图 1-50 所示。

图 1-50 删除操作

在此二级命令中有以下两个命令。

（1）"旧版本"命令用于删除同一个文件的旧版本，就是将除了最新版本的文件以外的所有同名的文件全部删除。注意，使用"旧版本"命令将删除数据库中的旧版本，而在硬盘中这些文件依然存在。

（2）"所有版本"命令删除选中文件的所有版本，包括最新版本。注意，此时硬盘中的文件也不存在了。

1.4.6 拭除内存中的文件

单击"文件"菜单中的"拭除"命令，弹出一个二级菜单，如图 1-51 所示。

图 1-51 拭除操作

在此二级命令中有以下两个命令。
（1）"当前"命令用于擦除进程中的当前版本。
（2）"不显示"命令用于擦除进程中除当前版本之外的所有同名的版本。

1.5 模型显示

Pro/ENGINEER 提供了 4 种模型显示方式，分别是线框模型、隐藏线模型、无隐藏线模型和着色模型，此 4 种显示方式通过单击"模型显示"工具栏的"线框" ⊞、"隐藏线" ⊟、"无隐藏线" ⊡ 和"着色" ⬠ 4 个按钮来切换。下面以一个长方体为例，列举这 4 种模型的显示效果。

线框模型显示效果如图 1-52 所示；隐藏线模型显示效果如图 1-53 所示；无隐藏线模型显示效果如图 1-54 所示；着色模型显示效果如图 1-55 所示。

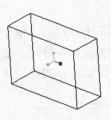

图 1-52 线框模型

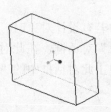

图 1-53 隐藏线模型

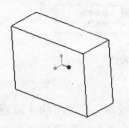

图 1-54 无隐藏线模型

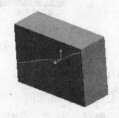

图 1-55 着色模型

"基准显示"工具栏的命令"基准平面开/关" ▱、"基准轴开/关" ⁄·、"基准点开/关"
ᵡᵡ 和 "坐标系开/关" ⅔ 分别用于控制基准平面、基准轴、基准点和坐标系的显示，在此就
不再举例，读者可以自己使用这 4 个命令，观察主设计区中的显示变化。

1.6　思考练习题

1. 简述 Pro/ENGINEER Wildfire 4.0 的主要特点。
2. 简述 Pro/ENGINEER Wildfire 特有的行为建模技术。
3. 练习 Pro/ENGINEER Wildfire 的模型显示操作。
4. 练习 Pro/ENGINEER Wildfire 的模型显示操作。

第 2 章

草图绘制

本章导读

在建模时往往需要先草绘特征的截面形状，然后通过各种特征工具生成模型。在草图绘制中就要创建特征的许多参数和尺寸。

本章主要讲述草图的绘制、编辑、尺寸标注和几何约束。

内容要点

❖ 工具栏简介
❖ 草绘环境的设置
❖ 草绘的基本方法
❖ 尺寸标注
❖ 草图编辑

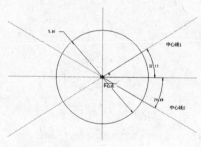

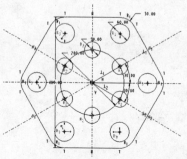

2.1　进入草绘环境

进入草绘环境的方法有两种：一是单击"文件"工具栏的"创建新对象"按钮⬚，在弹出的"新建"对话框中选中"草绘"单选按钮，如图 2-1 所示。

单击"新建"对话框中的"确定"命令，系统进入草绘环境。

二是在"零件"设计环境下，单击右工具箱中"基准"工具栏中的"草绘工具"按钮〰，系统弹出"草绘"对话框，此对话框默认打开的是"放置"选项卡，如图 2-2 所示。

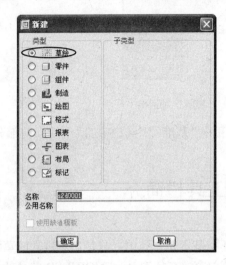

图 2-1　新建草绘文件　　　　图 2-2　"放置"选项卡

此对话框要求用户选取草绘平面及参照平面，一般来说，草绘平面和参照平面是相互垂直的两个平面。在此步骤中，单击选取前（FRONT）面为草绘平面，此时系统默认把右（RIGHT）面设为参照面，设计环境中的基准面如图 2-3 所示。

此时"草绘"对话框中显示出草绘平面和参照平面，如图 2-4 所示。

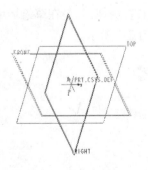

图 2-3　系统默认基准平面　　　　图 2-4　草绘平面和参照平面

单击"草绘"对话框中的"草绘"按钮，系统进入草绘设计环境，此时系统打开"参照"对话框，如图 2-5 所示。在"参照"对话框中显示出用户选取的草绘平面及参照平面的名称，单击"关闭"按钮，用户就可以在此环境中绘制 2D 截面图。

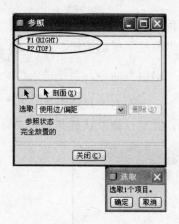

图 2-5　"参照"对话框

用户完成 2D 截面图后，单击右工具箱中"基准"工具栏中的"继续当前部分"按钮 ✔，系统将再生所绘制的 2D 截面。

2.2　工具栏简介

上一节所述的两种方式进入的草绘环境基本是一致的，只是后者进入的草绘环境约束要多一些，涉及到绘图平面和参照平面等内容。在使用 Pro/ENGINEER 的草绘环境时，大多数是通过第二种方式进入草绘环境，在这里详细说明以第二种方式进入的草绘环境。

如图 2-5 所示，进入草绘环境时，窗口中有两个对话框：一个是"参照"对话框，提示用户是否在选取的参照平面；另外一个是"选取"对话框，显示用户选取的参照个数，由于再进入草绘环境中已经设好绘图平面及参照平面，在此直接单击"参照"对话框中的"关闭"按钮，关闭这两个对话框。

草绘环境的布置和 Pro/ENGINEER 的工作窗口布置类似，只是在草绘环境中添加了"草绘器"和"草绘器工具"两个工具栏，如图 2-6 和图 2-7 所示。

图 2-6　"草绘器"工具栏

"草绘器"工具栏的作用如表 2-1 所示。

表 2-1   "草绘器"工具栏中的命令作用

图标	名称	作用
	切换尺寸显示的开/关	控制尺寸显示
	切换约束显示的开/关	控制约束显示
	切换栅格显示的开/关	控制栅格显示
	切换剖面顶点显示的开/关	控制剖面顶点显示

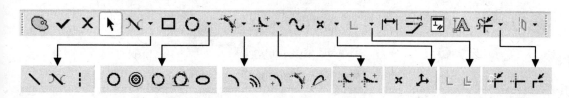

线命令条　　　　　圆命令条　　　　　弧命令条　　　圆角命令条 点命令条 边命令条 修剪命令条

图 2-7   "草绘器工具"工具栏

"草绘器工具"工具栏中的命令说明如表 2-2 所示。

表 2-2   "草绘器工具"工具栏中的命令说明

图标	名称	图标	名称
	将调色板中的外部数据插入到活动对象		创建样条曲线
	继续当前部分		创建点
	退出当前部分		通过边创建图元
	选取项目		创建定义尺寸
	创建两点线		修改尺寸值、样条几何或文本图元
	创建矩形		在剖面上施加草绘器约束
	通过拾取圆心和圆上一点来创建圆		创建文本，作为剖面一部分
	通过 3 点或通过在其端点与图元相切来创建弧		动态修剪剖面图元
	在两图元间创建一个圆角		镜像选定图元

　　单击这些按钮，就可以直接使用这些工具。如果单击某些命令边的三角形按钮，则打开这些命令的下拉命令条，如表 2-3 所示。

表2-3　"草绘器工具"工具栏中下拉命令条说明

命令条	图标	名称
线命令条		创建两点线
		创建与两个图元相切的线
		创建两点中心线
圆命令条		通过拾取圆心和圆上一点来创建圆
		创建同心圆
		通过拾取 3 个点来创建圆
		创建与 3 个图元相切的圆
		创建一个完整的椭圆
弧命令条		通过 3 点或通过在其端点与图元相切来创建弧
		创建同心弧
		通过选取弧圆心和端点来创建圆弧
		创建与 3 个图元相切的圆弧
		创建一个锥形弧
圆角命令条		在两图元间创建一个圆角
		在两图元间创建一个椭圆形圆角
点命令条		创建点
		创建参照坐标系
边命令条		通过边创建图元
		平移边创建图元
修剪命令条		动态修剪剖面图元
		将图元修剪（剪切或延伸）到其他图元或几何
		在选取点的位置处分割图元

2.3　草绘环境的设置

本节详细介绍 2D 设计环境中网格及其间距、约束、目的管理器等的设置操作。

2.3.1　设置网格及其间距

　　单击"草绘"菜单中的"选项"命令，打开"草绘器优先选项"对话框，在此对话框中的"杂项"选项卡中选中"栅格"复选框，如图 2-8 所示，则 2D 设计环境中显示出栅格。

　　选择"草绘器优先选项"对话框中的"参数"选项卡，如图 2-9 所示。在此对话框中，利用"栅格间距"下拉列表框来确定栅格间距的设定方式。栅格间距的设定有两种方式：一是系统根据设计对象的具体尺寸"自动"调整栅格的间距；二是通过用户"手动"设定栅格的间距。图 2-9 中所示的方式是自动设置栅格的间距，栅格间距为"30"。

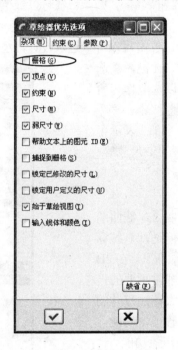

图 2-8　"杂项"选项卡　　　　图 2-9　"参数"选项卡

2.3.2　设置拾取过滤

　　在当前工作窗口中的"拾取过滤区"下拉列表框中可以选取过滤选项，如图 2-10 所示。

　　在此项中，默认的是"全部"选项，也就是通过鼠标可以拾取全部特征，如果选择"几何"选项，则只能选取设计环境中的几何特征，其他选项含义也一样。

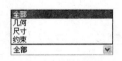

图 2-10　拾取过滤选项

2.3.3　设置优先选项

　　单击"编辑"菜单中的"选取"命令，弹出"选取"命令的二级菜单，如图 2-11 所示。单击二级菜单中的"优先选项"命令，打开"选取优先选项"对话框，如图 2-12 所示。

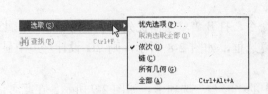

图 2-11　"选取"菜单　　　　　　　　图 2-12　"选取优先选项"对话框

选中"选取优先选项"对话框中的"预选加亮"复选框，则鼠标在 2D 设计环境中移动时，如果鼠标落在某个特征上（如基准面、基准轴等），则此特征将以绿色加亮显示，不选中"预先加亮"复选框则不会加亮显示。

"选取"二级菜单中的"依次"命令表示通过单击可以一一选取设计环境中的特征，但是只能选取一个特征，如果同时按住键盘上的 Ctrl 键，在选取特征时，则可以选取多个特征；"链"表示可以选取作为所需链的一端或所需环一部分的图元，从而选取整个图元；"所有几何"表示选中设计环境中的所有几何体；"全部"表示可以选中设计环境中的所有特征，包括几何体、基准、尺寸等。

2.3.4　取消目的管理器

前面已经说过，目的管理器的功能是在绘制 2D 截面图时，由系统自动对绘制的图形进行尺寸标注。但是，系统标注的尺寸可能并非全部都是用户所需要的尺寸，而且，在 2D 截面的参数化设计过程中，正确的标注尺寸是非常重要的技巧，如果习惯了系统自动标注尺寸，可能会失去标注尺寸的能力。本书建议读者在开始学习阶段关闭目的管理器功能，在熟悉 Pro/ENGINEER 的草图绘制环境后再使用该功能。

关闭目的管理器的方法很简单，在"草绘"菜单中单击"目的管理器"命令，去掉其前面的对号即可。此时系统将弹出"菜单管理器"面板，如图 2-13 所示。

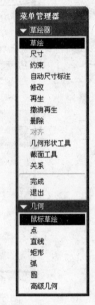

图 2-13　"菜单管理器"面板

2.4　草绘的基本方法

在本节中，主要讲述常用几何图形及其他特征的生成，本节使用第二种方式进入 2D 草图绘制环境，因为此设计环境主要还是针对 2D 截面设计的，一般不只是用于绘制二维图。此时的"菜单管理器"完全展开后如图 2-14 所示。

"菜单管理器"面板中的命令详细介绍如下。

"草绘"命令：可以绘制"点"、"直线"、"矩形"、"圆弧"、"圆"和"高级几何"。其中，"高级几何"特征是"圆锥曲线"、"坐标系"、"椭圆倒角"、"样条"和"文本"等。

"尺寸"命令：可以标注尺寸。用户可以通过修改尺寸值来驱动 2D 截面的形状，如果尺寸标注不足或过多，系统用红色将其标示出来。

"约束"命令：将 2D 截面上所有的几何定位限制条件都标示出来。

"自动尺寸标注"命令：每当绘制一个几何元素时，系统自动标注尺寸。

"修改"命令：修改标注后的尺寸值。

"再生"命令：根据当前设计环境中几何元素的尺寸重新生成 2D 截面的形状。此时系统将检查 2D 截面的合理性，只有整个 2D 截面的几何元素完全生成成功，才表示 2D 截面绘制完成。

"撤消再生"命令：取消"再生"操作，回到上一步未再生的状态。

"删除"命令：删除当前设计环境中已有的几何元素或尺寸参数。

"对齐"命令：将一个没有定位的几何元素定位到当前设计环境中已定位的点、线、边等几何元素。其下的"取消对齐"可以将已设定的对齐关系取消。

"几何形状工具"命令：绘制几何线条的辅助工具，如两个几何元素的交点、修剪或延伸线条、分割几何元素、使用设计环境中已有实体的边、平移设计环境中已有实体的边、将几何线条以一条中心线做镜像、修饰字体、用新的几何线条替换设计环境中已有的几何线条和移动图形元素。

"截面工具"命令：包括复制已存在的零件布局图、复制已存在的工程图或其他格式的图、比较两个图的差异、放置以前绘制好的截面图、修改截面绘制环境、获得当时设计环境中截面上特征的信息、设置起始点和在多个 2D 截面上切换。

"关系"命令：设置尺寸间的关系式，提供多种运算所需的数学函数。

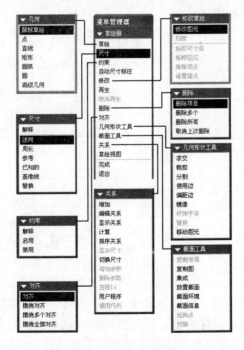

图 2-14　草绘器菜单条展开

2.4.1 直线

进入"菜单管理器"时，默认选中的是"几何"菜单中的"鼠标草绘"命令，在 2D 设计环境中单击就可以绘制直线。

单击"几何"菜单中的"直线"命令，出现"线类型"三级菜单，如图 2-15 所示。

在"线类型"三级菜单中提供了"几何"线（实线）和"中心线"（虚线）两种线型的绘制，两者的绘制方式一样。"线类型"提供了 8 种绘制直线的方式，分别是"2 点"、"平行"、"垂直"、"相切"、"2 相切"、"点/相切"、"水平"、"竖直"。

图 2-15 "线类型"菜单

"2 点"方式就是生成一条两点为端点的直线；"平行"方式就是生成一条和已有直线平行的直线；"垂直"方式就是生成一条和已有直线垂直的直线；"相切"方式就是生成一条和已有圆、圆弧、曲线等相切的直线；"2 相切"方式就是生成和两条已有的圆、圆弧、曲线等同时相切的直线；"点/相切"方式就是生成一条通过指定点并和已有的圆、圆弧、曲线等相切的直线；"水平"方式就是生成一个水平的直线；"竖直"方式就是生成一条竖直的直线。

2.4.2 矩形

单击"草绘器"菜单中的"草绘"命令，在弹出的"几何"菜单中单击"矩形"命令，绘制矩形的具体操作过程如下。

❶ 在当前 2D 设计环境中单击鼠标左键，移动鼠标，此时出现 4 根类似于橡皮筋似的直线，围成一个矩形，如图 2-16 所示。

❷ 单击鼠标左键，生成一个矩形，如图 2-17 所示。

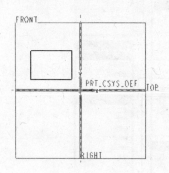

图 2-16 绘制矩形时的橡皮线

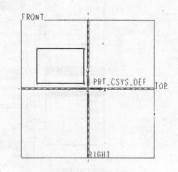

图 2-17 生成矩形

2.4.3 圆

单击"草绘器"菜单中的"草绘"命令，当"几何"菜单中默认选项是"鼠标草绘"命令时，在设计环境中单击鼠标中键，然后拖动鼠标再单击鼠标中键（如果单击鼠标左键则取消圆的生成），可以生成一个"圆心＋半径"方式的圆。

单击"几何"菜单中的"圆"命令，弹出如图 2-18 所示的"圆类型"菜单。

同样，系统可以生成"几何"（实线）形式和"构建"（虚线）形式的圆，两者的绘制方式一样。系统提供了 5 种生成圆的方式，分别是"圆心/点"、"同心"、"3 相切"、"圆角"和"3 点"，系统默认的是"圆心/点"方式。

图 2-18　"圆类型"菜单

"圆心/点"方式是通过圆心和半径生成一个圆；"同心"方式是生成一个和已有圆同心的圆；"3 相切"方式是生成一个和 3 个已有的圆、圆弧、曲线等同时相切的圆；"圆角"方式是在除 Splines 曲线或两平行线之外的两个元素之间生成圆角，这两个元素可以是直线、圆、圆弧或曲线；"3 点"方式就是生成由 3 个点定位的圆。

2.4.4　圆弧

单击"几何"菜单中的"圆弧"命令，弹出如图 2-19 所示的"圆弧类型"菜单。

系统提供了 6 种绘制圆弧的方式，分别是"端点相切"、"同心"、"3 相切"、"圆角"、"圆心/端点"和"3 点"。

"端点相切"方式是生成一条一个端点和已有圆、圆弧、曲线相切，另一个端点由左键单击来决定的圆弧；"同心圆弧"方式是生成一条和已有圆、圆弧同心的圆弧；"3 相切"方式是生成一条和 3 个已有的圆、圆弧、曲线相切的圆弧；"圆角"方式是在除 Splines 曲线或两平行线之外的两个元素之间生成圆弧，这两个元素可以是直线、圆、圆弧或曲线；"圆心/端点"方式生成一条由圆心和两个端点决定的圆弧；"3 点"方式是生成一条由 3 个点决定的圆弧。

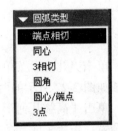

图 2-19　"圆弧类型"菜单

打开"圆弧类型"菜单时，系统默认的圆弧绘制方式是"端点相切"方式。

2.4.5　点

点的用途有标明切点的位置、显示线相切的接点、标明倒圆角的顶点等。点的生成方式十分简单，直接用鼠标左键在设计环境中单击，就在这个单击的地方放置一个点，如图 2-20 所示。

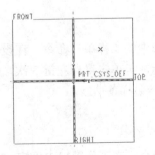

图 2-20　生成点

2.4.6　圆锥曲线

打开"高级几何形状"菜单时，系统默认的选项为"圆锥曲线"。鼠标左键在设计环境中单击，此点为圆锥曲线的起点。移动鼠标，鼠标左键再单击一下，此点为圆锥曲线的终点。此时移动鼠标，将出现一条橡皮筋似的圆锥曲线，再单击鼠标左键，确定圆锥曲线的尖点，生成一条圆锥曲线，如图 2-21 所示。

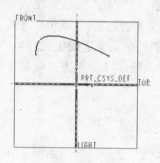

图 2-21　生成圆锥曲线

2.4.7　圆角

单击"几何"菜单中的"圆弧"命令，在弹出的"圆弧类型"中选取"3 点"方式，生成如图 2-22 所示的两个圆弧。

单击"高级几何形状"菜单中的"椭圆倒角"命令，利用鼠标左键选取上面生成的两个圆弧，系统生成一条椭圆倒角，如图 2-23 所示。

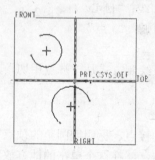
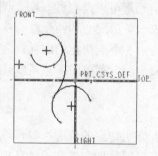

图 2-22　生成两个 3 点圆弧　　　　图 2-23　生成椭圆倒角

2.4.8　样条

单击"高级几何形状"菜单中的"样条"命令，在设计环境中单击鼠标左键，此点为样条曲线的起点。然后移动鼠标，再单击鼠标左键 3 次，最后单击鼠标中键，退出样条命令，此时生成如图 2-24 所示的一条样条曲线。

2.4.9　文本

单击"草绘"→"文本"命令，在工作窗口中确定文本的高度和方向，弹出如图 2-25 所示的"文本"对话框，在"文本行"文本框中输入"ProE"，单击"确定"按钮完成文本的输入，如图 2-26 所示。

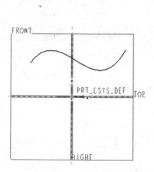

图 2-24　生成样条曲线

图 2-25　"文本"对话框

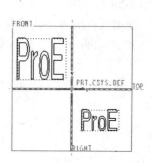

图 2-26　生成文本

2.5　尺寸标注

草绘器确保在截面创建的任何阶段都已充分约束和标注该截面。当草绘某个截面时，系统会自动标注几何。

2.5.1　创建尺寸标注

在 Pro/ENGINEER 的草图绘制环境中为设计对象标注尺寸要注意两点：一是要清楚地标注出设计对象的定位尺寸，一般是通过基准或其他设计对象定位；二是要清楚标注出设计对象本身的尺寸。

单击"草绘器"菜单中的"尺寸"命令，弹出"尺寸"菜单，如图 2-27 所示。

"尺寸"菜单的标注方式有"法向"、"基准线"、"参考"等，并且还提供了创建已知图元的尺寸、创建一条纵坐标尺寸基线和用等价尺寸替换尺寸的功能。下面以具体的例子讲述各种特征的尺寸标注。

1．直线尺寸的标注

在设计环境中绘制如图 2-28 所示的一条直线。

图 2-27　"尺寸"菜单

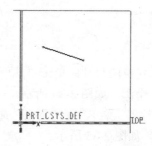

图 2-28　生成直线

单击"草绘器"菜单中的"尺寸"命令，使用"尺寸"菜单中默认的"法向"命令，单击直线的一个端点，然后单击另一个端点，再使用鼠标中键单击直线上侧的位置，生成如图 2-29 所示的一个尺寸。

使用同样的方法，拾取直线的两个端点后，再用鼠标中键单击直线左侧位置，生成如图 2-30 所示的一个尺寸。然后使用同样的方法再生成如图 2-30 所示的另外两个尺寸。

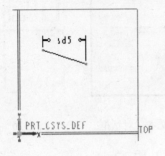

图 2-29　生成水平尺寸标注　　　　　图 2-30　生成其他尺寸标注

2. 圆的标注

（1）单击"几何"菜单中的"圆"命令，在草绘设计环境中绘制一个圆，如图 2-31 所示。

（2）单击"草绘器"菜单中的"尺寸"命令，单击圆周线上任意一点，然后单击圆周线上对称的另一点，再使用鼠标中键单击两者中间的位置，生成如图 2-32 所示的一个直径尺寸。

（3）按直线的标注方式可以定位圆心。单击"草绘器"菜单条中的"尺寸"命令，使用"尺寸"菜单条中默认的"法向"命令，单击圆周线上任意一点，再使用鼠标中键单击圆周线外的位置，生成如图 2-33 所示的一个半径尺寸。

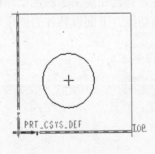 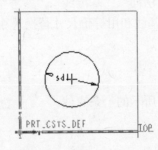 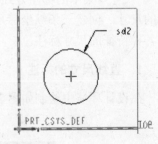

图 2-31　生成圆　　　　图 2-32　圆直径尺寸标注　　　　图 2-33　圆半径尺寸标注

（4）加上圆心定位的尺寸。单击"几何"菜单中的"圆"命令，在草绘设计环境中的坐标系位置绘制一个圆，如图 2-34 所示。

（5）单击"草绘器"菜单中的"对齐"命令，先用左键单击圆心，再用左键单击"TOP"基准面（黑点处），如图 2-35 所示。

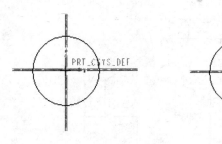

图 2-34 生成圆   图 2-35 对齐圆心

（6）此时圆心对齐到"TOP"基准面上。对齐操作成功将在消息显示区出现"－－对齐－－"消息。使用同样的操作，将圆心对齐到"RIGHT"面上，圆心就定位好了。只要把圆的直径或半径标注上，圆的标注就完成了，此处不再赘述。

3．圆弧的标注

（1）单击"几何"菜单中的"圆弧"命令，在草绘设计环境中绘制一个圆弧，如图 2-36 所示。

（2）单击"草绘器"菜单中的"尺寸"命令，使用"尺寸"菜单中默认的"法向"命令，左键单击圆弧线上任意一点，再使用鼠标中键单击圆弧线外的位置，生成如图 2-37 所示的一个半径尺寸。

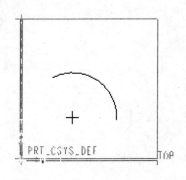
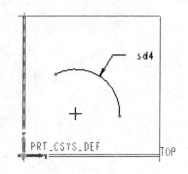

图 2-36 生成圆弧   图 2-37 圆弧半径尺寸标注

（3）圆弧的标注除半径尺寸外，还需要定位圆弧的圆心和圆弧的两个端点，这些方法上面已经介绍，此处不再赘述。左键单击"草绘器"菜单条中的"删除"命令，然后将设计环境中的圆弧半径尺寸及圆弧删除。

2.5.2 修改尺寸标注

通过绘制并再生一个封闭的截面，讲述尺寸的显示、尺寸的移动、尺寸值的修改、尺寸值的精度显示等内容。

绘制并再生一个封闭截面的具体操作过程如下。

在 2D 设计环境中绘制如图 2-38 所示的封闭截面，并标注尺寸。

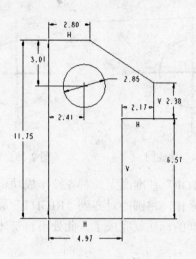

图 2-38　绘制一个 2D 截面

1. 控制尺寸的显示

单击"草绘器"工具栏中的"切换尺寸显示的开/关"按钮，此时设计环境中的 2D 截面隐藏尺寸值，如图 2-39 所示。

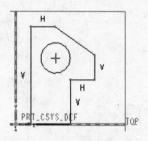

图 2-39　关闭尺寸显示

再次单击"切换尺寸显示的开/关"按钮命令，设计环境中的 2D 截面显示出尺寸值，此处不再赘述。

2. 修改尺寸值

设计环境中的 2D 截面再生成功后，"草绘器"菜单自动选取到"修改"命令，此时"修改草绘"菜单中默认为"修改图元"命令，如图 2-40 所示。

单击当前设计环境中 2D 封闭截面上的圆的半径尺寸，则此尺寸变成红色并且在"消息显示区"中出现一个编辑框，提示"输入一新值"，在此编辑框中输入一个新的尺寸值，然后单击此对话框中的按钮，则圆的半径修改为新的尺寸值，如图 2-41 所示。

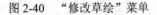

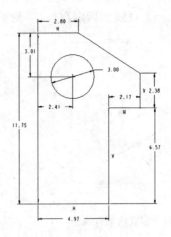

图 2-40　"修改草绘"菜单　　　　　图 2-41　修改圆半径尺寸

2.6　草图编辑

在本节中，主要讲述 "裁减"、"分割"、"镜像"和"移动图元"命令，"使用边"和"偏距边"要用到设计环境中已有图形的边，将在以后介绍。

2.6.1　修剪

修剪命令可以将图元多余的部分剪除，或将图元延长到另一个图元，具体操作过程如下。

❶ 在当前设计环境中绘制如图 2-42 所示的 3 条直线。

❷ 单击"几何形状工具"菜单中的"修剪"命令，然后依次单击两条直线中要删除的部分。

❸ 系统修剪掉两条直线多余的部分后如图 2-43 所示。

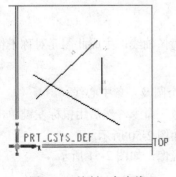
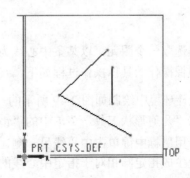

图 2-42　绘制 3 条直线　　　　　图 2-43　修剪选取的直线

❹ 在如图 2-44 所示的黑点处依次单击两条直线，注意在黑点边上标出单击的顺序。

❺ 系统延长一条直线到指定直线,并修剪掉另一条直线多余的部分,如图 2-45 所示。

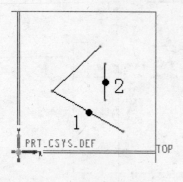
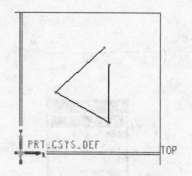

图 2-44 选取两条直线   图 2-45 生成直线延长线

2.6.2 分割

分割就是将指定图元从选取点处分割,具体操作过程如下。

❶ 在当前设计环境中绘制一条直线,如图 2-46 所示。

❷ 单击"几何形状工具"菜单中的"分割"命令,然后单击直线,如图 2-47 所示的黑点处。

❸ 系统在单击处生成一个断点,将直线分为两部分,如图 2-48 所示(分割点用绿色表示)。

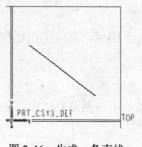
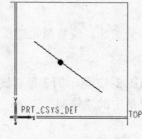
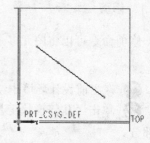

图 2-46 生成一条直线   图 2-47 选取直线   图 2-48 生成直线上的分割点

2.6.3 镜像

镜像就是选取一个图元,以某条中心线为镜像轴线,生成此图元对称于镜像轴线的另一个图元,镜像操作的具体操作过程如下。

❶ 在设计环境中绘制如图 2-49 所示的一个圆及一条中心线。

❷ 单击"几何形状工具"菜单中的"镜像"命令,然后用鼠标左键单击圆,再单击中心线,接着用鼠标中键单击中心线另一侧,如图 2-50 所示。

❸ 系统生成指定圆相对于指定中心线的镜像,如图 2-51 所示。

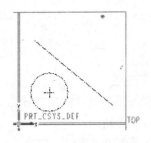
图 2-49　生成一个圆及一条直线

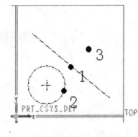
图 2-50　选取对象

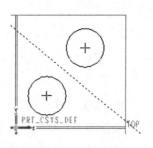
图 2-51　生成镜像特征

2.6.4　剪切、复制和粘贴

可以分别通过剪切和复制操作来移除或复制部分剖面或整个剖面。剪切或复制的草绘图元将被置于剪贴板中。可通过粘贴操作将剪切或复制的图元放到活动剖面中的所需位置。当执行粘贴操作时，剪贴板上的草绘几何不会被删除，允许多次使用复制或剪切的草绘几何。也可以通过剪切、复制和粘贴操作在多个剖面间移动某个剖面的内容。

从活动截面中选取一个或多个希望剪切或删除的草绘器几何图元。单击"编辑"→"剪切"命令，或者按 Ctrl+X 组合键剪切选定的一个或多个草绘器几何图元。也可以单击快捷菜单上的"剪切"，或单击工具栏上的 按钮。所有未被选取但与要剪切的已选取图元相关的尺寸和约束将被删除。这些图元将被复制到剪贴板上。

"复制"与"剪切"的不同之处在于前者不删除源图元，只是将与选定图元相关的强尺寸和约束也随同草绘几何图元一起复制到剪贴板上。

单击"编辑"→"粘贴"命令，或者按 Ctrl+V 组合键将被复制的图元粘贴到活动截面。指针将改为包含一个加号 (+)，要求选择一个位置来放置粘贴的图元。在图形窗口中单击任一位置，选取放置被复制图元的位置。具有默认尺寸的图元将被置于选定位置，图元的中心与选定位置重合，同时打开"缩放旋转"对话框，如图 2-52 所示。此外，粘贴图元上将出现"缩放"、"旋转"和"移动"控制滑块。"移动"控制滑块将与选定位置重合。

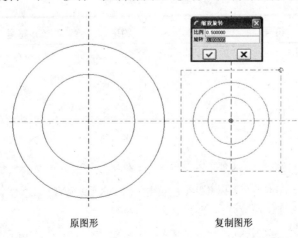

原图形　　　　　复制图形

图 2-52　复制与粘贴图形

2.7 几何约束

2D 截面绘制并标注尺寸后，要进行"再生"操作，进行截面外形尺寸的重新计算，以检查所有的尺寸和关系，若截面尺寸合理并且关系完整，则再生成功。

当一个截面进行再生时，系统会自动检测所有的几何元素及所给的尺寸。若有未作尺寸的几何元素，系统就会依照本身的假设去计算各几何元素的位置及尺寸（自动对齐）。如果系统假设的部分（含尺寸标注位置）并非所需的限制条件，则可以在绘制截面时加大各几何元素的差异，使再生不会使用这些假设条件。

2.7.1 设定几何约束

几何约束是指草图对象之间的平行、垂直、共线和对称等几何关系，几何约束可以替代某些尺寸标注，更能反映出设计过程中各草图元素之间的几何关系。在 Pro/ENGINEER 草绘器中可以设定智能的几何约束，也可以根据需要人工来设定几何约束。

单击"草绘"→"选项"命令，可以弹出"草绘器优先选项"对话框，选择"约束"选项卡，如图 2-53 所示。

在该选项卡中有多个复选框，每个复选框代表一种约束，选中复选框以后系统就会开启相应的自动设置约束。带有相应图形符号的约束如表 2-4 所示。

图 2-53 "约束"选项卡

表 2-4 约束符号

约束	符号	约束	符号
中点	M	图元上的点	−O− − −
相同点	□	相切图元	T
水平图元	H	垂直图元	⊥
竖直图元	V	平行线	∥
相等半径	带有一个下标索引的 R	对称	▸−◂
具有相等长度的线段	带有一个下标索引的 L（例如，L1）	图元水平或竖直排列	− − │
共线	▬	对齐	用于适当对齐类型的符号
使用"边/偏移边"	▬ ○		

2.7.2 修改几何约束

草绘几何时，系统使用某些假设来帮助定位几何。当光标出现在某些约束公差内时，系统捕捉该约束并在图元旁边显示其图形符号。用鼠标左键选取位置前可以进行下列操作。

（1）可以通过右击来禁用约束。要再次启用约束，再次右击即可。

（2）按住 Shift 键同时右击来锁定约束。重复刚才的动作即可解除锁定约束。

（3）当多个约束处于活动状态时，可以使用 Tab 键改变活动约束。

以灰色出现的约束称为"弱"约束。系统可以移除这些约束，而不加以警告。可以用"草绘"菜单中的"约束"选项来添加用户自己的约束。

可以从"编辑"→"转换到"菜单中单击"强"命令，将弱约束转变成强约束。加强那些不想让系统删除的系统约束时，首先单击要强化的约束，然后单击"编辑"→"转换到"→"强"命令，约束即被强化。

2.8 综合实例——法兰盘截面图

本节绘制如图 2-54 所示的法兰盘截面图。首先绘制中心线，然后绘制大圆，根据大圆绘制六边形，最后绘制小圆。

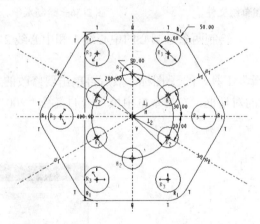

图 2-54 法兰盘截面图

法兰盘截面图的绘制过程如下。

❶ 运行 Pro/ENGINEER Wildfire 4.0，单击 按钮，系统弹出如图 2-55 所示的"新建"对话框。在"类型"选项组中选中"草绘"单选按钮，并且输入文件名"flan"，系统会自动加上后缀.sec。然后单击"确定"按钮，进入草绘界面。

❷ 单击"草绘编辑"工具栏 图标的功能延伸按钮"＞"，选择"中心线"图标 。在绘图区单击产生水平中心线起点，在绘图区右部中间，等中心线受到水平约束时（屏幕出现"H"字样），中心线

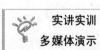

实讲实训
多媒体演示

多媒体演示参见配套光盘中的\\动画演示\第 2 章\法兰盘截面图.avi。

自动变为水平，按回车键，产生水平中心线的终点，完成水平中心线的绘制。竖直中心线的绘制与此类似，只是屏幕出现"V"字样，单击鼠标左键结束命令即可。

❸ 单击○图标，系统自动捕捉到两条中心线的交点，单击这一点，移动鼠标后指定半径长度，单击鼠标左键，绘制圆，系统将会自动标注出圆的直径。按回车键结束命令，如图 2-56 所示。

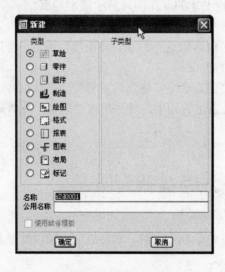

图 2-55　新建草绘文件

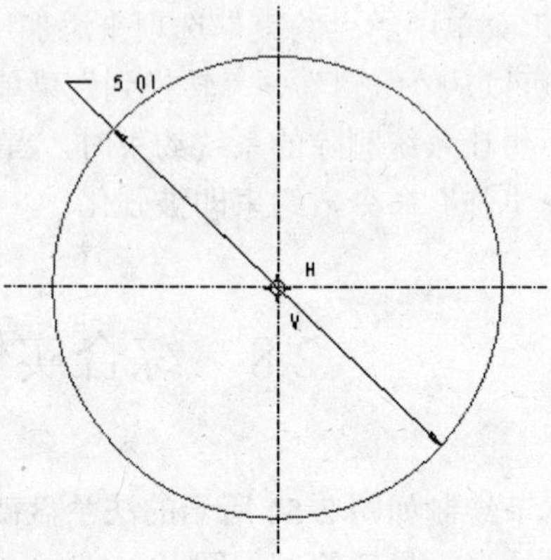

图 2-56　绘制水平、竖直中心线及圆

❹ 用步骤❶的命令，绘制两条过圆心的中心线 1 和中心线 2，如图 2-57 所示。按回车键结束命令。

❺ 单击"草绘编辑"工具栏的⊅图标，然后再单击要修改的尺寸标注，比如圆的直径，出现如图 2-58 所示的对话框，在文本框中填入圆的直径"200"，单击✓按钮即可。角度修改与此类似。

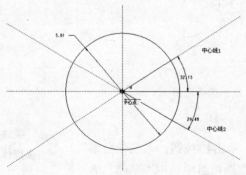

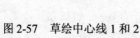

图 2-57　草绘中心线 1 和 2

图 2-58　"修改尺寸"对话框

完成尺寸修改后，绘图区域的图形及标注如图 2-59 所示。

❻ 单击╲图标，在圆外连续绘制 6 条首尾相接的直线 1、2、3、4、5、6（顺时针排列），6 个顶点也顺时针排列。在直线 6 要收尾时，可以发现系统在直线 1 的起点处出现红色圆圈样式的捕捉点，单击捕捉点，构成不规则六边形，如图 2-60 示。

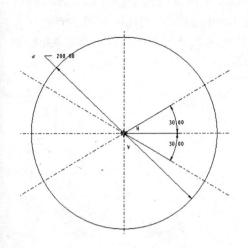

图 2-59　尺寸修改后的图形　　　　图 2-60　绘制六边形

❼ 单击"约束"按钮 ，出现如图 2-61 所示的"约束"面板。选择任一约束，系统都会出现如图 2-62 所示的提示框。正常选择，提示框会自动消失；放弃选择，单击"取消"按钮即可。

图 2-61　"约束"面板　　　图 2-62　提示框

❽ 单击"约束"面板中的 ↔ 图标，然后在直线 1、4 上单击，使其水平，如图 2-63 所示。

❾ 单击"约束"面板中的 ◉ 图标后，单击点 3，点 3 被选中变为红色，再单击水平中心线，使点 3 移到水平中心线上。使用同样的方法应用于点 6，如图 2-64 所示。

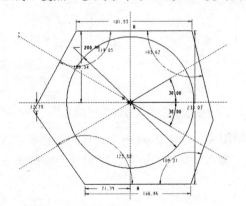

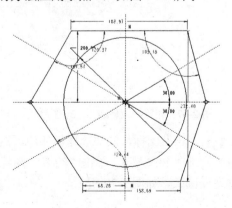

图 2-63　水平约束直线 1 和直线 4　　　　图 2-64　点 3、6 落在中心线上

⑩ 单击"约束"面板中的⊥图标后，选择直线 2 单击后，单击中心线 1，系统使直线 2 和中心线 1 垂直。使用同样的方法应用于直线 3 和中心线 2，绘图区如图 2-65 所示。

⑪ 单击"约束"面板中的**//**图标后，先后选择直线 2、5 并单击，两直线便会互相平行。使用同样的方法应用于直线 3、6，图形如图 2-66 所示。

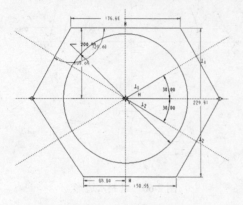 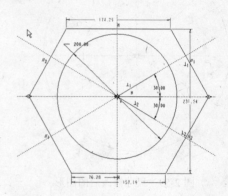

图 2-65　垂直约束线 2、线 3 分别垂直于中心线 1、2　　图 2-66　平行约束使线 2、3 分别平行于线 5、6

⑫ 单击"约束"面板中的 **=** 图标后，先后选择直线 1、2 并单击，使两条线段等长。使用同样的方法应用于直线 2、3，图形如图 2-67 所示。

⑬ 单击"约束"面板中的┿图标后，选择竖直中心线并单击变为红色，然后选择点 4、5，系统进行运算会使两点关于竖直中心线对称。到此为止，六边形被完全约束为一个正六边形，正六边形的中心也在圆心上，尺寸标注只剩下一个，如图 2-68 所示。这时如果再给图元增加约束，系统就会提示约束冲突，要求用户再删除一个原有约束或者撤销当前约束。

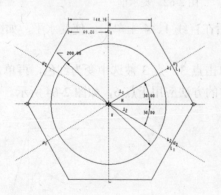 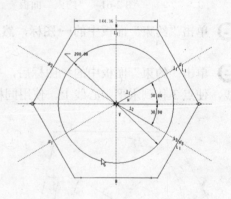

图 2-67　相等约束使线 1、2、3 等长　　　　　图 2-68　正六边形完全形成

⑭ 单击┴图标，依次选择相邻边，然后倒圆角，如图 2-69 所示。按照记点顺序顺时针排列圆弧 1 到圆弧 6。单击"约束"图标，弹出"约束"面板，采用等曲率约束 **=**，依次选取圆弧，如图 2-70 所示。

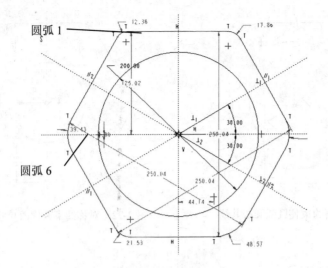

图 2-69　倒圆弧

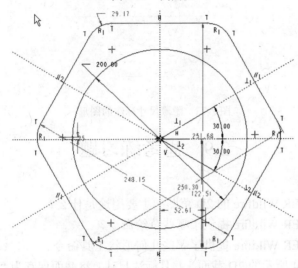

图 2-70　等曲率约束使圆弧半径相等

⓯　单击"约束"图标 🔲，弹出"约束"面板。单击"竖直排列约束"图标 ↕ 后，再单击圆弧 1、圆弧 5 的圆心。系统经过运算后使其在一条竖直线上。使用同样的方法设置圆弧 2、4 的圆心，如图 2-71 所示。

⓰　单击"对称约束"图标 ✛ 后使圆弧 4、5 的圆心关于竖直中心线对称；圆弧 5、6 的圆心关于中心线 1 对称；圆弧 6、1 的圆心关于中心线 2 对称。

⓱　最后，修改尺寸，使倒角圆弧半径为 50，六边形高度为 400，如图 2-72 所示。

⓲　单击 ⭕ 图标，在圆与中心线交点处绘制 6 个直径为 50 的圆，在倒角圆弧的圆心绘制 6 个直径为 60 的圆，得到如图 2-73 所示的图形。

⓳　如果单击"草绘"工具栏的 🔧 图标，就会隐藏标注。如果再次单击图标，则显示尺寸标注。最终效果参见图 2-74。

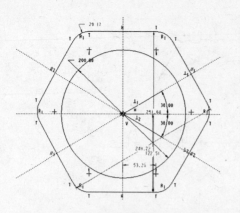
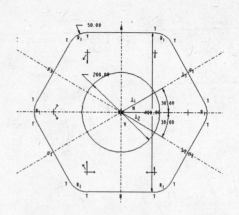

图 2-71　竖直约束使圆弧圆心共线　　　　图 2-72　对称约束并修改尺寸后的图形

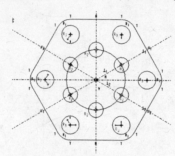

图 2-73　隐藏尺寸标注的图形

2.9　思考练习题

1．Pro/ENGINEER Wildfire 的 2D 草图的主要用途是什么？
2．Pro/ENGINEER Wildfire 提供了哪些草绘命令？
3．Pro/ENGINEER Wildfire 提供了哪些几何形状工具命令？
4．绘制如图 2-74 所示的 2D 截面，并且标注尺寸，将截面保存为"lianxi-4.sec"文件。

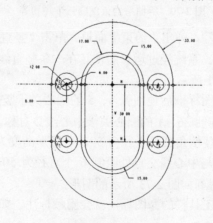

图 2-74　实验图 1

操作提示：使用到的命令有中心线、圆弧、直线、圆和镜像等。

5. 绘制如图 2-75 所示的 2D 截面，并且标注尺寸，将截面保存为"lianxi-5.sec"文件。

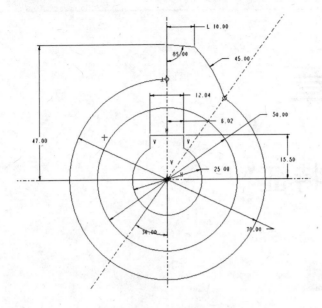

图 2-75 实验图 2

操作提示：使用到的命令有中心线、圆、直线、圆弧和动态修剪剖面图元等。

第 3 章

基准特征

本章导读

　　基准是建立模型的参考，在 Pro/ENGINEER 系统中，基准虽然不属于实体或曲面特征，但也是特征的一种。

　　本章主要讲述基准平面、基准轴、基准点和基准坐标的用途和创建。

内容要点

- ❖ 基准平面
- ❖ 基准轴
- ❖ 基准点
- ❖ 基准坐标系
- ❖ 基准曲线

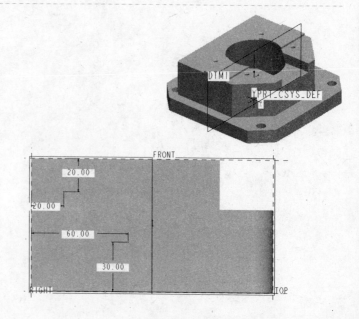

3.1 常用的基准特征

在绘制二维图形时,往往需要借助参照系。同样,在建立三维模型时也需要参照。例如,在进行旋转时要有一个旋转轴,这里的旋转轴就是一个基准。基准是特征的一种,但是不构成零件的表面或者边界,只是用来起一个辅助的作用。基准特征没有质量和体积等物理特征。根据需要可以随时控制基准特征的显示与否,以防止众多的基准特征引起的混乱。

在 Pro/ENGINEER 中,有两种创建基准的方式:一种是通过基准命令单独创建,这样创建的基准在模型树中以一个单独的特征出现;另外一种是在创建其他特征的过程中临时创建基准特征,采用这种方式创建的特征是包含在特征之内的,作为特征组的一个成员存在。

在 Pro/ENGINEER 中有多种基准特征,如图 3-1 所示的"基准特征"工具栏中显示了各种基准的创建工具。

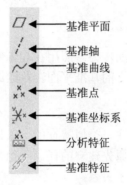

基准平面
基准轴
基准曲线
基准点
基准坐标系
分析特征
基准特征

图 3-1 "基准特征"工具栏

在 Pro/ENGINEER 中常用的基准工具主要有以下几种。

1.基准平面

作为参照用在尚未有基准平面的零件中。例如,当没有其他合适的平面曲面时,可以在基准平面上草绘或放置特征。也可以将基准平面用作参照,还可以将基准平面设置基准标签注释。

2.基准轴

与基准平面一样,基准轴可以用作特征创建的参照,也可以将基准轴用作参照,还可以将基准轴设置基准标签注释。

3.基准曲线

基准曲线允许创建 2D 截面,该截面可用于创建许多其他特征,如拉伸或旋转。此外,基准曲线也可用于创建扫描特征的轨迹。

4．基准点

在几何建模时可将基准点用作构造元素，或用作进行计算和模型分析的已知点。

5．基准坐标系

坐标系是可以添加到零件和组件中的参照特征。

3.2 基准平面

本节主要讲述基准平面的用途、创建以及方向控制。

3.2.1 基准平面的用途

作为三维建模过程中最常用的参照，基准平面可以有多种用途，主要包括以下几个方面。

1．作为放置特征的平面

在零件建立过程中可将基准平面作为参照用在尚未有基准平面的零件中，而且可以在没有其他合适的平面曲面时在新建立的基准平面上草绘或放置特征。

2．作为尺寸标注的参照

可以根据一个基准平面进行标注，类似特征的一条边。而且在标注某一尺寸时，如果既可以选择零件上的面也可以选择原先建立的任意一个基准面，则最好选择基准面。因为这样可以避免造成不必要的特征父子关系。

3．作为视角方向的参考

在模型建立的时候，系统默认的视角方向往往不能满足用户的要求，用户需要自己定义视角方向。三维物体的方向性是需要两个相互垂直的面来定义的，有时特征中没有合适的平面相互垂直，就需要创建基准面作为物体视角的参考平面。

4．作为定义组件的参考面

在定义组件时可能会利用许多零件的平面来定义贴合面、对齐面或定义方向，但是有时可能没有合适的零件平面，这时同样可以将基准面作为其参考依据构建组件。

5．放置标签注释

也可将基准平面用作参照，以放置设置基准。如果不存在基准平面，则选取与基准标签注释相关的平面曲面会自动创建内部基准平面。设置基准标签将被放置在参照基准平面或与基准平面相关的共面曲面上。

6. 产生剖视图

对于内部复杂的零件，为了清楚地看出其内部构造，必须利用剖视图来观察。这时就需要定义一个参考基准面，利用此基准面剖切零件。

基准平面是无限的，但是可调整其大小，使其与零件、特征、曲面、边或轴相吻合，或者指定基准平面显示轮廓的高度和宽度值。也可以使用显示的控制滑块拖动基准平面的边界重新调整其显示轮廓的尺寸。

3.2.2 创建基准平面

单击"基准特征"工具栏上的 按钮或单击"插入"→"模型基准"→"平面"命令打开如图 3-2 所示的"基准平面"对话框。

图 3-2 "基准平面"对话框

在"基准平面"对话框中包含以下 3 个选项卡。

（1）"放置"选项卡

"参照"收集器：允许通过参照现有平面、曲面、边、点、坐标系、轴、顶点、基于草绘的特征、平面小平面、边小平面、顶点小平面、曲线、草绘基准曲线和导槽来放置新基准平面。也可以选取基准坐标系或非圆柱曲面作为创建基准平面的放置参照。此外，可为每个选定参照设置一个约束。"约束类型"菜单上包含多种可用约束类型，如表 3-1 所示。

表 3-1 约束类型

约束类型	说明
穿过	通过选定参照放置新基准平面。当选取基准坐标系作为放置参照时，屏幕会显示带有如下选项的"平面"(Planes)选项菜单： XY - 通过 XY 平面放置基准平面 YZ - 通过 YZ 平面放置基准平面，为默认情况 ZX - 通过 ZX 平面放置基准平面
偏移	按自选定参照的偏移放置新基准平面，是选取基准坐标系作为放置参照时的默认约束类型。依据所选取的参照，可使用"约束"列表框输入新基准平面的平移偏移值或旋转偏移值
平行	平行于选定参照放置新基准平面
法向	垂直于选定参照放置新基准平面
相切	相切于选定参照放置新基准平面。当基准平面与非圆柱曲面相切并通过选定为参照的基准点、顶点或边的端点时，系统会将"相切"约束添加到新创建的基准平面

（2）"显示"选项卡

选择"基准平面"对话框中的"显示"选项卡，如图 3-3 所示。

图 3-3　"显示"选项卡

在该选项卡中包含下列各项。

"反向"按钮：反转基准平面的法向。

"调整轮廓"复选框：允许调整基准平面轮廓的大小。选中该复选框时，可使用"轮廓类型选项"菜单中的选项，各选项含义如表 3-2 所示。

表 3-2　选项及含义

选项	含义
参照	允许根据选定参照（如零件、特征、边、轴或曲面）调整基准平面的大小
大小	允许调整基准平面的大小，或将其轮廓显示尺寸调整到指定宽度和高度值大小，为默认值。选中该选项后，可使用"宽度"和"高度"选项
宽度	允许指定一个值作为基准平面轮廓显示的宽度，仅在选中"调整轮廓"复选框和"尺寸"时可用
高度	允许指定一个值作为基准平面轮廓显示的高度，仅在选中"调整轮廓"复选框和"尺寸"时可用

注意： 在对使用半径作为轮廓尺寸的继承基准平面进行重定义时，系统会将半径值更改为继承基准平面显示轮廓的高度和宽度值。当选中"显示"选项卡中的"调整轮廓"复选框和"尺寸"时，这些值会显示在"宽度"和"高度"文本框中。

"锁定长宽比"复选框：允许保持基准平面轮廓显示的高度和宽度比例，仅在选中"调整轮廓"复选框和"尺寸"时可用。

（3）"属性"选项卡

在"属性"选项卡中，可在 Pro/ENGINEER 浏览器中查看关于当前基准平面特征的信息。单击"名称"文本框后面的🔢按钮，弹出如图 3-4 所示的浏览器界面，在其中显示了当前基准平面特征的信息。另外，可使用"属性"选项卡重命名基准特征。

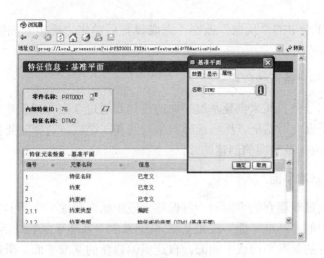

图 3-4 浏览基准平面信息

创建基准平面的方法很多，具体如下。

1．3 点方式创建基准平面

该方式就是通过选取 3 个不相重合的点来决定一个平面。选取的点可以是模型上的点，也可以是建立的参考点。具体操作过程如下所述。

❶ 打开随书光盘中的 yuanwenjian/ch3/jizhun.prt。

❷ 单击"基准"工具栏中的"基准平面工具"按钮 ⬚，系统弹出"基准平面"对话框。

❸ 选取基准平面通过的第一个点，这时会出现一个黄颜色表示的平面通过选取的点。

❹ 依次通过鼠标选取另外两个不重合的点，在选取时要按住 Ctrl 键。选取完成后即可出现基准平面通过所选取的 3 个点，并且有一个箭头表示基准平面的法向，如图 3-5 所示。

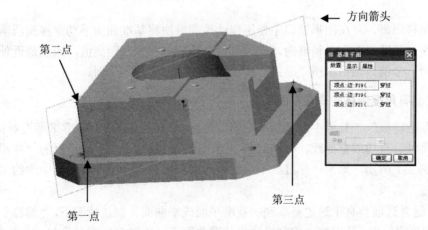

图 3-5 3 点确定基准平面

❺ "基准平面"对话框中的"确定"按钮变为可用状态，如果需要修改方向可以

单击"显示"选项卡中的"反向"按钮，完成设置后单击"确定"按钮即可完成基准平面的建立。

2．通过一点和一条直线创建平面

通过一个点和一条直线来创建基准平面的过程和通过 3 点方式创建的过程基本相同，首先打开"基准平面"对话框，然后选择一条直线和一个点，选择时要按住 Ctrl 键。单击"确定"按钮即完成基准平面的创建。

3．创建偏移基准平面

这种方式是通过对现有的平面向一侧偏移一段距离而形成一个新的基准平面。单击"基准特征"工具栏中的"基准平面"按钮 ⬜，系统弹出"基准平面"对话框。

然后选取现有的基准平面或平曲面，自这里偏移新的基准平面。所选参照及其约束类型均会在"参照"收集器中显示，如图 3-6 所示。

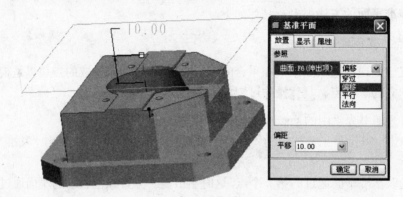

图 3-6　以偏移方式创建基准平面

如果"偏距"不是选定参照的默认约束，可从"参照"收集器中的约束列表中选择"偏移"选项。

要调整偏移距离，可在图形窗口中使用拖动控制滑块将基准曲面手动平移到所需距离处。也可以在"基准平面"对话框内，向"平移"数值框中输入距离值，或从最近使用值的列表中选择一个值。然后单击"确定"按钮即可创建偏移基准平面。

4．创建具有角度偏移的基准平面

单击"基准特征"工具栏中的"基准平面"按钮 ⬜，系统弹出"基准平面"对话框。选取现有基准轴、直边或直曲线。所选取的参照出现在"基准平面"对话框的"参照"收集器中，如图 3-7 所示。如果"穿过"不是默认约束，可从"参照"收集器中的约束列表内选择"穿过"选项。

按 Ctrl 键并选取垂直于选定基准轴的基准平面或平曲面。默认情况下，"偏移"被选作约束。在图形窗口中，使用拖动控制滑块将基准曲面手动旋转到所需角度处。或者在"基准平面"对话框内，在"旋转"数值框中输入角度值，或从最近使用值的列表中选择一个值，如图 3-8 所示。然后单击"确定"按钮创建偏移基准平面。

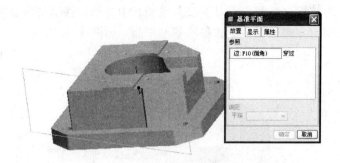

图 3-7　选取边

图 3-8　创建具有角度偏移的基准平面

5.通过基准坐标系创建基准平面

可选取一个基准坐标系作为放置参照，然后在距原点的某一偏移处或者通过其中一个虚拟平面沿其中一个坐标轴放置基准平面，可用约束为"偏移"和"通过"。"偏移"是默认值。约束类型是"偏移"时，系统就会在距原点的某一偏移处沿选定作为放置参照的基准坐标系的其中一个轴放置基准平面。

单击"基准特征"工具栏中的"基准平面"按钮 □，弹出"基准平面"对话框。选取一个基准坐标系作为放置参照。选定的基准坐标系及其约束类型均会出现在"参照"收集器中，如图 3-9 所示。

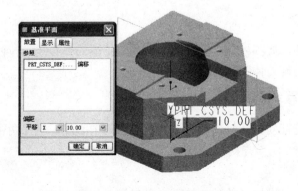

图 3-9　选择基准坐标系

单击"确定"按钮，系统会沿基准坐标系的其中一个轴或通过该基准坐标系的其中一个虚拟平面按照指定方向偏移，创建偏移基准平面，如图 3-10 所示。

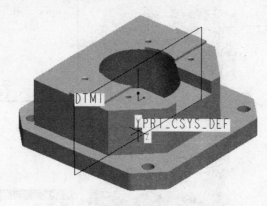

图 3-10　创建基准平面

3.2.3　基准平面的方向

Pro/ENGINEER 系统中的基准面有正向和负向之分。同一个基准面有两边，一边用黄色的线框显示，表示这是 3D 实体上指向实体外的平面方向，即正向。另一边用红色线框显示，表示平面的负向。当使用基准面来设置 3D 实体的方向时，需要确定基准面正向所指的方向。

3.3　基准轴

本节主要讲述基准轴的用途、创建及基准轴的显示控制。

3.3.1　基准轴的用途

基准轴用黄色中心线表示，并用符号"A_*"标识，其中"*"表示流水号。基准轴的用途主要有两种。

1. 作为中心线

可以作为回转体，如圆柱体、圆孔和旋转体等特征的中心线。拉伸一个圆成为圆柱体或旋转一个截面成为旋转体时会自动产生基准轴。

2. 同轴特征的参考轴

如果要使两个特征同轴，可以对齐这两个特征的中心线，确保两个特征同轴。

3.3.2　创建基准轴

与特征轴相反，基准轴是单独的特征，可以被重定义、隐含、遮蔽或删除。同时可以在创建基准轴期间对其进行预览，可以指定一个值作为轴长度，或调整轴长度使其在视觉上与选定为参照的边、曲面、基准轴、"零件"模式中的特征或"组件"模式中的零件相拟合。参照的轮廓用于确定基准轴的长度。Pro/ENGINEER 将基准轴命名为 A_#，其中#是已创建的基准轴的号码。

单击"基准特征"工具栏中的"基准轴"按钮或者单击"插入"→"模型基准"→"轴"命令，打开如图3-11 所示的"基准轴"对话框。

"基准轴"对话框包含以下 3 个选项卡。

（1）"放置"选项卡

参照：放置新的基准轴。使用该收集器选取要在其上放置新基准轴的参照，然后选取参照类型。要选取其他参照，可以在选取时按住 Ctrl 键。参照类型如表 3-3 所示。

图 3-11　"基准轴"对话框

表 3-3　参照类型

参照类型	说明
通过	表示基准轴延伸通过选定参照
法向	放置垂直于选定参照的基准轴。此类型的参照将要求用户在"偏移参照"收集器中定义参照，或添加附加点或顶点来完全约束该轴
相切	放置与选定参照相切的基准轴。此类约束要求用户添加附加点或顶点作为参照。创建位于该点或顶点处平行于切向量的轴
中心	通过选定平面圆边或曲线的中心，且垂直于选定曲线或边所在平面的方向放置基准轴

偏移参照：如果在"参照"收集器中选择"法向"作为参照类型，则激活"偏移参照"收集器。使用该收集器选取偏移参照。

（2）"显示"选项卡

"显示"选项卡包含"调整轮廓"复选框。"调整轮廓"允许调整基准轴轮廓的长度，从而使基准轴轮廓与指定尺寸或选定参照相拟合。选中该复选框时，可使用轮廓类型选项菜单中的以下选项。

大小：允许将基准轴长度调整到指定长度。可以使用控制滑块将基准轴长度手动调整至所需长度，或者在"长度"文本框内指定一个值。

参照：允许调整基准轴轮廓的长度，从而使其与选定参照（如边、曲面、基准轴、"零件"模式中的特征或"组件"模式中的零件）相拟合。"参照"收集器会显示选定参照类型。

（3）"属性"选项卡

在"属性"选项卡中，可在 Pro/ENGINEER 浏览器中查看关于当前基准轴特征的信息。单击"名称"文本框后面的🛈按钮，即可弹出如图 3-12 所示的浏览器，在其中显示了当前基准轴特征的信息。另外，可使用"属性"选项卡重命名基准特征。

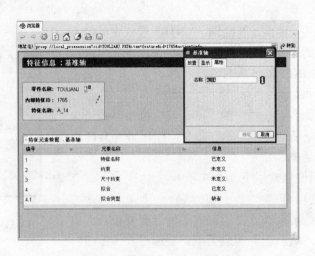

图 3-12 浏览基准轴信息

在 Pro/ENGINEER 中可以通过多种方式来建立基准轴,下面简单介绍常用的几种方法。

1. 创建垂直于曲面的基准轴

单击"基准特征"工具栏中的"基准轴工具"按钮,弹出"基准轴"对话框。在图形窗口中选取一个曲面,选定曲面(约束类型设置为"法向")会出现在"参照"收集器中,可以预览垂直于选定曲面的基准轴。曲面上出现一个控制滑块,同时出现两个偏移参照控制滑块,如图 3-13 所示。

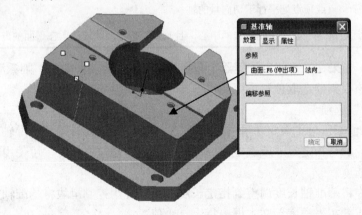

图 3-13 选取参照

拖动偏移参照控制滑块来选取两个参照或以图形方式选取两个参照,如两个平面或两条直边。所选的两个偏移参照出现在"偏移参照"收集器中,如图 3-14 所示。

可以在"偏移参照"收集器中修改偏移的距离。完成设置后单击"确定"按钮来创建垂直于选定曲面的基准轴。

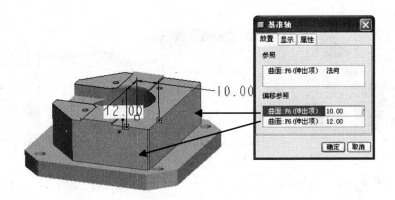

图 3-14　选取偏移参照

2．创建通过一点并垂直于选定平面的基准轴

单击"基准特征"工具栏中的"基准轴工具"按钮 /，弹出"基准轴"对话框。然后在图形窗口中选取一个曲面，选定曲面（约束类型设置为"法向"）会出现在"参照"收集器中，可以预览垂直于选定曲面的基准轴。曲面上出现一个控制滑块，同时出现两个偏移参照控制滑块，如图 3-15 所示。

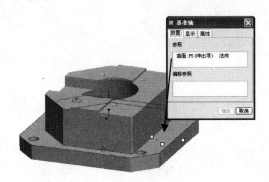

图 3-15　选择基准轴第一参考

然后按住 Ctrl 键在图形窗口中选取一个非选定曲面上的点，选定的点会出现在"参照"收集器中。这时可以预览通过该点且垂直选定平面的基准轴，如图 3-16 所示。

单击"确定"按钮来创建通过选定点并垂直于选定曲面的基准轴。

3．创建通过曲线上一点并相切于选定曲线的基准轴

单击"基准特征"工具栏中的"基准轴"按钮 /，弹出"基准轴"对话框。然后在图形窗口中选取一条曲线，选定曲线会出现在"参照"收集器中，可以预览相切于选定曲线的基准轴，如图 3-17 所示。

然后按住 Ctrl 键在图形窗口中选取一个选定曲线上的点，选定的点会出现在"参照"收集器中。这时可以预览通过该点且与选定曲线相切的基准轴，如图 3-18 所示。单击"确定"按钮来创建通过选定点并与选定曲线相切的基准轴。

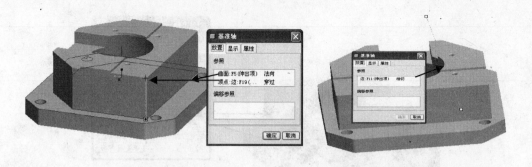

图 3-16　预览基准轴　　　　　　　图 3-17　选择基准的参考曲线

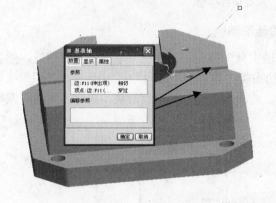

图 3-18　预览基准轴　　　　　　　图 3-19　创建同线基准线

4. 创建通过圆柱体轴线的基准轴

单击"基准特征"工具栏中的"基准轴"按钮 ∕，弹出"基准轴"对话框。然后在图形窗口中选取如图 3-19 所示的圆柱面，再单击"确定"按钮即可生成与该圆柱面轴线同线的基准轴。

3.4　基准点

本节主要讲述基准点的用途、创建基准点、草绘基准点以及偏移坐标系基准点。

3.4.1　基准点的用途

基准点大多用于定位，基准点用符号"PNT*"标识，其中"*"表示流水号。基准点的用途主要有 3 种。

（1）作为某些特征定义参数的参考点。

（2）作为有限元分析网格上的施力点。

（3）计算几何公差时，指定附加基准目标的位置。

3.4.2 创建基准点

要创建位于模型几何上或自其偏移的基准点，可使用一般类型的基准点。依据现有几何和设计意图，可使用不同方法指定点的位置。

以随书光盘中的 yuanwenjian/ch3/jizhundian.prt 为例，下面简单介绍常用的几种方法。

1．平面偏移基准点

单击"基准特征"工具栏中的"基准点"按钮 ×× 右侧的"展开"三角形按钮 ▸，系统弹出如图 3-20 所示的工具栏，单击"基准点"按钮 ××，系统弹出"基准点"对话框，如图3-21 所示。

图 3-20　"基准点"工具栏　　　　　　　图 3-21　"基准点"对话框

"基准点"对话框中有两个选项卡："放置"选项卡和"属性"选项卡。前者用来定义点的位置，后者允许编辑特征名称并在 Pro/ENGINEER 浏览器中访问特征信息。

新点被添加到点列表中，并且系统提示选取参照，选取模型的上表面来放置基准点。完成后选取的曲面出现在"参照"列表中，同时"基准点"对话框下方出现"偏移参照"列表，如图 3-22 所示。

在"偏移参照"列表中单击鼠标左键，然后按住 Ctrl 键用鼠标左键在图形窗口中选取两个参考面，则选取的曲面出现在参照列表中，新点在选定位置被添加到模型中，如图 3-23所示。也可以通过拖动方形图柄到模型的两个侧面。

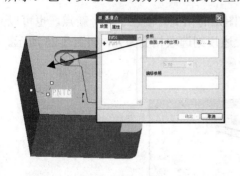 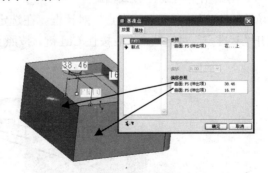

图 3-22　选取放置平面　　　　　　　　图 3-23　选择偏移参照

要调整放置尺寸，在图形区域中双击某一尺寸值然后输入一个新值，或者通过使用"基准点"对话框调整尺寸。单击列在"偏移参照"列表中的某个尺寸值，然后输入新值。标注该点到两个偏移参照的尺寸。

调整完尺寸，单击"新点"可添加更多点，或单击"确定"按钮结束。

2．在曲线、边或基准轴上创建基准点

要在曲线、边或基准轴上创建基准点，首先需要选取一条边、基准曲线或轴来放置基准点，然后单击 ×× 按钮。默认点被添加到选定图元中，同时"基准点"对话框打开，新点被添加到点列表中，并且为操作所收集的图元出现在"参照"下，如图 3-24 所示。

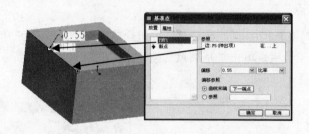

图 3-24　选择边

拖动点的控制滑块可手动调整点的位置，或者可使用"放置"选项卡来定位该点。当使用"放置"选项卡定位基准点时，有两个选项。

（1）曲线末端：从曲线或边的选定端点测量距离。要使用另一个端点，可单击"下一端点"按钮。对于曲线或边，会默认选中"曲线末端"单选按钮。

（2）参照：从选定图元测量距离。选取参照图元，如一个实体曲面。

完成设置后单击"新点"可添加更多基准点，或单击"确定"按钮结束。

3．在图元相交处创建基准点

可以选用多种图元的组合方式，通过图元的相交来创建基准点。在选取相交图元时，按 Ctrl 键。可以选取下列组合之一。

（1）3 个曲面或基准平面。

（2）与曲面或基准平面相交的曲线、基准轴或边。

（3）两条相交曲线、边或轴。

单击 ×× 按钮，打开"基准点"对话框。在选定图元的相交处创建了一个新点。也可以先打开"基准点"对话框，然后按住 Ctrl 键，按照上述规则选取相交图元，如图 3-25 所示。

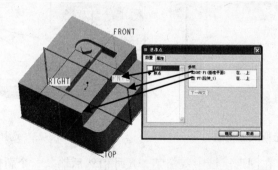

图 3-25　通过图元相交创建基准点

单击"新点"继续创建点，或单击"确定"按钮完成创建。

3.4.3　草绘基准点

草绘基准点是在"草绘器"内通过在二维草绘平面上选取其位置而创建的。可同时草绘多个基准点。一次操作所创建的所有草绘的基准点均属于相同的"基准点"特征，并位于相同的草绘平面上。

单击"插入"→"模型基准"→"点"→"草绘"命令，或者在"基准"工具栏上单击 按钮可打开基准点调色板 ，然后单击 按钮即可打开"草绘的基准点"对话框，如图 3-26 所示。

在"草绘的基准点"对话框有以下两个选项卡。

1．"放置"选项卡

在该选项卡对话框中，可定义下列各项。

草绘平面：选取平曲面或基准平面，或单击"使用先前的"按钮。

草绘视图方向：接受由箭头所指示的默认视图方向，或单击"反向"按钮。

草绘方向：通过选取一个方向参照并将其定向为"顶部"、"底部"、"左"、"右"，指定如何定向草绘。

2．"属性"选项卡

重命名特征并在 Pro/ENGINEER 浏览器中显示特征信息。

在该选项卡对话框中，单击"草绘"按钮可进入"草绘"模式。接受标注截面尺寸的默认参照或选取不同参照。完成后，单击"参照"对话框中的"关闭"按钮。然后单击 并放置一个点，按需要添加多个点，如图 3-27 所示。单击 按钮退出"草绘"即可完成基准点的绘制。

图 3-26　"草绘的基准点"对话框

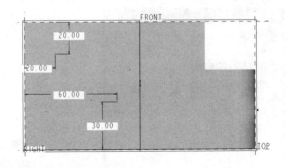

图 3-27　草绘基准点

3.4.4　偏移坐标系基准点

可以通过相对于选定坐标系定位点方法将点手动添加到模型中，也可以通过输入一个或多个文件创建点阵列的方法将点手动添加到模型中，或同时使用这两种方法将点手动添加到模型中。可使用笛卡儿坐标系、球坐标系或柱坐标系偏移点。

单击"插入"→"模型基准"→"点"→"偏移坐标系"命令，或者在"基准特征"工具栏上单击 旁边的 按钮，打开基准点调色板 ，然后单击 按钮，可以打开"偏移坐标系基准点"对话框，如图 3-28 所示。

在"偏移坐标系基准点"对话框中有两个选项卡："放置"选项卡和"属性"选项卡。在"放置"选项卡中可通过指定下列各项来定义点位置。

（1）参照坐标系。

（2）放置点的偏移方法的类型。

（3）沿选定坐标系轴的点的坐标。

此外，"放置"选项卡含有下列按钮。

（1）输入：将数据文件输入到模型中。

（2）更新值：使用文本编辑器显示点表中列出的所有点的值。也可以使用文本编辑器来添加新点、更新点的现有值或删除点。重定义基准点偏移坐标系时，如果单击"更新值"（Update Values）按钮并使用文本编辑器编辑一个或所有点的值，则 Pro/ENGINEER 将为原始点指定新值。

（3）保存：将点坐标保存到扩展名为.pts 的文件中。

（4）使用非参数矩阵：移除尺寸并将点数据转换为非参数矩阵。

注意：可通过点表或文本编辑器来在非参数矩阵中添加、删除或修改点，而不能通过快捷菜单上的"编辑"(Edit) 命令来执行这些操作。

（5）确定：接受已经创建的点并退出对话框。

可以在"属性"选项卡中重命名特征并在 Pro/ENGINEER 浏览器中显示特征信息。

要创建偏移坐标系基准点可以单击基准点调色板 上的 按钮，打开"偏移坐标系基准点"对话框。可以从"类型"下拉列表中选取坐标系类型。然后在图形窗口中选取用于放置点的坐标系，如图 3-29 所示。

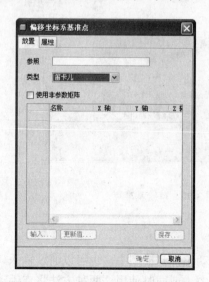

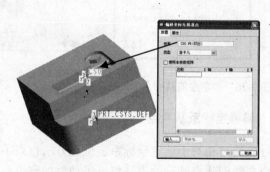

图 3-28　"偏移坐标系基准点"对话框　　　　图 3-29　选取参照坐标系

要开始添加点，可单击点表中的单元格，输入每个所需轴的点的坐标。例如，对于笛卡儿坐标系，必须指定 X、Y 和 Z 方向上的距离。例如，在上面的例子中继续指定点的坐标值为 30，75，-30，完成后，新点即出现在图形窗口中，并带有一个拖动控制滑块（以白色矩形标识），如图 3-30 所示。

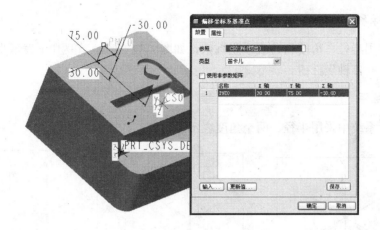

图 3-30　指定点坐标

通过沿坐标系的每个轴拖动该点的控制滑块，可手动调整点的位置。要添加其他点，可单击表中的下一行，然后输入该点的坐标。或者单击"更新值"按钮，然后在文本编辑器中输入值（各个值之间以空格进行分隔）。

完成点的创建后，可单击"确定"按钮接受这些点并退出，或者单击"保存"按钮并指定文件名及位置，将这些点保存到一个单独文件中。

3.5　基准坐标系

本节主要讲述基准坐标系的用途、种类及创建。

3.5.1　基准坐标系的用途

基准坐标系用符号"CS*"标识，其中"*"表示流水号。基准坐标系的用途主要有 4 种。

（1）零部件的装配时，若要用到"坐标系重合"的装配方式，需用到基准坐标系。

（2）IGES、FEA 和 STL 等数据的输入与输出都必须设置基准坐标系。

（3）生成 NC 加工程序时必须使用基准坐标系作为参考。

（4）进行重量计算时必须设置基准坐标系以计算重心。

3.5.2　基准坐标系的种类

常用的基准坐标系类型主要有 3 种，即笛卡儿坐标系、柱坐标系和球坐标系。

1．笛卡儿坐标系

Pro/ENGINEER 总是显示带有 X、Y 和 Z 轴的坐标系，即笛卡儿坐标系。笛卡儿坐标系用 X、Y 和 Z 表示坐标值，如图 3-31 所示。

2．柱坐标系

柱坐标系用半径、角度和 Z 表示坐标值，如图 3-32 所示。在图中 r 表示半径，θ 表示角度，Z 值表示 Z 轴坐标值。

3．球坐标系

在球坐标系统中采用半径、两个角度表示坐标值，如图 3-33 所示。

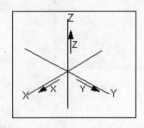 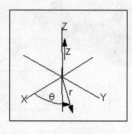 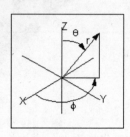

图 3-31　笛卡儿坐标系　　　图 3-32　柱坐标系　　　图 3-33　球坐标系

3.5.3　创建基准坐标系

Pro/ENGINEER 将基准坐标系命名为 CS#，其中 # 是已创建的基准坐标系的号码。如果需要，可在创建过程中使用"坐标系"对话框中的"属性"选项卡为基准坐标系设置一个初始名称。如果要改变现有基准坐标系的名称，可在模型树中的基准特征上右击，并从快捷菜单中单击"重命名"命令。

单击"插入"→"模型基准"→"坐标系"命令，或者单击"基准特征"工具栏上的  按钮，弹出"坐标系"对话框，其中的"原始"选项卡处于活动状态，如图 3-34 所示。

图 3-34　"坐标系"对话框

"坐标系"对话框包含"原始"选项卡、"定向"选项卡和"属性"选项卡。"原始"选项卡包含下列几个部分。

（1）参照：对话框中的本部分包含坐标系参照收集器，可随时在该收集器上单击以选取或重定义坐标系的放置参照。

（2）偏移类型：此列表允许按几种方法偏移坐标系，如表 3-4 所示。

表 3-4　坐标系偏移类型

偏移类型	说明
笛卡儿	允许通过设置 X、Y 和 Z 值偏移坐标系
圆柱状	允许通过设置半径、Theta 和 Z 值偏移坐标系
球状	允许通过设置半径、Theta 和 Phi 值偏移坐标系
从文件	允许从转换文件输入坐标系的位置

在"定向"选项卡中可设置坐标系轴的位置，包含下列选项。

（1）参照选取：该选项允许通过选取坐标系轴中任意两个轴的方向参照定向坐标系。

（2）所选坐标轴：该选项允许定向坐标系，绕着作为放置参照使用的坐标系的轴旋转该坐标系即可。

（3）设置 Z 轴垂直于屏幕：此按钮允许快速定向 Z 轴使其垂直于查看的屏幕。

"坐标系"对话框中默认打开的是"原始"选项卡，此选项卡决定基准点的放置位置，如图 3-35 所示。在当前设计环境中有一个长方体，单击此长方体的顶面，此时顶面被红色加亮并在鼠标单击处出现一个基准坐标系，如图 3-36 所示。

图 3-35　"原始"选项卡

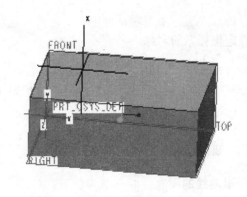

图 3-36　选取坐标系放置位置

此时，"坐标系"对话框的"原始"选项卡如图 3-37 所示。

单击当前设计环境中默认的坐标系"PRT_CSYS_DEF"，此时设计环境中出现新建坐标系偏移默认坐标系的 3 个偏移尺寸值，如图 3-38 所示。

此时，"坐标系"对话框的"原始"选项卡如图 3-39 所示。

可以在"原始"选项卡中的 X、Y 和 Z 文本框中直接输入新建坐标系偏移默认坐标系的偏移值，也可以双击设计环境中的坐标值进行偏移值的修改，此处不再赘述。将 X、Y 和 Z 都设为 60，然后单击"坐标系"对话框中的"确定"命令，系统生成一个新基准坐标系，名称为 CS0，如图 3-40 所示。

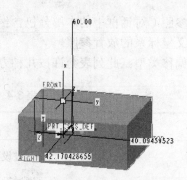

图 3-37　选取坐标系位置后的"原始"选项卡　　图 3-38　显示坐标系偏移尺寸

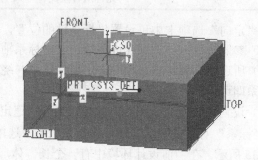

图 3-39　新建坐标系的偏移值　　　　　图 3-40　生成基准坐标系

　　可以通过"坐标系"对话框中的"定向"选项卡设定坐标系轴的方向，通过"属性"选项卡设定坐标系的名称。

3.6　基准曲线

　　本节主要讲述基准曲线的用途、创建。

3.6.1　基准曲线的用途

　　基准曲线主要用来建立几何的曲线结构，用途主要有 3 种。
　　（1）作为扫描特征（Sweep）的轨迹线。
　　（2）作为曲面特征的边线。
　　（3）作为加工程序的切削路径。

3.6.2　创建基准曲线

　　单击"基准特征"工具栏中的"插入基准曲线"按钮 ∼，系统弹出"曲线选项"菜单面板，如图 3-41 所示。

图 3-41　"曲线选项"菜单面板

从"曲线选项"菜单面板中可以看到，创建曲线的方式有 4 种。

（1）经过点：创建一条通过指定点的曲线（或直线）。

（2）自文件：创建一条来自文件的曲线。Pro/ENGINEER 可以接受的文件格式有 IGES、SET 和 VDA 等。

（3）使用剖截面：以剖面的边来创建一条新曲线。

（4）从方程：使用方程式来创建一条新曲线。

单击"退出"命令，退出曲线的创建。曲线的创建将在后面详细地介绍。

3.7　思考练习题

1．说明基准面的用途。
2．说明基准轴的用途。
3．说明基准点的用途。
4．说明基准坐标系的用途。
5．练习建立各种基准特征。

第4章

基础特征设计

本章导读

　　前面学习了草图绘制和基准的创建，本章主要讲述拉伸、旋转、扫描和混合特征的创建和编辑。通过本章的学习可以对一些简单的实体进行建模。

　　Pro/ENGINEER 中常用的基础特征包括拉伸、旋转和混合。除此之外，还有作为实体建模时参考的基准特征，如基准面、基准轴、基准点、基准坐标系等。Pro/ENGINEER 不但是一个以特征造型为主的实体建模系统，而且对数据的存取也是以特征作为最小单元。Pro/ENGINEER 创建的每一个零件都是由一串特征组成的，零件的形状直接由这些特征控制，通过修改特征的参数就可以修改零件。

内容要点

✧ 拉伸特征
✧ 旋转特征
✧ 混合特征

4.1　拉伸特征

本节主要介绍拉伸特征的基本概念、创建步骤和编辑操作。

拉伸特征：将二维截面延伸到垂直于草绘平面的指定距离处来形成实体。

4.1.1　创建拉伸

使用"拉伸"工具是创建实体或曲面以及添加或移除材料的基本方法之一。通常，要创建伸出项，需要选取要用作截面的草绘基准曲线，然后激活"拉伸"工具。

创建拉伸模型的具体操作过程如下。

❶　打开 Pro/ENGINEER 系统，新建一个"零件"设计环境。单击"草绘工具"按钮 ，系统弹出"草绘"对话框，如图 4-1 所示。

❷　单击 FRONT 面的标签"FRONT"，将这个面设为草绘面，此时系统默认将"RIGHT"面设为参照面，此时的"草绘"对话框如图 4-2 所示。

图 4-1　"草绘"对话框　　　　　图 4-2　选取草绘面及参照面

❸　单击"草绘"对话框中的"草绘"按钮，进入草图绘制环境。左键单击"草绘器工具"工具栏中的"创建矩形"按钮 ，然后在草绘设计环境中绘制一个矩形，此时矩形的尺寸由系统自动标注，如图 4-3 所示。

❹　左键单击"草绘器工具"工具栏中的"选取项目"按钮 ，退出绘制矩形命令，使用鼠标左键双击矩形上的一个尺寸，此尺寸变为可编辑状态，如图 4-4 所示。

❺　在尺寸编辑框中输入尺寸值"200.00"，然后按回车键，可以看到矩形大小随尺寸值动态改变，尺寸修改后的矩形如图 4-5 所示。

❻　将矩形的另一个尺寸修改为"150"，尺寸修改后的矩形如图 4-6 所示。

❼　截面绘制完成后，单击"草绘器"工具栏中的"继续当前部分"按钮 ，退出草绘环境，进入零件设计环境，此时草绘截面用红色线表示，如图 4-7 所示。

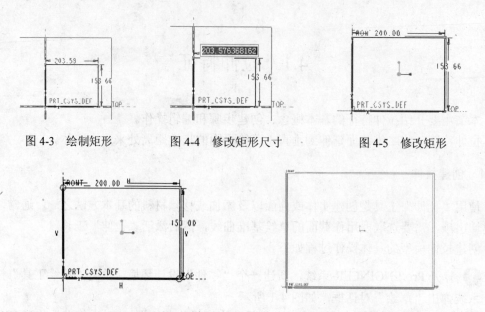

图 4-3 绘制矩形　　　　图 4-4 修改矩形尺寸　　　　图 4-5 修改矩形

图 4-6 修改另一个尺寸　　　　　　图 4-7 生成拉伸截面

❽ 单击"基础特征"工具栏中的"拉伸"按钮 ，弹出如图 4-8 所示的操控板。上一步绘制的 2D 草绘图将作为此拉伸特征的 2D 截面，如图 4-9 所示。图中特征中心处的尺寸表示拉伸的深度，也就是拉伸特征的拉伸长度。

图 4-8 "拉伸"操控板

❾ 双击拉伸深度尺寸，然后输入尺寸值"100.00"，按回车键，此时拉伸深度修改为"100.00"。单击"拉伸特征"工具栏中的"建造特征"按钮 ，系统完成拉伸特征的创建。旋转并缩放当前设计环境中的拉伸特征，如图 4-10 所示。

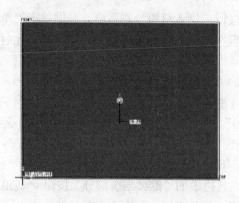
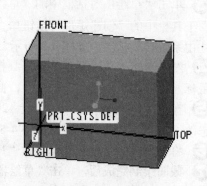

图 4-9 生成拉伸预览体　　　　　　图 4-10 生成拉伸特征

4.1.2 "拉伸"操控板

"拉伸"操控板上面的按钮如下。

（1）拉伸为实体□：生成一个实体拉伸特征。

（2）拉伸为曲面◻：生成一个曲面拉伸特征。

（3）从草绘平面以指定深度值拉伸⬚：以草绘平面为起点，按指定深度拉伸 2D 截面。

（4）拉伸方式展开按钮▼：展开后除"从草绘平面以指定深度值拉伸"按钮外，还有两个按钮，即"双向拉伸⬚"和"拉伸到指定面⬚"。

（5）双向拉伸⬚：沿垂直于草绘平面的两个方向分别以指定值的一半拉伸 2D 截面。

（6）拉伸到指定面⬚：以草绘平面为起点拉伸到指定的面。

（7）拉伸深度尺寸输入框 76.29 ▾：输入拉伸特征的深度。

（8）更改拉伸方向✕：切换拉伸特征的拉伸方向。

（9）去除材料◻：拉伸特征为减材料，在已有实体特征上生成减料特征时才可以使用。

（10）加厚草绘◻：生成一个有厚度的拉伸框架。不同于"拉伸为曲面"，因为曲面是没有厚度的。单击此按钮后，打开"输入厚度"编辑框，在此编辑框中可以输入想要的厚度值。

（11）暂停工具栏Ⅱ：暂停当前工具栏的使用，用户可以使用其他工具栏。

（12）几何预览☑️👓：预览拉伸特征的生成效果。

（13）建造特征✔：生成拉伸特征。

（14）取消特征创建/重定义✖：取消拉伸特征的创建或重定义拉伸特征。

4.1.3 编辑拉伸特征

右击"模型树"浏览器中的"拉伸"特征，弹出快捷菜单，如图 4-11 所示。

图 4-11　快捷菜单

从"拉伸"快捷菜单中可以看到，可以对拉伸特征进行删除、成组、隐藏、重命名、编辑、编辑定义以及阵列等多项操作。

"编辑"命令的具体使用步骤如下。

❶ 单击快捷菜单中的"编辑"命令，此时设计环境中的拉伸体的边被红色加亮并且尺寸也显示出来，如图 4-12 所示。

❷ 双击尺寸值 200.00，此尺寸值变成可编辑状态，如图 4-13 所示。

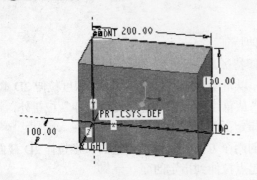

图 4-12 编辑长方体特征   图 4-13 修改长方体尺寸

❸ 输入新尺寸值 150.00，然后按回车键，此时的尺寸值变成 150.00，并用绿色加亮表示，但是拉伸体并没有随之发生变化，如图 4-14 所示。

❹ 单击当前设计环境"编辑"中的"再生"按钮，设计环境中的拉伸体形状发生改变，如图 4-15 所示。

❺ 使用同样的操作，可以修改拉伸体的其他尺寸，此处不再赘述。

"编辑定义"命令的具体使用步骤如下。

❶ 单击快捷菜单中的"编辑定义"命令，此时系统打开"拉伸"操控板，并且设计环境中的拉伸体也处于待编辑状态，如图 4-16 所示。

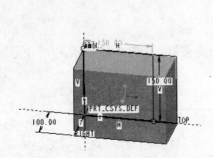 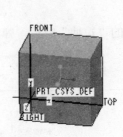 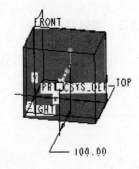

图 4-14 尺寸修改效果预览   图 4-15 再生长方体特征   图 4-16 长方体特征

❷ 通过"拉伸"操控板，可以重新设定拉伸体的拉伸类型、方向、深度等，方法和创建拉伸特征时一样，此处不再赘述。重新定义完成后，单击"建造特征"按钮☑，重新生成拉伸特征；或者单击"取消特征创建/重定义"按钮✖，设计环境中的拉伸特征不发生任何改变。

❸ 右击"模型树"浏览器中的"拉伸"特征，在弹出的快捷菜单中单击"删除"命令，将设计环境中的拉伸体删除，关闭当前设计窗口。

4.1.4 实例——胶垫

本例绘制如图 4-17 所示的胶垫，首先绘制草图，然后通过拉伸创建胶垫。

图 4-17 胶垫

绘制步骤如下。

1 单击工具栏中的"新建文件"按钮 □，在弹出的新建对话框的"类型"区域中选中"零件"单选按钮，在"名字"文本框中输入 jiaodian，再在"子类型"中选择"实体"，取消选中使用默认模板复选框，单击"确定"按钮加以确认，在使用模板中选择 mmns_part_solid，即可新建一个零件。

2 单击基本特征工具栏上的"拉伸"按钮 ⑦，打开"拉伸"操控板。

3 在"拉伸"操控板上选择"放置"→"定义"，打开"草绘"对话框，如图 4-18 所示。

> 实讲实训
> 多媒体演示
>
> 多媒体演示参见
> 配套光盘中的\\动
> 画演示\第 4 章\胶
> 垫.avi。

图 4-18 "草绘"对话框

4 在工作区上选择基准平面 FRONT 作为草绘平面，，其余选项接受系统默认值，单击"草绘"按钮进入草绘界面。

5 使用"圆"按钮 O 创建如图 4-19 所示的圆。选择圆的圆心，使其与已有圆弧同心，然后通过拖动圆的圆周定义圆的大小。

6 使用"选取"按钮 ↖ 双击选择圆弧的半径尺寸值，然后将其修改。

7 单击"继续当前部分"按钮 ✔，退出草绘环境。

8 在"拉伸"操控板上单击可变深度选项按钮 ↓↓，输入 2.00 作为可变深度值。

⑨ 单击"预览特征"按钮☑ ◌○并观察模型，如图 4-20 所示。

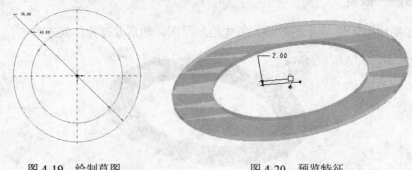

图 4-19　绘制草图　　　　　　　　　　图 4-20　预览特征

⑩ 单击"建造特征"按钮✔完成特征，最终效果参见图 4-17。

4.2　旋转特征

本节主要介绍旋转特征的基本概念、创建步骤和编辑操作。

旋转特征：指定的 2D 截面绕指定的中心线按指定的角度旋转生成三维实体。

4.2.1　创建旋转特征

旋转工具也是基本的创建方法之一，允许以实体或曲面的形式创建旋转几何以及添加或去除材料。要创建旋转特征，通常可激活旋转工具并指定特征类型为实体或曲面。然后选取或创建草绘。旋转截面需要旋转轴，此旋转轴既可利用截面创建，也可通过选取模型几何进行定义。旋转工具显示特征几何的预览后，可改变旋转角度，在实体或曲面、伸出项或切口间进行切换，或指定草绘厚度以创建加厚特征。

创建旋转特征的具体操作过程如下。

❶ 在 Pro/ENGINEER 系统中新建一个"零件"设计环境。单击"草绘工具"按钮◌，系统弹出"草绘"对话框，选取 FRONT 基准面为绘图平面，使用系统默认的参考面，进入草图绘制环境，在设计环境中绘制如图 4-21 所示的 2D 截面。

❷ 单击"草绘器工具"工具栏中的"创建两点线"╲命令右侧的"展开"按钮▸，在弹出的工具栏中单击"创建两点中心线"按钮┆，在当前草图绘制环境中绘制一条竖直中心线，如图 4-22 所示。

❸ 单击"草绘器"工具栏中的"继续当前部分"按钮✔，退出草绘环境，进入零件设计环境，如图 4-23 所示。

❹ 单击"草绘器"工具栏中的"旋转"按钮◌，打开"旋转"操控板，如图 4-24 所示。此时系统以 360° 旋转出一个预览旋转体，如图 4-25 所示。

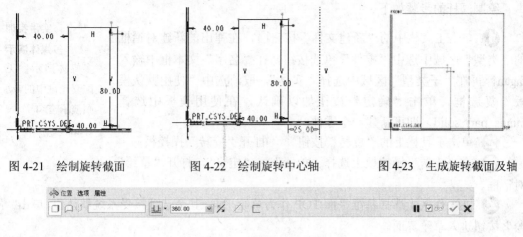

图 4-21　绘制旋转截面　　　　图 4-22　绘制旋转中心轴　　　　图 4-23　生成旋转截面及轴

图 4-24　"旋转"操控板

注意：将当时设计环境中的特征旋转一下，以便于观察。

❺ 将"旋转"操控板中的角度值改为"270"，此时设计环境中的预览旋转体如图 4-26 所示。

❻ 单击"建造特征"按钮☑，生成旋转特征，如图 4-27 所示。

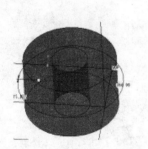 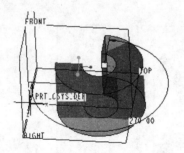 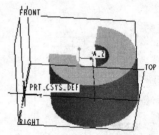

图 4-25　旋转特征预览体　　　　图 4-26　修改旋转角度　　　　图 4-27　生成旋转特征

4.2.2　实例——阀杆

本例绘制如图 4-28 所示的阀杆，首先绘制阀杆的草图，然后通过旋转创建阀杆。

图 4-28　阀杆

绘制阀杆的步骤如下。

❶ 单击工具栏中的"新建文件"按钮▯，在弹出的新建对话框的"类型"区域中选中"零件"单选按钮，在"名字"文本框中输入fagan，再在"子类型"区域中选择"实体"，取消选中"使用默认模板"复选框，单击"确定"按钮加以确认，在使用模板中选择mmns_part_solid，即可新建一个零件。

❷ 单击工具栏上的"旋转"按钮⊕，打开"旋转"操控板。

❸ 在"旋转"操控板上选择"放置"→"定义"，打开"草绘"对话框。

❹ 在工作区上选择基准平面 TOP 作为草绘平面，其余选项接受系统默认值，单击"草绘"按钮进入草绘界面。

❺ 使用"线"按钮╲和"圆弧"按钮⌒绘制如图 4-29 和 4-30 所示的截面图。

❻ 单击"继续当前部分"按钮✔，退出草绘环境。

❼ 在"旋转"操控板上设置旋转方式为"变量"⏛。输入 360 作为旋转的变量角。

❽ 单击"预览特征"按钮☑ ⚭并观察模型，如图 4-31 所示。

❾ 单击"建造特征"按钮✔完成特征。单击"建造特征"按钮将创建特征，在模型树上观察新的特征，最终效果参见图 4-28。

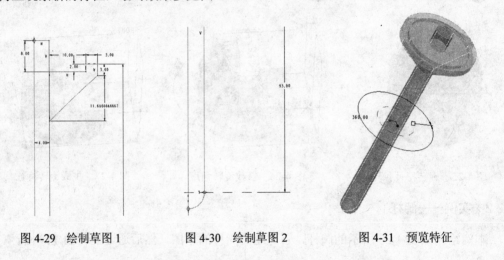

图 4-29　绘制草图 1　　　　图 4-30　绘制草图 2　　　　图 4-31　预览特征

4.3　混合特征

本节主要介绍混合特征的基本概念，以及平行混合特征、旋转混合特征和一般混合特征的创建步骤操作。

混合特征是指将多个剖面合成一个 3D 实体。混合特征的生成方式有 3 种：平行方式、旋转方式和一般方式。其中，旋转方式和一般方式又称为非平行混合特征。与平行混合相比，非平行混合特征具有以下特殊优点。

（1）截面可以是非平行截面，但不一定是非平行截面，截面之间的角度设为 0° 即可创建平行混合。

（2）可以通过从 IGES 文件中输入的方法来创建一个截面。

4.3.1　创建平行混合特征

平行混合特征是将所有混合截面都位于截面草绘中的多个平行平面上。创建平行混合特征的具体操作过程如下。

❶ 在 Pro/ENGINEER 系统中新建一个"零件"设计环境。单击"插入"菜单中的"混合"命令，弹出如图 4-32 所示的级联菜单。在"混合"菜单中，"伸出项"命令用于生成实体混合特征，"薄板伸出项"命令用于生成薄板实体混合特征，"曲面"命令用于生成曲面混合特征。

❷ 单击"混合"菜单中的"伸出项"命令，系统弹出"菜单管理器"中的"混合选项"菜单，如图 4-33 所示。

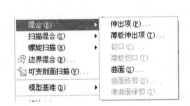

图 4-32　"混合"级联菜单　　　　　图 4-33　"混合选项"菜单

❸ 使用"混合选项"菜单中的默认选项，单击此菜单中的"完成"命令，系统打开"伸出项：混合，平行…"对话框和"菜单管理器"中的"属性"菜单，如图 4-34 所示。

❹ 单击"属性"菜单中的"完成"命令，此时"伸出项：混合，平行…"对话框中的选项转到"截面"子项，"菜单管理器"中显示"设置草绘平面"和"设置平面"菜单，并打开"选取"对话框，如图 4-35 所示。

图 4-34　"属性"菜单条　　　　　图 4-35　"设置草绘平面"菜单条

❺ 单击平面的标签 FRONT，"菜单管理器"打开"方向"菜单，并且在 FRONT 面上出现一个红色箭头，如图 4-36 所示。

❻ 单击"方向"菜单中的"正向"命令，FRONT 面上的箭头消失并且在"菜单管理器"中打开"草绘视图"菜单，如图 4-37 所示。

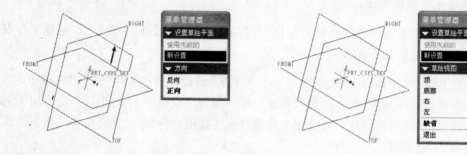

图 4-36　选取草绘平面方向　　　　　　图 4-37　"草绘视图"菜单

❼ 单击"草绘视图"菜单中的"右"命令，然后选取 RIGHT 面为右参照面，此时系统进入草图绘制环境，在草绘环境中绘制如图 4-38 所示的圆。

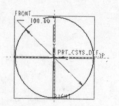

图 4-38　绘制混合截面

❽ 单击"草绘器"工具栏中的"继续当前部分"按钮 ✔，第一个剖面再生成功。再单击"草绘"菜单中"特征工具"下的"切换剖面"命令，或在工作区域内右击，弹出如图所示 4-39 的快捷菜单，单击"切换剖面"命令，此时上一步绘制的圆变成灰色，表示此时草绘环境进入下一个剖面的绘制，然后在当前设计环境中绘制如图 4-40 所示的圆。

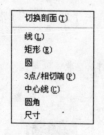 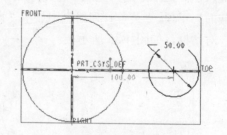

图 4-39　切换剖面　　　　　　图 4-40　绘制第二个混合截面

❾ 单击"草绘器"工具栏中的"继续当前部分"按钮 ✔，第二个剖面再生成功，此时"伸出项：混合，平行…"对话框中的选项转到"深度"子项。

❿ 此时系统在消息显示区中显示"输入截面 2 的深度"编辑框，如图 4-41 所示。

⓫ 在"输入截面 2 的深度"编辑框中输入数值"50.00"，然后单击"接受值"按钮 ✅，

单击"伸出项：混合，平行…"对话框中的"确定"命令，系统生成一个混合特征，旋转该特征，如图 4-42 所示。

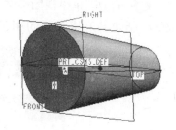

图 4-41　输入混合特征深度　　　　　　　图 4-42　生成混合特征

4.3.2　创建旋转混合特征

旋转特征是将混合截面绕 Y 轴旋转，最大角度可达 120°。每个截面都单独草绘并用截面坐标系对齐。创建旋转混合特征的具体操作过程如下。

❶ 打开 Pro/ENGINEER 系统，新建一个"零件"设计环境。单击"插入"→"混合"→"伸出项"命令，系统打开"混合选项"菜单，如图 4-43 所示。

❷ 单击"混合选项"菜单中的"旋转的"命令，然后单击此菜单中的"完成"命令，系统打开"伸出项：混合，旋转…"对话框和"属性"菜单，如图 4-44 所示。

图 4-43　"混合选项"菜单条　　　　　图 4-44　"属性"菜单

❸ 单击"属性"菜单中的"光滑"和"开放"命令，然后单击此菜单中的"完成"命令，打开"设置草绘平面"菜单，如图 4-45 所示。

❹ 单击设计环境中的 FRONT 基准面，系统打开"方向"菜单，如图 4-46 所示。

图 4-45　"设置草绘平面"菜单　　　图 4-46　"方向"菜单

❺ 单击"方向"菜单中的"正向"命令，系统打开"草绘视图"菜单，如图 4-47 所示，要求用户选取参照面。

❻ 单击"草绘视图"菜单中的"默认"命令，系统进入草图绘制环境，在此设计环境中绘制如图 4-48 所示的相对坐标系和剖面。

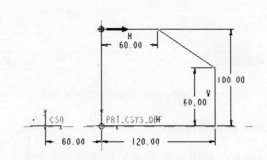

图 4-47 "草绘视图"菜单　　　　图 4-48 绘制旋转混合特征截面

❼ 单击"草绘器"工具栏中的"继续当前部分"按钮 ✔，完成第一个截面的绘制；系统在消息显示区提示输入第二个截面和第一个截面的夹角，在此编辑框中输入角度值 45，然后进入第二个截面的绘制环境，在此设计环境中绘制如图 4-49 所示的相对坐标系和截面。

❽ 单击"草绘器"工具栏中的"继续当前部分"按钮 ✔，完成第二个截面的绘制；系统在消息显示区提示是否继续下一个截面的绘制，单击 Yes 命令；系统在消息显示区提示输入第三个截面和第二个截面的夹角，在此编辑框中输入角度值 45，然后进入第三个截面的绘制环境，在此设计环境中绘制如图 4-50 所示的相对坐标系和截面。

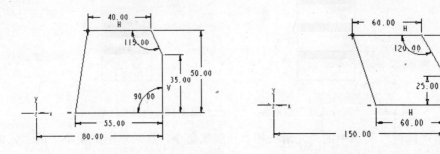

图 4-49 绘制旋转混合特征第二截面　　　　图 4-50 绘制旋转混合特征第三截面

❾ 单击"草绘器"工具栏中的"继续当前部分"按钮 ✔，完成第三个截面的绘制；系统在消息显示区提示是否继续下一个截面的绘制，单击 No 命令，此时旋转类型混合的所有定义都已经完成，单击"伸出项：混合，旋转…"对话框中的"确定"命令，生成如图 4-51 所示的旋转混合特征。

❿ 右击"设计树"浏览器中的旋转混合特征，在弹出的快捷菜单中单击"编辑定义"命令，系统重新打开"伸出项：混合，旋转…"对话框，双击此对话框中的"属性"子项，系统打开"属性"菜单，单击此菜单中的"闭合"命令，然后单击"完成"命令，此时旋

转混合特征的所有定义已经完成，单击"伸出项：混合，旋转…"对话框中的"确定"命令，系统生成闭合的旋转混合特征，如图 4-52 所示。

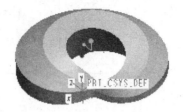

图 4-51　生成开放旋转混合特征　　　　图 4-52　生成闭合旋转混合特征

4.3.3　创建一般混合特征

一般混合特征是 3 种混合特征中使用最灵活、功能最强的混合特征。参与混合的截面可以沿相对坐标系的 X、Y 和 Z 轴旋转或者平移，其操作步骤类似于旋转混合特征的操作步骤，下面详述一般混合特征的创建，具体操作过程如下。

❶ 打开 Pro/ENGINEER 系统，新建一个"零件"设计环境。单击"插入"→"混合"→"伸出项"命令，系统打开"混合选项"菜单，单击此菜单中的"一般"命令，保留此菜单中的其他默认选项，如图 4-53 所示。

❷ 单击"混合选项"菜单中的"完成"命令，系统打开"属性"菜单，单击此菜单中的"光滑""完成"命令，系统打开"设置草绘平面"菜单，将 FRONT 基准面设为草绘平面，使用系统默认的参照面，进入草绘环境，绘制如图 4-54 所示的相对坐标系和截面。

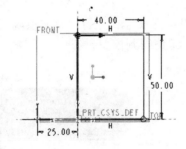

图 4-53　"混合选项"菜单　　　　图 4-54　绘制混合截面

❸ 单击"草绘器"工具栏中的"继续当前部分"按钮 ✔，完成第一个截面的绘制；系统在消息显示区提示输入第二个截面绕相对坐标系的 X、Y 和 Z 轴 3 个方向的旋转角度，依次输入 X、Y 和 Z 轴 3 个方向的旋转角度 30、30 和 0；系统进入第二个截面的绘制环境，在此设计环境中绘制如图 4-55 所示的相对坐标系和截面。

❹ 单击"草绘器"工具栏中的"继续当前部分"按钮 ✔，完成第二个截面的绘制；系统在消息显示区提示是否继续下一个截面的绘制，单击 Yes 命令；系统在消息显示区提示输入第三个截面绕相对坐标系的 X、Y 和 Z 轴 3 个方向的旋转角度，依次输入 X、Y 和 Z 轴 3 个方向的旋转角度 30、30 和 0；系统进入第三个截面的绘制环境，在此设计环境中

绘制如图 4-56 所示的相对坐标系和截面。

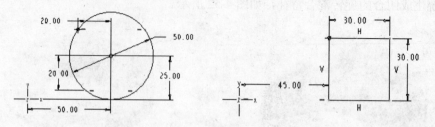

图 4-55 绘制第二混合截面   图 4-56 绘制第三混合截面

⑤ 单击"草绘器"工具栏中的"继续当前部分"按钮
✓，完成第二个截面的绘制；系统在消息显示区提示是否继
续下一个截面的绘制，单击"否"命令；系统在消息显示区
提示输入截面 2 的深度，在此编辑框中输入深度值 50.00，单
击此提示框的"接受值"按钮✓；系统在消息显示区提示输
入截面 3 的深度，在此编辑框中输入深度值 50.00，单击此提
示框的"接受值"按钮✓；此时一般类型混合特征的所有动
作都定义完成，单击"伸出项：混合，旋转…"对话框中的
"确定"命令，系统生成一般类型混合特征，如图 4-57 所示。

图 4-57 生成一般混合特征

4.4 综合实例——销钉

本例绘制如图 4-58 所示的销钉。首先绘制销钉杆的母线，通过旋转母线得到销钉体，
拉伸切除连接孔，最终得到模型。

图 4-58 销钉

创建销钉的绘制步骤如下。

❶ 单击工具栏中的"新建文件"按钮□，在弹出的新建对话框
的"类型"区域中选中"零件"单选按钮，在"名字"文本框中输入
xiaoding，再在"子类型"区域中选择"实体"，取消选中"使用默认
模板"复选框，单击"确定"按钮加以确认，在使用模板中选择
mmns_part_solid，即可新建一个零件。

❷ 单击工具栏上的"旋转"按钮⬧，打开"旋转"操控板。

💡 **实讲实训
多媒体演示**
多媒体演示参见
配套光盘中的\\动
画演示\第 4 章\销
钉.avi。

③ 在"旋转"操控板上选择"放置"→"定义"。

④ 在工作区上选择基准平面 FRONT 作为草绘平面，其余选项接受系统默认值，单击"草绘"按钮进入草绘界面。

⑤ 使用"线"按钮＼绘制如图 4-59 所示的截面图。

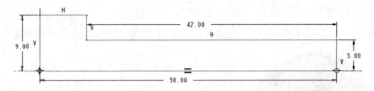

图 4-59　绘制草图

⑥ 使用"创建尺寸"按钮▐▔▌和"修改"按钮📑创建尺寸标注方案。

⑦ 单击"继续当前部分"按钮✔，退出草绘环境。

⑧ 在"旋转"操控板上设置旋转方式为"变量"⏚，输入 360 作为旋转的变量角。

⑨ 单击"预览特征"按钮✅ 66° 并观察模型，如图 4-60 所示。单击"建造特征"按钮✔完成特征。

⑩ 单击基本特征工具栏上的"拉伸"按钮📥，打开"拉伸"操控板。

⑪ 在"拉伸"操控板上选择"放置"→"定义"，打开"草绘"对话框，其余选项接受系统默认值，单击"确定"按钮进入草绘界面。

⑫ 在工作区上选择基准平面 FRONT 作为草绘平面，其余选项接受系统默认值，单击"确定"按钮进入草绘界面。

⑬ 使用"圆"按钮〇创建如图 4-61 所示的圆。选择圆的圆心，使其与已有圆弧同心，然后通过拖动圆的圆周定义圆的大小。

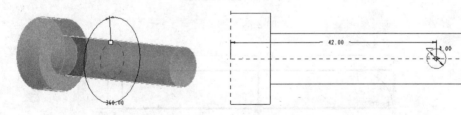

图 4-60　预览特征　　　　　　　　图 4-61　绘制草图

⑭ 使用"创建尺寸"按钮▐▔▌和"修改"按钮📑创建尺寸标注方案。

⑮ 单击"继续当前部分"按钮✔，退出草绘环境。

⑯ 在"拉伸"操控板上选择"双侧"深度选项▤。输入 11.00 作为可变深度值。

⑰ 单击"拉伸"操控板上的"切减材料"按钮⬡。

⑱ 单击"预览特征"按钮✅ 66° 并观察模型，如图 4-62 所示。单击"建造特征"按钮✔完成特征。完成后的模型参见图 4-58。

图 4-62　预览特征

4.5 复习思考题

1．什么样的 3D 形状可以由拉伸、旋转和混合这 3 个命令中的任何一个来生成？
2．平行混合、旋转混合以及一般混合的异同是什么？
3．绘制如图 4-63 所示的球头，然后保存零件名为"qiutou"，草图如图 4-64 所示。

图 4-63 球头

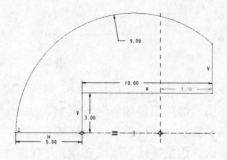

图 4-64 草图

操作提示：使用旋转命令。

4．绘制如图 4-65 所示的键，然后保存零件名为"jian"，草图如图 4-66 所示。

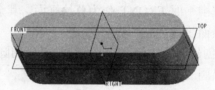

图 4-65 键

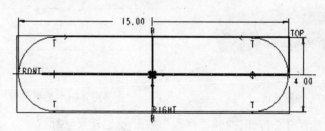

图 4-66 草图

操作提示：使用拉伸命令。

第 5 章

工程特征设计

本章导读

本章导读

　　Pro/ENGINEER 创建的每一个零件都是由一串特征组成的，零件的形状直接由这些特征控制，通过修改特征的参数就可以修改零件。

　　本章主要讲述孔、抽壳、筋、拔模、圆角和倒角等工程特征的创建。

内容要点

- ✧ 孔特征
- ✧ 筋特征
- ✧ 拔模特征
- ✧ 圆角特征
- ✧ 倒角特征
- ✧ 抽壳角特征

5.1　孔特征

孔特征属于减料特征，所以在创建孔特征之前，必须要有坯料，也就是 3D 实体特征。

5.1.1　直孔

直孔特征属于规则特征。直孔特征可以用尺寸数值及特征数据描述，生成直孔特征时只需选择直孔特征的放置位置、孔径和孔深即可。直孔特征的创建步骤如下所述。

创建孔特征的具体操作过程如下。

❶ 新建一个零件模型，文件名称为 "kong.prt"。

❷ 单击 "基础特征" 工具栏上的 "拉伸" 按钮 🔲，打开 "拉伸" 操控板，以 FRONT 平面为草绘平面绘制如图 5-1 所示的截面。

❸ 单击 "草绘器" 工具栏上的 "继续当前部分" 按钮 ✔，退出草绘器。

❹ 操控板的设置如图 5-2 所示。

❺ 单击控制区的 ✔ 按钮，完成拉伸操作，结果如图 5-3 所示。

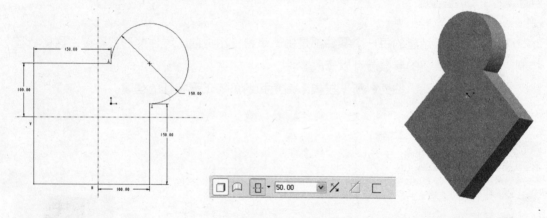

图 5-1　拉伸截面　　　　　　　图 5-2　操控板设置　　　　　图 5-3　拉伸实体

❻ 单击 "工程" 特征工具栏中的 "孔" 按钮 📍，选取拉伸实体的上表面来放置孔，被选取的表面加亮显示，并预显孔的位置和大小，如图 5-4 所示，通过孔的控制手柄可以调整孔的位置和大小。

❼ 拖动控制手柄到合适的位置后，系统显示孔的中心到参照边的距离，通过双击该尺寸值便可以对其进行修改。设置孔中心到边 1、2 的距离分别为 30 和 50，孔直径为 20，如图 5-5 所示。

通过如图 5-6 所示的操控板及 "放置" 按钮的上滑面板，同样可以设置孔的放置平面、位置和大小。

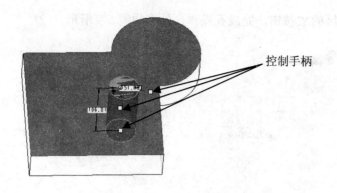

控制手柄

图 5-4 预显孔

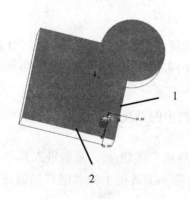

1

2

图 5-5 设置孔尺寸

❶ 在"放置"选项下面的文本框中单击,选取拉伸实体的上表面作为孔的放置平面;单击"反向"按钮改变孔的创建方向;在"偏移参照"文本框中单击,选取拉伸实体的一条参照边,被选取的边的名称及孔中心到该边的距离均显示在下面的文本框中,单击距离值文本框,该框变为可编辑文本框,此时可以改变距离值。再单击"偏移参照"选项下的第二行文本框,按住 Ctrl 键的同时在绘图区选取另外一条参照边,如图 5-7 所示。

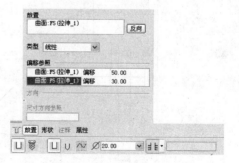

图 5-6 "放置"按钮的上滑面板   图 5-7 面板的设置

❷ 设置完孔的各项参数之后,单击操控板的"形状"按钮,在弹出的如图 5-8 所示的上滑面板中显示当前孔的形状。

❸ 单击控制区的☑按钮，完成孔操作，结果如图 5-9 所示。

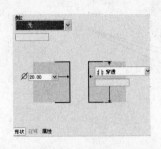 

图 5-8　"形状"按钮上滑面板　　　　图 5-9　孔效果

5.1.2　草绘孔

草绘孔特征属于不规则特征，草绘特征必须绘制出 2D 剖面形状。草绘特征的创建和直孔特征的创建方式类似，不同之处在于草绘特征必须以胚料特征为基础进行。草绘孔特征的创建过程如下。

❶ 单击工程特征工具栏中的"孔"按钮 🔾，打开"孔"操控板，在操控板上选取 ⊔→"草绘"。

❷ 单击操控板上的"草绘"按钮 ▦，系统进入草绘界面。绘制如图 5-10 所示的旋转截面，然后单击"草绘器"工具栏上的"继续当前部分"按钮✔退出草绘器，返回主界面。

❸ 单击"放置"按钮，展开上滑面板，然后单击"放置"选项下面的文本框后，仍选取拉伸实体的上表面放置孔；单击"偏移参照"选项下的文本框，选取拉伸实体边 3 作为参照边，单击距离值文本框，设偏距值为 30。再单击"偏移参照"选项下第二行文本框，按住 Ctrl 键的同时在绘图区单击选取另外一条参照边 4，并设置偏距值为 30，结果如图 5-11 所示。

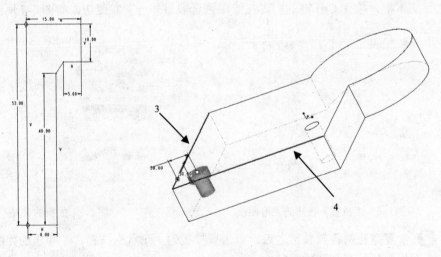

图 5-10　旋转截面　　　　　　　　　图 5-11　孔设置

④ 单击控制区的 ✔ 按钮完成孔操作，结果如图 5-12 所示。

图 5-12　草绘孔效果

5.1.3　标准孔

标准孔是基于工业标准紧固件表的拉伸切口组成。标准孔特征的创建过程如下。

① 单击工程特征工具栏中的"孔"按钮 ⵢ，打开"孔"操控板，在操控板上单击"标准孔" ⵧ 按钮，操控板选项如图 5-13 所示。

图 5-13　操控板

② 操控板的设置为"ISO"标准、"M10x1"螺钉、孔深"27"和"沉孔"，如图 5-14 所示。

图 5-14　操控板的设置

③ 选取拉伸实体的上表面放置螺纹孔，选取图 5-15 中的边 3 和 4 作为参照边，偏距分别为 30 和 170，如图 5-15 所示。

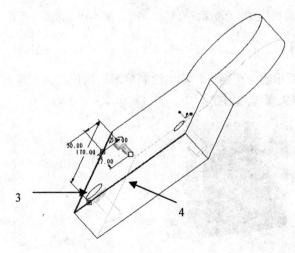

图 5-15　孔设置

④ 设置完孔的各项参数之后，单击操控板的"形状"按钮，在弹出的如图 5-16 所示的上滑面板中显示了当前孔的形状。图中文本框显示的尺寸为可变尺寸，用户可以按照自己的要求设置。

⑤ 单击操控板上的"注释"按钮，其上滑面板显示当前孔的基本信息，如图 5-17 所示。

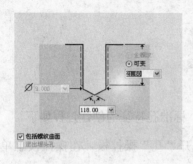

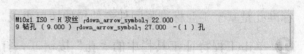

图 5-16 "形状"按钮上滑面板   图 5-17 "注释"按钮上滑面板

⑥ 单击操控板上的"属性"按钮，其上滑面板给出了当前孔的基本属性，如图 5-18 所示。

⑦ 单击控制区的 ☑ 按钮完成孔操作，结果如图 5-19 所示，图中所显示的注释文字为孔属性描述。

图 5-18 "属性"按钮上滑面板   图 5-19 标准孔效果

5.1.4 实例——方头螺母

本例绘制如图 5-20 所示的方头螺母。首先绘制草图，通过拉伸创建方头螺母的主体，然后创建孔特征，完成方头螺母的创建。

图 5-20 方头螺母

> **实讲实训**
> **多媒体演示**
>
> 多媒体演示参见配套光盘中的\\动画演示\第 5 章\方头螺母.avi。

创建方头螺母的步骤如下。

❶ 单击工具栏中的"新建文件"按钮 ，在弹出的新建对话框的"类型"区域中选中"零件"单选按钮，在"名字"文本框中输入 fangtouluomu，再在"子类型"区域中选择"实体"，取消选中"使用默认模板"复选框，单击"确定"按钮加以确认，在使用模板中选择 mmns_part_solid，即可新建一个零件。

❷ 单击基本特征工具栏上的"拉伸"按钮 ，打开"拉伸"操控板。

❸ 在"拉伸"操控板上选择"放置"→"定义"，打开"草绘"操控板。

❹ 在工作区上选择基准平面 FRONT 作为草绘平面，其余选项接受系统默认值，单击"草绘"按钮进入草绘界面。

❺ 使用"矩形"按钮 绘制截面，如图 5-21 所示。选择"矩形"选项绘制特征，然后选择矩形特征的对角选项。使用"创建尺寸"按钮 和"修改"按钮 创建尺寸标注方案。单击"继续当前部分"按钮 ，退出草绘环境。

❻ 在操控板上选择"可变"深度选项 ，输入 8.00 作为可变深度值。单击"建造特征"按钮 完成特征，如图 5-22 所示。

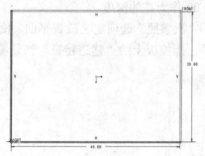

图 5-21 绘制草图

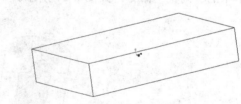

图 5-22 预览特征

❼ 单击基本特征工具栏上的"拉伸"按钮 ，打开"拉伸"操控板。

❽ 选择新创建的特征顶面作为草图绘制平面，在其上绘制如图 5-23 所示的矩形。

❾ 以"18.0"为可变深度值进行拉伸，如图 5-24 所示。

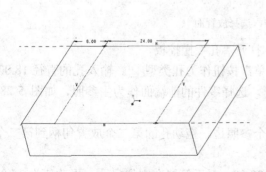

图 5-23 绘制草图

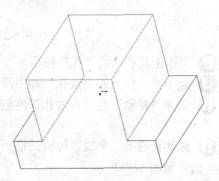

图 5-24 生成特征

❿ 单击基本特征工具栏上的"拉伸"按钮 ，打开"拉伸"操控板。

⓫ 选择新创建的特征顶面作为草图绘制平面，在其上绘制如图 5-25 所示的圆。

⓬ 以 20.0 为可变深度值进行拉伸，如图 5-26 所示。

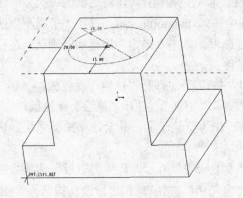

图 5-25　绘制草图

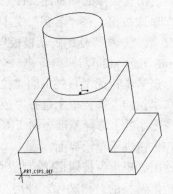

图 5-26　预览特征

⓭ 单击工具栏上的"孔"按钮 ，打开"孔"操控板。

⓮ 选中操控板上的"直孔"和"简单"按钮作为孔类型 。输入孔的直径 10.0。

⓯ 选择"可变"选项作为孔深度。输入 18.00 作为孔的深度。

⓰ 选择基准轴作为主参照。使用"放置"→"次参照"选项定义放置平面。使用"放置"菜单下的"同轴"命令，如图 5-27 所示。单击操控板上的"建造特征"按钮 ✔ 创建孔。

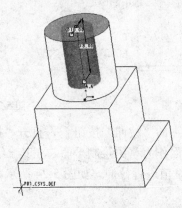

图 5-27　选择放置面

⓱ 单击工具栏上的"孔"按钮 ，打开"孔"操控板。

⓲ 选中操控板上的"直孔"和"简单"按钮作为孔类型 。输入孔的直径 18.00。

⓳ 选择"穿透"选项作为孔深度 。选择零件的前端面作为主参照，如图 5-28 所示。

⓴ 拖动孔的第一个放置句柄到第一个参照边。拖动孔的第二个放置句柄到第二个线性参照边，如图 5-29 所示。

㉑ 对于第一个定位尺寸，更改值为 20.00。对于第二个定位尺寸，更改值为 15.00。单击操控板上的"建造特征"按钮 ✔，创建孔，最终效果参见图 5-20。

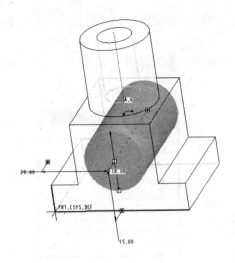

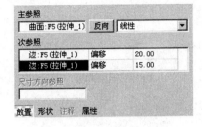

图 5-28　孔参照　　　　　　　　　　图 5-29　选择参照

5.2　筋特征

　　筋特征是设计中连接到实体曲面的薄翼或腹板伸出项。筋通常用来加固设计中的零件，也常用来防止出现不需要的折弯。利用"筋工具"命令可以快速开发简单或复杂的筋特征。

　　筋特征的创建过程如下。

❶　新建一个零件设计环境，然后进入草图绘制环境，绘制如图 5-30 所示的草图。

❷　以上一步绘制的草图为拉伸截面，拉伸出一个深度为 200 的 3D 实体，如图 5-31 所示。

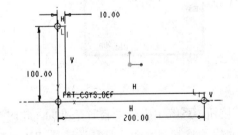

图 5-30　绘制拉伸特征截面图　　　　　　图 5-31　生成拉伸特征

❸　单击"工程特征"工具栏中的"筋"按钮，系统打开"筋"操控板，如图 5-32 所示。

图 5-32　"筋"操控板

❹ 将设计环境中的基准面打开。单击"筋"操控板中的"参照"子项,打开如图5-33所示的"参照"上滑面板。

❺ 单击"参照"上滑面板中的"定义"按钮,系统弹出"草绘"对话框,如图5-34所示。

图 5-33 "参照"上滑面板   图 5-34 "草绘"对话框

❻ 单击"基准特征"工具栏中的"基准平面"按钮▱,打开"基准平面"对话框,如图5-35所示。

❼ 单击设计环境中FRONT面的标签FRONT,在"基准平面"对话框中的"偏距"子项中输入平移距离50.00,如图5-36所示。此时设计环境中的设计对象如图5-37所示。

图 5-35 "基准平面"对话框   图 5-36 设置平移尺寸

❽ 单击"基准平面"对话框中的"确定"按钮,系统生成一个临时基准面,此时"草绘"对话框中的草绘平面会默认地选中上一步建立的临时基准面,且默认选择 RIGHT 面为参照面,如图5-38所示。

❾ 单击"草绘"对话框中的"草绘"按钮,进入草图绘制环境,在此环境中绘制如图5-39所示的直线。

❿ 单击"草绘器"工具栏中的"继续当前部分"按钮✔,系统退出草图绘制环境,此时"零件"设计环境中的设计对象如图5-40所示。

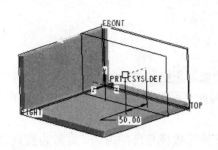

图 5-37　平移基准面预览

图 5-38　草绘平面及参照面的设置

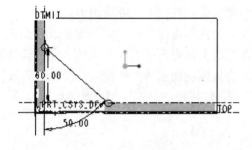

图 5-39　绘制筋特征的直线

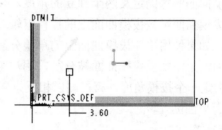

图 5-40　设置筋特征方向

⑪ 单击图 5-40 中的黄色箭头，使其指向拉伸体，并将默认的"筋"厚度值 3.6 修改为 5.00，如图 5-41 所示。

⑫ 单击"筋"操控板上的"建造特征"按钮☑，在拉伸体上生成筋特征，如图 5-42 所示。

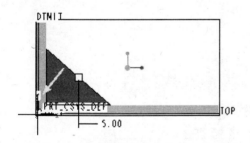

图 5-41　生成筋特征预览体

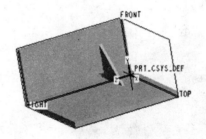

图 5-42　生成筋特征

5.3　拔模特征

拔模特征将"-30°"和"+30°"间的拔模角度添加到单独的曲面或一系列曲面中。只有曲面是由圆柱面或平面形成时，才可以进行拔模。曲面边的边界周围有圆角时不能拔模，但是可以先对曲面边拔模，然后对曲面边进行倒圆角。"拔模工具"命令可拔模实体曲面或面组曲面，但不可拔模两者的组合。选取要拔模的曲面时，首先选定的曲面决定着可为此特征选取的其他曲面、实体或面组的类型。

对于拔模，系统使用以下术语。

（1）拔模曲面：要拔模的模型的曲面。

（2）拔模枢轴：曲面围绕其旋转的拔模曲面上的线或曲线（也称为中立曲线）。可通过选取平面（在此情况下拔模曲面围绕曲面与此平面的交线旋转）或选取拔模曲面上的单个曲线链来定义拔模枢轴。

（3）拖动方向（也称为拔模方向）：用于测量拔模角度的方向。通常为模具开模的方向。可以通过选取平面（在这种情况下拖动方向垂直于此平面）、直边、基准轴或坐标轴来定义。

（4）拔模角度：拔模方向与生成的拔模曲面之间的角度。如果拔模曲面被分割，则可为拔模曲面的每侧定义两个独立的角度。拔模角度必须在-30°～30°范围内。

拔模曲面可按拔模曲面上的拔模枢轴或不同的曲线进行分割，如与面组或草绘曲线的交线。如果使用不在拔模曲面上的草绘分割，系统会以垂直于草绘平面的方向将其投影到拔模曲面上。如果拔模曲面被分割，用户可以为拔模曲面的每一侧指定两个独立的拔模角度；指定一个拔模角度，第二侧以相反方向拔模；仅拔模曲面的一侧（两侧均可），另一侧仍位于中性位置。

5.3.1 创建拔模特征

一个枢轴平面、不分离拔模特征创建的具体操作过程如下。

❶ 在 Pro/ENGINEER 系统中新建一个"零件"设计环境，绘制一个 200×100 的矩形截面并将其拉伸，拉伸距离为 100，生成的拉伸体如图 5-43 所示。

❷ 单击"工程特征"工具栏中的"拔模"按钮🗗，系统打开"拔模" 操控板，如图 5-44 所示。

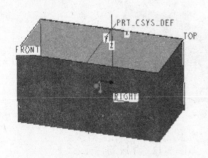

图 5-43　生成拉伸特征　　　　　　　　图 5-44　"拔模" 操控板

❸ 按住 Ctrl 键，依次选取拉伸体的 4 个垂直于 RIGHT 基准面的侧面，如图 5-45 所示。

❹ 单击"拔模"操控板中的"定义拔模枢轴的平面或曲线链"输入框，此输入框中显示"选取 1 个项目"，如图 5-46 所示。

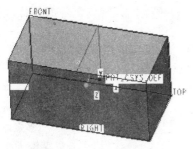

图 5-45 选取拔模面

图 5-46 "拔模特征"工具栏

⑤ 单击设计环境中的 RIGHT 基准面,系统生成拔模特征的预览体,默认的角度为 1,如图 5-47 所示。

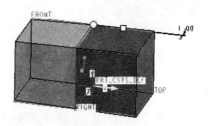

图 5-47 生成拔模预览体

⑥ 此时的"拔模" 操控板如图 5-48 所示。

图 5-48 "拔模"操控板

⑦ 将"拔模"操控板中的角度值修改为 2,此时拔模预览特征也随之改变,如图 5-49 所示。

⑧ 单击"拔模"操控板上的"建造特征"按钮☑,在拉伸体上生成拔模特征,如图 5-50 所示。

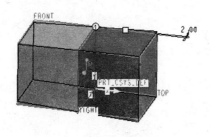

图 5-49 修改拔模特征尺寸

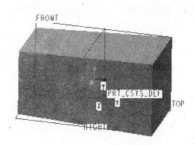

图 5-50 生成拔模特征

5.3.2 实例——充电器

本例绘制如图 5-51 所示的充电器。首先绘制草图,通过拉伸创建充电器的主体,然后通过拔模创建充电器的外形,最后拉伸创建充电器的插头。

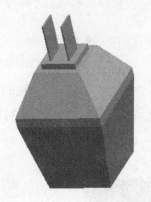

> **实讲实训**
> **多媒体演示**
> 多媒体演示参见配套光盘中的\\动画演示\第 5 章\充电器.avi。

图 5-51   充电器

创建充电器的绘制过程如下。

❶ 单击工具栏中的"新建文件"按钮 ,在弹出的新建对话框的"类型"区域中选中"零件"单选按钮,在"名字"文本框中输入 chongdianqi,再在"子类型"区域中选择"实体",取消选中"使用默认模板"复选框,单击"确定"按钮,在使用模板中选择 mmns_part_solid,即可新建一个零件。

❷ 单击基本特征工具栏上的"拉伸"按钮 ,打开"旋转"操控板。

❸ 在"拉伸"操控板上选择"放置"→"定义",打开"草绘"对话框。

❹ 在工作区上选择基准平面 FRONT 作为草绘平面,其余选项接受系统默认值,单击"草绘"按钮进入草绘界面。

❺ 使用"矩形"按钮 绘制截面。选择"矩形"选项绘制特征,然后选择矩形特征的对角选项。使用"创建尺寸"按钮 和"修改"按钮 创建如图 5-52 所示的尺寸标注方案。单击"继续当前部分"按钮 ✔ 退出草绘环境。

❻ 在操控板上选择"可变"深度选项 ,输入 4.00 作为可变深度值,如图 5-53 所示。单击"建造特征"按钮 ✔ 完成特征。

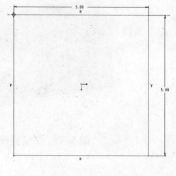

图 5-52   绘制矩形   图 5-53   输入深度

⑦ 单击"基准特征"工具栏中的"基准平面"按钮▱，打开"基准平面"对话框。

⑧ 选择基准平面 FRONT 作为从其偏移的平面。

⑨ 在"基准平面"对话框中选择"偏移"作为约束类型。将新的基准平面按照正确的方向偏移 0.5 的值，如图 5-54 所示。然后单击"确定"按钮。

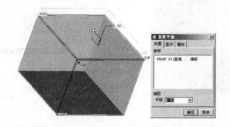

图 5-54　基准平面选取和偏移

⑩ 单击基本特征工具栏上的"拉伸"按钮，打开"拉伸"操控板。

⑪ 在刚刚创建的面上，使用"矩形"工具□绘制截面。选择矩形的 4 条边作为参照，如图 5-55 所示。绘制如图 5-56 所示的矩形。

图 5-55　选取参照

⑫ 以 2.00 作为可变深度值进行拉伸，如图 5-57 所示。

⑬ 单击特征工具栏上的"拔模"按钮，打开"拔模"操控板。

⑭ 使用 Ctrl 键选择要拔模的曲面，选择如图 5-58 所示的 4 个表面。

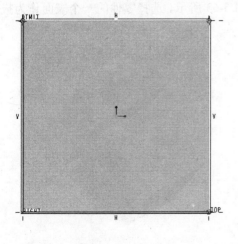

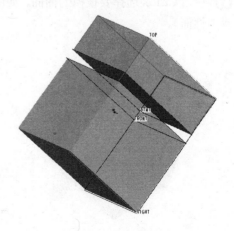

图 5-56　绘制矩形　　　　　　图 5-57　生成特征

⑮ 选择"拔模枢轴"参照框,如图 5-59 所示。选择零件的一个表面作为拔模枢轴(或中性面)。

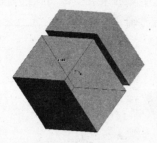

图 5-58　表面选取　　　　　　　　图 5-59　选取拔模枢轴

⑯ 选择"拖动方向"参照框。选择零件的一个表面作为拖动方向平面,如图 5-60 所示。

⑰ 输入拔模角度 10.0,如图 5-61 所示。单击操控板上的"建造特征"按钮 ✔ 完成特征,如图 5-62 所示。

图 5-60　拖动方向　　　　　　　　图 5-61　拔模角度

⑱ 单击特征工具栏上的"拔模"按钮 ，打开"拔模"操控板。

⑲ 使用 Ctrl 键选择要拔模的曲面,如图 5-63 所示。选择零件的一个表面作为拔模枢轴(或中性面)。

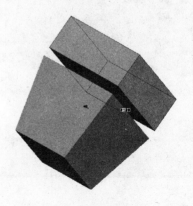

图 5-62　生成特征　　　　　　　　图 5-63　表面选取

㉑ 选择拖动方向，如图 5-64 所示。输入拔模角度 30.0，进行拔模，如图 5-65 所示。

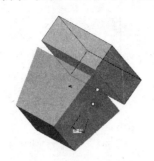

| 图 5-64 选择拖动方向 | 图 5-65 输入拔模角度 |

㉑ 单击基本特征工具栏上的"拉伸"按钮，打开"拉伸"操控板。

㉒ 在基准平面 FRONT 上，使用"矩形"工具绘制截面。选择矩形的 4 条边作为参照，如图 5-66 所示。

㉓ 以 0.5 作为可变深度值，进行拉伸，如图 5-67 所示，得到如图 5-68 所示的结果。

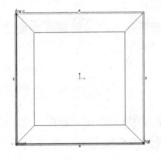

| 图 5-66 选择参照 | 图 5-67 输入深度 |

㉔ 单击基本特征工具栏上的"拉伸"按钮，打开"拉伸"操控板。

㉕ 在如图 5-69 所示的端面上，使用"矩形"工具绘制截面，如图 5-70 所示。选择矩形的 4 条边作为参照。

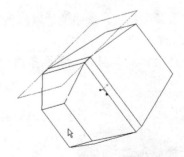

| 图 5-68 生成特征 | 图 5-69 选择草绘平面 |

㉖ 以 0.3 作为可变深度值，进行拉伸。

㉗ 单击基本特征工具栏上的"拉伸"按钮，打开"拉伸"操控板。

㉘ 在基准平面 FRONT 上，使用"矩形"工具绘制截面，如图 5-71 所示。选择矩

形的 4 条边作为参照。

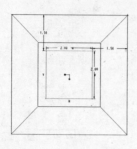

图 5-70　绘制草图

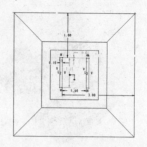

图 5-71　绘制草图

㉙ 以 2.00 作为可变深度值，进行拉伸。最终效果参见图 5-51。

5.4　圆角特征

倒圆角是一种边处理特征，通过向一条或多条边、边链或在曲面之间添加半径形成。

5.4.1　创建圆形倒圆角

单一值倒圆角特征的创建过程如下。

❶ 新建一个零件设计窗口，在此设计窗口中拉伸出一个长、宽、高为 200、100、200 的长方体，单击"工程特征"工具栏中的"倒圆角"按钮 ，系统打开"倒圆角"操控板，如图 5-72 所示。此时默认的圆角半径为 3.60。

图 5-72　"倒圆角"操控板

❷ 单击长方体顶面的边，选中的边以红色线条预显出要倒的圆角，并且圆角半径为 3.6，如图 5-73 所示。

❸ 选取长方体上如图 5-74 所示的两条边，此时设计环境中选取的 3 条边所要倒的圆角半径值都是 3.6。

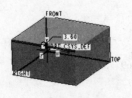

图 5-73　选取倒圆角边

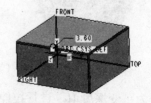

图 5-74　继续选取倒圆角边

④ 单击"倒圆角"操控板上的"建造特征"按钮☑，在长方体上生成圆角特征，如图 5-75 所示。

⑤ 双击长方体上的圆角特征，此时圆角特征以红色直线加亮显示并显示出圆角半径值 3.6，如图 5-76 所示。

⑥ 双击圆角半径值，将其值修改为 10.00，然后单击"编辑"菜单中的"再生"命令，重新生成圆角，如图 5-77 所示。

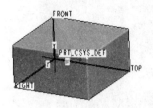
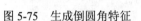

图 5-75　生成倒圆角特征　　　图 5-76　修改圆角尺寸　　　图 5-77　生成倒圆角特征

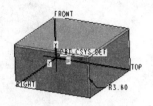

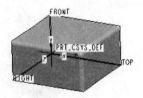

5.4.2　创建圆锥形倒圆角

单一值圆锥型倒圆角的创建过程如下。

① 当前设计环境中有一个长、宽、高为 200、100、200 的长方体，单击"工程特征"工具栏中的"倒圆角"按钮❀，打开"倒圆角"操控板，单击长方体顶面的一条边，如图 5-78 所示，此时默认的圆角半径为 3.60。

② 单击"倒圆角"操控板中的"设置"选项，弹出"设置"上滑面板，如图 5-79 所示。

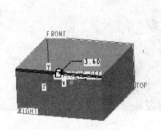

图 5-78　选取倒圆角边　　　　图 5-79　"设置"上滑面板

③ 单击"圆形"下三角按钮，弹出如图 5-80 所示的倒圆角类型，系统提供的有"圆锥"、"圆形"和"D1×D2 圆锥"。

④ 单击"圆锥"选项，放大设计环境中的长方体，此时长方体上的倒圆角如图 5-81 所示。

图 5-80　选取倒圆角类型　　　　　图 5-81　放大倒圆角边

⑤　此时的"设置"上滑面板如图 5-82 所示。圆锥参数值可以控制倒圆角的锐度，在"设置"上滑面板中有两处修改圆锥参数值的地方，也可以双击设计环境中的圆锥参数值来修改。

⑥　单击"D1×D2 圆锥"选项，放大设计环境中的长方体，此时长方体上的倒圆角如图 5-83 所示，"D1×D2 圆锥"型倒圆角可以分别控制倒圆角两边的半径值。

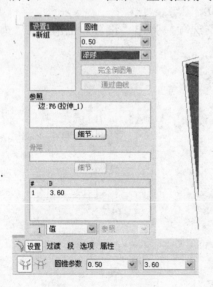

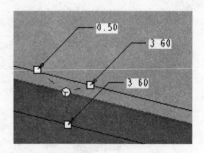

图 5-82　设置圆锥参数值　　　　　图 5-83　放大倒圆角边

⑦　双击倒圆角一边的半径值，将其修改为 6.00，如图 5-84 所示。

⑧　此时"设置"上滑面板如图 5-85 所示，可以看到"D1"值已修改为 6.00。

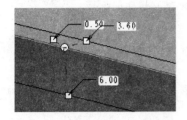

图 5-84　修改圆锥圆角半径值　　　　　　图 5-85　倒圆角设置对话框

9 单击"倒圆角"操控板中的"反转圆锥距离的方向"按钮，此时圆锥型倒角两边的半径值发生交换，如图 5-86 所示。

10 单击"倒圆角"操控板上的"建造特征"按钮，在长方体上生成圆锥型倒圆角特征，如图 5-87 所示。

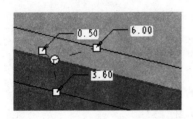

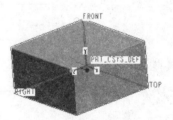

图 5-86　交换圆锥圆角半径值　　　　　　图 5-87　生成圆锥圆角

5.4.3　实例——手柄

本例绘制如图 5-88 所示的手柄。首先绘制草图，通过拉伸创建手柄的主体，最后对其进行倒圆角。

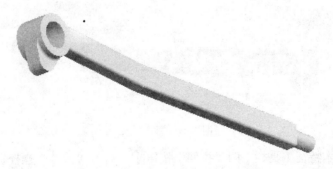

图 5-88　手柄

创建手柄的绘制过程如下。

❶ 单击工具栏中的"新建文件"按钮□，在弹出的新建对话框的"类型"区域中选中"零件"单选按钮，在"名字"文本框中输入 shoubing，再在"子类型"区域中选择"实体"，取消选中"使用默认模板"复选框，单击"确定"按钮加以确认，在使用模板中选择 mmns_part_solid，即可新建一个零件。

❷ 单击基本特征工具栏上的"拉伸"按钮🗗，打开"拉伸"操控板。

❸ 在"拉伸"操控板上选择"放置"→"定义"，打开"草绘"对话框。

❹ 在工作区上选择基准平面 FRONT 作为草绘平面，其余选项接受系统默认值，单击"草绘"按钮进入草绘界面。

❺ 使用"线"按钮\、"圆弧"按钮\和"圆"按钮〇绘制如图 5-89 所示的截面图。使用"创建尺寸"按钮⊢和"修改"按钮⋝创建尺寸标注方案。单击"继续当前部分"按钮✔，退出草绘环境。

❻ 在操控板上选择"双侧"深度选项🗗，输入 6.00 作为可变深度值，如图 5-90 所示。

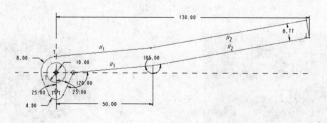

图 5-89　绘制草图

图 5-90　输入深度

❼ 单击"预览特征"按钮☑ 👓并观察模型，如图 5-91 所示。单击"建造特征"按钮✔完成特征。

图 5-91　预览特征

❽ 单击基本特征工具栏上的"拉伸"按钮🗗，打开"拉伸"操控板。

❾ 选择"使用先前的"作为草图绘制平面，在其上绘制如图 5-92 所示的圆。

⑩ 以 10.0 为可变深度值进行拉伸，如图 5-93 所示。

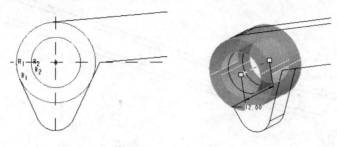

图 5-92　绘制草图　　　　图 5-93　预览特征

⑪ 单击基本特征工具栏上的"拉伸"按钮 🗗，打开"拉伸"操控板。

⑫ 选择如图 5-94 所示的拉伸体的底面作为草图绘制平面。在其上绘制如图 5-95 所示的圆。

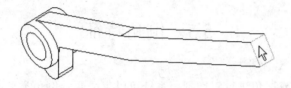

图 5-94　选择曲面

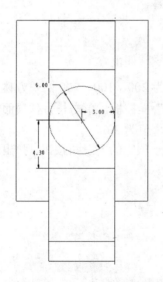

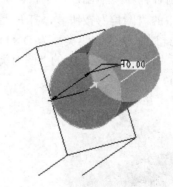

图 5-95　绘制草图　　　　图 5-96　预览特征

⑬ 以 10.0 为可变深度值进行拉伸，如图 5-96 所示。

⑭ 单击工具栏上的"倒圆角"按钮 🥄，打开"倒圆角"操控板。使用 Ctrl 键，在拉伸特征四周选择 13 条边，如图 5-97 所示。输入 2.00 作为圆角的半径。

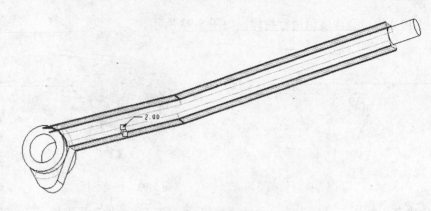

图 5-97　选择倒角边

⓯ 单击建造圆角特征按钮✅，完成后的模型参见图 5-88。

5.5　倒角特征

倒角特征是对边或拐角进行斜切削。系统可以生成两种倒角类型：边倒角特征和拐角倒角特征。

5.5.1　创建边倒角

边倒角特征是对边进行斜切削，具体的创建步骤如下。

❶ 在当前设计环境中创建一个长、宽、高为 200、100、200 的长方体，单击"工程特征"工具栏中的"倒角"按钮🔩，打开"倒角"操控板，单击长方体顶面的一条边，如图 5-98 所示，此时默认的倒角类型为 D×D，距离值为 3.6。

❷ 单击"倒角" 操控板中的"倒角类型"子项中的下三角按钮，弹出倒角类型下拉列表，如图 5-99 所示。

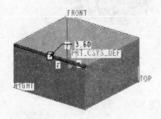

图 5-98　选取倒角边　　　　　　图 5-99　"倒角"操控板

❸ 使用系统默认的"D×D"类型倒角，距离值修改为 20，单击"倒角" 操控板上的"建造特征"按钮✅，在长方体体上生成倒角特征，如图 5-100 所示。

❹ 右击模型树浏览器中的倒角特征，在弹出的快捷菜单中单击"编辑定义"命令，打开"倒角"工具栏。单击"角度×D"类型，此时设计环境中的倒角如图 5-101 所示。

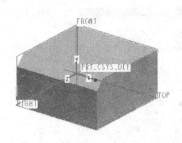

图 5-100　生成倒角

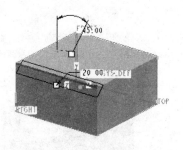

图 5-101　设置倒角类型

⑤ 此时的"倒角"操控板如图 5-102 所示。

图 5-102　"倒角"操控板

⑥ 双击角度值 45.00，将其修改为 60.00，或者直接在"倒角"操控板的"角度"子项中设定，此时设计环境中的倒角如图 5-103 所示。

⑦ 单击"倒角"操控板上的"建造特征"按钮☑，在长方体体上生成"角度×D"类型倒角特征，如图 5-104 所示。

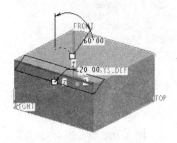

图 5-103　修改倒角角度尺寸

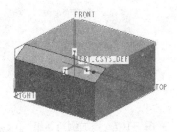

图 5-104　生成倒角

5.5.2　创建拐角倒角

拐角倒角特征是对拐角进行斜切削，具体的创建过程如下。

① 当前设计环境中有一个长、宽、高为 200、100、200 的长方体，单击"工程特征"工具栏中的"倒角"按钮，打开"倒角"操控板。单击长方体顶面的一条边，如图 5-105 所示。此时默认的倒角类型为 D×D，距离值为 20.00。

② 单击"倒角"操控板中的"集"子项，系统弹出"集"上滑面板，如图 5-106 所示。

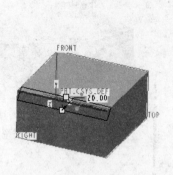

图 5-105　选取倒角特征　　　　　　　图 5-106　倒角特征集

❸ 单击"集"上滑面板中的"新组"项，系统新建一个"设置 2"，如图 5-107 所示。

❹ 将"设置 2"的距离 D 值修改为 10.00，如图 5-108 所示。

❺ 单击设计环境中长方体上如图 5-109 所示的边，此时系统显示这条边的距离 D 值为 10.00。

图 5-107　添加倒角新组　　　　　　　图 5-108　修改倒角距离尺寸

❻ 使用同样的方法，再新建一个"设置 3"组，将其距离值 D 改为 30.00，然后使用左键单击长方体上如图 5-110 所示的边。

❼ 单击"倒角"操控板上的"建造特征"按钮☑，在长方体上生成拐角倒角特征，如图 5-111 所示。

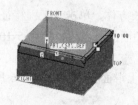　　　　

图 5-109　选取倒角边　　图 5-110　添加倒角新组并选取倒角边　　图 5-111　生成拐角倒角特征

5.6 抽壳特征

壳工具可将实体内部掏空，只留下一个特定壁厚的壳，可以用于指定要从壳移除的一个或多个曲面。

厚抽壳特征的创建过程如下。

❶ 新建一个零件设计窗口，在此设计窗口中拉伸出一个长、宽、高为 200、100、200 的长方体，单击"工程特征"工具栏中的"壳"按钮 ⚃，打开"壳"操控板，如图 5-112 所示。此时默认的厚度为 3.75。

图 5-112 "壳"操控板

❷ 此时设计环境中的长方体上出现一个"封闭"的壳特征，如图 5-113 所示。"封闭"的壳特征表示将实体的整个内部都掏空，并且空心部分没有入口。

❸ 单击当前设计环境中的长方体的顶面，此时长方体的顶面以红色加亮，并且这个面成为壳特征的开口面，如图 5-114 所示。

❹ 双击壳的厚度值 3.75，此值变为可编辑状态，输入新厚度值 10，然后单击"建造特征"按钮 ✔，在长方体上生成厚度为 10 的壳特征，如图 5-115 所示。

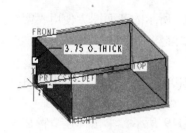
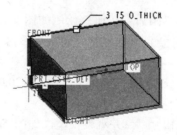
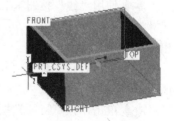

图 5-113 封闭壳特征　　　图 5-114 设置壳特征开口面　　　图 5-115 生成壳特征

5.7 综合实例——阀体

本例创建阀体，如图 5-116 所示。首先通过拉伸创建阀体的基体，上入口和下出口的基体也通过拉伸创建，内腔通过旋转切除产生，上入口和下出口的孔通过孔特征创建，通过拉伸创建上端的台阶、支架、连接配合面和连接孔，最后倒圆角和倒角，并利用螺旋扫描得到需要的螺纹完成模型的创建。

图 5-116　阀体

创建阀体的操作过程如下。

❶ 单击工具栏中的"新建文件"按钮，在弹出的新建对话框的"类型"区域中选中"零件"单选按钮，在"名字"文本框中输入 fati，再在"子类型"区域中选择"实体"，取消选中使用"默认模板"复选框，取消选中，单击"确定"按钮加以确认，在使用模板中选择 mmns_part_solid，即可新建一个零件。

❷ 单击基本特征工具栏上的"拉伸"按钮，打开"拉伸"操控板。

❸ 在"拉伸"操控板上选择"放置"→"定义"，打开"草绘"对话框。

❹ 在工作区上选择基准平面 FRONT 作为草绘平面，其余选项接受系统默认值，单击"草绘"按钮进入草绘界面。

❺ 使用"线"按钮和"圆弧"按钮绘制如图 5-117 所示的截面图。使用"创建尺寸"按钮和"修改"按钮创建尺寸标注方案。单击"继续当前部分"按钮，退出草绘环境。

❻ 在操控板上选择"可变"深度选项，输入 120.0 作为可变深度值，如图 5-118 所示。

❼ 单击"预览特征"按钮并观察模型，如图 5-119 所示。单击"建造特征"按钮完成特征。

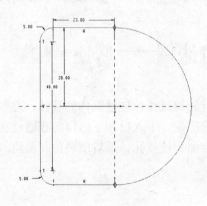

图 5-117　绘制草图　　　　　　图 5-118　输入深度

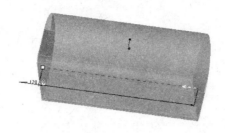

图 5-119　预览特征

8 单击基本特征工具栏上的"拉伸"按钮，打开"拉伸"操控板。

9 选择基准面 TOP 作为草图绘制平面，在其上绘制如图 5-120 所示的圆。

10 使用 56.0 的"可变"深度拉伸材料，如图 5-121 所示。单击"建造特征"按钮 ✔
完成特征。

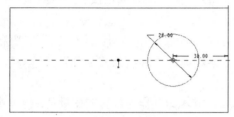

图 5-120　绘制圆

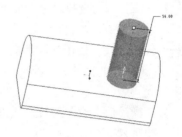

图 5-121　预览特征

11 单击基本特征工具栏上的"拉伸"按钮，打开"拉伸"操控板。

12 选择基准面 TOP 作为草图绘制平面，在其上绘制如图 5-122 所示的草图。

13 使用 56.0 的"可变"深度拉伸材料，如图 5-123 所示。单击"建造特征"按钮 ✔
完成特征。

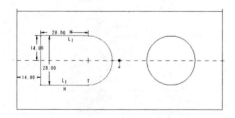

图 5-122　绘制草图

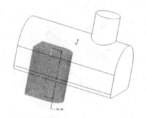

图 5-123　预览特征

14 单击工具栏上的"筋"按钮，打开"筋"操控板。

15 在"筋"操控板上选择"参照"→"定义"，打开"参照"对话框。

16 使用"参照"对话框确定如图 5-124 所示的两个参照。

17 绘制一条直线。使用"创建尺寸"按钮和"修改"按钮创建尺寸标注方
案。单击"继续当前部分"按钮 ✔，退出"草绘"环境。

18 输入 4.00 作为筋的厚度。使用"参照"→"反向"更改材料创建方向。单击操控
板上的"建造特征"按钮 ✔ 完成特征。

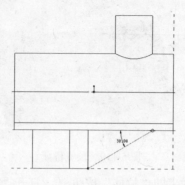

图 5-124　绘制草图

⑲　单击工具栏上的"旋转"按钮 ◐，打开"旋转"操控板。

⑳　在"旋转"操控板上选择"放置"→"定义"，打开"草绘"对话框。

㉑　在工作区上选择基准平面 RIGHT 作为草绘平面，其余选项接受系统默认值，单击"草绘"按钮进入草绘界面。

㉒　使用"线"按钮 ╲ 绘制如图 5-125 所示的草图。使用"创建尺寸"按钮 ↔ 和"修改"按钮 ⤳ 创建如图 5-125 所示的尺寸标注方案。单击"继续当前部分"按钮 ✔，退出草绘环境。

㉓　在操控板上设置旋转方式为"变量" ⊥，输入 360 作为旋转的变量角，再单击"切减材料"按钮 ⊿。

㉔　单击"预览特征"按钮 ☑ ☙ 并观察模型，如图 5-126 所示。单击"建造特征"按钮 ✔ 完成特征。

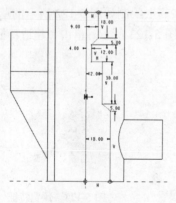

图 5-125　绘制草图

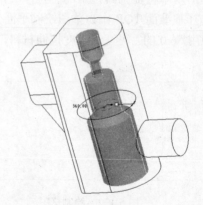

图 5-126　预览特征

㉕　单击工具栏上的"孔"按钮 ⊤，打开"孔"操控板。

㉖　选中操控板上"直孔"和"简单"按钮作为孔类型 ⊔，输入孔的直径 16.00。

㉗　选择"到选定的"作为深度选项 ⊥。选择如图 5-127 所示的旋转切除的内表面。

㉘　选择前面创建拉伸体的轴作为主参照。

㉙　使用"放置"→"次参照"选项定义放置平面，如图 5-128 所示。然后使用"放置"菜单下的"同轴"选项。单击操控板上的"建造特征"按钮 ✔，创建孔。

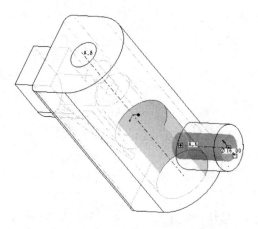

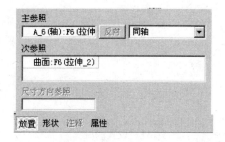

图 5-127　选择曲面　　　　　　　　　　　　图 5-128　设置主参照

㉚ 单击"基准特征"工具栏上的"基准轴"按钮 ⁄，打开"基准轴"对话框。

㉛ 在如图 5-129 所示的位置选择拉伸特征。

㉜ 选择"穿过"选项作为约束选项，如图 5-130 所示。单击"确定"按钮。

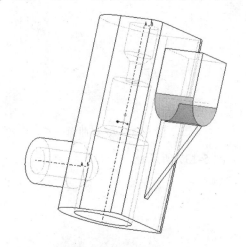

图 5-129　选择曲面　　　　　　　　　　　　图 5-130　基准轴

㉝ 单击工具栏上的"孔"按钮 ，打开"孔"操控板。

㉞ 创建"直孔"和"简单"类型孔，设置孔的直径为 16。

㉟ 设置先前创建的基准轴作为主参照，定义放置平面。

㊱ 选定如图 5-131 所示的旋转切除的内表面作为深度。单击操控板上的"建造特征"按钮 ，创建孔。

㊲ 单击基本特征工具栏上的"拉伸"按钮 ，打开"拉伸"操控板。

㊳ 选择如图 5-132 所示的拉伸顶面作为草图绘制平面，在其上绘制如图 5-133 所示的圆弧。

㊴ 单击"拉伸"操控板上的"切减材料"按钮 。以"20.0"为可变深度值进行切除，如图 5-134 所示。单击操控板上的"建造特征"按钮 ，创建孔。

㊵ 单击基本特征工具栏上的"拉伸"按钮 。

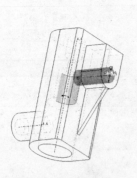

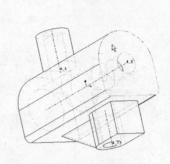

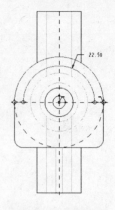

图 5-131　设置深度　　　　　图 5-132　选择曲面　　　　图 5-133　绘制圆弧

🕙 选择如图 5-135 所示的拉伸顶面作为草图绘制平面，在其上绘制如图 5-136 所示的矩形。

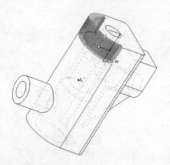

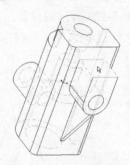

图 5-134　预览特征　　　　　　　　图 5-135　选择曲面

🕙 以 40.0 为可变深度值进行拉伸，如图 5-137 所示。

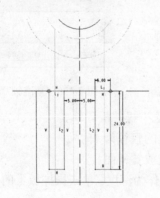

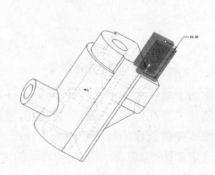

图 5-136　绘制矩形　　　　　　　图 5-137　预览特征

🕙 单击基本特征工具栏上的"拉伸"按钮 ，打开"拉伸"操控板。

🕙 选择如图 5-138 所示的拉伸侧面作为草图绘制平面。在其上绘制如图 5-139 所示的矩形。

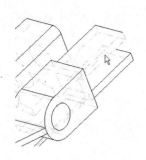

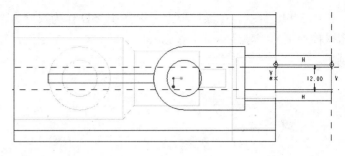

图 5-138　选择拉伸侧面　　　　　　　　　　图 5-139　绘制矩形

45 以"完全贯穿"选项进行切除材料，如图 5-140 所示。单击操控板上的"建造特征"按钮 ✔️，创建孔。

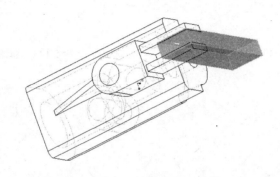

图 5-140　切除材料

46 单击工具栏上的"孔"按钮 ⫟，打开"孔"操控板。

47 选择操控板上的"直孔"和"简单"作为孔类型 ⊔，输入孔的直径 10.0，如图 5-141 所示。选择"穿透"选项作为孔深度 ⇟⇞，选择拉伸特征的侧面作为主参照。拖动孔的第一个放置句柄到第一个参照边。拖动孔的第二个放置句柄到第二个线性参照边，如图 5-142 所示。

图 5-141　孔选项　　　　　　　　　　　　图 5-142　孔参照

48 对于第一个定位尺寸，更改值为 12.0。对于第二个定位尺寸，更改值为 12.0。单击操控板上的"建造特征"按钮 ✔️，创建孔，如图 5-143 所示。

49 单击工具栏上的"倒圆角"按钮 ⟍。打开"倒圆角"操控板，使用 Ctrl 键，在拉伸特征的顶面选择 4 条边，如图 5-144 所示。输入 12.0 作为圆角的半径。选择建造圆角特征按钮 ✔️，圆角如图 5-145 所示。

50 单击工具栏上的"倒角"按钮 ⟍，打开"旋转"操控板。选择旋转切除体顶面的边，如图 5-146 所示。在操控板上，选择 45×D 作为尺寸方案。输入 1.00 作为倒角尺寸，单击操控板上的"建造特征"按钮 ✔️。以 2.00 作为倒角尺寸在旋转切除体顶面的边上建立倒角。

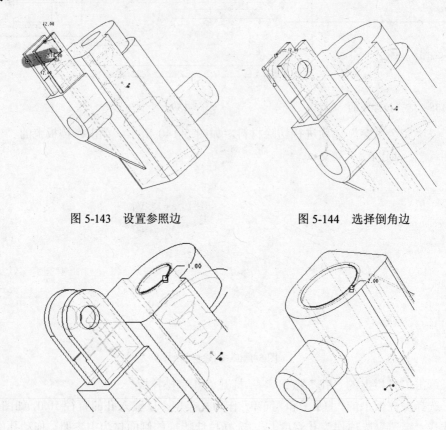

图 5-143　设置参照边　　　　　　　图 5-144　选择倒角边

图 5-145　圆角　　　　　　　　　图 5-146　选取边

51 以 2.00 作为圆角的半径对如图 5-147 所示的两个面进行倒圆角。

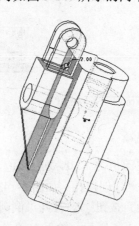

图 5-147　选择曲面

完成后的模型参见图 5-116。

5.8　复习思考题

1．孔特征除了用孔特征命令生成外，还可以用何种命令生成？

2．如何生成不同壁厚的壳特征？

3．什么是拔模特征？其生成步骤是什么？

4．圆角特征有几种形式，分别如何表示？

5．倒角特征有几种形式，分别如何表示？

6．打开第 4 章复习思考题 4 绘制的零件，如图 5-148 所示。添加如图 5-149 所示的倒角，倒角为"1×45"，然后保存。

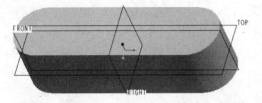
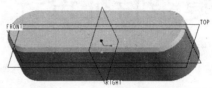

图 5-148　打开创建的零件　　　图 5-149　倒角特征

第 6 章

复杂特征设计

本章导读

　　一些复杂的零件造型只通过基本特征和工程特征是无法完成的，如吊钩、螺纹等。在这些零件的建模过程中还要用到高级特征。

　　本章主要讲述扫描混合、螺旋扫描以及可变剖面扫描等复杂特征的创建。

内容要点

✧ 扫描混合特征
✧ 螺旋扫描特征
✧ 可变剖面扫描特征

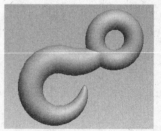

6.1 扫描混合特征

扫描混合特征是将多个剖面沿一条轨迹连接起来，扫描混合特征综合了扫描和混合这两种特征。

6.1.1 创建扫描混合特征

扫描混合就是沿选定的轨迹进行扫描的同时，满足在轨迹控制点上的预先截面要求。扫描混合需要单个轨迹（原始轨迹）和多个截面。要定义扫描混合的"原始轨迹"，可以草绘一个曲线或选取一个基准曲线或边的链。

扫描混合的菜单选项与前面章节中介绍的实体扫描的菜单选项有相似之处。

要创建扫描混合，可以通过草绘轨迹或选择现有曲线和边，并延拓或修剪该轨迹中的第一个和最后一个图元，来定义轨迹。

创建扫描混合的具体操作步骤如下。

❶ 单击绘图区右侧图形工具栏中的 ⌒ 按钮，在 TOP 面建立如图 6-1 所示的基准曲线。

❷ 单击"插入"→"扫描混合"命令，如图 6-2 所示。系统打开"扫描混合"操控板，如图 6-3 所示。

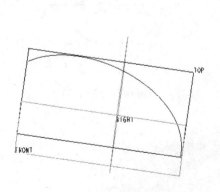

图 6-1　创建基准曲线

图 6-2　菜单命令

图 6-3　"扫描混合"操控板

❸ 单击"扫描混合"操控板中的□图标则选定为实体扫描混合。

❹ 在绘图区内选择曲线 AB，如图 6-4 所示。

❺ 单击剖面面板，如图 6-5 所示。在绘图区中选中 A 点，剖面面板中的截面旋转角度项设为 0.0，然后单击剖面面板上的"草绘"按钮，创建截面 1，如图 6-6 所示。单击"继续当前部分"按钮✔，退出草绘环境，完成截面 1 的绘制。

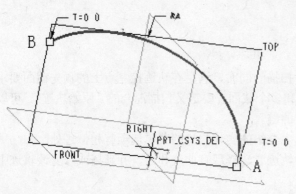

图 6-4 选择扫描混合轨迹

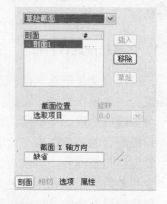

图 6-5 剖面面板

❻ 系统自动弹出剖面面板，单击"插入"按钮，在绘图区内选中 B 点，剖面面板中的截面旋转角度项设为 0.0，然后单击剖面面板上的"草绘"按钮，创建截面 2，如图 6-7 所示。单击"继续当前部分"按钮✔，退出草绘环境，完成截面 2 的绘制。

❼ 单击"扫描混合"操控板中的✔按钮，完成扫描混合，如图 6-8 所示。

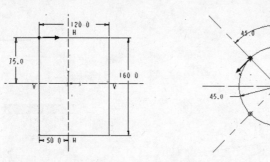

图 6-6 创建截面 1   图 6-7 创建截面 2

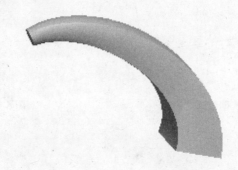

图 6-8 扫描混合

6.1.2 实例——吊钩

本例绘制如图 6-9 所示的吊钩。首先通过旋转命令创建吊钩头，然后草绘出吊钩的扫描轨迹线，最后利用混合扫描沿扫描轨迹完成吊钩的创建。

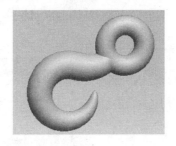

图 6-9 吊钩

创建吊钩的绘制过程如下。

实讲实训
多媒体演示

多媒体演示参见配套光盘中的\\动画演示\第 6 章\吊钩.avi。

❶ 单击工具栏中的"新建文件"按钮，在弹出的新建对话框的"类型"区域中选中"零件"单选按钮，在"名字"文本框中输入 diaogou，再在"子类型"区域中选择"实体"，取消选中"使用默认模板"复选框，单击"确定"按钮加以确认，在使用模板中选择 mmns_part_solid，即可新建一个零件。

❷ 单击"基本特征"工具栏的"旋转"按钮，打开"旋转"操控板。

❸ 在"旋转"操控板上选择"放置"→"定义"，打开"草绘"对话框。

❹ 在工作区上选择基准平面 TOP 作为草绘平面，其余选项接受系统默认值，单击"草绘"按钮进入草绘界面。

❺ 单击工具栏中的○按钮，绘制如图 6-10 所示的圆。圆心在水平参考线上，修改圆的直径为 25，圆距垂直参考线为 25。单击工具栏中的┆按钮，绘制与垂直参考线重合的中心线，退出草绘。

❻ 在操控板上设置旋转方式为"变量"，输入 360 作为旋转的变量角。单击"建造特征"按钮完成特征。

❼ 单击工具栏中的"草绘工具"按钮，单击菜单管理器中的"草绘"命令，选择 FRONT 平面后，开始草绘。单击工具栏中的╲按钮，绘制如图 6-11 所示的线段，修改尺寸为 10，线段端点距离垂直参考线的长度为 25。单击工具栏的╲按钮，绘制圆弧，且圆弧圆心在水平参考线上。单击工具栏中的╲按钮，再单击圆弧端点，绘制如图 6-11 所示的过渡圆弧，连接两个端点。

❽ 单击工具栏中的"插入"→"扫描混合"，打开"扫描混合"操控板。

❾ 首先选择扫描轨迹，单击"参照"按钮，弹出"参照"上滑面板，如图 6-12（a）所示，选择"轨迹"→"选取项目"，选择刚才创建的轨迹线，如图 6-12（b）所示，设置剖面控制为"垂直于轨迹"，其他接受系统默认设置。

❿ 单击操控板中的"剖面"按钮，弹出"剖面"上滑面板，如图 6-12（c）所示，

选中"草绘截面"单选按钮，单击截面位置，在绘图区中选择吊钩的前端点，然后单击"草绘"按钮，使用 × 工具在坐标轴的交点处绘制点，退出草绘。

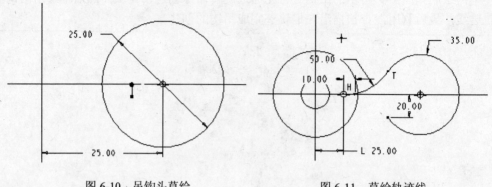

| 图 6-10　吊钩头草绘 | 图 6-11　草绘轨迹线 |

⑪ 单击"插入"按钮，截面位置为圆弧的终点，旋转角度为 0，单击"草绘"按钮，以坐标轴交点为圆心，绘制直径为 35 的圆。继续绘制第三个剖面，截面位置为与前面圆弧相切圆弧的终点，旋转角度为 0，绘制直径为 25 的圆，完成剖面的设置。

⑫ 选择"相切"选项卡，修改开始截面条件为"平滑"，如图 6-12（d）所示。单击"建造特征"按钮 ✓ 完成特征。最终效果参见图 6-9。

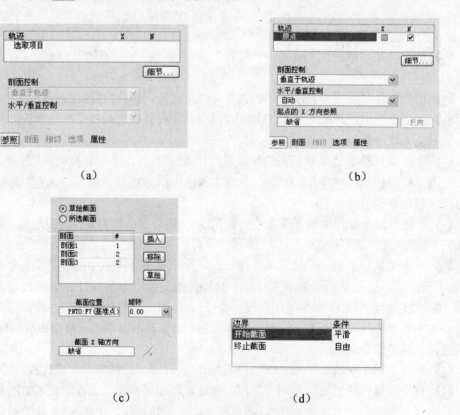

图 6-12　扫描混合编辑框

6.2 螺旋扫描特征

螺旋扫描特征通过沿着螺旋轨迹扫描截面来创建。通过旋转曲面的轮廓（定义从螺旋特征的截面原点到其旋转轴之间的距离）和螺距（螺旋线之间的距离）两者来定义轨迹。

螺旋扫描对于实体和曲面均可用。在"属性"菜单中，对以下成对出现的选项（只选其一）进行选择来定义螺旋扫描特征。

（1）恒定：螺距是常量。

（2）变量：螺距是可变的并由某图形定义。

（3）穿过轴：横截面位于穿过旋转轴的平面内。

（4）垂直于轨迹：确定横截面方向，使之垂直于轨迹（或旋转面）。

（5）右手：使用右手规则定义轨迹。

（6）左手：使用左手规则定义轨迹。

6.2.1　创建螺旋扫描特征

螺旋扫描就是通过沿着螺旋轨迹扫描截面来创建螺旋扫描特征，具体操作过程如下。

❶ 在 Pro/ENGINEER 系统中新建一个"零件"设计环境。单击"插入"→"螺旋扫描"→"伸出项"命令，如图 6-13 所示。

❷ 系统打开"伸出项：螺旋扫描"对话框并弹出"菜单管理器"中的"属性"菜单，如图 6-14 所示。保持系统默认的"属性"菜单中的选项不变，单击"完成"命令，打开"设置草绘平面"菜单，并且在"伸出项：螺旋扫描"对话框中指到"扫引轨迹"子项，如图 6-15 所示。

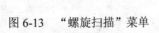

图 6-13　"螺旋扫描"菜单　　　　图 6-14　"属性"菜单

❸ 单击当前设计环境中的 FRONT 基准面，选择此面为草绘平面，此时系统弹出"方向"菜单，并且当前设计环境中的 FRONT 基准面上出现一个红色箭头，表示草绘面的正向，如图 6-16 所示。

❹ 单击"方向"菜单中的"正向"命令，使用系统默认的方向为正向，系统弹出"草

绘视图"菜单，要求用户设置参照面，如图6-17所示。

❺ 单击"草绘视图"菜单中的"右"命令，系统弹出"设置平面"菜单，如图6-18所示。

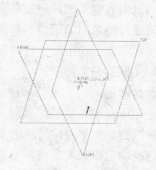

图6-15 "设置草绘平面"菜单　　　　图6-16 确定草绘平面正向

图6-17 "草绘视图"菜单　　　　图6-18 "设置平面"菜单

❻ 单击当前设计环境中的RIGHT基准面，将其设置为参照面。系统进入草图绘制环境，并弹出"参照"对话框，显示选定的草绘基准面和参照基准面，如图6-19所示。

❼ 单击"参照"对话框上的"关闭"命令，将此对话框关闭。使用草绘工具在设计环境中绘制如图6-20所示的一条竖直的直线及一条竖直的中心线。

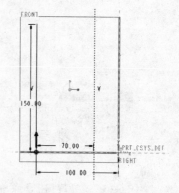

图6-19 "参照"对话框　　　　图6-20 绘制螺旋扫描线及中心线

❽ 单击"草绘器"工具栏中的"继续当前部分"按钮✓，系统弹出消息输入框，要求用户输入节距值，如图6-21所示。

⇨ 选取起始点。
• 显示约束时：右键单击禁用约束。按 SHIFT 键同时右键单击锁定约束。使用 TAB 键切换激活的约束。

⇨ 输入节距值 15.0000 ☑☒

图 6-21　输入螺旋节距

❾ 此时"伸出项：螺旋扫描"对话框中指到"螺距"子项，如图 6-22 所示。使用系统默认的螺距值 15，单击消息输入对话框中的"接受值"按钮☑，系统进入 2D 截面绘制阶段，此时"伸出项：螺旋扫描"对话框中指到"截面"子项，如图 6-23 所示。

图 6-22　定义螺距参数　　　图 6-23　定义草绘截面

❿ 在当前设计环境中绘制一个直径为 10.00 的圆，圆心为直线的起点（下端点），如图 6-24 所示。

图 6-24　绘制螺旋截面

⓫ 单击"草绘器"工具栏中的"继续当前部分"按钮 ✔，此时"伸出项：螺旋扫描"对话框中的所有子项都定义完成，如图 6-25 所示。

⓬ 单击"伸出项：螺旋扫描"对话框中的"确定"命令，系统生成一个螺旋扫描特征，如图 6-26 所示。

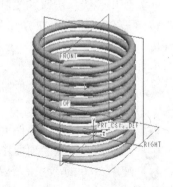

图 6-25　定义完成后的"伸出项：螺旋扫描"对话框　　　图 6-26　生成螺旋扫描特征

6.2.2 实例——调节螺母

本例绘制如图 6-27 所示的调节螺母。首先绘制草图，通过拉伸创建调节螺母的主体轮廓，然后绘制螺纹扫描轨迹，最后通过螺旋扫描创建螺纹。

图 6-27 调节螺母

创建调节螺母的绘制过程如下。

❶ 单击工具栏中的"新建文件"按钮 ，在弹出的新建对话框的"类型"区域中选中"零件"单选按钮，在"名字"文本框中输入 tiaojieluomu，再在"子类型"区域中选择"实体"，取消选中"使用默认模板"复选框，单击"确定"按钮加以确认，在使用模板中选择 mmns_part_solid，即可新建一个零件。

❷ 单击基本特征工具栏上的"拉伸"按钮 ，打开"拉伸"操控板。

❸ 在"拉伸"操控板上选择"放置"→"定义"，打开"草绘"对话框。

❹ 在工作区上选择基准平面 FRONT 作为草绘平面，其余选项接受系统默认值，单击"草绘"按钮进入草绘界面。

❺ 使用"线"按钮 绘制如图 6-28 所示的草图。使用"创建尺寸"按钮 和"修改"按钮 创建如图 6-28 所示的尺寸标注方案。单击"继续当前部分"按钮 ，退出草绘环境。

❻ 在操控板上选择"可变"深度选项 ，输入 10.0 作为可变深度值。

❼ 单击"预览特征"按钮 并观察模型，如图 6-29 所示。单击"建造特征"按钮 完成特征。

❽ 单击基本特征工具栏上的"拉伸"按钮 ，打开"拉伸"操控板。

❾ 选择拉伸特征的顶面作为草图绘制平面，在其上绘制如图 6-30 所示的圆。

❿ 使用 20.0 的"可变"深度拉伸材料，如图 6-31 所示。单击"建造特征"按钮 完成特征。

> **实讲实训**
> **多媒体演示**
> 多媒体演示参见配套光盘中的\\动画演示\第 6 章\调节螺母.avi。

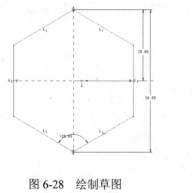

图 6-28　绘制草图

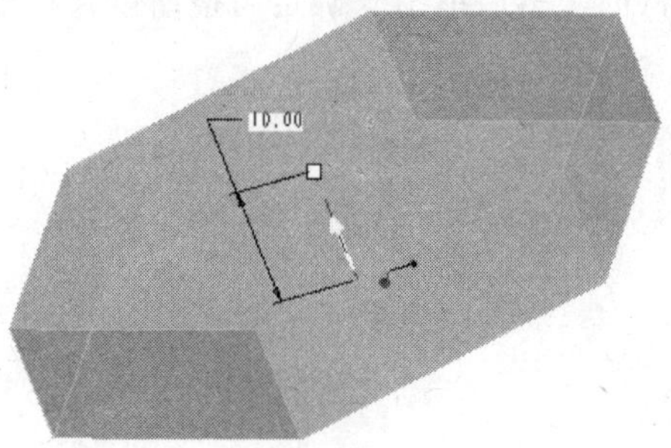

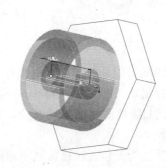

图 6-29　预览特征

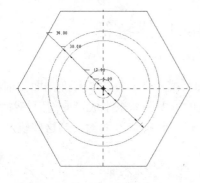

图 6-30　绘制圆

图 6-31　使用拉伸材料

⑪　单击"插入"→"螺旋扫描"→"切口"命令，打开"螺旋扫描"对话框。

⑫　在"属性"菜单中单击"常数"→"穿过轴"→"右手定则"→"完成"命令。

⑬　在"设置草绘平面"菜单中单击"新设置"→"平面"命令。选择基准平面 RIGHT 作为草绘平面。

⑭　在"设置草绘平面"菜单中单击"方向"→"正向"→"默认"命令，定向草绘环境，绘制如图 6-32 所示的螺旋扫描特征剖面。

⑮　如果需要，使用快捷菜单的"起始点"命令更改截面的起始点到如图 6-32 所示的位置。单击"继续当前部分"按钮✔，退出草绘环境。

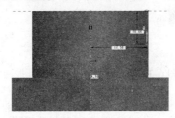

图 6-32　剖面

⑯　在文本框中输入 0.625 作为轨迹的节距。

⑰　使用"线"按钮╲绘制如图 6-33 所示的截面图。单击"继续当前部分"按钮✔，退出草绘环境。

⑱　在菜单管理器中单击"方向"→"正向"命令，定向草绘环境。在特征定义对话

框中预览特征，然后单击"确定"按钮创建特征。完成后的特征参见图6-27。

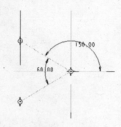

图 6-33　绘制草图

6.3　可变剖面扫描特征

Pro/ENGINEER 系统还可以生成可变剖面扫描特征。在生成可变剖面扫描特征时，可以选取一条扫描轨迹线，通过 trajpar 参数设置的剖面关系来生成可变剖面扫描特征。其中，trajpar 是[0，1]线性变化的；或者拾取多个轨迹线将扫描剖面约束到这些轨迹，生成可变剖面扫描特征。

当扫描轨迹为开放（轨迹首尾不相接）时，实体扫描特征的端点可以分为"合并端点"和"自由端点"两种类型。其中，"合并端点"是把扫描的端点合并到相邻实体，因此扫描端点必须连接到相邻实体上；"合并端点"则不将扫描端点连接到相邻几何。

6.3.1　创建可变剖面扫描特征

可变剖面扫描特征是沿一个或多个选定轨迹扫描剖面时通过控制剖面的方向、旋转和几何来添加或移除材料以创建实体或曲面特征。具体的创建步骤如下。

❶ 在 Pro/ENGINEER 系统中新建一个"零件"设计环境。单击"基础特征"工具栏中的"可变剖面扫描工具"按钮，打开"可变剖面扫描"操控板，单击此工具栏中的"扫描为实体"按钮□，表示扫描特征为实体特征，如图 6-34 所示。

图 6-34　"可变剖面扫描"操控板

❷ 单击"草绘工具"按钮，系统弹出"草绘"对话框，选取 FRONT 基准面为绘图平面，使用系统默认的参照面，进入草图绘制环境，在设计环境中绘制如图 6-35 所示的圆弧线。

❸ 单击"草绘器"工具栏中的"继续当前部分"按钮✔，系统生成此圆弧线。单击"扫描特征"操控板中的"继续执行"按钮▶，重新激活"扫描特征"操控板，单击此操控板中的"创建或编辑扫描剖面"按钮，系统自动旋转到剖面绘制状态，在扫描起点处自动生成一组竖直、水平的中心线及一个过这两条中心线交点的基准点，以此基准点为中

心绘制一个圆，直径为 20，如图 6-36 所示。

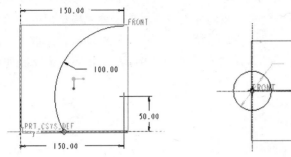

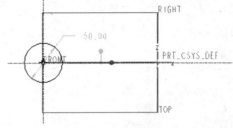

图 6-35　绘制轨迹线　　　　　　　　　　图 6-36　绘制扫描截面

❹ 单击"工具"菜单中的"关系"命令，如图 6-37 所示。系统打开"关系"对话框，如图 6-38 所示。此时设计环境中的剖面圆的尺寸值变为尺寸号 sd3，如图 6-39 所示。

图 6-37　"关系"命令　　　　　图 6-38　"关系"对话框

❺ 在"关系"对话框中输入等式"sd3=50*(1+2*trajpar)"，如图 6-40 所示。式中的"50"表示剖面圆的直径；"trajpar"表示轨迹变化量，其含义是将整个轨迹设为"1"，起始点的"trajpar"值为"0"，终点的"trajpar"值为"1"；"sd3"表示一个随之变化的圆直径。

❻ 单击"关系"对话框中的"确定"命令，然后单击"草绘器"工具栏中的"继续当前部分"按钮 ✓，生成可变剖面扫描的预览特征，旋转该预览特征，如图 6-41 所示。

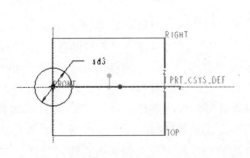

图 6-39　显示截面尺寸号　　　　　　　　图 6-40　输入关系等式

❼ 单击"扫描特征"操控板上的"建造特征"按钮☑，生成可变剖面扫描实体，如图 6-42 所示。右击"模型树"浏览器中的扫描特征，在弹出的快捷菜单中单击"删除"命令，将设计环境中的可变剖面扫描体删除。按同样的方法操作，将"模型树"浏览器中的草绘圆弧线删除。单击"草绘工具"按钮，系统弹出"草绘"对话框，选取 FRONT 基准面为绘图平面，使用系统默认的参照面，进入草图绘制环境，在设计环境中绘制如图 6-43 所示的一条直线。

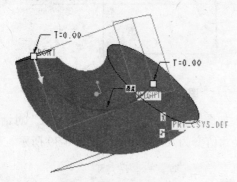

图 6-41　生成扫描预览体

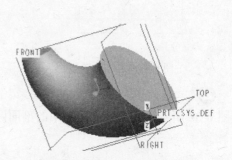

图 6-42　生成可变剖面扫描实体

❽ 单击"草绘器"工具栏中的"继续当前部分"按钮✔，系统生成一条直线。单击"草绘工具"按钮，系统弹出"草绘"对话框，选取 TOP 基准面为绘图平面，使用系统默认的参照面，进入草图绘制环境，在设计环境中绘制如图 6-44 所示的两条直线。

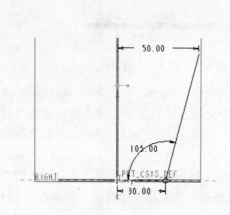

图 6-43　绘制扫描轨迹线

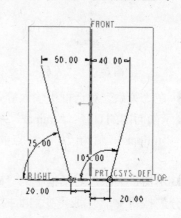

图 6-44　绘制另外两条扫描轨迹线

❾ 单击"草绘器"工具栏中的"继续当前部分"按钮✔，系统生成两条直线。单击"基础特征"工具栏中的"可变剖面扫描工具"按钮，打开"扫描特征"操控板，单击此工具栏中的"扫描为实体"按钮。单击当前设计环境中的任何一条直线，此时这条直线变成红色加粗显示，扫描的起点用黄色箭头表示，如图 6-45 所示。按住 Ctrl 键，依次单击当前设计环境中的另外两条直线，此时设计环境中 3 条线都被选中，如图 6-46 所示。

❿ 单击"扫描特征"操控板中的"创建或编辑扫描剖面"按钮，系统自动旋转到剖面绘制状态，在当前设计环境中 3 条直线的扫描起点处绘制 3 条直线，如图 6-47 所示。

⑪ 单击"草绘器"工具栏中的"继续当前部分"按钮✔，生成可变剖面扫描的预览特征，旋转该预览特征，如图 6-48 所示。

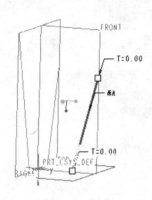

图 6-45　选取扫描轨迹线　　　　图 6-46　选取另外两条扫描轨迹线

⑫ 单击"扫描特征"操控板上的"建造特征"按钮☑，生成可变剖面扫描实体，如图 6-49 所示。从图 6-49 中可以看到，可变剖面扫描特征的高度由最短的那条轨迹线决定。

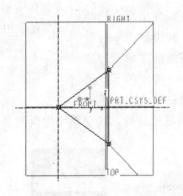 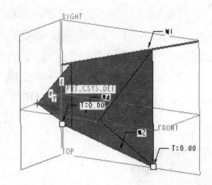

图 6-47　绘制扫描截面　　　　　图 6-48　生成可变剖面扫描预览体

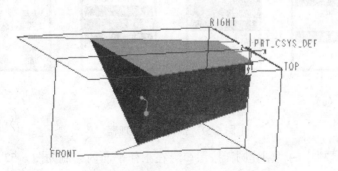

图 6-49　生成可变剖面扫描特征

6.3.2　实例——变径进气直管

本例创建如图 6-50 所示的变径进气直管。首先利用混合命令进行可变剖面平行混合扫描，然后使用抽壳命令完成进气管的创建。

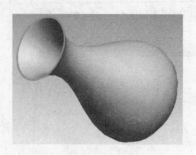

图 6-50　变径进气直管

创建变径进气直管的操作步骤如下。

❶ 单击工具栏中的"新建文件"按钮 ，在弹出的新建对话框的"类型"区域中选中"零件"单选按钮，在"名字"文本框中输入 bjjinqiguan，再在"子类型"区域中选择"实体"，单击"确定"按钮加以确认，即可新建一个零件。

❷ 单击"插入"→"混合"→"伸出项"命令，弹出混合功能的菜单管理器，如图 6-51（a）所示。接受系统默认的设置"平行"→"规则截面"→"草绘截面"→"完成"，弹出的下一级菜单管理器如图 6-51（b）所示。单击"光滑"→"完成"命令，弹出的下一级菜单管理器如图 6-51（c）所示。选择 TOP 平面作为草绘平面，单击"正向"→"默认"命令，如图 6-51（d）所示，进入草绘环境，接受系统提供的参照系。

> **实讲实训**
> **多媒体演示**
> 多媒体演示参见配套光盘中的\\动画演示\第 6 章\变径进气直管.avi。

　（a）　　　　　（b）　　　　　（c）　　　　　（d）

图 6-51　混合菜单管理器

❸ 单击工具栏中的"创建圆"按钮 ，在工作平面内绘制如图 6-52 所示的圆，圆心在原点上，修改直径尺寸为 11。单击"草绘"→"特征工具"→"切换剖面"命令，之前绘制的圆变为浅灰色，此时再绘制此圆的同心圆，直径为 30。

❹ 单击"草绘"→"特征工具"→"切换剖面"命令，使前两个圆变灰后绘制直径为 15 的同心圆。重复之前的动作，使前 3 个圆变灰后绘制直径为 20 的同心圆，如图 6-53 所示。完成 4 个圆的绘制后单击"继续当前部分"按钮 ，退出草绘环境。

❺ 在工作区下方出现的消息输入窗口中，提示输入截面 2 的深度，输入混合长度值 10，然后依次输入第 3、第 4 截面的深度值 20，如图 6-54 所示。完成可变剖面混合特征的创建，实体图如图 6-55 所示。

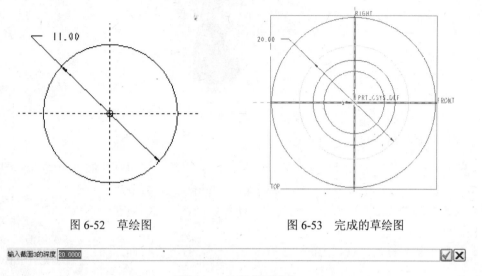

图 6-52　草绘图　　　　　　　　　　　图 6-53　完成的草绘图

输入截面3的深度 20.0000

图 6-54　输入截面深度

❻ 单击工具栏中的"壳工具"按钮回，打开"壳"操控板，在输入框中输入厚度值 0.5。根据提示选取要从零件删除的曲面，选择的曲面如图 6-56 所示。单击✔按钮完成进气直管的创建，最终效果参见图 6-50。

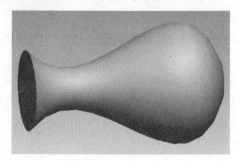

图 6-55　混合实体

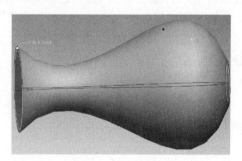

图 6-56　抽壳平面

6.4　综合实例——吹风机

本例创建吹风机，如图 6-57 所示。首先绘制吹风机把手的截面，通过拉伸得到吹风机的把手。接着倒圆角，然后选择绘制吹风筒的截面曲线，通过扫描混合得到吹风筒，再倒圆角。对吹风机进行插入壳的操作，最后拉伸出开关槽旋转出后盖口和前盖口。

图 6-57　吹风机

创建吹风机的绘制过程如下。

❶ 单击工具栏中的"新建文件"按钮□，在弹出的新建对话框的"类型"区域中选中"零件"单选按钮，在"名字"文本框中输入 chuifengji，再在"子类型"区域中选择"实体"，单击"确定"按钮加以确认，即可新建一个零件。

实讲实训
多媒体演示

多媒体演示参见配套光盘中的\\动画演示\第 6 章\吹风机.avi。

❷ 单击基本特征工具栏上的"拉伸"按钮□，打开·"拉伸"操控板。

❸ 在"拉伸"操控板上选择"放置"→"定义"，打开"草绘"对话框。

❹ 在工作区上选择基准平面 TOP 作为草绘平面，其余选项接受系统默认值，单击"草绘"按钮进入草绘界面。

❺ 使用"线"按钮╲和"圆弧"按钮╲绘制如图 6-58 所示的截面图。然后使用"创建尺寸"按钮├┤和"修改"按钮╤创建如图 6-58 所示的尺寸标注方案。单击"继续当前部分"按钮✔，退出草绘环境。

❻ 在"拉伸"操控板上选择"可变"深度选项┴，输入 200.0 作为可变深度值。

❼ 单击"预览特征"按钮☑ ∞并观察模型，如图 6-59 所示。单击"建造特征"按钮✔完成特征。

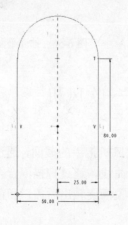

图 6-58　绘制草图

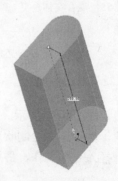

图 6-59　预览特征

⑧ 单击工具栏上的"倒圆角"按钮 ，打开"倒圆角"操控板。在拉伸特征的侧面选择两条边，如图 6-60 所示。输入 5.00 作为圆角的半径。

⑨ 单击"预览特征"按钮 并观察模型。选择建造圆角特征按钮 。

⑩ 使用"草绘基准曲线"工具 进入草图绘制环境，创建基准曲线。

⑪ 在工作区上选择基准平面 RIGHT 作为草绘平面。

⑫ 使用"圆"按钮 ○ 创建如图 6-61 所示的圆。使用"放置"尺寸按钮 和"修改"按钮 标注尺寸。单击"继续当前部分"按钮 ，退出草绘环境。

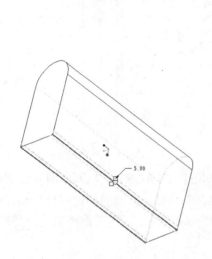

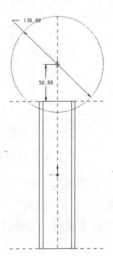

图 6-60　选取倒角边　　　　图 6-61　绘制草图

⑬ 在基准工具栏中选择"创建基准平面"按钮 ，打开"基准平面"对话框。

⑭ 选择基准平面 RIGHT 作为从其偏移的平面。

⑮ 在"基准平面"对话框中选择"偏移"作为约束类型，在"平移"文本框中输入 100，如图 6-62 所示，单击"确定"按钮。

⑯ 创建相对基准平面 RIGHT 偏移 200 的基准平面 DTM2，如图 6-63 所示。

⑰ 使用"草绘基准曲线"工具 在基准平面 DIM1 上绘制如图 6-64 所示的圆。

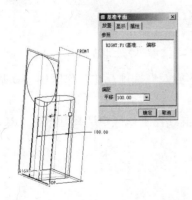

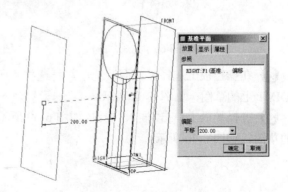

图 6-62　基准偏移　　　　图 6-63　基准平面选取

⑱ 使用"草绘基准曲线"工具 在基准平面 DIM2 上绘制如图 6-65 所示的圆。

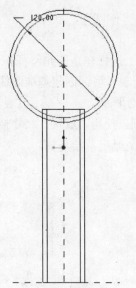

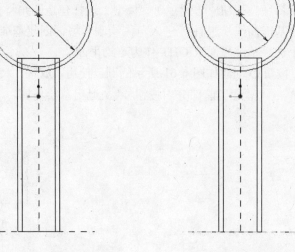

图 6-64　绘制大圆　　　　　图 6-65　绘制小圆

⑲ 使用"草绘基准曲线"工具 在基准平面 FRONT 上绘制如图 6-66 所示的直线。

⑳ 在菜单上单击"插入"→"扫描混合"命令，打开"扫描混合"操控板。

㉑ 在操控板上选择"参照"选项，如图 6-67 所示。在工作区中选择基准面 FRONT 上的直线。

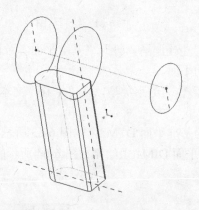

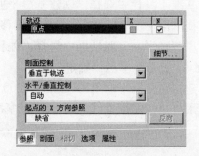

图 6-66　完成草图　　　　　图 6-67　"参照"上滑面板

㉒ 在操控板上选择"剖面"选项，再选择"所选截面"选项。在工作区中选择基准面 DIM1 上的草图，如图 6-68 所示。

㉓ 在操控板上单击"插入"按钮，如图 6-69 所示。继续在工作区中选择基准面 FRONT 上的草图，如图 6-70 所示。

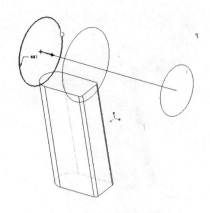

图 6-68　选择曲线　　　　　　　　图 6-69　单击"插入"按钮

㉔ 在操控板上单击"插入"按钮，如图 6-71 所示。继续在工作区中选择基准面 **DIM2** 上的草图，如图 6-72 所示。

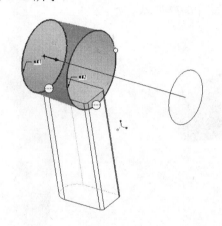

图 6-70　选择曲线　　　　　　　　图 6-71　插入剖面

㉕ 在操控板上单击"插入"按钮，如图 6-73 所示。在操控板上单击"实体"按钮 ▢ ，再单击"建造特征"按钮 ✔ 完成特征，如图 6-74 所示。

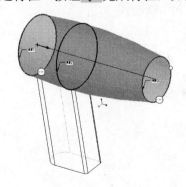

图 6-72　选择曲线　　　　　　　　图 6-73　继续插入剖面

㉖ 单击工具栏上的"倒圆角"按钮，打开"倒圆角"操控板。以 30.0 作为圆角的半径，选择拉伸特征底面上的两条边建造圆角特征，如图 6-75 所示。

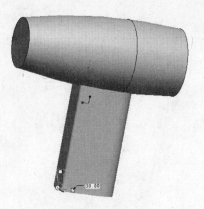

图 6-74　生成特征　　　　　　　　　　　图 6-75　选取倒角边

㉗ 单击工具栏上的"壳"按钮 回，打开"抽壳"操控板。

㉘ 选择如图 6-76 所示的扫描混合的两个端面，输入 1.00 作为壁厚。单击操控板上的"建造特征"按钮 ✔ 生成特征，如图 6-77 所示。

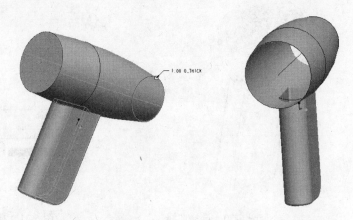

图 6-76　选择端面　　　　　　　　　　　图 6-77　生成特征

㉙ 单击基本特征工具栏上的"拉伸"按钮 ，打开"拉伸"操控板。

㉚ 在如图 6-78 所示的平面上绘制如图 6-79 所示的矩形。

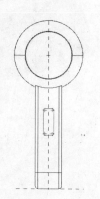

图 6-78　选择草绘平面　　　　　　　　　图 6-79　绘制草图

㉛ 使用"圆角"→"圆的"按钮 ✦ 向草图中添加圆弧圆角。使用"创建尺寸"按钮 ⟷ 和"修改"按钮 ⤵ 创建如图 6-80 所示的尺寸标注方案。

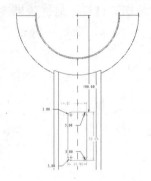

图 6-80　标注尺寸

㉜ 以 6.00 的可变深度切减材料，如图 6-81 所示。

㉝ 单击基本特征工具栏上的"旋转"按钮 ⬦，打开"旋转"操控板。

㉞ 在基准平面 FRONT 上绘制如图 6-82 所示的矩形。使用"创建尺寸"按钮 ⟷ 和"修改"按钮 ⤵ 创建如图 6-83 所示的尺寸标注方案。

图 6-81　预览特征

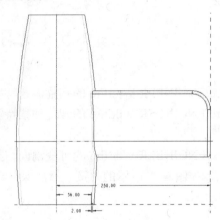

图 6-82　绘制矩形

㉟ 单击"旋转"操控板上的"切减材料"按钮 ⬕。在操控板上设置旋转方式为"变量"，输入 360 作为旋转的变量角。单击操控板上的"建造特征"按钮 ✔ 生成特征，如图 6-84 所示。

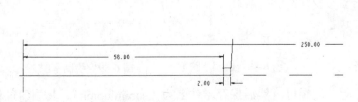

图 6-83　草图尺寸

图 6-84　生成特征

㊱ 单击工具栏上的"旋转"按钮 ，打开"旋转"操控板。

㊲ 在基准平面 FRONT 上绘制如图 6-85 所示和图 6-86 所示的矩形。

㊳ 以 360 作为旋转的变量角切减材料，最终效果参见图 6-57。

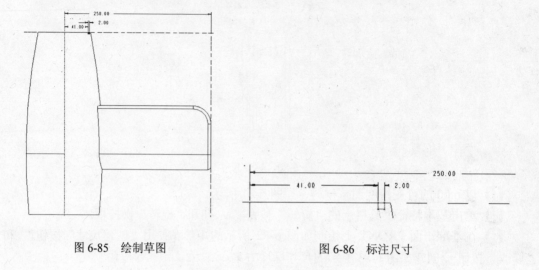

图 6-85　绘制草图　　　　　　　　　　图 6-86　标注尺寸

6.5　复习思考题

1．Pro/ENGINEER Wildfire 的扫描混合特征和扫描特征、混合特征有什么异同？

2．Pro/ENGINEER Wildfire 的螺旋扫描特征有几种？这几种螺旋扫描特征有什么不同之处？

3．Pro/ENGINEER Wildfire 的可变剖面扫描特征的创建步骤是什么？

4．绘制如图 6-87 所示的弹簧，然后保存零件名为"tanhuang"。其创建过程如图 6-88 和图 6-89 所示。

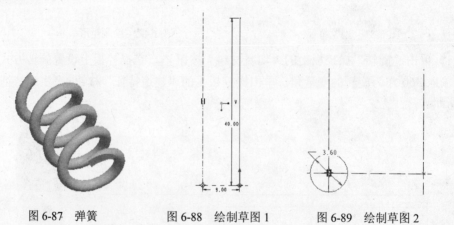

图 6-87　弹簧　　　　图 6-88　绘制草图 1　　　图 6-89　绘制草图 2

5．绘制如图 6-90 所示的螺母，然后保存零件名为"suojinluomu"。其创建过程如图 6-91～图 6-93 所示。

图 6-90 螺母

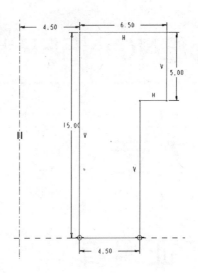

图 6-91 绘制草图 1

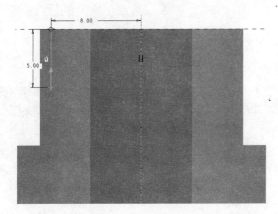

图 6-92 剖面

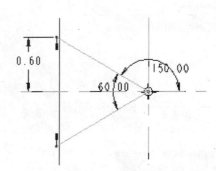

图 6-93 绘制草图 2

第 7 章

特征编辑

本章导读

　　直接创建的特征往往不能完全符合设计意图，这时就需要通过特征编辑命令对建立的特征进行编辑操作，使之符合用户的要求。

　　本章主要讲述复制和粘贴、镜像、阵列、隐藏、缩放以及查找等实体特征编辑。

内容要点

✧ 复制和粘贴
✧ 镜像
✧ 阵列
✧ 特征组
✧ 特征隐含
✧ 特征隐藏
✧ 缩放
✧ 查找

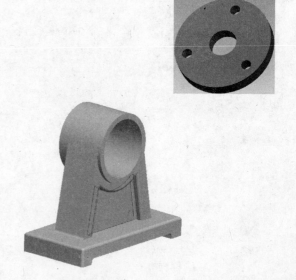

7.1　基本概念

7.1.1　模型树

模型树是 Pro/ENGINEER 导航器上的选项特征，包括当前零件、绘图或组件中每个特征或零件的列表，如图 7-1 所示。模型树提供了以下 4 个重要的功能。

（1）记录建模或是组装的过程。所绘制的每一个特征都会依照其建立的先后顺序详细记录在模型树中。在装配模块中，组建是由哪些零件构成的以及组装的顺序也会被详细地记录在模型树中。

（2）在绘图或组装的过程中，除了可以直接单击屏幕上的特征或零件之外，也可以由模型树来选择所要使用的特征或零件。

（3）从模型树中可以进一步获得特征的状态、形式、编号和名称等信息。

（4）在模型树右击打开快捷菜单，可对所选取的特征执行常用的命令，对特征进行修改、重定义、抑制、删除等操作。

在历史树菜单中选择"设置"→"树过滤器"命令，打开"模型树项目"对话框，可以通过该对话框来控制模型树所显示的内容，如图 7-2 所示。

图 7-1　模型树

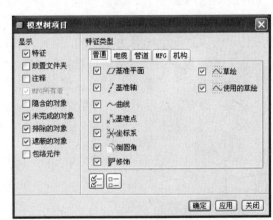

图 7-2　"模型树项目"对话框

7.1.2　特征的父子关系

在特征的绘制过程中，除了要标注截面的尺寸之外，还要定义该特征与其他特征之间的关系，即定义特征的绘图面及特征的位置尺寸。这样新建的特征与其在建立过程中所依赖的特征就存在一种相依关系，即父子关系。依照创建的先后顺序，先建立者为父特征，后建立者为子特征。当对父特征作设计变更时，子特征往往会随着进行相应的改变。

因此，良好的参考选定及尺寸定义将为以后进行设计变更时带来极大的便利。在实际工程项目中，特征在数目及参数上都较为复杂，因此在创建特征时，一定要针对模型的各种特性作规划，尽可能按照基础特征→其他特征→拔模特征→倒角→圆角等过程来建立模型，这样才能对特征之间的父子关系取舍与否做出明确的判断，以后遇到变更设计时才不致顾此失彼，影响设计的进程与效率。

建立模型特征就好像是堆积木，每块积木的位置及平衡都将直接影响到积木的高度及整体的稳固，漫不经心或顺序紊乱都会使其歪斜，甚至倒塌。

在得到新模型文件时，首先要熟悉该文件的特征父子关系。只有这样，在修改或重新定义模型时，才能妥善地处理修改特征所对应的父子关系。

选择菜单栏中"编辑"菜单项或在模型树中选定特征右击，可对特征进行编辑操作。

7.2　复制和粘贴

"复制"命令和"粘贴"命令在系统的"编辑"菜单中。复制和粘贴操作的对象是特征生成的步骤，并非特征本身，也就是说，通过特征的生成步骤，可以生成不同尺寸的相同特征。"复制"命令和"粘贴"命令既可以用在不同的模型文件之间，也可以用在同一模型上。

复制和粘贴的具体使用步骤如下。

❶ 打开 Pro/ENGINEER 系统，新建一个"零件"设计环境，在此设计环境中绘制一个长、宽、高为 100、100、50 的长方体。

❷ 在长方体顶面放置一个半径为 10.00 的通孔，其定位尺寸都是 30.00，如图 7-3 所示。单击"孔特征"操控板中的"建造特征"按钮☑，生成此孔特征。

❸ 单击上一步生成的孔特征，孔特征用红色加亮表示此特征为选中状态；单击"编辑"菜单中的"复制"命令，然后再单击"粘贴"命令，此时系统打开"孔特征"操控板，工具栏中孔的直径、深度值及其他选项和复制选取的孔一样，如图 7-4 所示。

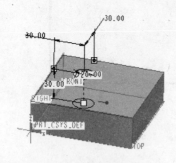

图 7-3　生成孔特征

图 7-4　"孔特征"操控板

❹ 单击长方体的顶面，然后将此孔特征的定位尺寸都设为 25.00，如图 7-5 所示。

❺ 将孔特征的直径改为 25.00，孔深改为 20.00，单击"孔特征"操控板中的"建造特征"按钮☑，生成复制孔特征，如图 7-6 所示。

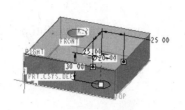

图 7-5　设置孔特征位置

图 7-6　生成复制孔

❻ 选中当前设计系统中的长方体，然后单击"编辑"菜单中的"复制"命令。在 Pro/ENGINEER 系统中新建一个"零件"设计环境，进入此新建系统后单击"编辑"菜单中的"粘贴"命令，系统打开"比例"对话框，如图 7-7 所示。

❼ 单击"比例"对话框中的"确定"按钮，系统打开"拉伸"操控板，其中的拉伸深度为 30.00，其他选项和复制选取的长方体一样，如图 7-8 所示。

图 7-7　"比例"对话框

图 7-8　"拉伸"操控板

❽ 单击"草绘工具"按钮 ⚁，弹出"草绘"对话框，选取 FRONT 基准面为绘图平面，使用系统默认的参照面，进入草图绘制环境，绘制如图 7-9 所示的截面。

❾ 单击"草绘器"工具栏中的"继续当前部分"按钮 ✔，生成 2D 草绘图并退出草绘环境。单击"拉伸"操控板中的"继续执行"按钮 ▶，退出"拉伸"操控板的暂停状态。单击设计环境中拉伸截面的边，此时生成拉伸预览特征，单击"拉伸"操控板中的"建造特征"按钮 ✔，生成拉伸特征，如图 7-10 所示。

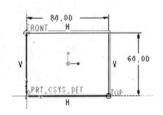

图 7-9　绘制拉伸截面

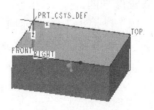

图 7-10　生成拉伸特征

7.3　镜像

"镜像"命令在系统的"编辑"菜单中，也存在于系统的"编辑特征"工具栏中，"镜像"命令的图标是 ⫶〕ﾚ。"镜像"命令可以生成指定特征关于指定镜像平面的镜像特征。

镜像命令的具体使用步骤如下。

❶ 首先在光盘的相应位置上打开如图 7-11 所示的 jingxiangshiti.prt 文件。

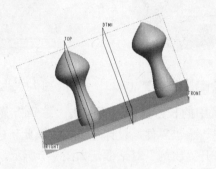

图 7-11 原始模型

❷ 选取模型中所有的特征，然后单击工具栏上的"镜像"按钮，打开如图 7-12 所示的"镜像"操控板。

图 7-12 "镜像"操控板

❸ 单击"基础特征"工具栏上的"基准平面"按钮 ▱，弹出"基准平面"对话框。选取 FRONT 平面作为参照面，并设置为偏移方式，使新建立的基准平面沿 FRONT 面向下偏移 100。

❹ 单击"基准平面"对话框中的"确定"按钮，然后单击控制区中的 ▶ 按钮，使当前界面恢复到可编辑状态。

❺ 单击"镜像"操控板上的"参照"按钮，弹出如图 7-13 所示的上滑面板。此时的镜像平面默认为前一步新建的基准平面 DTM2。用户可以单击"镜像平面"下的收集器，然后在模型中选取镜像平面。

❻ 单击"镜像"操控板上的"选项"按钮，弹出如图 7-14 所示的上滑面板。该面板中"复制为从属项"为系统默认选项，当选中选项时复制得到的特征是原特征的从属特征，当原特征改变时，复制特征也会发生改变；不选中该特征时，原特征的改变对复制特征不产生影响。

图 7-13 "参照"上滑面板   图 7-14 "选项"上滑面板

❼ 在图 7-15（a）、（b）、（c）、（d）中，（a）为原特征以 DTM2 为镜像面的结果；（b）为复制完成后将模型树中名称为"旋转 1"的旋转特征的旋转角改为 200°后的原始特征结果；（c）为选中"复制为从属项"复选框复制完成后对原始特征进行编辑后的复制结果；

（d）为未选中"复制为从属项"复选框，复制完成后修改原特征得到的结果。

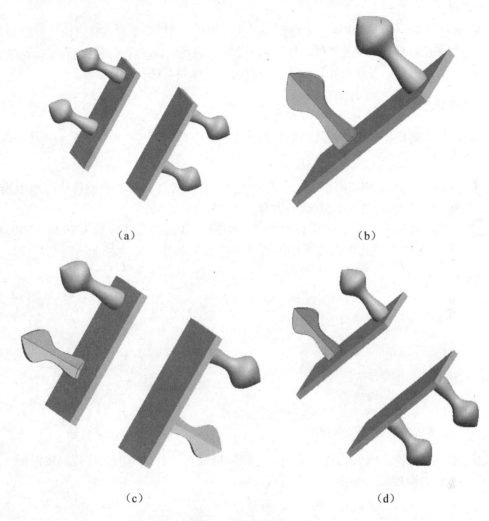

（a）　　　　　　　　　　　　　　　　（b）

（c）　　　　　　　　　　　　　　　　（d）

图 7-15　镜像结果对比

❽ 保存文件到相应的目录并关闭当前窗口。

7.4　阵列

"阵列"命令在系统的"编辑"菜单中，也存在于系统的"编辑特征"工具栏中，"阵列"命令的图标是▦。阵列就是通过改变某些指定尺寸创建选定特征的多个实例。选定用于阵列的特征称为阵列导引。阵列有如下优点。

（1）创建阵列是重新生成特征的快捷方式。

（2）阵列是由参数控制的，因此通过改变阵列参数，比如实例数、实例之间的间距和原始特征尺寸，可以修改阵列。

（3）修改阵列比分别修改特征更为有效。在阵列中改变原始特征尺寸时，系统自动更新整个阵列。

（4）对包含在一个阵列中的多个特征同时执行操作，比操作单独特征更为方便和高效。

系统允许只阵列一个单独特征。要阵列多个特征，可创建一个"特征组"，然后阵列这个组。创建组阵列后，可取消阵列或取消分组实例以便对其进行独立修改。

7.4.1 单向线性阵列

单向线性阵列特征是指尺寸阵列中的单向阵列。创建单向线性阵列特征的具体操作步骤如下。

❶ 打开 Pro/ENGINEER 系统，新建一个"零件"设计环境，在此设计环境中绘制一个长、宽、高为 200、200、50 的长方体，如图 7-16 所示。

❷ 在长方体顶面放置一个半径为 10.00 的通孔，其定位尺寸分别为 20.00 和 30.00，如图 7-17 所示。单击"孔"操控板中的"建造特征"按钮☑，生成此孔特征。

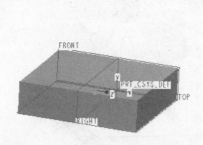
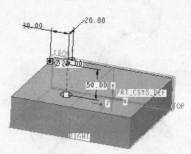

图 7-16　生成长方体特征　　　　　　　　图 7-17　生成孔特征

❸ 选中上一步生成的孔特征，单击"编辑特征"工具栏中的"阵列"按钮▦，系统打开"阵列"操控板，如图 7-18 所示。

图 7-18　"阵列"操控板

❹ 此时设计环境中的孔特征上出现孔的尺寸，如图 7-19 所示。

❺ 单击孔特征的定位尺寸 20.00，系统打开一个下拉列表框，如图 7-20 所示，在此框中可以选择或输入阵列特征的距离值。

❻ 在距离值下拉列表框中输入数值 50.00，然后按回车键，此时在拉伸体上将出现阵列孔的预览位置，如图 7-21 所示。

❼ 此时的阵列特征孔共有两个，与"阵列"操控板中的"1"子项后面的数值"2"是对应的，将此数值"2"改为"3"，可以看到拉伸体上的预览阵列孔也发生相应的变化，如图 7-22 所示。

❽ 单击"阵列"操控板中的"建造特征"按钮☑，生成单向线性孔阵列特征，如图 7-23 所示。

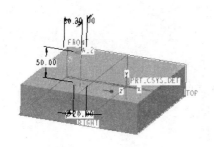

图 7-19   显示孔特征尺寸

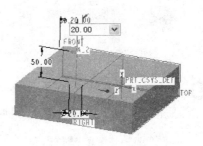

图 7-20   选取阵列参数

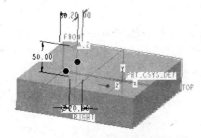

图 7-21   显示阵列预览位置

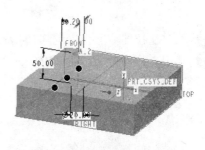

图 7-22   显示相应的阵列预览位置

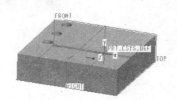

图 7-23   生成孔阵列特征

❾ 单击"编辑"工具栏中的"撤销"按钮 ↶，将当前设计环境中的阵列特征取消。

7.4.2   双向线性阵列

双向线性阵列是指尺寸阵列中的矩形阵列。创建双向线性阵列特征的具体操作步骤如下。

❶ 继续使用 7.4.1 小节创建的设计环境。选中当前设计环境中的孔特征，单击"编辑特征"工具栏中的"阵列"按钮 ▦，打开"阵列"操控板，如图 7-24 所示。

图 7-24   "阵列"操控板

❷ 单击孔特征的定位尺寸 20.00，在打开的下拉框中可以输入阵列特征的距离值 40.00，然后单击"阵列"操控板中的"单击此处添加项目"编辑框，此时编辑框中的文字变为"选取项目"，如图 7-25 所示。

图 7-25　添加阵列特征

❸ 单击孔特征的定位尺寸 30.00，在打开的下拉框中可以输入阵列特征的距离值 50.00，然后将"阵列"操控板中 2 子项后面的数值 2 改为 3，如图 7-26 所示。

图 7-26　修改阵列特征数

❹ 此时在拉伸体上将出现阵列孔的预览位置，如图 7-27 所示。

❺ 单击"阵列特征"操控板中的"建造特征"按钮☑，生成双向线性孔阵列特征，如图 7-28 所示。

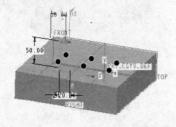

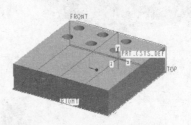

图 7-27　生成阵列特征预览位置　　图 7-28　生成双向线性孔阵列特征

7.4.3　旋转阵列

旋转阵列特征是指特征绕旋旋中心轴在圆周上进行阵列。创建旋转阵列特征的具体操作步骤如下。

❶ 打开 Pro/ENGINEER 系统，新建一个"零件"设计环境，在此设计环境中绘制一个直径为 200.00、厚度为 50.00 的圆柱体，如图 7-29 所示。

❷ 单击"基准特征"工具栏中的"基准轴"按钮，打开"基准轴"对话框，单击 RIGHT 基准面，然后按住 Ctrl 键，再单击 TOP 基准面，则在此两面交接处生成一条预览基准轴，如图 7-30 所示。

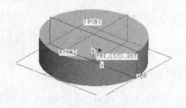

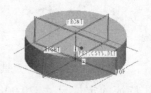

图 7-29　生成圆柱特征　　图 7-30　生成轴预览特征

❸ 单击"基准轴"对话框中的"确定"按钮，系统生成此基准轴；在圆柱体顶面放置一个半径为 10.00 的通孔，单击"孔"操控板中的"放置"子项，在弹出的"放置"上滑面板中选取类型中的"直径"项，如图 7-31 所示。

图 7-31　生成孔特征

❹ 拖动孔特征的两个操作柄，将其中一个操作柄拖到 TOP 基准面上，另一个操作柄拖到上一步生成的基准轴上，此时在设计环境中显示出此孔特征的定位尺寸：一个直径值和一个与 TOP 基准面形成的角度值，如图 7-32 所示。

❺ 将孔的定位尺寸中的直径值修改为 150.00，角度值修改为 30.00，然后单击"孔"操控板中的"建造特征"按钮☑，生成此孔特征，如图 7-33 所示。

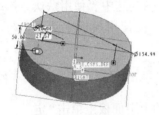
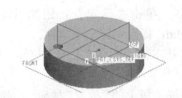

图 7-32　设置孔位置　　　　　　图 7-33　生成孔特征

❻ 选中当前设计环境中的孔特征，单击"编辑特征"工具栏中的"阵列"按钮▦，设置阵列特征的角度距离值为 60，然后将"阵列"操控板中的 1 子项后面的数值 2 改为 6，如图 7-34 所示。

图 7-34　修改数值

❼ 此时在圆柱体上将出现阵列孔的预览位置，如图 7-35 所示。

❽ 单击"阵列"操控板中的"建造特征"按钮☑，生成旋转孔阵列特征，如图 7-36 所示。

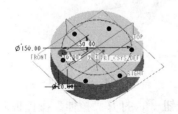

图 7-35　生成孔阵列预览位置　　　　图 7-36　生成孔旋转阵列

7.4.4 实例——挡板

本例创建如图 7-37 所示的挡板。首先绘制挡板草图，通过拉伸创建挡板的主体，再利用拉伸命令创建孔，最后利用阵列命令将孔进行旋转阵列。

图 7-37 挡板

创建挡板的绘制过程如下。

❶ 单击工具栏中的"新建文件"按钮，在弹出的新建对话框的"类型"区域中选中"零件"单选按钮，在"名字"文本框中输入 dangban，再在"子类型"区域中选择"实体"，取消选中"使用默认模板"复选框，单击"确定"按钮加以确认，在使用模板中选择 mmns_part_solid，即可新建一个零件。

❷ 单击基本特征工具栏上的"拉伸"按钮，打开"拉伸"操控板。

❸ 单击操控板上的"放置"按钮，在弹出的上滑面板上单击"定义"按钮即可弹出"草绘"对话框。

> **实讲实训**
> **多媒体演示**
> 多媒体演示参见
> 配套光盘中的\\动
> 画演示\第 7 章\挡
> 板.avi。

❹ 在工作区上选择基准平面 FRONT 作为草绘平面，其余选项接受系统默认值，单击"确定"按钮进入草绘界面。

❺ 使用"圆"按钮创建如图 7-38 所示的圆。使用"选取"按钮双击圆的直径尺寸值，然后将其修改。单击"继续当前部分"按钮，退出草绘环境。

❻ 在操控板上选择"可变"深度选项，输入 25.0 作为可变深度值。

❼ 单击"预览特征"按钮并观察模型，如图 7-39 所示。单击"建造特征"按钮生成特征。

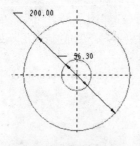

图 7-38 绘制草图

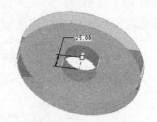

图 7-39 预览特征

❽ 单击基本特征工具栏上的"拉伸"按钮，打开"拉伸"操控板。

❾ 单击操控板上的"放置"按钮，在弹出的上滑面板上单击"定义"按钮即可弹出

"草绘"对话框。

⑩ 在基体的上表面平面上绘制如图 7-40 所示的圆。

⑪ 以"完全贯穿"选项进行切除材料，如图 7-41 所示。单击"建造特征"按钮 ✔ 生成特征。

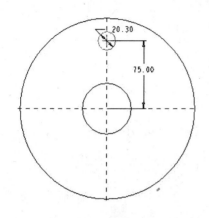

图 7-40　绘制小圆　　　　　　　　　　图 7-41　预览特征

⑫ 在模型树上选择前一个创建的拉伸切除特征。

⑬ 单击工具栏上的"阵列"按钮 ▦，打开"阵列"操控板。选择操控板上"轴"作为阵列类型。在模型中选择上面旋转使用的轴。

⑭ 在"阵列"操控板中，输入 3 作为阵列的实例数目，输入 120 作为阵列的尺寸增量值，如图 7-42 所示。

图 7-42　输入阵列参数

⑮ 单击"预览特征"按钮 ☑ 👓 并观察模型，如图 7-43 所示。单击操控板上的"建造特征"按钮 ✔ 生成特征。最终效果参见如图 7-37。

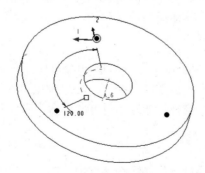

图 7-43　阵列位置

7.5 特征组

特征组就是将几个特征合并成一个组，用户可以直接对特征组进行操作，无需逐一操作单个的特征。合理使用特征组可以大大提高效率，而且，也可以取消特征组，以便对其中各个实例进行独立修改。

7.5.1 创建特征组

特征组的创建方式有两种。

（1）在"设计树"浏览器中通过 Ctrl 键选取多个特征，然后右击，在弹出的快捷菜单中单击"组"命令，创建特征组成功，并在"设计树"浏览器中用图标 表示。

如果选取的特征中间有其他特征，系统会在消息显示区显示"是否组合所有的特征?"，单击"是"按钮，则成功创建特征组；如果单击"否"按钮，则退出特征组的创建。

（2）在"设计树"浏览器中选取多个特征后，或者直接在设计环境中选取多个特征后，单击"编辑"菜单中的"组"命令，同样可以创建特征组，并在"设计树"浏览器中用图标 表示。

7.5.2 取消特征组

特征组的取消方式非常简单，直接右击所要取消的特征组，在弹出的快捷菜单中单击"分解组"命令即可。

7.6 特征隐含

隐含特征类似于将其从再生中暂时删除。不过，可以随时解除隐含（恢复）已隐含的特征。可以隐含零件上的特征来简化零件模型，并减少再生时间。例如，当对轴肩的一端进行处理时，可能希望隐含轴肩另一端的特征。类似地，当处理一个复杂组件时，可以隐含一些当前组件过程并不需要其详图的特征和元件。

隐含特征的创建操作过程如下。

❶ 打开随书光盘\yuanwenjian\ch7\moxingcaozuo.prt 文件，然后从该模型的模型树中选择"拉伸"特征，然后右击弹出如图 7-44 所示的快捷菜单。

❷ 从快捷菜单中单击"隐含"命令，打开"隐含"对话框，同时选取的特征在模型树和图形区加亮显示，如图 7-45 所示。

❸ 单击"隐含"对话框中的"确定"按钮则将选取的特征隐含，如图 7-46 所示。

❹ 如果要显示隐含特征可以从导航选项卡中单击"设置"→"树过滤器"命令，打开"模型树项目"对话框，如图 7-47 所示。

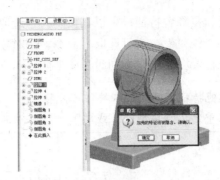

图 7-44　右键快捷菜单　　　　　　　　　图 7-45　"隐含"对话框

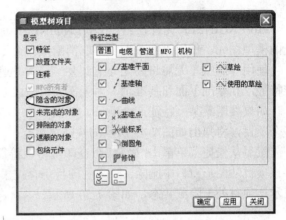

图 7-46　隐含特征后的模型　　　　　　　　图 7-47　"模型树项目"对话框

❺　在"模型树项目"对话框的"显示"选项组下，选中"隐含的对象"复选框。然后单击"确定"按钮，这样隐含对象就将在模型树中列出，并带有一个项目符号，表示该特征被隐含，如图 7-48 所示。

图 7-48　显示隐含特征

⑥ 如果要恢复隐含特征，可以在模型树中选取要恢复的一个或多个隐含特征。然后单击"编辑"→"恢复"→"已选取"命令，则对象将显示在模型树中，并且不带项目符号，表示该特征已经取消隐含，同时在图形区显示该特征。

注意：与其他特征不同，基本特征不能隐含。如果对基本（第一个）特征不满意，
　　　　可以重定义特征截面，或将其删除并重新开始。

7.7　特征隐藏

Pro/ENGINEER 允许在当前 Pro/ENGINEER 进程中的任何时间即时隐藏和取消隐藏所选的模型图元。使用"隐藏"和"取消隐藏"命令可以节约宝贵的设计时间。

使用"隐藏"无需将图元分配到某一层中并遮蔽整个层。可以隐藏和重新显示单个基准特征，如基准平面和基准轴，而无需同时隐藏或重新显示所有基准特征。

如果要隐藏某一特征或者项目，可以右击"模型树"或"绘图"区域中的某一项目或多个项目，将弹出如图 7-49 所示的快捷菜单。

然后从快捷菜单单击"隐藏"命令即可将该特征隐藏。隐藏某一项目时，Pro/ENGINEER 将该项目从图形窗口中删除。隐藏的项目仍存在于"模型树"列表中，其图表以灰色显示，表示该项目处于隐藏状态，如图 7-50 所示。

图 7-49　右键快捷菜单　　　图 7-50　隐藏项目在模型树中的显示

如果要取消隐藏，可以在"图形"窗口或"模型树"中选择要隐藏的项目，然后右击，在弹出的快捷菜单中单击"隐藏"命令即可。取消隐藏某一项目时，其图标返回正常显示（不灰显），该项目在"图形"窗口中重新显示。

还可以使用"模型树"搜索功能"编辑"→"查找"选取某一指定类型的所有项目（例如，某一组件内所有元件中的相同类型的全部特征），然后使用"视图"→"可见性"→"隐藏"将其隐藏。

当使用"模型树"手动隐藏项目或创建异步项目时，这些项目会自动添加到被称为"隐

藏项目"的层（如果该层已存在）。如果该层不存在，系统将自动创建一个名为"隐藏项目"的层，并将隐藏项目添加到其中。该层始终被创建在"层树"列表的顶部。

7.8　特征删除

特征的删除命令就是将已经建立的特征从模型树和绘图区删除。圆角特征删除的具体操作过程如下。

❶　打开随书光盘中的 yuanwenjian\ch7\moxingcaozuo.prt 文件，模型如图 7-51 所示。

如果要删除该模型中的"镜像 1"特征，可以在模型树上选取该特征，然后右击弹出如图 7-52 所示的快捷菜单。

图 7-51　原始模型　　　　　　　图 7-52　右键快捷菜单

❷　从快捷菜单中单击"删除"命令，如果所选的特征没有子特征，则会弹出如图 7-53 所示的"删除"对话框，同时特征在模型树上和绘图区加亮显示该特征。然后单击"确定"按钮即可删除该特征。

❸　如果选取的特征"镜像 1"存在子特征，则在单击"删除"命令后就会出现如图 7-54 所示的"删除"对话框，同时该特征及所有的子特征都在模型树上和绘图区加亮显示，如图 7-55 所示。

图 7-53　"删除"对话框 1　　　　图 7-54　"删除"对话框 2

❹　如果单击"确定"按钮即可删除该特征及所有子特征。用户也可以单击"选项"按钮从弹出的"子项处理"对话框中对子特征进行处理，如图 7-56 所示。

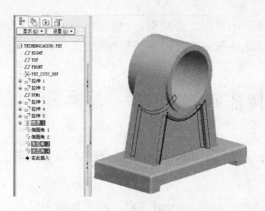

图 7-55　加亮显示所选特征　　　　图 7-56　"子项处理"对话框

7.9　缩放

缩放模型命令存在于"编辑"菜单中。缩放模型命令可以将当前选定的特征缩放指定的倍数。缩放模型命令的具体操作过程如下。

❶ 打开随书光盘中的 yuanwenjian/ch7/qigangluoshuan.prt，单击设计环境中的螺栓体，可以看到整个螺栓体的线框用红色加亮表示；右击"设计树"浏览器中的"旋转"特征，在弹出的快捷菜单中单击"编辑"命令，此时螺栓体上显示出尺寸值，如图 7-57 所示。

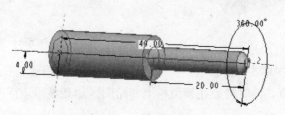

图 7-57　编辑螺栓体

❷ 使用同样的操作，可以观察螺栓上的倒角及六边形孔的尺寸值。再次单击螺栓体，将其设为选中状态，然后单击"编辑"菜单中的"缩放模型"命令，系统在消息显示区中要求用户输入缩放比例，如图 7-58 所示。

图 7-58　"输入比例"提示框

❸ 在"输入比例"框中输入数值 2，然后单击此框中的"确定"按钮，打开如图 7-59 所示的"确认"提示框。

❹ 单击"确认"提示框中的"是"按钮，系统将选中的对象放大指定的倍数"2"，如图 7-60 所示。

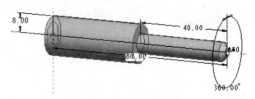

图 7-59 "确认"对话框　　　　　　　　　图 7-60 放大后的螺栓体

⑤ 此时还可以观察螺栓上的倒角及六边形孔的尺寸值，同样也是放大了 2 倍。关闭当前设计环境并且不保存设计对象。

7.10　查找

"查找"命令存在于"编辑"菜单中。使用查找命令可以查找当前设计环境中对象的各种特征。查找命令的具体操作过程如下。

① 打开随书光盘中的 yuanwenjian/ch7/qigangcuntao.prt，单击"编辑"菜单中的"查找"命令，系统打开"搜索工具"对话框，如图 7-61 所示。

② 在"搜索工具"对话框中"查找"下拉列表框中，可以看到查找特征过滤项，如图 7-62 所示。

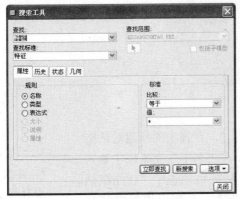

图 7-61 "搜索工具"对话框　　　　　　　图 7-62 查找过滤选项

③ 单击"搜索工具"对话框中的"立即查找"命令，系统只搜索当前设计环境中的几个基准，并在"搜索工具"对话框的下部表示，如图 7-63 所示。

④ 单击"搜索工具"对话框中的"关闭"命令，系统关闭"搜索工具"对话框。单击气缸衬套上的倒圆角特征，将其选中，然后单击"编辑"菜单中的"查找"命令，在打开的"搜索工具"对话框中单击"立即查找"命令，系统除了搜索当前设计环境中的几个基准外，还可搜索到气缸衬套上选定的倒圆角特征，并在"搜索工具"对话框的下部表示，如图 7-64 所示。

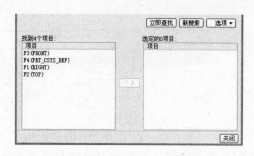
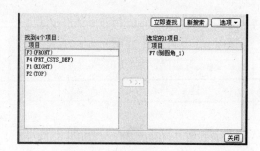

图 7-63　显示查找结果　　　　　　　　　图 7-64　再次显示查找结果

❺ 单击"搜索工具"对话框中的"关闭"命令，系统关闭"搜索工具"对话框；关闭当前设计环境并且不保存设计对象。

7.11　综合实例——皮带轮

本例创建皮带轮，如图 7-65 所示。首先绘制旋转用的截面草图，进行旋转形成皮带轮基体，然后对形成的基体进行旋转切除皮带槽操作。阵列皮带槽，最后创建键槽和倒角特征。

图 7-65　皮带轮

❶ 单击工具栏中的"新建文件"按钮🗋，在弹出的新建对话框的"类型"区域中选中"零件"单选按钮，在"名字"文本框中输入 pidailun，再在"子类型"区域中选择"实体"，取消选中"使用默认模板"复选框，单击"确定"按钮加以确认，在使用模板中选择 mmns_part_solid，即可新建一个零件。

❷ 单击工具栏上的"旋转"按钮⬩，打开"旋转"操控板。

❸ 在"旋转"操控板上选择"放置"→"定义"，打开"草绘"对话框。

实讲实训
多媒体演示
多媒体演示参见配套光盘中的\\动画演示\第 7 章\皮带轮.avi。

❹ 在工作区上选择基准平面 FRONT 作为草绘平面，其余选项接受系统默认值，单击"草绘"按钮进入草绘界面。

❺ 使用"线"按钮＼绘制的截面图如图 7-66 所示。根据设计意图放置尺寸↔。使用"尺寸"按钮匹配尺寸标注方案，如图 7-67 所示。

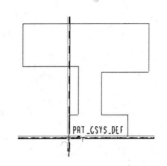

图 7-66　特征的草绘截面

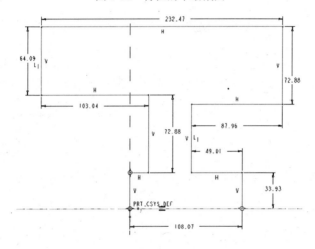

图 7-67　尺寸方案

❻ 使用"选取"按钮 选择所有有效尺寸，如图 7-68 所示。

❼ 单击"修改"按钮 ，更改尺寸值，如图 7-69 所示。首先从最小的尺寸值开始，修改尺寸，结果如图 7-70 所示。

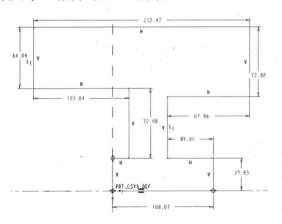

图 7-68　选择尺寸

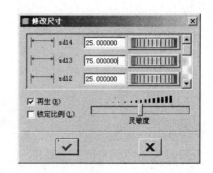

图 7-69　"修改尺寸"对话框

❽ 使用"约束"按钮 为两个图元添加如图 7-71 所示的共线约束。单击"草绘"工具栏上的"约束"按钮，然后单击"共线约束"按钮。

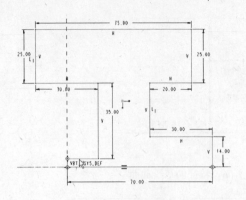

图 7-70　修改尺寸　　　　　　图 7-71　"约束"对话框

继续选择如图 7-72 所示点处的图元。使用"创建中心线"按钮 建立一条水平的中心线，如图 7-73 所示。单击"继续当前部分"按钮✔退出草绘环境。

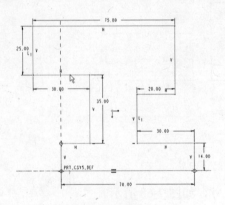

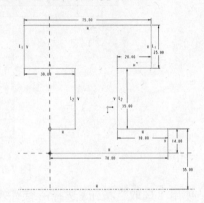

图 7-72　选择图元　　　　　　图 7-73　水平中心线

⑨ 在操控板上设置旋转方式为"变量" ，输入 360 作为旋转的变量角。单击"建造特征"按钮✔生成特征，如图 7-74 所示。

⑩ 单击工具栏上的"旋转"按钮，打开"旋转"操控板。

⑪ 在基准平面 FRONT 上使用"线"按钮 和"创建中心线"按钮 绘制如图 7-75 所示的草图。

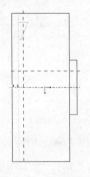

图 7-74　生成特征　　　　　　图 7-75　绘制草图

⑫ 使用"创建尺寸"按钮 ↦ 和"修改"按钮 ⤵ 创建如图 7-76 所示的尺寸标注方案。

⑬ 使用"选取"按钮 ▶ 框选草绘中所有图元，如图 7-77 所示。

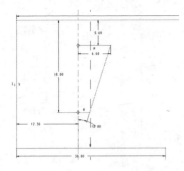

图 7-76 草图尺寸方案

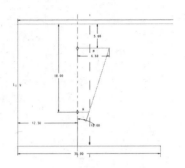

图 7-77 选取图元

⑭ 单击"镜像"按钮 ⫶，然后选择镜像图元的中心线，如图 7-78 所示。如果结果与图 7-78 所示不同，撤销最后的命令并重复从上一步开始的操作。

⑮ 使用"线"按钮 ╲ 绘制如图 7-79 所示的一条直线。

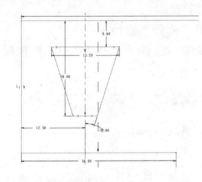

图 7-78 镜像

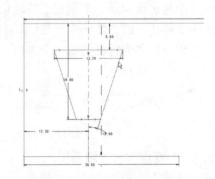

图 7-79 绘制线

⑯ 使用"修剪"按钮 ┿ 延长直线，先选择如图 7-80 所示的直线 1，然后选择直线 2，得到如图 7-81 所示的结果。

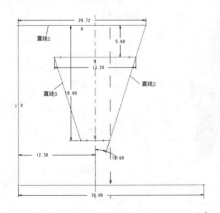

图 7-80 选择直线

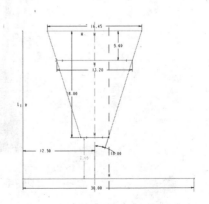

图 7-81 延长直线

继续选择直线 1，然后选择直线 3 进行延伸，如图 7-82 所示。最终得到的草图如图 7-83 所示。

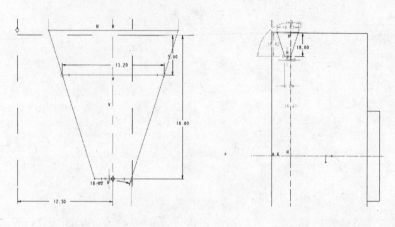

图 7-82　延长另一边直线　　　　　图 7-83　完成草图

⑰ 以 360 作为旋转的变量角切减材料，单击"建造特征"按钮 ✔ 生成特征。

⑱ 在模型树上选择前一个创建的旋转切除特征。

⑲ 单击工具栏上的"阵列"按钮 ▦，打开"阵列"操控板。

⑳ 选择旋转轴作为特征的第一个方向，如图 7-84 所示。在"阵列"操控板中，输入 3 作为第一方向上实例的数值。

图 7-84　尺寸选取

㉑ 输入 20.00 作为尺寸增量值。

㉒ 在"阵列"操控板中选择"选项"→"相同"选项作为阵列选项。单击操控板上的"建造特征"按钮 ✔ 生成特征，如图 7-85 所示。

图 7-85　生成特征

㉓ 单击工具栏上的"拉伸"按钮 ⬚，打开"拉伸"操控板。

㉔ 在前端面上，使用"矩形"按钮 ▢ 绘制截面，如图 7-86 所示。

㉕ 以"穿透"作为深度切减材料，如图 7-87 所示。

㉖ 单击工具栏上的"倒角"按钮 ◣，打开"倒角"操控板。使用 Ctrl 键选择内圆柱拉伸体端面的边，如图 7-88 所示。在操控板上，选择 D×D 作为尺寸方案，如图 7-89 所示。输入 1.00 作为倒角尺寸。单击操控板上的"建造特征"按钮 ✔ 生成特征。

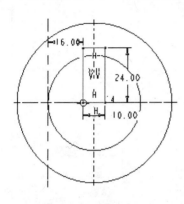

图 7-86　绘制截面

图 7-87　切减材料

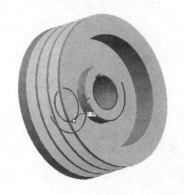

图 7-88　选取边

图 7-89　输入倒角尺寸

㉗ 使用"倒角"按钮 ◣，创建距离为 2.00 的倒角，最终效果如图 7-65 所示。

7.12　复习思考题

1．Pro/ENGINEER 中的"复制"和"粘贴"命令和其他程序（如 Microsoft Word）的"复制"和"粘贴"命令有何异同？

2．Pro/ENGINEER 中的"镜像"命令是如何使用的？

3．Pro/ENGINEER 提供了几种阵列方式？如何操作？

4．Pro/ENGINEER 中的隐含和隐藏操作有何区别？

5．绘制如图 7-90 所示的扳手，然后保存零件名为"banshou"。其创建过程如图 7-91～图 7-94 所示。

图 7-90　扳手

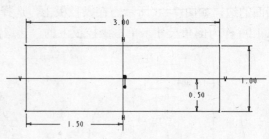

图 7-91　绘制草图 1

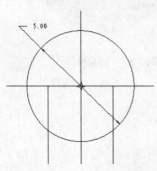

图 7-92　绘制草图 2

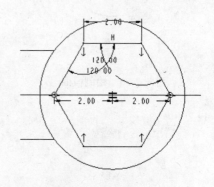

图 7-93　绘制草图 3

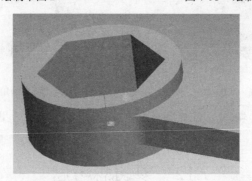

图 7-94　生成特征

操作提示：使用拉伸得到实体，然后使用镜像得到扳手。

6. 绘制如图 7-95 所示的风扇，然后保存零件名为"fengshan"。其创建过程如图 7-96～图 7-99 所示。

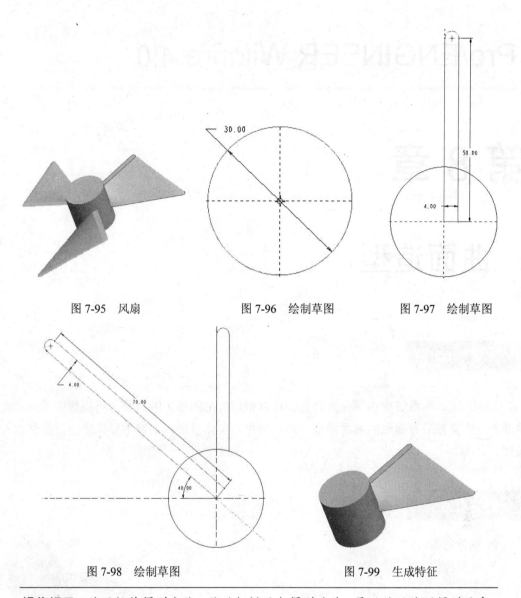

图 7-95　风扇　　　　　　　图 7-96　绘制草图　　　　　　图 7-97　绘制草图

图 7-98　绘制草图　　　　　　　　　　图 7-99　生成特征

操作提示： 使用拉伸得到主体，然后扫描混合得到叶片，最后使用阵列得到风扇。

第 8 章

曲面造型

本章导读

　　Pro/ENGINEER 系统提供了曲面特征，可以创建自由的单一的曲面，再将这些单一的曲面缝合为完整且没有间隙的曲面模型，最后转化为实体模型。本章主要讲述曲面的创建和操作。

内容要点

- ✧ 创建曲面
- ✧ 曲面操作

8.1 创建曲面

8.1.1 曲面的网格显示

为了能够清楚地看出曲面的形状大小，可以打开曲面的网格显示功能。曲面的网格显示就是将曲面以网格的形式显示出来。

要将曲面以网格的形式显示出来，具体操作步骤如下。

① 首先打开随书光盘\yuanwenjian\ch8\wanggequmian.prt 文件，模型如图 8-1 所示。

② 单击"视图"→"模型设置"→"网格曲面"命令来显示曲面的网格，选择过程如图 8-2 所示。

图 8-1 原始模型　　　　　　图 8-2 曲面网格显示菜单

③ 弹出如图 8-3 所示的"网格"对话框，在其中单击 ▸ 按钮，然后在模型中选取拉伸实体的上表面作为要采用网格显示的曲面。

④ 选取曲面后，对话框中的"网格间距"文本框变为可编辑状态。在"第一方向"和"第二方向"文本框中分别输入"10"和"3"，然后单击"关闭"按钮，结果如图 8-4 所示。在选取的曲面上显示出网格，第一方向的网格间距为 10，第二方向的网格间距为 3。

图 8-3 "网格"对话框　　　　图 8-4 曲面网格显示

❺ 保存文件到指定的位置并关闭当前窗口。

8.1.2 创建平整曲面

在 Pro/ENGINEER Wildfire 中可采用填充特征来创建平整曲面，平整曲面是填充特征通过其边界定义的一个二维平面特征。任何填充特征均必须包括一个平面的封闭环草绘特征。使用"填充"工具"编辑"→"填充"，可以创建和重定义被称为"填充"特征的平整曲面特征。"填充"特征只是通过其边界定义的一种平整曲面封闭环特征，用于加厚曲面。

利用填充特征创建平整曲面的具体操作步骤如下。

❶ 通过"新建"命令建立一个新文件，文件名为"pingzhengqumian.prt"。

❷ 单击"编辑"→"填充"命令，打开如图 8-5 所示的"填充"操控板。

❸ 单击操控板上的"参照"按钮，从弹出的上滑面板中单击"定义"按钮，弹出"草绘"对话框。在"草绘"对话框中选取 FRONT 面作为草绘平面并单击"草绘"按钮打开草绘器。

❹ 在草绘环境中通过草绘命令绘制如图 8-6 所示的草图。

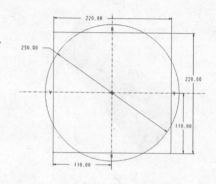

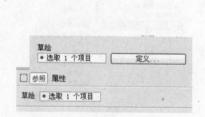

图 8-5　"填充"操控板　　　　图 8-6　绘制草图

❺ 在草绘器的工具栏上单击 ⊬ 按钮，通过该命令修剪多余的线段，得到如图 8-7 所示的结果。单击"继续当前部分"按钮 ✔，退出草绘环境。

❻ 单击操控板上的 ✔ 按钮，完成曲面的创建，结果如图 8-8 所示。

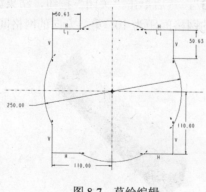

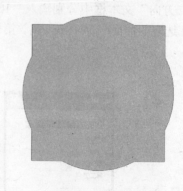

图 8-7　草绘编辑　　　　　　　图 8-8　平整曲面

❼ 保存文件到指定的位置并关闭当前窗口。

8.1.3 创建拉伸曲面

利用"拉伸"工具，通过在垂直于草绘平面的方向上将已草绘的截面拉伸到指定深度，可创建拉伸曲面。拉伸曲面可具有开放或闭合端，要创建具有闭合体积块的拉伸曲面，可在"选项"上滑面板中选取"封闭端"选项，创建一个附加曲面来封闭该特征。"封闭端"（Capped Ends）选项需要一个闭合截面。

利用拉伸命令创建曲面的具体操作步骤如下。

❶ 通过"新建"命令建立一个新文件，文件名为"lashenqumian.prt"。

❷ 单击工具栏上的"拉伸"按钮 ，打开"拉伸"操控板，在操控板上单击 按钮，设置拉伸为曲面。然后单击操控板上的"放置"按钮，则弹出"放置"上滑面板，如图 8-9 所示。

❸ 在"放置"上滑面板中单击"定义"按钮，弹出"草绘"对话框，然后选择 FRONT 面作为草绘平面，其余选项接受系统默认值，设置完成后单击"草绘"按钮进入草绘界面。

❹ 在草绘环境下绘制如图 8-10 所示的截面。

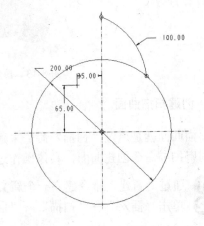

图 8-9　"拉伸"操控板及上滑面板　　　　图 8-10　初步绘制截面

❺ 绘制两条与参照线重合的中心线，然后以该中心线作为对称轴，镜像圆弧并修建，得到如图 8-11 所示的结果。草绘完成以后单击工具栏上的"完成"按钮 ✔ 退出草绘器。

❻ 在操控板的截至方式选项中选择 ，输入曲面拉伸深度尺寸 25。

❼ 单击操控板上的预览按钮进行模型预览，结果如图 8-12 所示。

❽ 单击操控板上的 ▶ 按钮取消预览，单击操控板上的"选项"按钮，在弹出的上滑面板中选取"封闭端"选项来创建封闭端曲面。

❾ 单击"建造特征"按钮 ✔ 完成特征，完成拉伸曲面特征的创建，结果如图 8-13 所示。

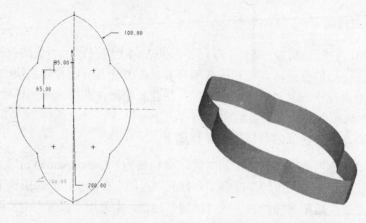

图 8-11　编辑截面　　　　图 8-12　拉伸曲面特征

图 8-13　拉伸曲面特征（封闭端）

8.1.4　创建扫描曲面

扫描曲面就是通过"扫描"命令来建立曲面特征，基本过程与扫描实体基本相同。利用扫描命令创建曲面，具体操作过程如下。

❶ 通过"新建"命令建立一个新文件，文件名为"saomiaoqm.prt"。

❷ 单击"插入"→"扫描"→"曲面"命令，如图 8-14 所示。

图 8-14　扫描曲面菜单

❸ 打开如图 8-15 所示的"曲面：扫描"对话框和如图 8-16 所示的菜单管理器。

图 8-15　"曲面：扫描"对话框　　　图 8-16　菜单管理器

4 从菜单管理器中选择扫描轨迹为"草绘轨迹"，弹出如图 8-17 所示的"设置平面"选项和"选取"提示菜单，提示用户选取草绘平面。

5 选取 FRONT 面作为草绘平面，并在如图 8-18 所示的菜单管理器中依次选取"正向"、"默认"，进入草绘界面。

图 8-17　选取提示　　　　　　　　　图 8-18　草绘方向菜单

6 在草绘器中单击工具栏上的 ⌒ 按钮，绘制如图 8-19 所示的扫描轨迹，单击"继续当前部分"按钮 ✔，退出草绘环境。

7 打开如图 8-20 所示的"属性"菜单，并从中单击"开放终点"→"完成"命令。

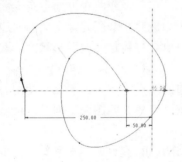

图 8-19　扫描轨迹　　　　　　　　　图 8-20　"属性"菜单

8 系统进入扫描截面草绘，首先以系统默认参考线交点为中心绘制如图 8-21 所示的草图。然后单击工具栏上的 按钮，修剪多余的线段，得到如图 8-22 所示的结果。单击"继续当前部分"按钮 ✔，退出草绘环境。

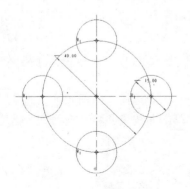
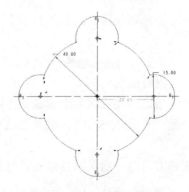

图 8-21　草图绘制　　　　　　　　　图 8-22　草绘编辑

⑨ 单击对话框中的"预览"按钮，模型预览结果如图 8-23 所示。

⑩ 双击对话框中的"属性"选项，在弹出的"属性"菜单中单击"封闭端"→"完成"命令。

⑪ 单击对话框中的"确定"按钮，结果如图 8-24 所示。

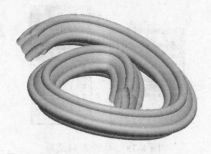

图 8-23　扫描曲面（开放终点）　　　　　图 8-24　扫描曲面（封闭端）

8.1.5　创建边界曲面

利用"边界混合"工具，可在参照实体（在一个或两个方向上定义曲面）之间创建边界混合的特征。在每个方向上选定的第一个和最后一个图元定义曲面的边界。添加更多的参照图元（如控制点和边界条件）能使用户更完整地定义曲面形状。选取参照图元的规则如下。

（1）曲线、零件边、基准点、曲线或边的端点可作为参照图元使用。

（2）在每个方向上，都必须按连续的顺序选择参照图元。但是，可以对参照图元进行重新排序。

为边界混合曲面选取曲线时，Pro/ENGINEER 允许在第一和第二方向上选取曲线。此外，可以选择混合曲面将试图逼近的附加曲线。选取参照图元的规则如下。

（1）曲线、零件边、基准点、曲线或边的端点可作为参照图元使用。基准点或顶点只能出现在收集器的最前面或最后面。

（2）在每个方向上，都必须按连续的顺序选择参照图元。

（3）对于在两个方向上定义的混合曲面来说，其外部边界必须形成一个封闭的环。这意味着外部边界必须相交。若边界不终止于相交点，系统将自动修剪这些边界，并使用有关部分。

（4）如果要使用连续边或一条以上的基准曲线作为边界，可按住 Shift 键来选取曲线链。

（5）为混合而选的曲线不能包含相同的图元数。

（6）当指定曲线或边来定义混合曲面形状时，系统会记住参照图元选取的顺序，并给每条链分配一个适当的号码。可以通过在参照表中单击曲线集并将其拖动到所需位置来调整顺序。

创建单方向边界曲面的具体操作过程如下。

❶ 新建一个"bianjieqm.prt"文件。

❷ 单击工具栏上的 ⌀ 按钮或单击"插入"→"边界混合"命令，进入边界曲面的创

建状态。打开创建"边界曲面"的操控板，如图 8-25 所示。

❸ 单击工具栏上的 ⌒ 按钮，在弹出的"草绘"对话框中选取 FRONT 面作为草绘平面，并单击"草绘"按钮进入草绘环境，绘制如图 8-26 所示的曲线，单击"继续当前部分"按钮 ✔，退出草绘环境。

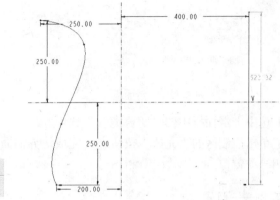

图 8-25　"边界曲面"操控板　　　　　图 8-26　草绘曲线 1

❹ 单击"基准特征"工具栏上的"基准平面"按钮 ⬭，通过偏移方式创建一个基准平面 DTM1，该平面与 FRONT 面平行，偏距为 300。

❺ 单击工具栏上的 ⌒ 按钮，在弹出的"草绘"对话框中选取新创建的基准平面 DTM1 作为草绘平面，然后单击"草绘"按钮再次进入草绘环境。在草绘环境中绘制另一条反 S 形曲线，如图 8-27 所示。单击"继续当前部分"按钮 ✔，退出草绘环境。

❻ 单击"边界混合"操控板中的 ▶ 按钮，使实体界面变为可编辑状态。然后按住 Ctrl 键从左到右依次选取图 8-27 中的 3 条曲线。

❼ 单击控制区的 ⌧∞ 按钮，图形预览结果如图 8-28 所示。

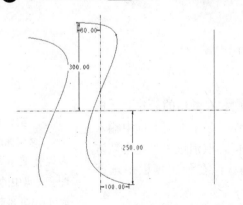

图 8-27　草绘曲线 2

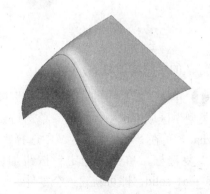

图 8-28　图形预览结果

❽ 在边界曲面的创建过程中，曲线选取的顺序不同，曲面的形状也不同。单击操控板上的"曲线"按钮，在弹出的如图 8-29 所示的上滑面板中，"第一方向"下的收集器中列出了选取的曲线，选取一条曲线，然后通过向上或向下的箭头可以调整曲线的混合顺序。

❾ 将混合顺序调整为先混合 FRONT 面内的曲线，再混合曲线 2，结果如图 8-30 所

示。

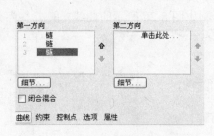 

图 8-29　上滑面板　　　　　　　　　　图 8-30　边界曲面

⑩ 选中上滑面板中的"闭合混合"选项。

⑪ 单击控制区的"完成"按钮✓，完成边界曲面特征的创建，保存文件到指定的位置并关闭当前窗口。

8.1.6　实例——灯罩

本例绘制如图 8-31 所示的灯罩。首先绘制草图，通过旋转曲面创建灯罩的主体，然后通过拉伸切除创建孔，最后进行倒圆角完成灯罩的创建。

图 8-31　灯罩

灯罩的绘制过程如下。

❶ 单击工具栏中的"新建文件"按钮，在弹出的新建对话框的"类型"区域中选中"零件"单选按钮，在"名字"文本框中输入 dengzhao，再在"子类型"区域中选择"实体"，取消选中"使用默认模板"复选框，单击"确定"按钮加以确认，在使用模板中选择 mmns_part_solid，即可新建一个零件。

实讲实训
多媒体演示

多媒体演示参见配套光盘中的\\动画演示\第 8 章\灯罩.avi。

❷ 单击工具栏上的"旋转"按钮，打开"旋转"操控板。

❸ 在"旋转"操控板上选择"放置"→"定义"，打开"草绘"对话框。

❹ 在工作区上选择基准平面 FRONT 作为草绘平面，其余选项接受系统默认值，单击"草绘"按钮进入草绘界面。

❺ 使用草图绘制工具绘制如图 8-32 所示的草图，单击"继续当前部分"按钮 ✔，退出草绘环境。

❻ 在操控板上单击"曲面特征"按钮 ⬚，设置旋转方式为"变量" ⏚，输入 360 作为旋转的变量角。

❼ 在操控板上单击"建造特征"按钮 ✔ 生成特征，如图 8-33 所示。

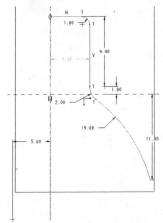

图 8-32　绘制草图

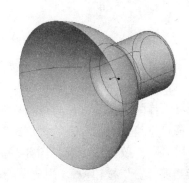

图 8-33　生成特征

❽ 单击基本特征工具栏上的"拉伸"按钮 ⬚，打开"拉伸"操控板。

❾ 在"拉伸"操控板上选择"放置"→"定义"，打开"草绘"对话框。

❿ 在工作区上选择如图 8-34 所示的平面作为草绘平面，拾取如图 8-35 所示的圆作为参照，然后关闭对话框。

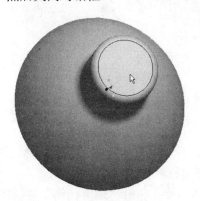

图 8-34　选择草绘平面

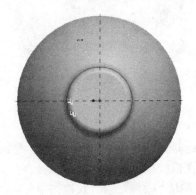

图 8-35　选择参照

⓫ 使用"圆"按钮 ○ 创建圆。选择圆的圆心，使其与参照圆同心，然后通过拖动圆的圆周定义圆的大小，与参照圆相等。单击"继续当前部分"按钮 ✔，退出草绘环境。

⓬ 选择"到选定的"作为深度选项 ⏚，如图 8-36 所示。选择如图 8-37 所示的旋转体的外表面，拉伸到选定的曲面。

⓭ 单击"建造特征"按钮 ✔ 生成特征。

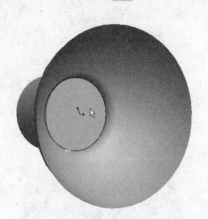

图 8-36 深度选项　　　　　　　　图 8-37 选择拉伸体的外表面

⑭ 单击工具栏上的"拉伸"按钮 ，打开"拉伸"操控板。

⑮ 在"拉伸"操控板上选择"放置"→"定义"，打开"草绘"对话框。

⑯ 选择零件的内端面，作为草绘平面，如图 8-38 所示。

⑰ 选择"草绘"对话框上的"草绘"选项。

⑱ 使用"圆"按钮 〇 创建如图 8-39 所示的圆。单击"修改"按钮 ，更改尺寸值。单击"继续当前部分"按钮 ✔，退出草绘环境。

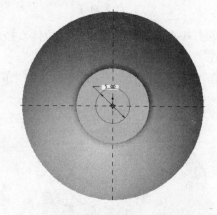

图 8-38 选择草绘平面　　　　　　　　图 8-39 草绘截面

⑲ 选择"到下一个"作为深度选项 。选择灯罩的顶面，单击 "切减材料"按钮 。

⑳ 在操控板上单击"建造特征"按钮 ✔ 生成特征，如图 8-40 所示。

㉑ 单击"插入"→"螺旋扫描"→"切口"命令，打开"螺旋扫描"对话框。

㉒ 选择"常数"→"穿过轴"→"右手定则"→"完成"选项作为螺纹属性。

㉓ 选择基准平面 FRONT 作为草绘平面，然后定向草绘环境。使用"参照"对话框指定基准平面 RIGHT 作为参照，指定灯罩上端拉伸切减的竖直线作为参照。

㉔ 通过创建如图 8-41 所示的截面定义扫描路径（包括中心线）。绘制如图 8-41 所示的一条直线图元作为螺旋特征的轨迹路径。单击"继续当前部分"按钮 ✔，退出草绘环境。

㉕ 输入 1.00 作为螺纹节距值。

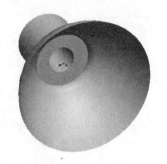

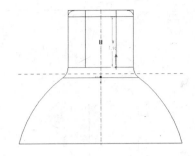

图 8-40　生成特征　　　　　　　　图 8-41　绘制草图

㉖ 绘制定义切减材料特征的截面。在草绘环境中绘制如图 8-42 所示的草图，定义标注方案。

㉗ 单击工具栏上的"倒圆角"按钮，打开"倒圆角"操控板。在环形拉伸特征的顶面选择一条边，输入 1.00 作为圆角的半径。

㉘ 单击"预览特征"按钮☑∞并观察模型，单击"建造圆角特征"按钮✔，最终圆角如图 8-43 所示。

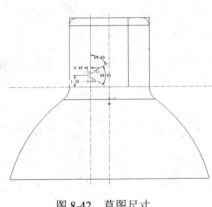

图 8-42　草图尺寸　　　　　　　　图 8-43　建造圆角

8.2　编辑曲面

曲面完成后，根据新的设计要求，可能需要对曲面进行修改与调整。曲面的修改与编辑的命令主要在"编辑"菜单命令中，如图 8-44 所示。只有在模型中选取曲面后，下拉菜单中的命令或特征工具栏中的图标才能使用。本章将讲述曲面的编辑与修改工具，在曲面模型的建立过程中，利用这些工具可以加快建模速度。

8.2.1　镜像曲面

镜像功能可以相对于一个平面对称复制特征，通过镜像简单特征完成复杂模型的设计，这样可以节省大量的制作时间。使用镜像工具，用户可以建立一个或多个曲面关于某个平面的镜像。

图 8-44 "编辑"菜单命令

选择要镜像的曲面，然后单击"编辑特征"工具中的"镜像"图标 ，或单击"编辑"→"镜像"命令，打开"镜像"操控板，如图 8-45 所示。

图 8-45 "镜像"操控板

（1）镜像平面：镜像特征与原特征对称的平面。

（2）参照：单击该按钮，弹出如图 8-46 所示的面板，与镜像平面的内容相同。

（3）选项：单击该按钮，弹出如图 8-47 所示的面板，选中"复制为从属项"复选框，镜像的特征从属于原特征，原特征改变，镜像特征随之改变。

图 8-46 单击"参照"按钮弹出的面板   图 8-47 单击"选项"按钮弹出的面板

（4）属性：设定当前特征的名称，显示当前特征的属性。

8.2.2 复制曲面

1. 普通复制

利用"复制"命令，可以直接在选定的曲面上创建一个面组，生成的面组含有与父项曲面形状和大小相同的曲面。使用该命令可以复制已存在的曲面或实体表面。

曲面的复制有 3 种形式：一是复制所有选择的曲面；二是复制曲面并填充曲面上的孔；三是复制曲面上封闭区域内的部分曲面。

选择要复制的曲面，使曲面呈红色高亮显示。工具栏中的"复制"按钮 以及"编辑"→"复制"命令由灰色不可用变为可用。单击"复制"按钮 ，再单击"粘贴"按钮 ，打开曲面"复制"操控板，如图 8-48 所示。

图 8-48 "复制"操控板

单击操控板中的"选项"按钮，弹出选项面板，如图 8-49 所示。其中，各选项的意义如下。

（1）按原样复制所有曲面：复制所有选择的曲面。

（2）排除曲面并填充孔：如果选中此选项，下面的两个编辑框将被激活，如图 8-50 所示。

① 排除曲面：从当前复制特征中选择排除曲面。

② 填充孔/曲面：在已选择曲面上选择孔的边填充孔。

（3）复制内部边界：如果选中此选项，"边界曲线"编辑框将被激活，如图 8-51 所示。选择封闭的边界，复制边界内部的曲面。

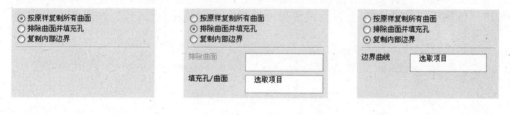

图 8-49 选项面板　　　图 8-50 排除曲面并填充孔　　　图 8-51 复制内部边界

2．选择性复制

单击系统窗口中的选择过滤器  下三角按钮，在弹出的选项中选择"几何"选项，如图 8-52 所示。

图 8-52 选择过滤器

选中要复制的曲面或面组，单击系统工具栏中的 按钮，再单击系统工具栏中的"选择性粘贴"按钮 ，弹出如图 8-53 所示的选择性粘贴特征面板。

图 8-53 选择性粘贴特征面板

↔：单击此按钮，可以沿选择参照平移复制曲面。

↻：单击此按钮，可以绕选择参照旋转复制曲面。

单击"参照"按钮，系统弹出如图 8-54 所示的参照面板，在此面板中定义要复制的曲面面组。

单击"变换"按钮，系统弹出如图 8-55 所示的变换面板，在此面板中定义复制曲面面组的形式、平移或旋转、平移距离或旋转角度以及方向参照。

单击"选项"按钮，弹出的面板中只有一个复选框，如图 8-56 所示。

图 8-54　参照面板　　　　　图 8-55　变换面板　　　　　图 8-56　选项面板

8.2.3　合并曲面

两个相邻或相交面组可以合并，生成的面组是一个单独的特征，与两个原始面组及其他单独的特征一样。在删除合并面组特征后，原始面组仍然存在。

按住 Ctrl 键，选择要合并的两个曲面，单击"编辑特征"工具栏中的"合并"按钮，或单击"编辑"→"合并"命令，系统弹出如图 8-57 所示的"合并"操控板。

图 8-57　"合并"操控板

单击操控板中的"参照"按钮，弹出"参照"上滑面板，显示用于合并的曲面，如图 8-58 所示。

单击操控板中的"选项"按钮，在弹出的面板中有合并曲面的两种形式，如图 8-59 所示。

（1）求交：当两个曲面相互交错时，选择求交形式来合并，通过单击 ✗ 按钮或 ✗ 按钮为每个面组指定哪一部分包括在合并特征中。

（2）连接：当一个曲面的边位于另一个曲面的表面时，选中该选项，将与边重合的曲面合并在一起。

图 8-58　"参照"上滑面板　　　　图 8-59　"选项"上滑面板

8.2.4 裁剪曲面

曲面的裁剪就是通过新生成的曲面或是利用曲线、基准平面等来切割裁剪已存在的曲面。基本的裁剪方法有以下几种，分别是用特征中的切除方法来裁剪曲面、用曲面来裁剪曲面、用曲面上的曲线来裁剪曲面、利用在曲面的端点处倒圆角来裁剪曲面。下面主要介绍常用的两种方法。

1. 用曲面来裁剪曲面

选择被修剪的曲面，此时"编辑特征"工具栏中的"修剪"按钮 由灰色不可用状态变为可用状态。单击"修剪"按钮 或单击"编辑"→"修剪"命令，打开如图 8-60 所示的"修剪"操控板。

图 8-60　"修剪"操控板

单击操控板中的"参照"按钮，弹出"参照"上滑面板显示修剪的面组和修剪对象两个项目，如图 8-61 所示。

单击操控板中的"选项"按钮，系统弹出如图 8-62 所示的"选项"上滑面板。选中"薄修剪"复选框，如图 8-63 所示。

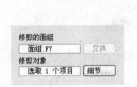　　

图 8-61　"参照"上滑面板　　图 8-62　"选项"上滑面板　　图 8-63　选中"薄修剪"复选框

单击 垂直于曲面 下三角按钮 ，面板弹出如图 8-64 所示的修剪方式的 3 个选项，各选项的意义如下。

图 8-64　选项面板中的修剪方式

（1）垂直于曲面：在垂直于曲面的方向上加厚曲面。

（2）自动拟合：确定缩放坐标系并沿 3 个轴自动拟合。

（3）控制拟合：用特定的缩放坐标系和受控制的拟合运动来加厚曲面。

2．用曲面上的曲线来裁剪曲面

曲面上的曲线可以用来裁剪曲面，对于用来裁剪曲面的曲线来说，不一定是要封闭的，但曲线一定要位于曲面上。因此所选取的将裁剪曲面的曲线必须位于曲面上，不能选取任意的空间曲线，可以通过投影的方法将空间曲线投影到曲面上，再利用投影曲线裁剪曲面。

单击"编辑"→"投影"命令，打开"投影特征"操控板，如图 8-65 所示。

图 8-65　"投影特征"操控板

单击操控板中的"参照"按钮，弹出如图 8-66 所示的"参照"上滑面板。在面板中设置投影原始曲线的方式——选取还是草绘；选取将曲线投影到的曲面以及投影方向。

单击 投影链 下三角按钮，弹出"投影链"和"投影草绘"两个投影方式选项，如图 8-67 所示。

图 8-66　"参照"上滑面板　　　　　图 8-67　投影方式

（1）投影链：选取现有的曲面作为投影原始曲线。

（2）投影草绘：草绘投影原始曲线。

8.2.5　偏移曲面

在模型中选择一个面，然后单击"编辑"→"偏移"命令，打开"偏移特征"操控板，如图 8-68 所示。使用该面板可以完成曲面偏移的各种设置及操作。

图 8-68　"偏移特征"操控板

单击 下三角按钮弹出 4 种偏移类型： 为标准偏移特征； 为具有拔模特征； 为展开类型； 为替换型。 21.51 为偏移距离。

单击面板中的"选项"按钮，在弹出的面板中有 3 种控制偏移的方式，如图 8-69 所示。

（1）垂直于曲面：垂直于原始曲面偏移曲面。

（2）自动拟合：系统根据自动决定的坐标系缩放相关的曲面。

（3）控制拟合：在指定坐标系下将原始曲面进行缩放并沿指定轴移动。

图 8-69　选项面板中的 3 种控制偏移方式

8.2.6　加厚曲面

从理论上讲，曲面是没有厚度的，因此，如果以曲面为参考，产生薄壁实体，就要用到曲面加厚的功能，在设计一些复杂的均匀薄壁塑料件、压铸件、钣金件时经常用到。

选择面组，单击"编辑"→"加厚"命令，进入曲面加厚的界面，弹出如图 8-70 所示的曲面"加厚"操控板。

图 8-70　"加厚"操控板

单击"加厚"操控板中的"选项"按钮，在弹出的面板中有 3 个选项：垂直于曲面、自动拟合、控制拟合，如图 8-71 所示。

图 8-71　"选项"上滑面板

（1）垂直于曲面：垂直于原始曲面增加均匀厚度。
（2）自动拟合：系统根据自动决定的坐标系缩放相关的厚度。
（3）控制拟合：在指定坐标系下将原始曲面进行缩放并沿指定轴给出厚度。

8.2.7　延伸曲面

延伸曲面的方法包括 4 种，分别是同一曲面类型的延伸、延伸曲面到指定的平面、与原曲面相切延伸、与原曲面逼近延伸。

选择要延伸曲面的边链，再单击"编辑"→"延伸"命令，打开如图 8-72 所示的"延伸"操控板。

图 8-72　"延伸"操控板

图标按钮和图标按钮是曲面延伸的两种方式,分别代表沿原始曲面延伸曲面、将曲面延伸至指定平面。

在中可以输入曲面延伸的距离,单击按钮,可改变曲面延伸的方向。

单击图标按钮,再单击"参照"按钮,在弹出的面板中可以更改曲面延伸的参考边。

单击"量度"按钮,弹出如图 8-73 所示的面板。在该面板中,用户可添加、删除或设置延伸的相关配置。在该面板中右击,然后单击弹出菜单中的"添加"命令,可在延伸特征的参考边中添加一个控制点。

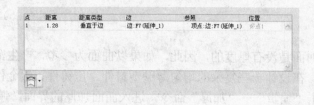

图 8-73 量度面板

单击量度面板中图标的下三角按钮,弹出两个测量距离方式。

: 测量参照曲面中的延伸距离。

: 测量选定平面中的延伸距离。

每种测量方式又有 4 种距离类型,如图 8-74 所示。

(1) 垂直于边:垂直于边测量延伸距离。

(2) 沿边:沿测量边测量延伸距离。

(3) 至顶点平行:在顶点处开始延伸边并平行于测量边。

(4) 至顶点相切:在顶点处开始延伸边并与下一单侧边相切。

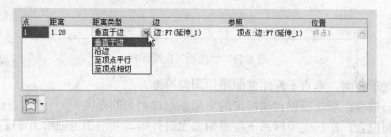

图 8-74 量度面板中的 4 种距离类型

单击"延伸"操控板中的"选项"按钮,弹出如图 8-75 所示的面板。在"方式"一栏中可以选择沿原始曲面延伸曲面下的 3 种延伸方式,即相同、切线、逼近,如图 8-76 所示。

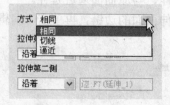

图 8-75 "选项"上滑面板　　　　图 8-76 3 种延伸方式

（1）相同：保证连续曲率变化延伸原始曲面。例如，平面类型、圆柱类型、圆锥面类型或样条曲面类型。原始曲面将按指定的距离通过其选定的原始边界。

（2）切线：建立的延伸曲面与原始曲面相切。

（3）逼近：在原始曲面和延伸边之间，以边界混合的方式创建延伸特征。

单击特征面板中的图标按钮，延伸特征面板中的"量度"、"选项"按钮变为灰色不可用状态，如图 8-77 所示。

图 8-77　延伸特征面板

8.2.8　实体化曲面

实体化就是将前面设计的面组特征转化为实体几何。有时，为了能分析生成的模型特性，也需要把曲面模型转变为实体模型。

曲面的实体化包括曲面模型转变为实体和用曲面来裁剪切割实体两种功能。

曲面转化为实体的具体操作过程如下。

❶　画出如图 8-78 所示的扫描曲面。单击系统工具中的图标，改变模型的显示方式为框架显示，如图 8-79 所示。

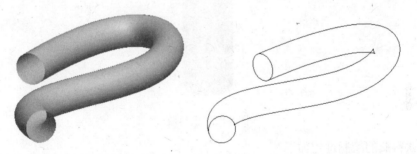

图 8-78　模型　　　　　　　图 8-79　框架方式显示模型

❷　选中扫描曲面，单击"编辑"命令，此时因为曲面不是封闭曲面，故实体化菜单命令不可用，呈灰色显示状态。

❸　在图形窗口中，选中扫描曲面，按住右键，在弹出的菜单中单击"编辑定义"命令。重新编辑扫描曲面，将其属性改为"封闭端"。

❹　选中扫描曲面，单击"编辑"命令，此时"实体化"命令呈高亮显示——可用。

❺　单击"实体化"命令，系统弹出"实体化"操控板，如图 8-80 所示。

图 8-80　"实体化"操控板

❻ 此时只有创建伸出项特征可用。单击操控板中的 ✔ 按钮，将曲面实体化，生成的模型如图 8-81 所示。

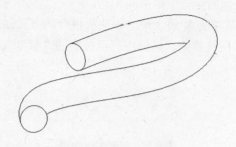

图 8-81　实体化后的模型

8.2.9　实例——饮料瓶

本例绘制如图 8-82 所示的饮料瓶。首先绘制草图，通过旋转曲面创建瓶体曲面，然后利用曲面加厚命令将曲面加厚，再利用扫描命令扫描出螺纹，最后对其进行边倒圆。

图 8-82　饮料瓶

创建饮料瓶的绘制过程如下。

❶ 单击工具栏中的"新建文件"按钮 🗋，在弹出的新建对话框的"类型"区域中选中"零件"单选按钮，在"名字"文本框中输入 yinliaoping，再在"子类型"区域中选择"实体"，取消选中"使用默认模板"复选框，单击"确定"按钮加以确认，在使用模板中选择 mmns_part_solid，即可新建一个零件。

❷ 单击工具栏上的"旋转"按钮 ⬦，打开"旋转"操控板。

❸ 在"旋转"操控板上选择"放置"→"定义"，打开"草绘"对话框。

❹ 在工作区上选择基准平面 FRONT 作为草绘平面，其余选项接受系统默认值，单击"草绘"按钮进入草绘界面。

❺ 使用"创建中心线"按钮 ┊ 建立一条竖直的中心线，再使用"圆弧"按钮 ◗ 和"线"

实讲实训
多媒体演示

多媒体演示参见配套光盘中的\\动画演示\第 8 章\饮料瓶.avi。

按钮 ↘ 绘制，草图如图 8-83 所示。使用"创建尺寸"按钮 ↔ 和"修改"按钮 ⌐ 创建如图 8-83 所示的尺寸标注方案。用"圆角"→"圆的"按钮 ⊿ 向草图添加圆弧圆角，如图 8-84 所示。单击"继续当前部分"按钮 ✔ 退出草绘环境。

⑥ 在操控板上单击"曲面特征"按钮 ▢，设置旋转方式为"变量" ⊻，输入 360 作为旋转的变量角。

⑦ 在操控板上单击"建造特征"按钮 ✔ 生成特征。完成后的特征如图 8-85 所示。

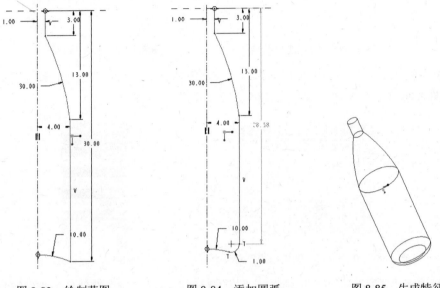

图 8-83　绘制草图　　　　图 8-84　添加圆弧　　　　图 8-85　生成特征

⑧ 使用"选取"按钮 ↖ 框选旋转实体，单击"编辑"→"加厚"命令，打开"加厚"操控板。

⑨ 在操控板上输入 0.1 作为加厚的厚度值，如图 8-86 所示。在操控板上单击"建造特征"按钮 ✔ 生成特征，如图 8-87 所示。

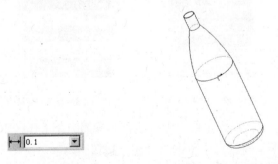

图 8-86　设置厚度　　　　图 8-87　加厚生成特征

⑩ 单击工具栏上的"旋转"按钮 ✧，打开"旋转"操控板。

⑪ 在以前的绘图平面上绘制草图。使用"线"按钮 ↘ 绘制如图 8-88 所示的截面图。

⑫ 以 360 作为旋转的变量角进行旋转，在操控板上单击"建造特征"按钮 ✔ 生成特征，如图 8-89 所示。

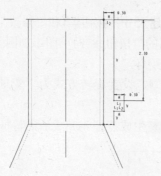
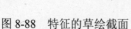

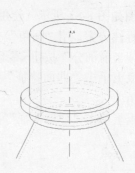

图 8-88　特征的草绘截面　　　　　　图 8-89　旋转生成特征

⓭ 单击"插入"→"螺旋扫描"→"伸出"命令，打开"伸出项：螺旋扫描"对话框，如图 8-90 所示。同时出现如图 8-91 所示的菜单管理器。

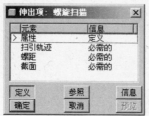

图 8-90　"伸出项：螺旋扫描"对话框　　　　　图 8-91　定义属性

⓮ 选择"常数"→"穿过轴"→"右手定则"→"完成"选项作为螺纹属性。

⓯ 选择"使用先前的"作为草绘平面，如图 8-92 所示。然后选择"正向"选项，定向草绘环境，如图 8-93 所示。

图 8-92　设置参照　　图 8-93　选择方向

⓰ 使用"参照"对话框指定瓶口竖直线作为参照。在工作区中选择如图 8-94 所示的竖直线，然后在"参照"对话框中单击"关闭"按钮。

⓱ 通过创建如图 8-95 所示的截面定义扫描路径（包括中心线），绘制如图 8-95 所示的一条直线图元作为螺旋特征的轨迹路径。单击"继续当前部分"按钮 ✔，退出草绘环境。

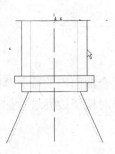

图 8-94　选择参照

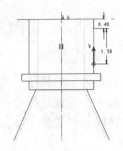

图 8-95　选择中心线

⓲　输入 0.50 作为螺纹节距值。

⓳　在草绘环境中绘制如图 8-96 所示的草图。使用"创建尺寸"按钮和"修改"按钮创建如图 8-97 所示的尺寸标注方案。单击"继续当前部分"按钮，退出草绘环境。

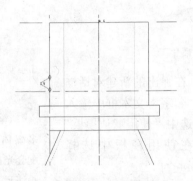

图 8-96　绘制草图

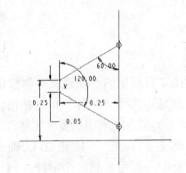

图 8-97　草图尺寸

⓴　单击"确定"按钮，如图 8-98 所示。

㉑　单击工具栏上的"倒圆角"按钮，打开"倒圆角"操控板。使用 Ctrl 键，在旋转特征的圆柱面选择 4 条边，如图 8-98 所示。输入 0.1 作为圆角的半径，单击建造圆角特征按钮，效果如图 8-99 所示。

图 8-98　生成特征

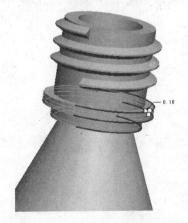

图 8-99　选择倒角边

8.3 综合实例——椅子

本例绘制如图 8-100 所示的椅子。首先绘制混合曲面用的截面草图，进行边界混合，形成椅子边界，然后对 3 个曲面进行合并操作。再对椅子边界进行加厚操作，最后绘制椅子截面草图并进行旋转操作形成椅子腿。

图 8-100 椅子

❶ 单击工具栏中的"新建文件"按钮 ，在弹出的新建对话框的"类型"区域中选中"零件"单选按钮，在"名字"文本框中输入 yizi，再在"子类型"区域中选择"实体"，取消选中"使用默认模板"复选框，单击"确定"按钮加以确认，在使用模板中选择 mmns_part_solid，即可新建一个零件。

❷ 单击"基准特征"工具栏中的"基准平面"按钮 ，打开"基准平面"对话框。

❸ 选择基准平面 TOP 作为从其偏移的平面。

❹ 在"基准平面"对话框中选择"偏移"作为约束类型。将新的基准平面按照正确的方向偏移 25.00，如图 8-101 所示，单击"确定"按钮。

❺ 创建与基准平面 TOP 偏移 28.00 的平面，如图 8-102 所示。

**实讲实训
多媒体演示**

多媒体演示参见配套光盘中的\\动画演示\第 8 章\椅子.avi。

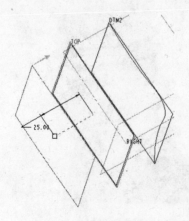

图 8-101 基准偏移 25

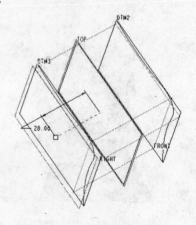

图 8-102 基准偏移 28

❻ 创建与基准平面 TOP 偏移 29.00 的平面，如图 8-103 所示。

❼ 使用"草绘基准曲线"工具 ⟍，进入草图绘制环境，创建基准曲线。在工作区上选择基准平面 DIM1 作为草绘平面。

❽ 使用"圆心/端点圆弧"按钮 ⟍ 和"圆弧"按钮 ⟍ 向草图添加圆弧，再根据设计意图放置尺寸 ⟷，如图 8-104 所示。单击"修改"按钮 ⟿，更改尺寸值。单击"继续当前部分"按钮 ✔，退出草绘环境。

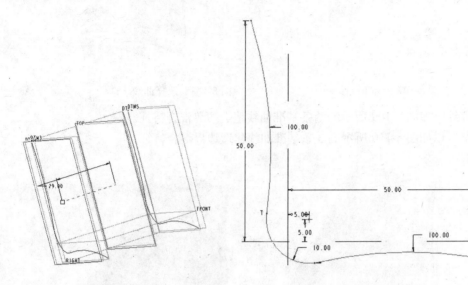

图 8-103　基准偏移 29　　　　　　图 8-104　在 DIM1 上绘制草图

❾ 使用"草绘基准曲线"工具 ⟍，进入草图绘制环境，在平面 DIM2 上创建基准曲线，如图 8-105 所示。

❿ 使用"草绘基准曲线"工具 ⟍，进入草图绘制环境，在平面 DIM3 上创建基准曲线，如图 8-106 所示。

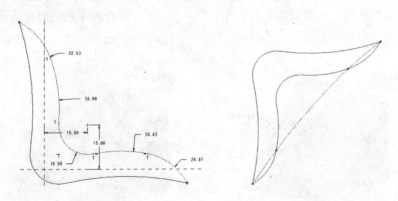

图 8-105　在 DIM2 上创建曲线　　　　图 8-106　在 DIM3 上创建曲线

⓫ 使用"选取"按钮 ⟍ 框选绘制的 3 个草图。单击"镜像"按钮 ⟍，然后选择镜像图元的平面 TOP，如图 8-107 所示。

⓬ 单击工具栏上的"边界混合"按钮 ⟿，打开"边界混合"操控板。使用 Ctrl 键，

拾取如图 8-108 所示的"第一方向"中的 3 条基准曲线。在操控板上单击"建造特征"按钮 ✔生成特征。

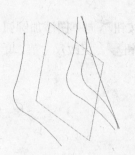 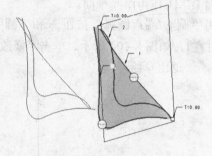

图 8-107　选择镜像平面　　　　　　　图 8-108　选择曲线

⑬ 继续以如图 8-109 所示的两条基准曲线建造边界混合特征。

⑭ 继续以如图 8-110 所示的 3 条基准曲线建造边界混合特征。

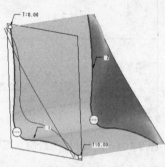 

图 8-109　选择两条基准曲线　　　　　图 8-110　选择基准曲线

⑮ 使用 Ctrl 键，拾取如图 8-111 所示的两个曲面，即边界混合曲面 1 和边界混合曲面 2。单击工具栏上的"合并"按钮，打开"曲面合并"操控板。

⑯ 使用 Ctrl 键，拾取如图 8-112 所示的两个曲面，即合并 1 和边界混合曲面 3，再单击工具栏上的"合并"按钮。

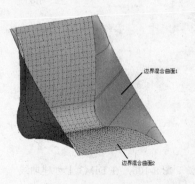 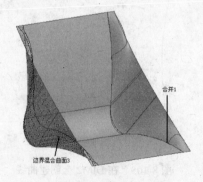

图 8-111　选择曲面　　　　　　　　　图 8-112　选择曲面

⑰ 在工作区中选择曲面合并 2，如图 8-113 所示。单击"编辑"→"加厚"命令，打

开"加厚"操控板，输入 1.00 作为薄板实体特征的厚度。在操控板上单击"建造特征"按钮
✓生成特征。

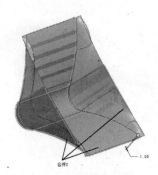

图 8-113　加厚

⑱ 单击工具栏上的"旋转"按钮 ✜，打开"旋转"操控板。

⑲ 在"旋转"操控板上选择"放置"→"定义"，打开"草绘"对话框。

⑳ 在工作区上选择基准平面 TOP 作为草绘平面，其余选项接受系统默认值，单击"草
绘"按钮进入草绘界面。

㉑ 使用绘图命令，绘制如图 8-114 所示的草图。使用"创建尺寸"按钮 ↦和"修改"
按钮 ⌀创建尺寸标注方案。单击"继续当前部分"按钮 ✓，退出草绘环境。

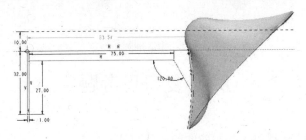

图 8-114　绘制草图

㉒ 在操控板上设置旋转方式为"变量" ⌀，输入 360 作为旋转的变量角，如图 8-115
所示。

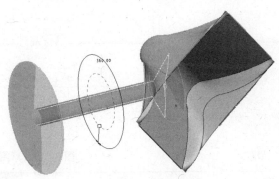

图 8-115　预览特征

197

㉓ 单击工具栏上的"倒圆角"按钮 ，打开"倒圆角"操控板，选择旋转特征底面上的圆环边，如图8-116所示。输入10作为圆角的半径，单击建造圆角特征按钮 。

图8-116　选择倒角边

㉔ 以30作为圆角的半径，在旋转特征顶面上的圆环边建造倒圆角特征，如图8-117所示。最终生成的模型参见图8-100。

图8-117　建造倒圆角特征

8.4　复习思考题

1．Pro/ENGINEER 提供了几种曲面的创建方式？
2．Pro/ENGINEER 提供了几种曲面的操作方式？
3．曲面合并操作和曲面修剪操作的区别是什么？
4．创建如图8-118所示的果盘，然后保存零件名为"guopan"，草图如图8-119所示。

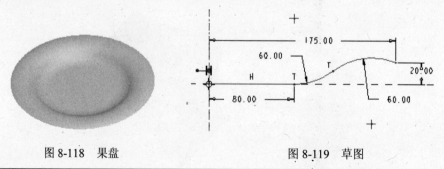

图8-118　果盘　　　　　　　　　图8-119　草图

操作提示：使用旋转命令。

5. 创建如图 8-120 所示的灯泡，然后保存零件名为"dengpao"，创建过程如图 8-121~图 8-123 所示。

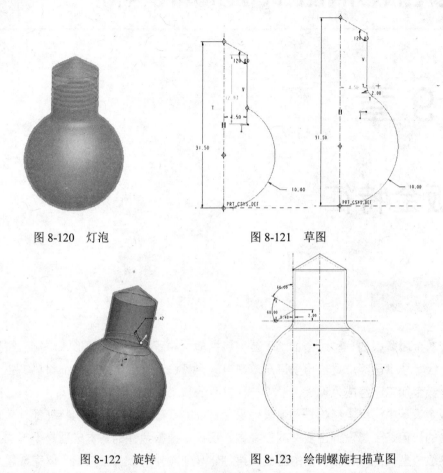

图 8-120　灯泡

图 8-121　草图

图 8-122　旋转

图 8-123　绘制螺旋扫描草图

操作提示： 使用旋转、螺旋扫描、加厚等命令。

第 9 章

钣金特征

本章导读

钣金对金属薄板的一种综合加工工艺，包括剪、冲压、折弯、成形、焊接、拼接等加工工艺。钣金技术已经广泛应用于汽车、家电、计算机、家庭用品、装饰材料等各个相关领域中，钣金加工已经成为现代工业中一种重要的加工方法。

在钣金设计中，壁类结构是创建其他钣金特征的基础，任何复杂的特征都是从创建第一壁开始的。但是要想设计出复杂的钣金件，仅仅掌握钣金件的基本成型是不够的，还需要掌握高级成型模式。在第一壁的基础上再创建其他额外的钣金壁特征，以完成整个零件的创建。

内容要点

- ✧ 基本钣金特征的创建
- ✧ 后继钣金特征的创建
- ✧ 钣金折弯和展平
- ✧ 成形特征的创建
- ✧ 平整成形特征的创建
- ✧ 平整钣金壁特征
- ✧ 钣金操作

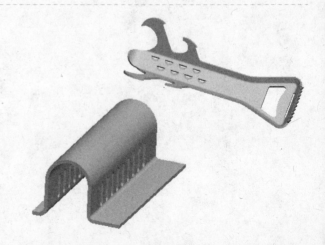

9.1 创建基本钣金特征

在钣金设计中，需要先创建第一壁，然后在第一壁的基础上创建后继的钣金壁和其他特征。第一壁的基本创建方法主要有拉伸、平整、旋转和混合等。

9.1.1 拉伸壁

钣金模块中拉伸壁特征的创建与实体模块中的拉伸特征的创建相似，拉伸的实质是绘制钣金件的二维截面，然后沿草绘面的法线方向增加材料，生成一个拉伸特征，具体操作步骤如下。

❶ 新建钣金零件文件。单击工具栏上的"新建"按钮□或"文件"→"新建"命令，在打开的"新建"对话框中，选择"类型"为"零件"，"子类型"为"钣金件"，输入名称为"chapter9-1"，取消选中"使用默认模板"复选框，如图 9-1 所示。然后单击"确定"按钮。在打开的"新文件选项"对话框中选择模板"mmns-part-sheetmetal"，如图 9-2 所示，单击"确定"按钮。

注意：选择模板主要是为了确保所绘制的模型的单位为毫米，对于已经在配置选型中设置了默认模板为"mns-part-solid"的可以直接使用默认模板。

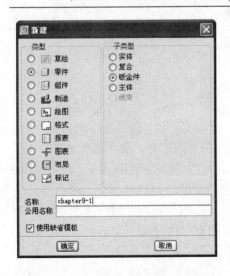

图 9-1 "新建"对话框

图 9-2 "新文件选项"对话框

❷ 进入零件设计界面，系统在绘图设计区域自动建立一个参考坐标系（PRT_CSYS_DEF）和 3 个正交基准面（TOP、RIGHT、FRONT）辅助零件的设计，如图 9-3 所示。图中坐标系原点到彩色圆点的方向为基准平面的法向。

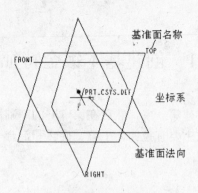

图 9-3　零件设计界面

❸　绘制拉伸壁截面。单击特征工具栏上的"拉伸"按钮 🗗，或依次单击"插入"→"拉伸"命令，弹出如图 9-4 所示的操控板，单击"放置"按钮，在打开的"放置"上滑面板中单击"定义"按钮，如图 9-5 所示。

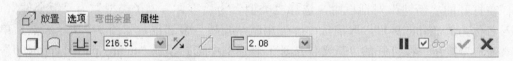

图 9-4　拉伸特征操控板

图 9-5　放置上滑面板

操控板中各项功能如下。

- ▢：建立拉伸壁特征。
- ▢：建立拉伸曲面特征。
- ⬓："盲孔"：按给定的深度自草绘平面沿一个方向位伸，单击其旁边的 ˙ 按钮，有几种其他方式的拉伸模式可供选用。ᗪ "对称"：按给定的深度的一半沿指定的草绘平面两侧对称位伸。═ "到下一个"：沿指定的方向拉伸到下一个曲面。╬ "穿透"：沿指定的方向穿透所有特征。⬓ "穿至"：沿指定的方向拉伸到指定的点、曲线、平面或曲面。⬓ "到选定项"：沿指定的方向拉伸到一个选定的点、曲线、平面或曲面。其中，"穿至下一个"、"穿过所有"、"穿至"这 3 种深度形式不允许将基准面作为指定对象。
- ╱：将拉伸的深度方向更改为草绘的另一侧。
- ◿：当该按钮处于未选中状态时，将添加拉伸特征；当该按钮处于选中状态时，将建立拉伸去除特征，从已有的模型中去除材料。
- ⊏：设置钣金的厚度。
- ∥：暂时中止使用当前的特征工具，以访问其他可用的工具。
- ☑：模型预览。若预览时出错，表明特征的构建有误，需要重定义。

- ☑：确认当前特征的建立或重定义。
- ✖：取消特征的建立或重定义。
- 放置：确定绘图的平面和参考平面。
- 选项：单击此按钮，可以更加灵活地定义拉伸高度。
- 属性：显示特征的名称、信息。

❹ 系统打开如图 9-6 所示的"草绘"对话框，该对话框要求指定草绘平面、草绘视图方向以及参照，在"草绘"对话框的"草绘平面"区域的"平面"编辑框中单击，然后在绘图区中选择 FRONT 面为草绘平面。选定草绘平面后，系统将指定默认的草绘平面法向的方向、参考平面及参考平面法向的方向。此时"草绘"对话框如图 9-7 所示。

图 9-6 "草绘"对话框   图 9-7 选取放置平面后的"草绘"对话框

用户可在"参照"编辑框中单击，然后在绘图区中选择参考平面。"方向"下拉菜单用于选择参考平面的法线指向的方向。这里选取 RIGHT 面为参考平面，方向选取"右"，表示 RIGHT 平面的法向指向屏幕右方。选取完毕后，单击"草绘"按钮。

❺ 单击"草绘"→"参照"命令，如图 9-8 所示。系统打开"参照"对话框，如图 9-9 所示。该对话框可以设置草绘参照，绘制的截面将相对地进行尺寸标注和约束，草绘参照可以是点、线和曲面。本例中，系统默认将 RIGHT 平面和 TOP 平面作为参照，然后单击"关闭"按钮。

图 9-8 "参照"菜单   图 9-9 "参照"对话框

❻ 绘制如图 9-10 所示的草图，然后单击工具条上的"完成"按钮 ✔。系统返回拉伸特征操控板。

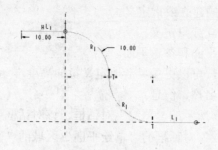

图 9-10　绘制草图

⑦ 在操控板内选择拉伸方式为"指定拉伸深度"按钮 ⊥，输入拉伸长度为"10"。单击 ％ 按钮，调整拉伸方向，如图 9-11 所示。输入钣金厚度为 0.5，单击 ％ 按钮，调整厚度方向，如图 9-12 所示。此时操控板设置结果如图 9-13 所示。单击操控板中的"确认"按钮 ✔，结果如图 9-14 所示。

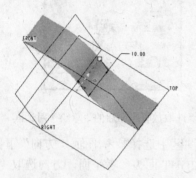

图 9-11　拉伸方向设置

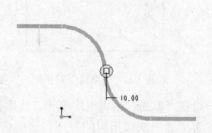

图 9-12　材料加厚方向

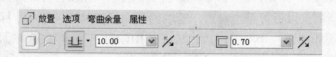

图 9-13　拉伸操控板设置结果

图 9-14　拉伸壁特征

9.1.2　分离的平整壁

平整壁是钣金件的平面/平滑/展平的部分，可以是第一壁，也可以是后继壁。平整壁可以采用任何平整方式，具体操作步骤如下。

❶ 新建钣金零件文件。单击工具栏上的"新建"按钮▢或单击"文件"→"新建"命令，在打开的"新建"对话框中，选择"类型"为"零件"，"子类型"为"钣金件"，输入名称"chapter9-2"，取消选中"使用默认模板"复选框，然后单击"确定"按钮。在打开的"新文件选项"对话框中选择模板"mmns-part-sheetmetal"，单击"确定"按钮。

❷ 绘制分离的平整特征的草图。单击特征工具栏上的"创建分离的平整壁"按钮▱，或单击"插入"→"钣金件壁"→"分离的"→"平整"命令，打开如图 9-15 所示的操控板，单击"参照"→"定义"按钮，如图 9-16 所示。

图 9-15　分离的平整特征操控板　　　　　图 9-16　"参照"上滑面板

分离的平整特征操控板中各项功能如下。

- ▯：设置钣金的厚度。
- ⤫：设置钣金的厚度的增长方向。
- ▮▮：暂时中止使用当前的特征工具，以访问其他可用的工具。
- ☑：模型预览。若预览时出错，表明特征的构建有误，需要重定义。
- ☑：确认当前特征的建立或重定义。
- ✕：取消特征的建立或重定义。
- 参照：确定绘图平面和参考平面。
- 属性：显示特征的名称、信息。

❸ 系统打开"草绘"对话框，该对话框要求指定草绘平面、草绘视图方向以及参照，在"草绘"对话框的"草绘平面"区域的"平面"编辑框中单击，然后在绘图区中选择 FRONT 面为绘图平面。选定绘图平面后，系统将指定默认的绘图平面法向的方向、参考平面及参考平面法向的方向。此时"草绘"对话框如图 9-17 所示，接受默认的视图方向，单击"草绘"按钮，进入草绘环境。

❹ 绘制如图 9-18 所示的草图，然后单击工具条上的"完成"按钮✓，系统返回平整特征操控板。

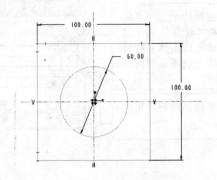

图 9-17　选取放置平面后的"草绘"对话框　　　图 9-18　绘制草图

注意：分离的平整壁特征的草绘图形必须是闭合的。

---

❺ 完成分离的平整壁特征。在操控板内输入钣金厚度 1，如图 9-19 所示。单击 ⚞ 按钮，调整增厚方向，单击操控板上的"确认"按钮 ✔，结果如图 9-20 所示。

图 9-19 分离的平整操控板设置结果　　　图 9-20 创建的分离的平整壁特征

9.1.3 旋转壁

旋转壁是由特征截面绕旋转中心线旋转而成的一类特征，适合于构造回转体零件特征。旋转壁的具体创建过程如下。

❶ 新建钣金零件文件。单击工具栏上的"新建"按钮 🗋 或单击"文件"→"新建"命令，在打开的"新建"对话框中，选择"类型"为"零件"，"子类型"为"钣金件"，输入名称 xuanzhuanbi，取消选中"使用默认模板"复选框，然后单击"确定"按钮。在打开的"新文件选项"对话框中选择模板"mmns-part-sheetmetal"，单击"确定"按钮。

❷ 绘制旋转特征的截面。单击特征工具栏上的"创建旋转壁"按钮 🔩，或单击"插入"→"钣金件壁"→"分离的"→"旋转"命令，系统显示如图 9-21 所示的"第一壁：旋转"对话框以及如图 9-22 所示的"属性"菜单管理器。依次单击"单侧"→"完成"命令，弹出"设置草绘平面"菜单管理器，在绘图区选择 FRONT 基准平面作为草绘平面，接受系统默认的视图方向，单击"正向"命令，接受系统默认的草绘参照方向，再单击"缺省"命令，如图 9-23 所示，进入草绘环境。

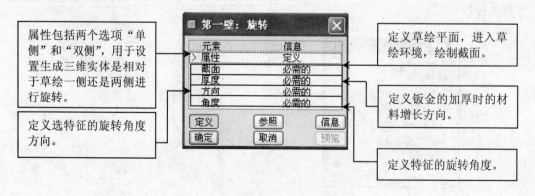

图 9-21 "第一壁：旋转"对话框

图 9-22   "属性"菜单管理器   图 9-23   草绘视图设置

❸ 在草绘中使用 :工具绘制一条中心线作为轴，再绘制如图 9-24 所示的尺寸草绘截面，然后单击工具条上的"完成"按钮 ✔。

注意：一定要绘制一条中心线作为旋转特征的旋转轴。

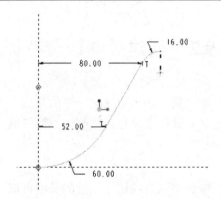

图 9-24   旋转特征截面

❹ 完成旋转壁特征。系统弹出"方向"菜单管理器，如图 9-25 所示。单击"反向"按钮，其作用与拉伸特征的 ✗ 按钮相似，改变钣金增厚方向。钣金的加厚方向如图 9-26 所示，然后设置钣金厚度为 1。

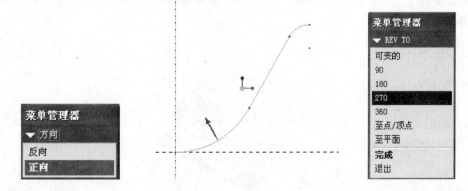

图 9-25   "方向"菜单管理器   图 9-26   钣金加厚方向   图 9-27   REV TO 菜单管理器

❺ 系统弹出 REV TO 菜单管理器，依次单击 270→"完成"命令，如图 9-27 所示。

再单击"第一壁:旋转"对话框中的"确定"按钮,结果如图 9-28 所示。

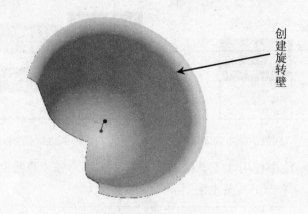

创建旋转壁

图 9-28　旋转壁特征

9.2　创建后继钣金特征

钣金零件在创建完第一壁之后,还需要在第一壁的基础上再创建其他额外的钣金壁特征,以完成整个零件的创建。后继壁主要包括平整壁、法兰壁、扭转壁和延伸壁。

9.2.1　平整壁

平整壁只能附着在已有钣金壁的直线边上,壁的长度可以等于、大于或小于被附着壁的长度。平整壁的具体操作步骤如下。

❶ 新建钣金零件文件。单击工具栏上的"新建"按钮□或单击"文件"→"新建"命令,在打开的"新建"对话框中,选择"类型"为"零件","子类型"为"钣金件",输入名称 pingzhenbi,取消选中"使用默认模板"复选框,然后单击"确定"按钮。在打开的"新文件选项"对话框中选择模板 mmns-part-sheetmetal,单击"确定"按钮。创建如图 9-29 所示的零件。

图 9-29　新建文件

❷ 选取平整壁的附着边。单击特征工具栏上的"创建平整壁"按钮🔩，或依次单击"插入"→"钣金件壁"→"平整"命令，打开如图 9-30 所示的平整壁操控板，单击"位置"按钮，然后选取如图 9-31 所示的边为平整壁的附着边。

图 9-30　平整特征操控板

图 9-31　平整壁附着边的选取

❸ 在操控板内选择平整壁的形状为"梯形"，输入折弯角度 60 以及圆角半径 2，此时操控板设置如图 9-32 所示。视图预览如图 9-33 所示。

图 9-32　操控板设置

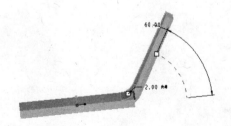

图 9-33　视图预览

❹ 设置平整壁的形状。在操控板中单击"形状"按钮，打开"形状"上滑面板，设

置梯形的尺寸，如图9-34所示。视图预览如图9-35所示。

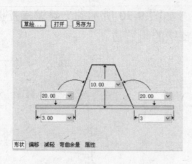

图9-34　梯形的尺寸设置

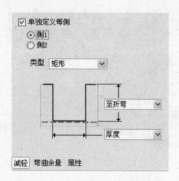

图9-35　视图预览

❺　设置止裂槽类型尺寸。在操控板中单击"减轻"按钮，打开"减轻"上滑面板，选中"单独定义每侧"复选框，选中"侧1"单选按钮，设置止裂槽类型为"矩形"，止裂槽尺寸接受默认值，如图9-36所示。选中"侧2"单选按钮，设置止裂槽类型为"长圆形"，止裂槽尺寸接受默认，如图9-37所示。视图预览如图9-38所示。

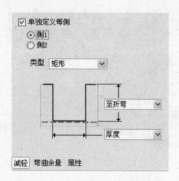

图9-36　侧1止裂槽设置

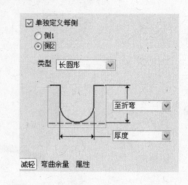

图9-37　侧2止裂槽设置

❻　完成平整壁的创建。在操控板单击"确认"按钮✔，完成平整壁的创建，结果如图9-39所示。

❼　创建自定义形状的平整壁特征。单击特征工具栏上的"创建平整壁"按钮，或依次单击"插入"→"钣金件壁"→"平整"命令，在打开的操控板内单击"位置"按钮，然后选取如图9-40所示的边为平整壁的附着边。

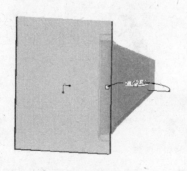

图9-38　视图预览

图9-39　创建的平整壁

⑧ 在操控板内设置平整壁的形状为"用户定义",输入角度为"90",然后单击"形状"按钮,再单击"草绘"按钮,打开"草绘"对话框,接受默认的草绘视图设置,如图9-41所示。单击"草绘"按钮,进入草绘环境。

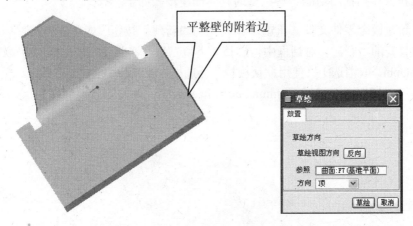

图 9-40　平整壁附着边的选取　　　　图 9-41　"草绘"对话框

⑨ 绘制如图9-42所示的图形,然后单击工具条上的"完成"按钮✓。

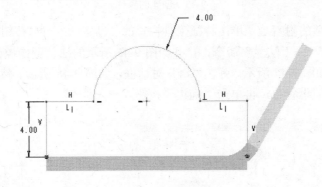

图 9-42　草绘图形

⑩ 完成平整壁的创建。视图预览如图9-43所示。在操控板中单击"确认"按钮✓,完成平整壁的创建,结果如图9-44所示。

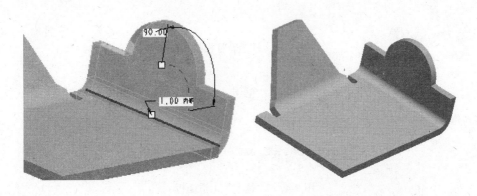

图 9-43　视图预览图　　　　图 9-44　创建的平整壁

9.2.2　法兰壁

法兰壁是折叠的钣金边，只能附着在已有钣金壁的边线上，可以是直线，也可以是曲线。具有拉伸和扫描的功能。法兰壁的具体创建步骤如下。

❶ 新建钣金零件文件。单击工具栏上的"新建"按钮□或单击"文件"→"新建"命令，在打开的"新建"对话框中，选择"类型"为"零件"，"子类型"为"钣金件"，输入名称 falanbi，取消选中"使用默认模板"复选框，然后单击"确定"按钮。在打开的"新文件选项"对话框中选择模板 mmns-part-sheetmetal，单击"确定"按钮。创建如图 9-45 所示的零件。

图 9-45　创建的零件

❷ 设置法兰壁的附着边。单击特征工具栏上的"创建法兰壁"按钮，或单击"插入"→"钣金件壁"→"法兰"命令，打开如图 9-46 所示的法兰壁操控板，单击"位置"→"细节"按钮，如图 9-47 所示。弹出"链"对话框，如图 9-48 所示。然后选取如图 9-49 所示的边为法兰壁的附着边，再单击"确定"按钮。

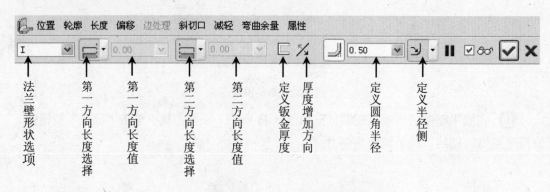

图 9-46　法兰特征操控板

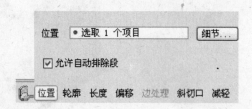

图 9-47　"位置"上滑面板

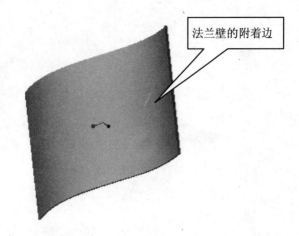

法兰壁的附着边

图 9-48　"链"对话框　　　　　图 9-49　法兰壁附着边的选取

❸　设置法兰壁的形状。在操控板内设置法兰壁的形状为"鸭形"，如图 9-50 所示。然后单击"轮廓"按钮，设置法兰壁尺寸，如图 9-51 所示。

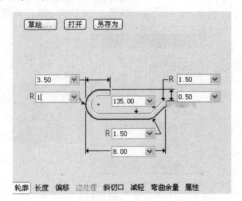

图 9-50　设置法兰壁形状　　　　图 9-51　设置法兰壁尺寸

❹　完成法兰壁的创建。选择法兰壁第一端端点位置为"以指定值修剪"，输入长度值 8；选择法兰壁第二端端点位置为"以指定值修剪"，输入长度值 8，操控板设置结果如图 9-52 所示，单击"确认"按钮✔，结果如图 9-53 所示。

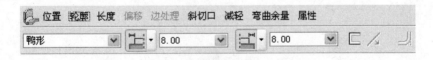

图 9-52　操控板设置结果

❺　创建用户定义形状法兰壁。单击特征工具栏上的"创建法兰壁"按钮，或依次单击"插入"→"钣金件壁"→"法兰"命令，在打开的操控板内，单击"位置"→"细节"命令，弹出"链"对话框，然后选取如图 9-54 所示的边为法兰壁的附着边，再单击"确定"按钮。

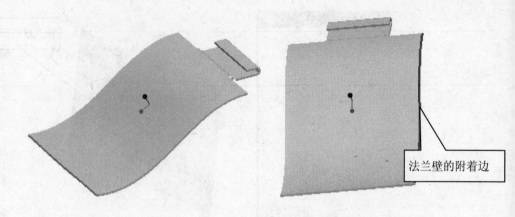

图 9-53　创建的法兰壁　　　　　　　图 9-54　法兰壁附着边的选取

法兰壁的附着边

❻ 在操控板内设置法兰壁的形状为"用户定义"，然后单击"轮廓"按钮，再单击"草绘"按钮，打开"草绘"对话框，接受默认的视图设置，如图 9-55 所示。单击"草绘"按钮，进入草绘环境。

❼ 绘制如图 9-56 所示的图形，然后单击工具条上的"完成"按钮✔。

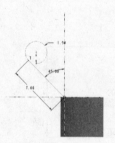

图 9-55　"草绘"对话框　　　　　　图 9-56　草绘图形

❽ 输入内侧折弯半径 2，操控板设置结果如图 9-57 所示。单击"确认"按钮✔，结果如图 9-58 所示。

图 9-57　操控板设置结果

图 9-58　创建的法兰壁

9.2.3　扭转壁特征

扭转壁是将钣金壁沿中心线扭转一定的角度，扭转壁的形状可以是矩形或梯形，具体操作步骤如下。

❶ 打开钣金零件文件。单击工具栏上的"打开"按钮 或单击"文件"→"打开"命令，在打开的"文件打开"对话框中，选择文件"9-1"，然后单击"打开"按钮。打开文件"9-1"，如图 9-59 所示。

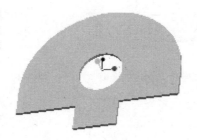

图 9-59　文件"9-1"

❷ 设置扭转壁的附加边。单击"插入"→"钣金件壁"→"扭转"命令，系统打开"扭曲"对话框（如图 9-60 所示）以及"特征参考"菜单管理器（如图 9-61 所示）。

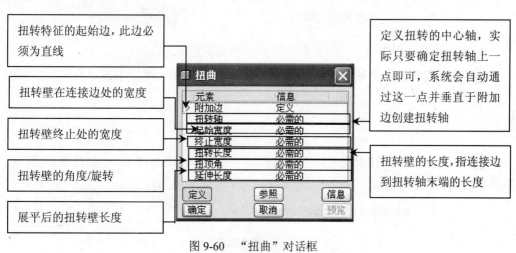

图 9-60　"扭曲"对话框

图 9-61　"特征参考"菜单管理器

❸ 在绘图区选择如图 9-62 所示的边作为附加边，系统弹出"扭曲轴点"菜单管理器，单击"中点"命令；如图 9-63 所示。设置所选的附加边的中点为扭转轴上的一点。

扭转壁的附加边

图 9-62　扭转壁附加边的选取　　　　图 9-63　"扭曲轴点"菜单管理器

❹ 设置扭转壁的起始终止宽度。在信息提示区内输入起始宽度 8，如图 9-64 所示，然后单击"确认"按钮☑。

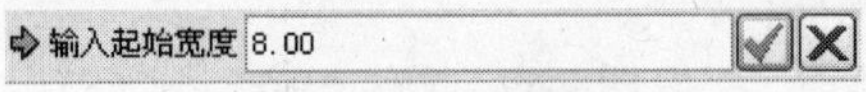

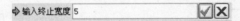

图 9-64　输入起始宽度

❺ 在信息提示区内输入终止宽度 5，如图 9-65 所示，然后单击"确认"按钮☑。

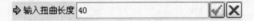

图 9-65　输入终止宽度

❻ 在信息提示区内输入扭曲长度 40，如图 9-66 所示，然后单击"确认"按钮☑。

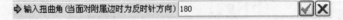

图 9-66　输入扭曲长度

❼ 设置扭转壁的扭曲角度。在信息提示区内输入扭曲角度 180，如图 9-67 所示，然后单击"确认"按钮☑。

图 9-67　输入扭曲角度

❽ 在信息提示区内输入延长长度 35，如图 9-68 所示，然后单击"确认"按钮☑。

图 9-68　输入延长长度

❾ 完成扭转壁的创建。单击"扭曲"对话框中的"确定"按钮，完成扭转壁的创建，结果如图 9-69 所示。设置的各参数意义如图 9-70 所示。

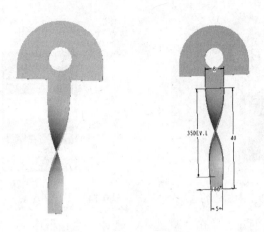

图 9-69　创建完成的扭转壁　　　图 9-70　各参数意义

9.2.4　延伸壁特征

延伸壁是指将已有的平板钣金件延伸到某一指定位置或指定的距离，不需要绘制任何截面线。创建延伸壁特征的具体操作步骤如下。

❶　打开钣金零件文件。单击工具栏上的"打开"按钮📂或单击"文件"→"打开"命令，在打开的"文件打开"对话框中，选择文件"9-2"。然后单击"打开"按钮。打开文件"9-2"，如图 9-71 所示。

❷　设置延伸壁。单击特征工具栏上的"创建延伸壁"按钮📑，或单击"插入"→"钣金件壁"→"延伸"命令，系统打开如图 9-72 所示的"壁选项：延伸"对话框以及"选取"菜单管理器。

图 9-71　文件"9-2"

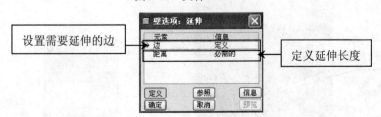

图 9-72　"壁选项：延伸"对话框

❸　在绘图区选择如图 9-73 所示的边作为要延伸边，系统弹出"延拓距离"菜单管理器，如图 9-74 所示。单击"向上至平面"命令，在绘图区选择如图 9-75 所示的平面。

图 9-73　延伸壁附加边的选取　　　　图 9-74　"延拓距离"菜单管理器

❹　完成延伸壁的创建。单击"壁选项：延伸"对话框中的"确定"按钮，完成延伸壁的创建，结果如图 9-76 所示。

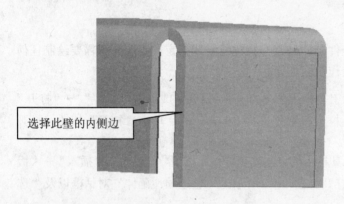

选择此壁的内侧边

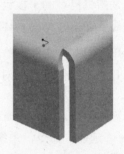

图 9-75　选择平面　　　　　　　　图 9-76　创建完成的延伸壁

❺　创建另一个延伸壁特征。单击特征工具栏上的"创建延伸壁"按钮　，或单击"插入"→"钣金件壁"→"延伸"命令，系统打开"壁选项：延伸"对话框和"选取"菜单管理器。

❻　在绘图区选择如图 9-77 所示的边作为要延伸边，系统弹出"延拓距离"菜单管理器，单击"向上至平面"命令，如图 9-78 所示。在绘图区选择如图 9-79 所示的平面。

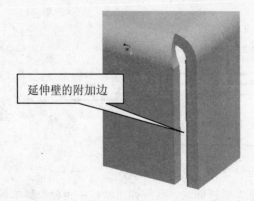

延伸壁的附加边

图 9-77　延伸壁附加边的选取　　　图 9-78　"延拓距离"菜单管理器

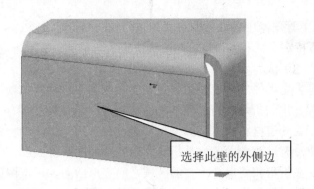

图 9-79　平面的选取

❼ 完成延伸壁的创建。单击"壁选项：延伸"对话框中的"确定"按钮，完成延伸壁的创建，结果如图 9-80 所示。

图 9-80　创建完成的延伸壁

9.3　钣金折弯和展平

在钣金设计过程中，通常需要对壁进行一些处理。本节将主要介绍钣金中用到的折弯和展平。

9.3.1　折弯

折弯将钣金件壁折成一定角度。草绘折弯线，并用方向箭头或草绘视图确定折弯的方向。折弯线是计算展开长度和创建折弯几何的参照点。在设计过程中，只要壁特征存在，可随时添加折弯。可跨多个成形特征添加折弯，但不能在多个特征与另一个折弯交叉处添加这些特征。根据折弯在钣金件设计中的放置位置，可能需要添加折弯止裂槽。

单击特征工具栏上的"创建折弯"按钮，或单击"插入"→"折弯操作"→"折弯"命令，打开"选项"菜单管理器，如图 9-81 所示。

图 9-81　"选项"菜单管理器

"选项"菜单管理器中各元素的意义如下。

角度：折弯特定半径和角度。方向箭头决定折弯位置。角度折弯在折弯线的一侧形成，或者在两侧对等地形成。示意图如图9-82（a）所示。

滚动：折弯特定半径和角度，由半径和要折弯的平整材料的数量共同决定。草绘视图影响着折弯位置。滚动折弯在查看草绘的方向形成。示意图如图 9-82（b）所示。如果要螺旋滚动材料，要知道材料长度。如果材料通过自身折弯，滚动折弯将失败。

规则：创建没有过渡曲面的标准折弯。示意图如图9-82（c）所示。

带有转接：在折弯和要保持平整的区域之间变形曲面。示意图如图9-82（d）所示。

平面：围绕轴（该轴垂直于驱动曲面和草绘平面）创建折弯。示意图如图 9-82（e）所示。

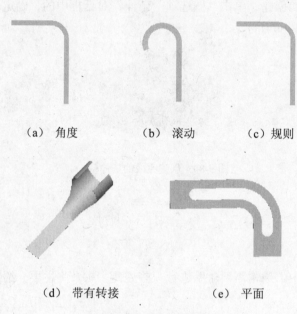

（a）角度　　　　　（b）滚动　　　　　（c）规则

（d）带有转接　　　　　（e）平面

图 9-82　折弯示意图

9.3.2　边折弯

边折弯命令是将非相切、箱形边转换为相切边。根据选择要加厚的材料侧的不同，某些边显示为倒圆角的，而某些边则具有明显的锐边。利用边折弯选项可以快速对边进行倒圆角，具体操作步骤如下。

❶ 打开钣金零件文件。单击工具栏上的"打开"按钮⊘或单击"文件"→"打开"命令，在打开的"文件打开"对话框中，选择文件"9-3"，然后单击"打开"按钮。打开文件"9-3"，如图9-83所示。

图 9-83　文件 "9-3"

②　设置边折弯棱边。单击特征工具栏上的 "创建边折弯" 按钮▣，或单击 "插入"
→ "边折弯" 命令，打开 "边折弯" 对话框和 "折弯要件" 菜单管理器，如图 9-84 所示。

③　在绘图区选择如图 9-85 所示的两条棱边，单击 "折弯要件" 菜单管理器中的 "完
成集合" 命令。

图 9-84　"折弯要件" 菜单管理器

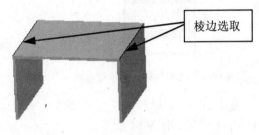

图 9-85　棱边选取

④　完成边折弯特征。单击 "边折弯" 对话框中的 "确定" 按钮。创建的边折弯特征
如图 9-86 所示。

图 9-86　创建的边折弯特征

⑤　修改边折弯特征半径。在右侧的模型树中选中 "边折弯" 特征标识，右击，从打
开的快捷菜单中单击 "编辑" 命令，此时模型显示如图 9-87 所示。

⑥　可以看到系统默认的折弯半径为钣金的厚度 2.5，如图 9-88 所示。双击 R2.5，打
开 "选取半径" 菜单管理器，单击 "输入值" 命令，如图 9-89 所示。在信息提示区内输入
折弯半径 15，如图 9-90 所示，然后单击 "确认" 按钮☑。

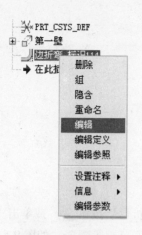

图 9-87　右键菜单

图 9-88　边折弯编辑

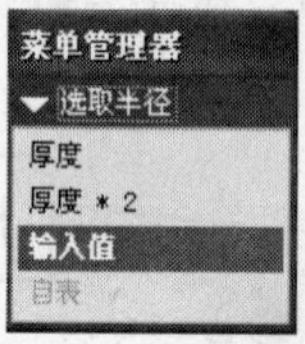

图 9-89　"选取半径"菜单管理器

　　　输入折弯率 15

图 9-90　输入折弯半径

❼ 单击工具栏上的"再生模型"按钮📳，或单击"编辑"→"再生"命令，重新生成模型，结果如图 9-91 所示。

图 9-91　创建的边折弯特征

9.3.3　展平

展平特征可以展平钣金件上的任何弯曲曲面，无论是折弯特征还是弯曲的壁，具体操作步骤如下。

❶ 打开钣金零件文件。单击工具栏上的"打开"按钮📂或单击"文件"→"打开"命令，在打开的"文件打开"对话框中，选择文件"9-4"，然后单击"打开"按钮。打开文件"9-4"，如图 9-92 所示。

❷ 设置展平特征的选项。单击特征工具栏上的"创建展平"按钮📐，或单击"插入"→"折弯操作"→"展平"命令，打开"展平选项"菜单管理器，单击 "规则"→"完成"命令，如图 9-93 所示。打开"规则类型"对话框，如图 9-94 所示。

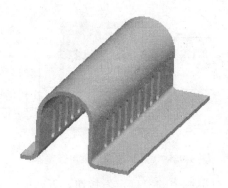

图 9-92　文件 "9-4"

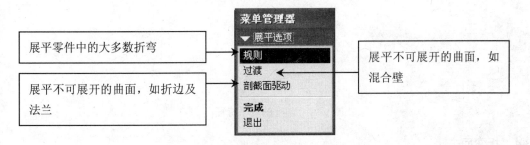

展平零件中的大多数折弯

展平不可展开的曲面，如折边及法兰

展平不可展开的曲面，如混合壁

图 9-93　"展平选项"菜单管理器

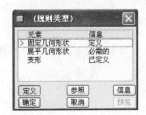

图 9-94　"规则类型"对话框

❸ 在绘图区选取如图 9-95 所示的平面为展平的固定平面。打开"展平选取"菜单管理器，单击"展平全部"→"完成"命令，如图 9-96 所示。

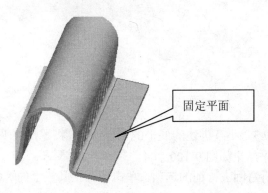

固定平面

图 9-95　固定平面选取

图 9-96　"展平选取"菜单管理器

❹ 单击"规则类型"对话框中的"确定"按钮。创建的展平特征如图 9-97 所示。

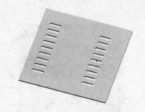

图 9-97　创建的展平特征

9.3.4　折弯回去

折弯回去与折弯命令是相反的操作。可用折弯回去特征将展平曲面返回到其成形位置。作为一条规则，应该只折弯回去完全展平的区域。

❶ 打开钣金零件文件。单击工具栏上的"打开"按钮📂或单击"文件"→"打开"命令，在打开的"文件打开"对话框中，选择文件"9-5"，然后单击"打开"按钮。打开文件"9-5"，如图 9-98 所示。

图 9-98　文件"9-5"

❷ 按照 9.3.3 小节讲述的展平的创建方法，将零件展平。展平时选取的固定平面如图 9-99 所示。展平结果如图 9-100 所示。

❸ 设置折弯回去特征的选项。单击特征工具栏上的"创建折弯回去"按钮🔄，或单击"插入"→"折弯操作"→"折弯回去"命令，打开"折弯回去"对话框，如图 9-101 所示。在绘图区选取如图 9-102 所示的平面为折弯回去的固定平面。

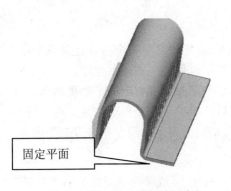

图 9-99　固定平面选取

图 9-100　创建的展平特征

图 9-101　"折弯回去"对话框

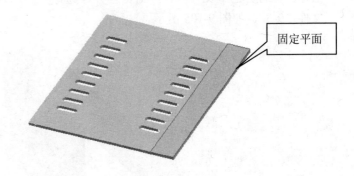

图 9-102　固定平面选取

❹ 打开"折弯回去选取"菜单管理器，单击"折弯回去全部"→"完成"命令，如图 9-103 所示。单击"折弯回去"对话框中的"确定"按钮。创建的边折弯回去特征如图 9-104 所示。

图 9-103　"折弯回去选取"菜单管理器

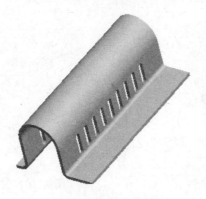

图 9-104　边折弯回去结果

9.3.5 平整形态

平整形态相当于展平全部特征，展平任何弯曲曲面，而无论其是折弯特征还是弯曲壁。与展平全部不同，平整形态特征自动跳到模型树的结尾，以保持平整模型视图。

如果要在设计的实体与平整版本之间不断切换，平整形态是很有用的。如果将新的特征添加到设计中，就会隐含平整形态。在添加特征之后，平整形态会自动恢复。对于每个新特征，如果不想在平整形态与实体视图之间反向，可根据需要手动隐含和恢复平整形态。有时需要扭曲设计的展平版本，以确保制造版本精确。

❶ 打开钣金零件文件。单击工具栏上的"打开"按钮 或单击"文件"→"打开"命令，在打开的"文件打开"对话框中，选择文件"9-5"，然后单击"打开"按钮。打开文件"9-5"，如图9-105所示。

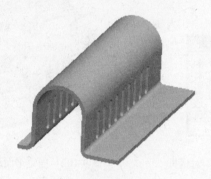

图 9-105　文件"9-5"

❷ 选取平整形态特征的固定面。单击特征工具栏上的"创建平整形态"按钮 ，或单击"插入"→"折弯操作"→"平整形态"命令，打开"选取"菜单管理器。

❸ 在绘图区选取如图9-106所示的平面为平整形态的固定平面。创建的平整形态如图9-107所示。

固定平面

图 9-106　固定平面选取

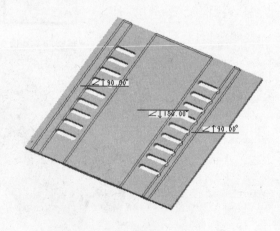

图 9-107　创建的平整形态

9.4　创建成形特征

成形是钣金件壁用模板（参照零件）冲压成的。将参照零件的几何合并到钣金零件来创建成形特征。模板的定位与零件装配相同。

9.4.1　模具成形

模具成形的参考零件必须是带有边界的，参考零件既可以是凹的，也可以是凸的，具体的操作步骤如下。

❶　打开钣金零件文件。单击工具栏上的"打开"按钮🗁或单击"文件"→"打开"命令，在打开的"文件打开"对话框中，选择文件"9-6"，然后单击"打开"按钮。打开文件"9-6"，如图 9-108 所示。

图 9-108　文件"9-6"

❷　打开成形参考零件。单击特征工具栏上的"创建成形"按钮🔼或单击"插入"→"形状"→"成形"命令，在打开的"选项"菜单管理器中单击"模具"→"参考"→"完成"命令，如图 9-109 所示。

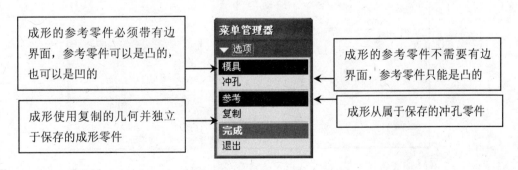

图 9-109　"选项"菜单管理器

❸ 打开"打开"对话框，如图 9-110 所示。选择"mo-3-1.prt"，单击"打开"按钮。系统弹出"MO-3-1-印贴"窗口（如图 9-111 所示）和"模板"对话框（如图 9-112 所示）。

图 9-110 成形模型

❹ 设置模板与零件的约束。在打开的模型放置"模板"对话框中，选中左下侧的"预览"按钮 ☑👓，然后在右侧的"约束类型"中选择"匹配"选项，在"偏移"中选择"重合"选项，如图 9-113 所示。然后依次选择"mo-3-1"的平面"1"和零件的平面"2"，如图 9-114 所示，使这两个面相匹配。通过单击"约束类型"后的"反向"按钮，调整两个零件匹配的方向，如图 9-115 所示。

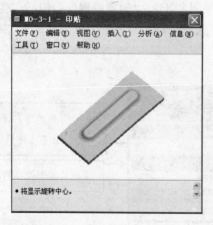

图 9-111 "MO-3-1-印贴"窗口

图 9-112 "模板"对话框

图 9-113　模型放置"模板"对话框

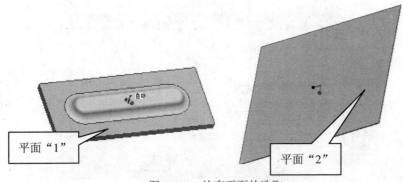

图 9-114　约束平面的选取

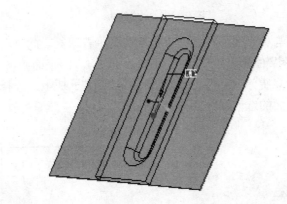

图 9-115　约束设置预览

🖐 在"模板"对话框中，单击"集"内的"新建约束"按钮➡新建约束，在右侧的"约束类型"中选择"对齐"选项，在"偏移"中选择"重合"选项，然后依次选择"mo-3-1"的 RIGHT 基准平面和零件的 RIGHT 基准平面，如图 9-116 所示。

🖐 在模型放置"模板"中，单击"集"内的"新建约束"按钮➡新建约束，在右侧的"约束类型"中选择"对齐"选项，在"偏移"中选择"偏距"选项，然后依次选择"mo-3-1"的 TOP 基准平面和零件的 RIGHT 基准平面。此时在模型放置"模板"右下侧的"状态"显示为"完全约束"，如图 9-117 所示。约束预览如图 9-118 所示。最后单击"完成"按钮 ✔ 。

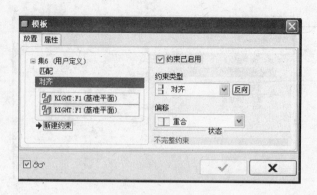

图 9-116　新建约束

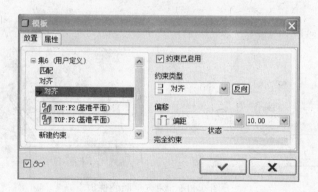

图 9-117　完成约束

❼ 定义边界平面与种子曲面。打开"选取"菜单管理器，此时在"印贴"窗口的信息提示区内显示⇨从参照零件选取边界平面。，选择"mo-3-1"的平面"1"作为边界平面。此时在"印贴"窗口的信息提示区内显示⇨从参照零件选取种子曲面。，选择"mo-3-1"的平面"2"作为种子曲面。曲面的选取如图 9-119 所示。

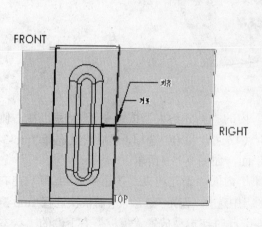

图 9-118　约束结果预览

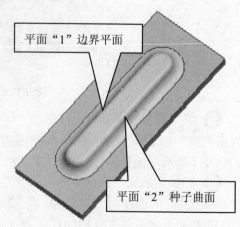

图 9-119　边界种子曲面的选取

❽ 完成成形特征。单击"模板"对话框中的"确定"按钮，完成成形特征的创建，结果如图 9-120 所示。

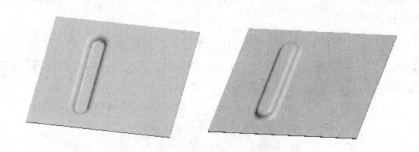

图 9-120　创建完成的成形特征

❾　添加排除曲面。在右侧的模型树中选中"模板"特征标识，右击，在打开的快捷菜单中单击"编辑定义"命令，如图 9-121 所示。打开"模板"对话框，选中"排除曲面"选项，如图 9-122 所示，然后单击"定义"按钮。打开"特征参考"菜单管理器，如图 9-123 所示。

图 9-121　"编辑定义"菜单　　图 9-122　"排除曲面"定义　　图 9-123　"特征参考"菜单管理器

❿　选择如图 9-124 所示的平面"1"作为排除曲面，然后单击"完成参考"命令，再单击"模板"对话框中的"确定"按钮，完成成形特征的创建，结果如图 9-125 所示。

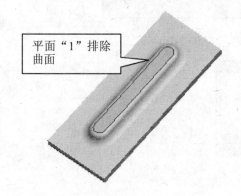

图 9-124　排除曲面的选取　　　　　图 9-125　创建完成的成形特征

9.4.2　冲压成形

　　钣金冲压是通过模具等对称料施加外力，是板料经分离或者成形而得到工件的工艺统称，具体的操作步骤如下。

❶　打开钣金零件文件。单击工具栏上的"打开"按钮或单击"文件"→"打开"命令，在打开的"文件打开"对话框中，选择文件"9-6"，然后单击"打开"按钮。打开文件"9-6"，如图 9-126 所示。

图 9-126　文件"9-6"

❷　打开成形参考零件。单击特征工具栏上的"创建成形"按钮或单击"插入"→"形状"→"成形"命令，在弹出的"选项"菜单管理器中单击"冲孔"→"复制"→"完成"命令，如图 9-127 所示。系统弹出"打开"对话框，选择"mo-3-2"，单击"打开"按钮。系统弹出"MO-3-2-印贴"窗口（如图 9-128 所示）和"模板"对话框（如图 9-129 所示）。

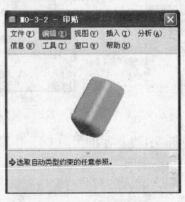

图 9-127　"选项"菜单管理器　　　图 9-128　"MO-3-2-印贴"窗口

图 9-129　"模板"对话框

❸　设置模板与零件的约束。在打开的模型放置"模板"对话框中，选中左下侧的"预

览"按钮□⊙₀，然后在 "模板"对话框右侧的"约束类型"中选择"匹配"选项，在"偏移"中选择"重合"选项，然后依次选择"mo-3-2"的 FRONT 基准平面和零件的 FRONT 基准平面，使这两个面相匹配，如图 9-130 所示。通过单击"约束类型"后的"反向"按钮，调整两个零件匹配的方向，如图 9-131 所示。

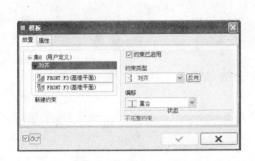

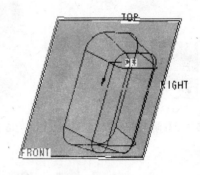

图 9-130　约束设置　　　　　　　　　图 9-131　约束预览

❹　在"模板"对话框中，单击"集"内的"新建约束"按钮➡新建约束，在右侧的"约束类型"中选择"对齐"选项，在"偏移"中选择"重合"选项，然后依次选择"mo-3-2"的 RIGHT 基准平面和零件的 RIGHT 基准平面，如图 9-132 所示。

图 9-132　新建约束

❺　在模型放置"模板"对话框中，单击"集"内的"新建约束"按钮➡新建约束，在右侧的"约束类型"中选择"对齐"选项，在"偏移"中选择"偏距"选项，然后依次选择"mo-3-2"的 TOP 基准平面和零件的 TOP 基准平面。此时在模型放置"模板"右下侧的"状态"显示为"完全约束"，如图 9-133 所示。约束预览，如图 9-134 所示。最后单击"完成"按钮 ✔ 。

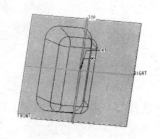

图 9-133　完成约束　　　　　　　　　图 9-134　约束结果预览

❻ 定义冲压方向，完成成形特征。系统打开"方向"菜单管理器，单击"反向"命令，如图9-135所示。设置冲压方向如图9-136所示。然后单击"正向"命令，再单击"模板"对话框中的"确定"按钮，完成成形特征的创建，结果如图9-137所示。

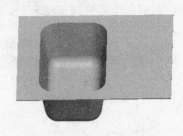

图9-135　"方向"菜单管理器　　　图9-136　冲压方向设置　　　图9-137　创建完成的冲压成形特征

9.5　创建平整成形特征

平整成形将展平凸模或凹模，并将特征返回其原始状态。为创建存在凸模或凹模的平整钣金件曲面，需要使用平整成形特征，可以同时平整多个成形特征。平整成形特征一般创建于设计结束阶段。

9.5.1　平整成形

平整成形用于将成形特征造成的钣金凸起或凹陷恢复为平面，具体的操作步骤如下。

❶ 打开钣金零件文件。单击工具栏上的"打开"按钮 或单击"文件"→"打开"命令，在打开的"文件打开"对话框中，选择文件"9-7"，然后单击"打开"按钮。打开文件"9-7"，如图9-138所示。

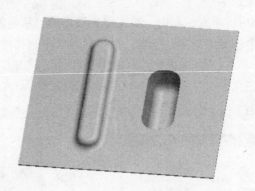

图9-138　文件"9-7"

❷ 选择要平整的成形特征。单击特征工具栏上的"创建平整成形"按钮 或单击"插入"→"形状"→"平整成形"命令，打开"平整"对话框，如图9-139所示。选中"印贴"选项，然后单击"定义"按钮。

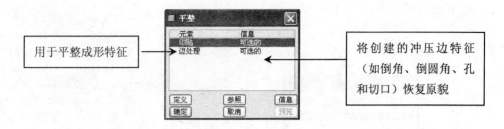

用于平整成形特征

将创建的冲压边特征（如倒角、倒圆角、孔和切口）恢复原貌

图 9-139　"平整"对话框

❸ 打开如图 9-140 所示的"特征参考"菜单管理器，然后选择已经创建的成形特征，如图 9-141 所示。然后单击"完成参考"命令，再单击"平整"对话框中的"确定"按钮，完成平整成形特征的创建，结果如图 9-142 所示。

图 9-140　"特征参考"菜单管理器

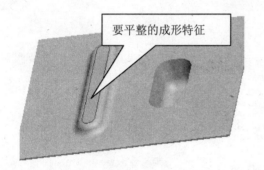

要平整的成形特征

图 9-141　特征的选取　　　　　图 9-142　创建的平整成形特征

9.5.2　边处理平整

边处理平整用于将成形特征造成的弯边恢复为平整，具体的操作步骤如下。

❶ 单击特征工具栏上的"创建平整成形"按钮 或单击"插入"→"形状"→"平整成形"命令，打开"平整"对话框，如图 9-143 所示。选中"边处理"选项，然后单击"定义"按钮。

❷ 打开"平整边"菜单管理器，然后单击"平整所有"→"完成"命令，结果如图 9-144 所示。再单击"平整"对话框中的"确定"按钮，完成平整特征的创建，结果如图 9-145 所示。

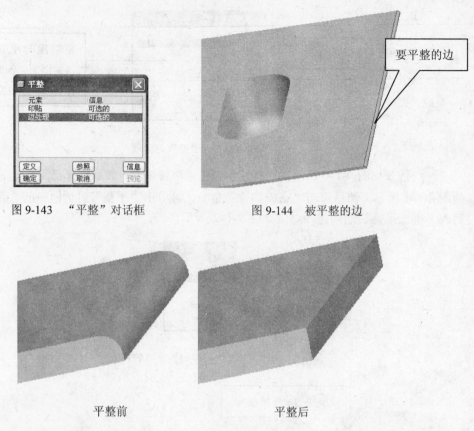

图 9-143 "平整"对话框   图 9-144 被平整的边

平整前   平整后

图 9-145 平整前后对比

9.6 钣金操作

本节主要介绍钣金切口特征、合并壁以及转换特征的创建。

9.6.1 钣金切口

钣金模块中钣金切口特征的创建与实体模块中的拉伸去除材料特征的创建相似，拉伸的实质是绘制钣金件的二维截面，然后沿草绘面的法线方向增加材料，生成一个拉伸特征。钣金切口的具体创建过程如下。

❶ 新建钣金零件文件。单击工具栏上的"新建"按钮□或单击"文件"→"新建"命令，在打开的"新建"对话框中，选择"类型"为"零件"，"子类型"为"钣金件"，输入名称 banjinqiekou，取消选中"使用默认模板"复选框，然后单击"确定"按钮。在打开的"新文件选项"对话框中选择模板 mmns-part-sheetmetal，单击"确定"按钮。创建如图9-146 所示的零件。

图 9-146　新建零件

❷　草绘切口形状。单击特征工具栏上的"拉伸"按钮 ⬚，或单击"插入"→"拉伸"
命令，在弹出的操控板内，单击"去除材料"按钮 ◿，单击"移除与曲面法向的材料"按
钮 ⬿，切割方式为 ⬿，如图 9-147 所示。然后单击"放置"→"定义"，弹出"草绘"对
话框。

图 9-147　钣金切口操控板

操控板中各项的功能如下。

- ⬚：建立钣金切口特征。
- ⌒：建立拉伸曲面特征。
- ⬛："盲孔"：按给定的深度自草绘平面沿一个方向位伸，单击其旁边的 ˙ 按钮，有
  几种其他方式的拉伸模式可供选用。
- ⬀：将拉伸的深度方向更改为草绘的另一侧。
- ◿：当该按钮处于未选中状态时，将添加拉伸特征；当该按钮处于选中状态时，
  将建立拉伸去除特征，从已有的模型中去除材料。
- ⬿：创建钣金切口，SMT 切口选项变为可用。定义要创建切口的侧面，有以下 3
  种选择。
  - ⬿：同时垂直于驱动曲面和偏距曲面去除材料。
  - ⬿：垂直于驱动曲面去除材料。默认情况下会选取此选项。
  - ⬿：垂直于偏距曲面去除材料。
- ‖：暂时中止使用当前的特征工具，以访问其他可用的工具。
- ☒：模型预览。若预览时出错，表明特征的构建有误，需要重定义。
- ☑：确认当前特征的建立或重定义。
- ✕：取消特征的建立或重定义。
- 放置：确定绘图的平面和参考平面。
- 选项：单击此按钮，可以更加灵活地定义拉伸高度。

- 属性：显示特征的名称、信息。

❸ 选择 FRONT 基准平面为草绘平面，RIGHT 基准平面为参照平面，方向为"底部"，如图 9-148 所示。单击"草绘"按钮，进入草绘环境。绘制如图 9-149 所示的草绘图形，然后单击"完成"按钮 ✔。

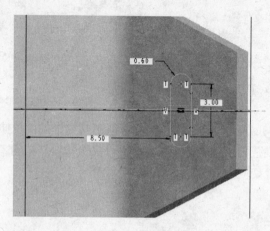

图 9-148　草绘视图设置　　　　　　　　　　图 9-149　草绘截面

❹ 在操控板内选择拉伸方式为"穿过所有"按钮 ⌿，单击 ⌿ 按钮，调整去除材料方向，如图 9-150 所示。然后单击操控板中的"确认"按钮 ✔，结果如图 9-151 所示。切口形状剖视图如图 9-152 所示。

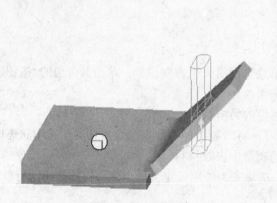

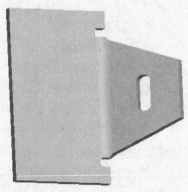

图 9-150　去除材料方向　　　　　　　　图 9-151　创建的钣金切口特征

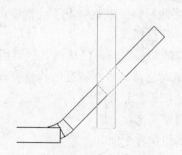

图 9-152　切口形状剖视图

❺　在右侧的模型树中选中"拉伸"特征标识，右击，从打开的快捷菜单中单击"编辑定义"按钮，选择切割方式为 ⚡，单击操控板中的"确认"按钮✔，结果如图 9-153 所示。切口形状剖视图如图 9-154 所示。

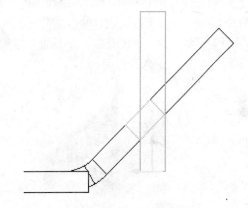

图 9-153　创建的钣金切口特征　　　　　　图 9-154　切口形状剖视图

❻　在右侧的模型树中选中"拉伸"特征标识，右击，从打开的快捷菜单中单击"编辑定义"按钮，选择切割方式为 ⚡，单击操控板中的"确认"按钮✔，结果如图 9-155 所示。切口形状剖视图如图 9-156 所示。

图 9-155　创建的钣金切口特征　　　　　　图 9-156　切口形状剖视图

❼　在右侧的模型树中选中"拉伸"特征标识，右击，从打开的快捷菜单中单击"编辑定义"命令，单击"移除与曲面法向的材料"按钮 ⚡，将其关闭。操控板设置如图 9-157 所示。单击操控板中的"确认"按钮✔，结果如图 9-158 所示。切口形状剖视图如图 9-159 所示。此时创建的已经不是钣金切口特征，而是普通的拉伸去除材料特征。

图 9-157　操控板设置

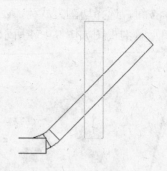

图 9-158　创建的钣金拉伸去除材料特征　　　　图 9-159　去除材料形状剖视图

9.6.2　合并壁

合并壁至少需要将两个附属壁合并到一个零件中，具体的创建过程如下。

❶ 新建钣金零件文件。单击工具栏上的"新建"按钮□或单击"文件"→"新建"命令，在打开的"新建"对话框中，选择"类型"为"零件"，"子类型"为"钣金件"，输入名称为 hebingbi，取消选中"使用默认模板"复选框，然后单击"确定"按钮。在打开的"新文件选项"对话框中选择模板 mmns-part-sheetmetal，单击"确定"按钮。创建如图 9-160 所示的零件。

❷ 创建拉伸壁。单击特征工具栏上的"拉伸"按钮 □，或依次单击"插入"→"拉伸"命令，在弹出的操控板内，单击"放置"→"定义"，打开"草绘"对话框，选择 FRONT 基准平面为草绘平面，RIGHT 基准平面为参照平面，方向为"右"，如图 9-161 所示。单击"草绘"按钮，进入草绘环境。

图 9-160　新建文件　　　　　　　图 9-161　草绘视图设置

❸ 绘制如图 9-162 所示的草绘图形，然后单击"完成"按钮 ✔ 。

❹ 在操控板内选择拉伸方式为"拉伸至平面"按钮 ⊥，然后选择如图 9-163 所示的平面作为参照平面，此时操控板设置如图 9-164 所示。单击操控板中的"确认"按钮✔，结果如图 9-165 所示。

❺ 交换钣金壁侧。此时 3 块钣金壁是各自独立的，要进行后面的操作（如展开），需要将 3 块钣金壁合并为一块，此时在默认的背景颜色下可以看到，3 块钣金壁的绿色面分别如图 9-166 所示，即 3 块钣金壁的绿色面是不连续的。要合并的钣金壁的驱动面必须是

连续的，所以要先进行"交换侧"操作。

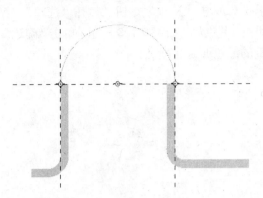

图 9-162　草绘截面

图 9-163　终止平面的选取

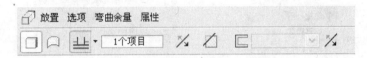

图 9-164　拉伸操控板设置结果

图 9-165　创建的拉伸特征

注意：在白色背景下，显示不出绿色面与白色面。

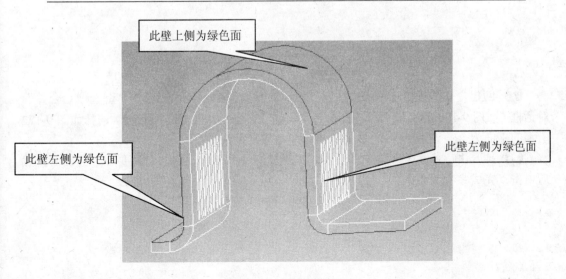

图 9-166　钣金壁的驱动面

❻ 在右侧的模型树中选中"拉伸 2"标识，右击，在快捷菜单中单击"编辑定义"命令，如图 9-167 所示。打开拉伸操控板，单击"选项"按钮，打开"选项"上滑面板，选中"将驱动曲面设置为与草绘平面相对"复选框，如图 9-168 所示。单击"确认"按钮✔，结果如图 9-169 所示。此时 3 块钣金壁的绿色面是连续的。

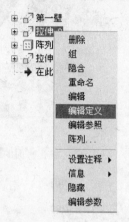
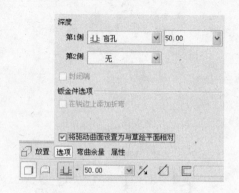

图 9-167　"编辑定义"菜单　　　　　　　图 9-168　"选项"上滑面板

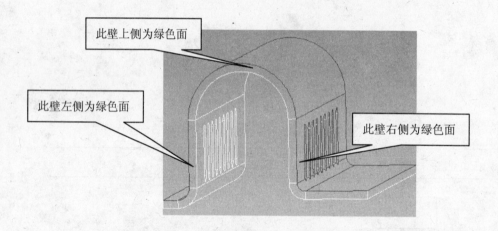

图 9-169　驱动侧设置结果

❼ 创建合并壁特征。单击"插入"→"合并壁"命令，系统打开"壁选项：合并"对话框（如图 9-170 所示）。和"特征参考"菜单管理器（如图 9-171 所示）。选择如图 9-172 所示的平面为合并"基参照"，然后单击"完成参考"命令。

❽ 打开"特征参考"菜单管理器。选择如图 9-173 所示的曲面为要合并的曲面，然后单击"完成参考"命令。

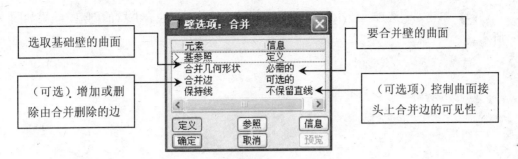

选取基础壁的曲面

要合并壁的曲面

（可选）增加或删除由合并删除的边

（可选项）控制曲面接头上合并边的可见性

图 9-170 "壁选项：合并"对话框

图 9-171 "特征参考"菜单管理器

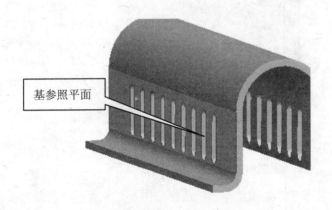

基参照平面

图 9-172 基参照平面选取

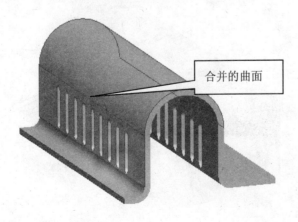

合并的曲面

图 9-173 合并的曲面的选取

❾ 单击"壁选项：合并"对话框的"确定"按钮，完成合并壁的创建，结果如图 9-174
所示。

图 9-174　创建完成的合并壁

❿ 合并另外的两个钣金壁，单击"插入"→"合并壁"命令。系统打开"壁选项：
合并"对话框和"特征参考"菜单管理器。选择如图 9-175 所示的曲面为合并"基参照"，
然后单击"完成参考"命令。

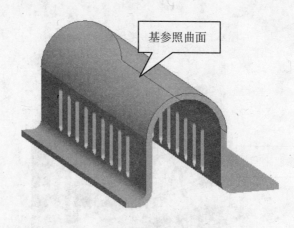

基参照曲面

图 9-175　基参照曲面的选取

⓫ 再次打开"特征参考"菜单管理器，选择如图 9-176 所示的曲面为要合并的曲面，
然后单击"完成参考"命令。

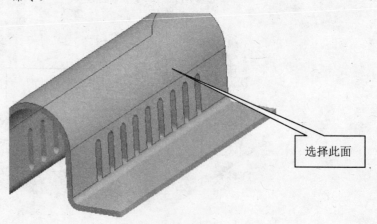

选择此面

图 9-176　合并的曲面的选取

⑫ 单击"壁选项：合并"对话框中的"确定"按钮，完成合并壁的创建，结果如图 9-177 所示。这样此钣金零件就可以展开，展开结果如图 9-178 所示。展开方法将在后面介绍。

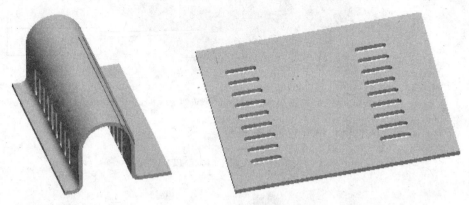

图 9-177　创建完成的合并壁　　　　图 9-178　钣金展开结果

9.6.3　转换特征

　　将实体零件转换为钣金件后，可用钣金行业特征修改现有的实体设计。在设计过程中，可将这种转换用作快捷方式，因为为了实现钣金件设计意图，可以反复使用现有的实体设计，而且可以在一次转换特征中包括多种特征。将零件转换为钣金件后，就可以与任何其他钣金件一样。

　　转换特征的具体创建过程如下。

❶ 新建钣金零件文件。单击工具栏上的"新建"按钮□或单击"文件"→"新建"命令，在打开的"新建"对话框中，选择"类型"为"零件"，"子类型"为"钣金件"，输入名称 hebingbi，取消选中"使用默认模板"复选框，然后单击"确定"按钮。在打开的"新文件选项"对话框中选择模板 mmns-part-sheetmetal，单击"确定"按钮。创建如图 9-179 所示的零件。

❷ 进入钣金模块。单击"应用程序"→"钣金件"命令，屏幕右侧出现"钣金件转换"菜单管理器，单击"壳"命令，如图 9-180 所示。此时系统要求选择一个要删除的曲面，选择实体的底面，如图 9-181 所示。然后单击"完成参考"命令，输入钣金厚度 3，如图 9-182 所示。进入钣金模块，结果如图 9-183 所示。

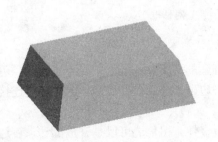

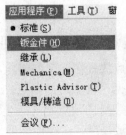

图 9-179　新建文件　　　　　　　图 9-180　将实体转化为钣金

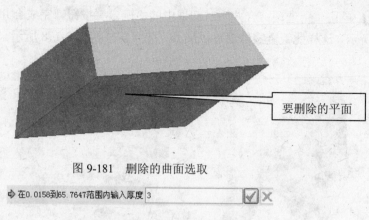

要删除的平面

图 9-181　删除的曲面选取

图 9-182　输入钣金厚度

图 9-183　创建的第一壁特征

❸　设置转换边缝。单击特征工具栏上的"创建转换"按钮，或单击"插入"→"转换"命令，打开"钣金件转换"对话框，如图 9-184 所示。

图 9-184　"钣金件转换"对话框

"钣金件转换"对话框中各元素的意义如下。

- 点止裂：将基准点放置在选定的或异步创建的边上。基准点相当于点止裂，可以定义将现有边分成两个独立边的断点，这些边可部分割裂和折弯；定义裂缝连接的端点或者在折弯及裂缝的顶点定义点止裂。

- 边缝：沿着边形成裂缝，这样便能展平钣金件。拐角边可以是开放的边、盲边或重叠的边。

- 裂缝连接：用平面、直线裂缝连接裂缝。裂缝连接用点到点连接来草绘，这需要用户定义裂缝端点。裂缝端点可以是基准点或顶点，并且必须在裂缝的末端处或零件的边界上。裂缝连接不能与现有的边共线。
- 折弯：将锐边转换为折弯。默认情况下，将折弯的内侧半径设置为钣金件厚度。当指定一个边为裂缝时，所有非相切的相交边都转换为折弯。
- 拐角止裂槽：将止裂槽放置在选定的拐角上。

❹ 选中"边缝"，然后单击"定义"按钮，打开"裂缝工件"菜单管理器，如图 9-185 所示。然后选择如图 9-186 所示的 4 条棱边，然后单击"完成集合"命令，再单击"钣金件转换"对话框中的"确定"按钮，完成转换特征的创建。结果如图 9-187 所示。

图 9-185　"裂缝工件"菜单管理器

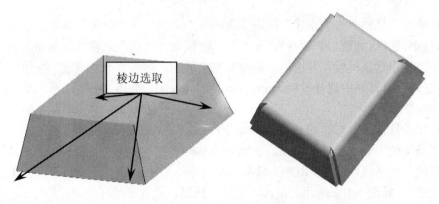

图 9-186　棱边选取　　　　图 9-187　创建完成的转换特征

❺ 此时的零件便可以展开，展开操作在后面介绍，展开结果如图 9-188 所示。

图 9-188　零件展开结果

9.7　综合实例——多功能开瓶器

本节要创建的多功能开瓶器如图 9-189 所示。从图中可以看出多功能开瓶器除了部分细节特征之外，整体是左右对称的，所以在建模时可以先创建一半，然后镜像生成整个模型，然后再创建其余部分。

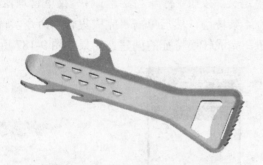

实讲实训
多媒体演示

多媒体演示参见配套光盘中的\\动画演示\第 9 章\多功能开瓶器.avi。

图 9-189　多功能开瓶器模型

9.7.1　创建第一壁及法兰壁

1　单击工具栏上的"新建"按钮□或单击"文件"→"新建"命令，在打开的"新建"对话框中，选择"类型"为"零件"，"子类型"为"钣金件"，输入名称 duogongnengkaipingqi，取消选中"使用默认模板"复选框，如图 9-190 所示，然后单击"确定"按钮。在打开的"新文件选项"对话框中选择模板 mmns_part_sheetmetal，如图 9-191 所示，单击"确定"按钮。

2　单击特征工具栏上的"创建分离的平整壁"按钮✍，或单击"插入"→"钣金件壁"→"分离的"→"平整"命令，在弹出的操控板内，单击"参照"→"定义"命令，打开"草绘"对话框，选择 FRONT 基准平面为草绘平面，RIGHT 基准平面为参照平面，方向为"右"，如图 9-192 所示。单击"草绘"按钮，进入草绘环境。

　图 9-190　"新建"对话框　　　图 9-191　"新文件选项"对话框　　　图 9-192　草绘视图设置

3　绘制如图 9-193 所示的图形，然后单击"完成"按钮✔。在操控板内输入钣金厚度 0.7，单击操控板中的"确认"按钮✔，结果如图 9-194 所示。

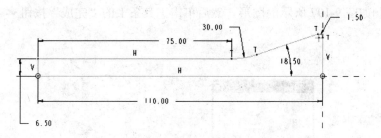

图 9-193　草绘截面

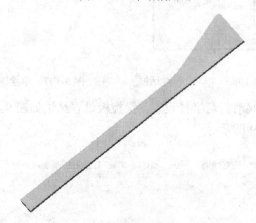

图 9-194　创建的分离的平整壁

④　单击特征工具栏上的"创建法兰壁"按钮 ，或单击"插入"→"钣金件壁"→"法兰"命令，在打开的操控板内，单击"位置"→"细节"命令，打开"链"对话框，然后选取如图 9-195 所示的边为法兰壁的附着边，再单击"确定"按钮。

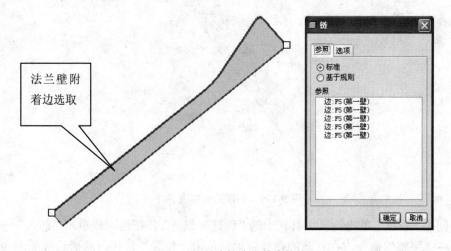

图 9-195　法兰壁附着边的选取

⑤　在操控板内选择法兰壁的形状为"用户定义"，然后单击"轮廓"，再单击"草绘"按钮，打开"草绘"对话框，接受默认的视图设置，如图 9-196 所示。单击"草绘"按钮，进入草绘环境。

❻ 绘制如图 9-197 所示的图形，然后单击工具条上的"完成"按钮✔。

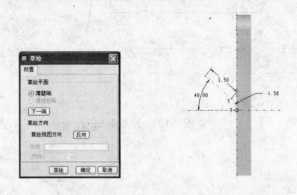

图 9-196 "草绘"对话框   图 9-197 草绘图形

❼ 单击◢按钮，取消折弯半径设置，操控板设置结果如图 9-198 所示。单击"确认"按钮✔，结果如图 9-199 所示。

图 9-198 操控板设置结果

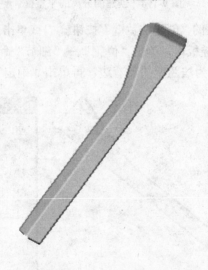

图 9-199 创建的法兰壁

❽ 创建平整壁。单击特征工具栏上的"创建平整壁"按钮，或单击"插入"→"钣金件壁"→"平整"命令，在打开的操控板内，单击"位置"按钮，然后选取如图 9-200 所示的边为平整壁的附着边。

❾ 在操控板内选择平整壁的形状为"用户定义"，输入角度 0，然后单击"形状"按钮，再单击"草绘"按钮，打开"草绘"对话框，如图 9-201 所示。单击"草绘"按钮，进入草绘环境。绘制如图 9-202 所示的图形，然后单击工具条上的"完成"按钮✔。在操

控板中单击 ⌐ 按钮，取消折弯半径设置，操控板设置如图 9-203 所示。单击"确认"按钮 ✓，结果如图 9-204 所示。

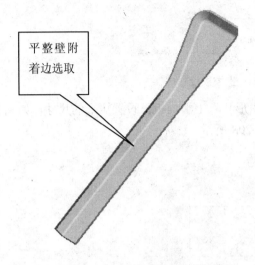

平整壁附着边选取

图 9-200　平整壁附着边的选取　　　　图 9-201　"草绘"对话框

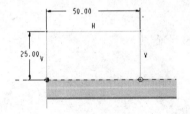

图 9-202　绘制的图形　　　　　　　图 9-203　操控板设置

⑩　单击特征工具栏上的"创建平整壁"按钮 ，或单击"插入"→"钣金件壁"→"平整"命令，在打开的操控板内，单击"位置"按钮，然后选取如图 9-205 所示的边为平整壁的附着边。

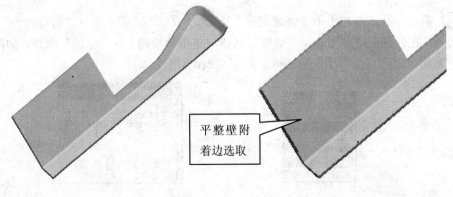

平整壁附着边选取

图 9-204　创建的平整壁　　　　　　图 9-205　平整壁附着边的选取

⓫ 在操控板内选择平整壁的形状为"矩形",输入折弯角度 0,在操控板单击┛按钮,取消折弯半径设置,此时操控板设置如图 9-206 所示。

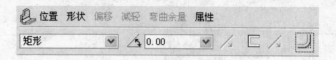

图 9-206　操控板设置

⓬ 在操控板中单击"形状",打开"形状"上滑面板,设置矩形的尺寸,如图 9-207 所示。单击"确认"按钮✔,结果如图 9-208 所示。

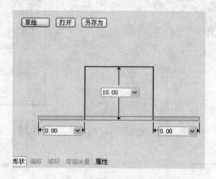

图 9-207　矩形的尺寸设置

图 9-208　创建的平整壁

⓭ 单击特征工具栏上的"创建展平"按钮┷或单击"插入"→"折弯操作"→"展平"命令,在打开的"展平选项"菜单管理器中单击"规则"→"完成"命令,如图 9-209 所示。系统弹出"规则类型"对话框,如图 9-210 所示。

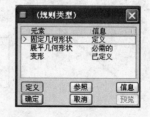

图 9-209　"展平选项"菜单管理器　　图 9-210　"规则类型"对话框

⓮ 在绘图区选择如图 9-211 所示的平面为展开时的固定平面。在"展平选项"菜单

管理器中单击"展开全部"→"完成"命令，如图 9-212 所示。然后单击"规则类型"对话框的"确定"按钮，结果如图 9-213 所示。

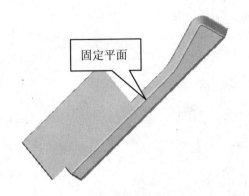

图 9-211　固定平面选取　　　图 9-212　"展平选项"菜单管理器

图 9-213　创建的展开特征

9.7.2　创建拉伸去除材料特征

❶　单击特征工具栏上的"拉伸"按钮🔲，或单击"插入"→"拉伸"命令，在打开的操控板内，单击"去除材料"按钮◿，单击"移除与曲面法向的材料"按钮，然后单击"放置"→"定义"，打开"草绘"对话框，选择 FRONT 基准平面为草绘平面，RIGHT 基准平面为参照平面，方向为"右"，如图 9-214 所示。单击"草绘"按钮，进入草绘环境。

❷　绘制如图 9-215 所示的图形，然后单击工具条上的"完成"按钮✓。

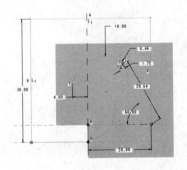

图 9-214　草绘视图设置　　　图 9-215　草绘截面

❸ 在操控板内选择拉伸方式为"穿过所有" ╪╞，操控板设置如图9-216所示。单击操控板中的"确认"按钮✔，结果如图9-217所示。

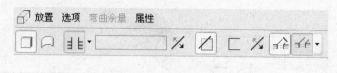

图9-216   操控板设置

图9-217   创建的拉伸切除特征

❹ 以相同的方法继续创建拉伸特征，草绘视图设置与上一步相同，绘制如图9-218所示的图形。在操控板内选择拉伸方式为"穿过所有" ╪╞，结果如图9-219所示。

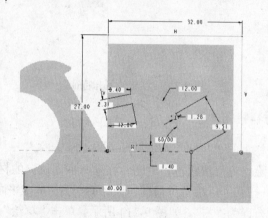

图9-218   草绘截面

图9-219   创建的拉伸切除特征

❺ 单击"插入"→"倒圆角"命令，然后按住 Ctrl 键，选择如图 9-220 所示的两条棱边。输入圆角半径 4，然后单击操控板中的"确认"按钮✔，结果如图 9-221 所示。

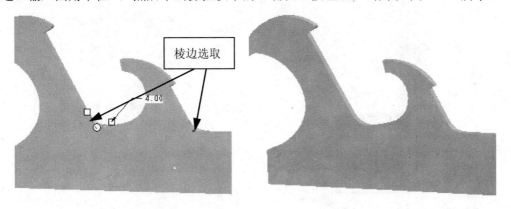

图 9-220　倒圆角棱边选取　　　　　　　　图 9-221　倒圆角结果

❻ 创建拉伸去除材料特征，选择 FRONT 基准平面为草绘平面，RIGHT 基准平面为参照平面，方向为"右"。拉伸截面如图 9-222 所示，拉伸方式为"穿过所有"╪╠，结果如图 9-223 所示。

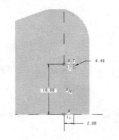

图 9-222　草绘截面　　　　　图 9-223　创建的拉伸切除特征

❼ 单击特征工具栏上的"创建折弯回去"按钮⌐、或单击"插入"→"折弯操作"→"折弯回去"命令，系统打开"折弯回去"对话框，如图 9-224 所示。在绘图区选择如图 9-225 所示的平面为折弯回去的固定平面。

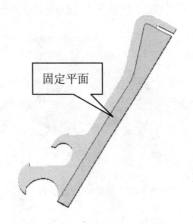

固定平面

图 9-224　"折弯回去"对话框　　　　图 9-225　固定平面选取

⑧ 在"折弯回去选取"菜单管理器中单击"折弯回去全部"→"完成"命令，如图 9-226 所示。然后单击"折弯回去"对话框中的"确定"按钮，结果如图 9-227 所示。

图 9-226 "折弯回去选取"菜单管理器　　图 9-227 创建的折弯回去特征

⑨ 创建拉伸去除材料特征，选择 FRONT 基准平面为草绘平面，RIGHT 基准平面为参照平面，方向为"右"。拉伸截面如图 9-228 所示，拉伸方式为"穿过所有"▋▋。结果如图 9-229 所示。

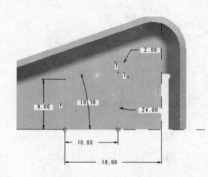

图 9-228 草绘截面　　　　　图 9-229 创建的拉伸切除特征

⑩ 单击"插入"→"倒圆角"命令，选择如图 9-230 所示的棱边。输入圆角半径 1.5，然后单击操控板中的"确认"按钮✔，结果如图 9-231 所示。

图 9-230 倒圆角棱边选取　　　　图 9-231 倒圆角结果

9.7.3 创建平整壁

❶ 单击特征工具栏上的"创建平整壁"按钮🔩，或单击"插入"→"钣金件壁"→"平整"命令，在打开的操控板内，单击"位置"按钮，然后选取如图 9-232 所示的边为平整壁的附着边。

图 9-232 平整壁附着边的选取

❷ 在操控板内选择平整壁的形状为"用户定义"，输入角度 0，然后单击"形状"按钮，再单击"草绘"按钮，打开"草绘"对话框，如图 9-233 所示。单击"草绘"按钮，进入草绘环境。

❸ 绘制如图 9-234 所示的图形，然后单击工具条上的"完成"按钮✔。在操控板中单击┛按钮，取消折弯半径设置，单击"确认"按钮✔，结果如图 9-235 所示。

图 9-233 "草绘"对话框

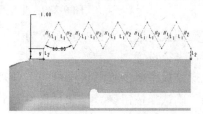

图 9-234 绘制的图形

❹ 创建拉伸去除材料特征，选择 TOP 基准平面为草绘平面，RIGHT 基准平面为参照平面，方向为"右"。拉伸截面如图 9-236 所示，拉伸方式为"穿过所有"按钮╪╞。单击 按钮，取消钣金切口功能。操控板设置如图 9-237 所示。结果如图 9-238 所示。

图 9-235 创建的平整壁

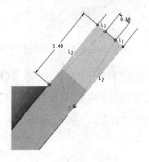

图 9-236 草绘截面图

图 9-237　面板设置　　　　　　　图 9-238　创建的拉伸切除特征

❺　单击特征工具栏上的"创建平整壁"按钮，或单击"插入"→"钣金件壁"→"平整"命令，在打开的操控板内，单击"位置"按钮，然后选取如图 9-239 所示的边为平整壁的附着边。

平整壁附着边选取

图 9-239　平整壁附着边的选取

❻　在操控板内选择平整壁的形状为"矩形"，输入折弯角度 0，在操控板中单击┛按钮，取消折弯半径设置。

❼　在操控板中单击"形状"，打开"形状"上滑面板，设置矩形的尺寸，如图 9-240所示。单击"确认"按钮✔，结果如图 9-241 所示。

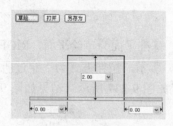

图 9-240　矩形的尺寸设置　　　图 9-241　创建的平整壁

❽　创建拉伸去除材料特征，选择 TOP 基准平面为草绘平面，RIGHT 基准平面为参照平面，方向为"右"。拉伸截面如图 9-242 所示，拉伸方式为"指定拉伸深度"⊥，输入拉伸长度 9.5。单击⌃按钮，取消钣金切口功能。操控板设置如图 9-243 所示。结果如图9-244 所示。

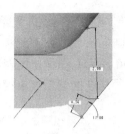

图 9-242　草绘截面　　　　　　　　图 9-243　操控板设置

❾ 在左侧的模型树中选中整个零件，然后单击"编辑"→"镜像"命令，打开镜像操控板，选择 RIGHT 面为镜像参照平面。然后单击操控板中的"确认"按钮✔。结果如图 9-245 所示。

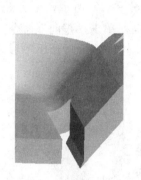

图 9-244　创建的拉伸切除特征　　　　　图 9-245　镜像结果

9.7.4　创建滚动折弯特征

❶ 单击特征工具栏上的"创建平整壁"按钮🖉，或单击"插入"→"钣金件壁"→"平整"命令，在打开的操控板内，单击"位置"按钮，然后选取如图 9-246 所示的边为平整壁的附着边。

❷ 在操控板内选择平整壁的形状为"用户定义"，输入角度 0，然后单击"形状"→"草绘"，打开"草绘"对话框。单击"草绘"按钮，进入草绘环境。绘制如图 9-247 所示的椭圆形，然后单击工具条上的"完成"按钮✔。在操控板中单击⤵按钮，取消折弯半径设置，单击"确认"按钮✔，结果如图 9-248 所示。

平整壁附着边选取

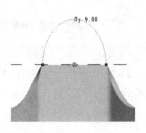

图 9-246　平整壁附着边的选取　　　图 9-247　绘制的椭图形　　　图 9-248　创建的平整壁

❸ 单击特征工具栏上的"创建折弯"按钮 ，或单击"插入"→"折弯操作"→"折弯"命令，打开"选项"菜单管理器，单击"滚动"→"规则"→"完成"命令，如图 9-249 所示。打开"折弯选项：滚动，规则"对话框（如图 9-250 所示）和"使用表"菜单管理器，单击"零件折弯表"→"完成/返回"命令，打开"半径所在的侧"菜单管理器，单击"内侧半径"→"完成/返回"命令，如图 9-251 所示。

图 9-249 "选项"菜单管理器　图 9-250 "折弯选项：滚动，规则"对话框　图 9-251 菜单选取

❹ 打开"设置草绘平面"菜单管理器，如图 9-252 所示。在绘图区选取如图 9-253 所示的平面为草绘平面，接受系统默认的视图方向，单击"正向"命令，接受系统默认的草绘参照方向。单击"默认"，进入草绘环境，绘制如图 9-254 所示的线段。然后单击工具条上的"完成"按钮 。

图 9-252 "设置草绘平面"菜单管理器　　图 9-253 草绘平面选取

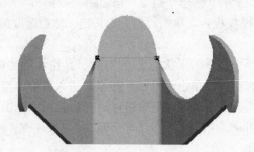

图 9-254 绘制的线段

❺ 打开"折弯侧"菜单管理器，单击"反向"命令，使"创建特征"方向如图 9-255 所示，然后单击"正向"命令。打开"方向"菜单管理器，单击"反向"命令，使"固定区域"方向如图 9-256 所示，然后单击"正向"命令。

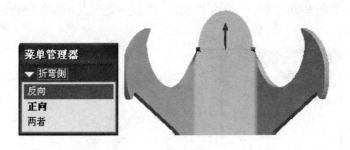

图 9-255　"创建特征"方向设置

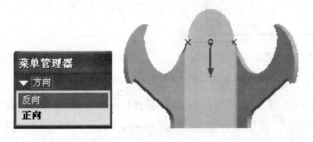

图 9-256　"固定区域"方向设置

❻　单击"无止裂槽"→"完成"命令，如图 9-257 所示。打开"选取半径"菜单管理器，如图 9-258 所示。单击"输入值"命令，在信息提示区内输入折弯半径 8，如图 9-259 所示。然后单击"确认"按钮 ☑。

图 9-257　"止裂槽"菜单管理器　　　图 9-258　折弯角度选取

❼　单击"折弯选项：滚动，规则"对话框中的"确定"按钮。创建的边折弯特征如图 9-260 所示。

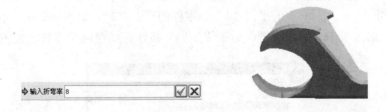

图 9-259　输入折弯半径　　　　　图 9-260　创建的折弯特征

9.7.5　创建成形特征

❶　单击特征工具栏上的"基准平面工具"按钮 ▱，或单击"插入"→"模型基准"→"平面"命令，打开"基准平面"对话框，选择 RIGHT 基准平面为新平面的参照平面，

输入平移值 70，如图 9-261 所示。单击"确定"按钮，完成新平面的创建，结果如图 9-262 所示。

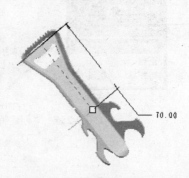

图 9-261　"基准平面"对话框　　　　图 9-262　新建的基准平面

❷ 单击特征工具栏上的"创建成形"按钮△ 或单击"插入"→"形状"→"成形"命令，在打开的"选项"菜单管理器中单击"模具"→"参考"→"完成"命令，如图 9-263 所示。系统弹出"打开"对话框，选择"kai-ping-qi-mo"，单击"打开"按钮。系统弹出"KAI-PING-QI-MO-印贴"窗口（如图 9-264 所示）和模型放置"模板"对话框。

图 9-263　"选项"菜单管理器　　　　图 9-264　成形模型

❸ 选中"模板"对话框左下侧的"预览"按钮 ☑ ⌒，然后在"模板"对话框右侧的"约束类型"中选择"匹配"选项，在"偏移"中选择"重合"选项，如图 9-265 所示。然后依次选择"kai-ping-qi-mo"的平面"1"和零件的平面"2"，如图 9-266 所示。使这两个平面相匹配。通过单击"约束类型"后的"反向"按钮，调整两个零件匹配的方向。

图 9-265　约束设置

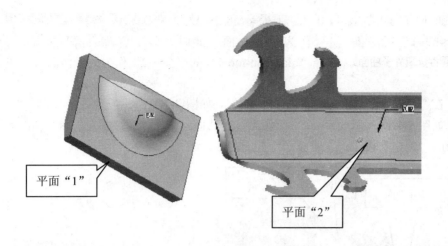

图 9-266　约束平面的选取

❹　在"模板"对话框中，单击"集"内的"新建约束"按钮➡ **新建约束**，在右侧的
"约束类型"中选择"对齐"选项，在"偏移"中选择"偏距"选项，输入偏距值 5，然后
依次选择"kai-ping-qi-mo"的 FRONT 基准平面和零件的 TOP 基准平面，如图 9-267 所示。

图 9-267　新建约束

❺　在模型放置"模板"中，单击"集"内的"新建约束"按钮➡ **新建约束**，在右侧
的"约束类型"中选择"匹配"选项，在"偏移"中选择"重合"选项，然后依次选择
"kai-ping-qi-mo"的 RIGHT 基准平面和零件的基准平面 DTM5。此时在模型放置"模板"
右下侧的"状态"显示为"完全约束"，如图 9-268 所示。然后单击"完成"按钮 ⬜ ✓ ⬜。

图 9-268　完成约束

⑥ 此时在印贴窗口的信息提示区内显示 ➡️从参照零件选取边界平面。，选择"qian-ban-mo-1"的平面"1"作为边界平面。此时在印贴窗口的信息提示区内显示 ➡️从参照零件选取种子曲面。，选择"qian-ban-mo-1"的平面"2"作为种子曲面，如图 9-269 所示。

⑦ 在"模板"对话框内选中"排除曲面"，如图 9-270 所示。然后单击"定义"按钮，然后选择如图 9-269 所示的平面"3"作为排除曲面，单击"完成参考"，再单击"模板"对话框中的"确定"按钮，完成成形特征的创建，结果如图 9-271 所示。

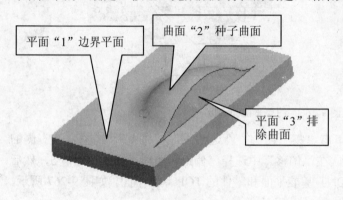

图 9-269　边界/种子/排除曲面的选取　　　　　　图 9-270　　"模板"对话框

⑧ 单击"插入"→"旋转"命令，在打开的操控板内单击"位置"→ "定义"，打开"草绘"对话框，选择 DTM5 基准平面为草绘平面，TOP 基准平面为参照平面，方向为"右"，如图 9-272 所示。单击"草绘"按钮，进入草绘环境。

图 9-271　创建完成的成形特征　　　　图 9-272　草绘视图设置

⑨ 绘制如图 9-273 所示的图形，然后单击工具条上的"完成"按钮 ✓。

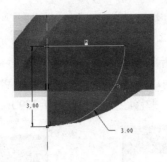

图 9-273　草绘截面

⑩　在操控板内选择旋转方式为"两侧旋转" ，输入旋转角度 180。操控板设置如图 9-274 所示。单击操控板中的"确认"按钮✔，结果如图 9-275 所示。

图 9-274　拉伸操控板设置结果

图 9-275　创建的拉伸切除特征

9.7.6　复制特征

❶　按住 Ctrl 键选中最后创建的两个特征，然后右击，从弹出的快捷菜单中单击"组"命令，如图 9-276 所示。

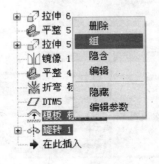

图 9-276　创建组

❷ 单击"编辑"→"特征操作"命令，打开"特征"菜单管理器，选择"复制"→"移动"→"选取"→"独立"→"完成"命令，打开"选取特征"菜单管理器，从模型树中选取刚刚创建的组特征，然后单击"完成"→"平移"→"平面"命令，选取 DTM5 为移动参照平面，然后单击"反向"→"正向"命令，如图 9-277 所示。平移方向如图 9-278 所示。在下侧信息提示区内输入平移距离 6，如图 9-279 所示，再单击"确认"按钮✓。

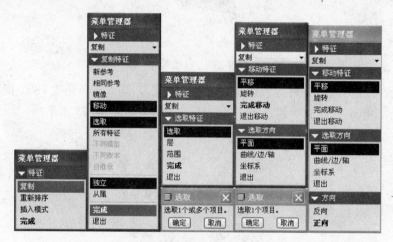

图 9-277 菜单管理器选项设置

图 9-278 平移方向　　　　　　　图 9-279 输入平移值

❸ 在"特征"菜单管理器中单击"平移"→"平面"命令，选取 TOP 为移动参照平面，然后单击"反向"→"正向"命令，菜单管理器选项设置如图 9-280 所示，使平移方向如图 9-281 所示。

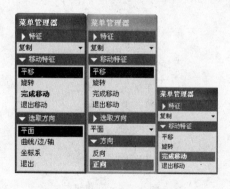

图 9-280 菜单管理器选项设置

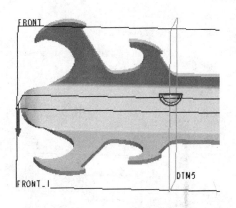

图 9-281　特征平移方向

❹在下侧信息提示区内输入平移距离 6，单击"确认"按钮✅。然后单击"完成移动"。弹出"组元素"对话框和"组可变尺寸"菜单管理器，单击"完成"，如图 9-282 所示。单击"组元素"对话框中的"确定"按钮，如图 9-283 所示。结果如图 9-284 所示。

图 9-282　"组可变尺寸"菜单管理器　　图 9-283　　"组元素"对话框

图 9-284　复制的特征

9.7.7　阵列特征

❶　在左侧的模型树中选中创建的新基准平面特征标识 DTM5，然后单击"编辑"→"阵列"命令，选择阵列方式为"尺寸"，单击阵列操控板的"尺寸"按钮，打开"尺寸"上滑面板。在绘图区选择数值 70，输入增量 10，如图 9-285 所示。然后在操控板中输入阵列个数 4，如图 9-286 所示。单击操控板中的"确认"按钮✅，结果如图 9-287 所示。

图 9-285　阵列尺寸设置　　　　　　　　图 9-286　阵列个数设置

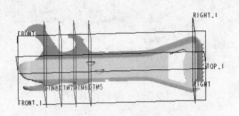

图 9-287　创建的阵列特征

② 在左侧的模型树中选中创建的第一个组特征，然后单击"编辑"→"阵列"命令，阵列方式为其默认的"参照"。然后单击操控板中的"确认"按钮✔，结果如图 9-288 所示。

图 9-288　创建的阵列特征

③ 在左侧的模型树中选中通过特征操作创建的组特征，然后单击"编辑"→"阵列"命令，阵列方式为其默认的"参照"。然后单击操控板中的"确认"按钮✔，结果如图 9-289 所示。完成的模型如图 9-290 所示。

图 9-289　创建的阵列特征　　　　　　　图 9-290　完成的模型

9.8 复习思考题

1．Pro/ENGINEER 提供了几种基本钣金特征的创建方式？

2．Pro/ENGINEER 提供了几种钣金操作方式？

3．分离的平整壁和平整壁的区别是什么？

4．创建如图 9-291 所示的钣金件，然后保存零件名为"zhijia"。创建过程如图 9-292～9-304 所示。

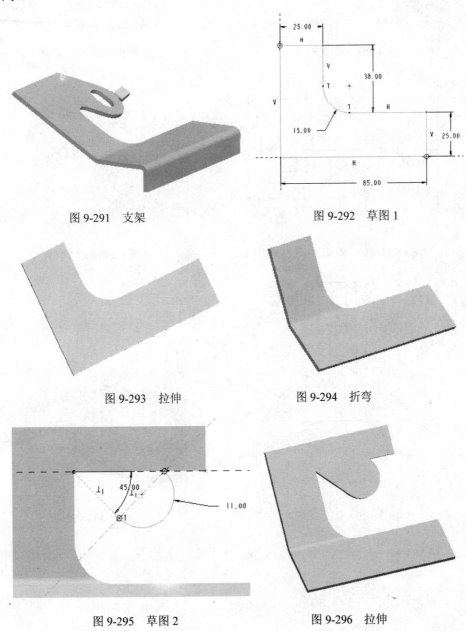

图 9-291 支架　　　　　　　　　　图 9-292 草图 1

图 9-293 拉伸　　　　　　　　　　图 9-294 折弯

图 9-295 草图 2　　　　　　　　　图 9-296 拉伸

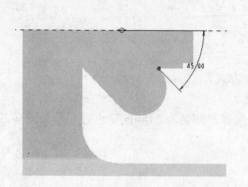

图 9-297　草图 3

图 9-298　拉伸切除

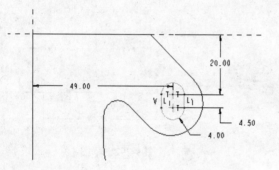

图 9-299　草图 4

图 9-300　拉伸切除

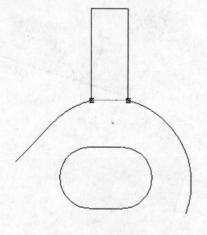

图 9-301　草图 5

图 9-302　拉伸

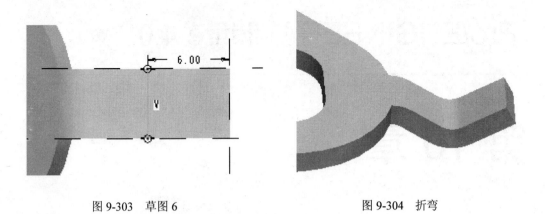

图 9-303　草图 6　　　　　　　　　　　　　　　图 9-304　折弯

操作提示：使用拉伸壁、折弯等命令。

第 10 章

实体装配

在 Pro/ENGINEER Wildfire 中，设计的单个零件需要通过装配的方式形成组件，组件是通过一定的约束方式将多个零件合并到一个文件中。元件之间的位置关系可以进行设定和修改，使之满足用户设计的要求。本章将讲述装配零件的过程和元件之间的约束关系。最后还讲述了爆炸图的生成，使元件之间的位置关系更能清晰地表现出来。

内容要点

- ✧ 装配过程
- ✧ 装配约束
- ✧ 爆炸图

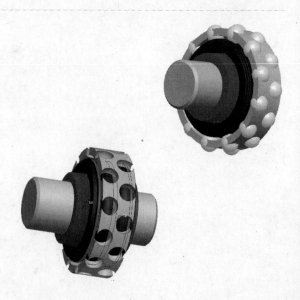

10.1 概述

10.1.1 装配功能

装配模式有以下几个功能。

- 把零件放进装配，装配零件元件和子装配构成一个装配。
- 零件修改，包括特征构造。
- 修改装配放置偏距，创建及修改装配的基准平面、坐标系、剖面视图。
- 构造新的零件，包括镜像零件。
- 运用"移动"（Move）和"复制"（Copy）创建零件。
- 构造钣金件。
- 创建可互换的零件自动更换零件，创建在装配零件下贯穿若干零件的装配特征。
- 用"族表"（Family Table）建立装配图族。
- 生成装配的分解视图。
- 装配分析，获取装配工程信息，执行视图和层操作，创建参照尺寸和操作界面。
- 删除或替换装配元件。
- 简化装配图。

通过"程序"设计用户可以根据提示来更改模型的生成效果。

10.1.2 装配界面

进入 Pro/ENGINEER Wildfire 系统后，单击"文件"→"新建"命令，系统打开如图 10-1 所示的"新建"对话框，选中"组件"单选按钮，然后指定文件名，系统默认扩展名为.asm。在弹出的第二个对话框中选择 mmns_asm_design，如图 10-2 所示，单击"确定"按钮。

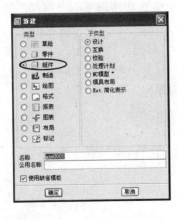

图 10-1 "新建"对话框　　　　图 10-2 "新文件选项"对话框

系统自动进入装配模式，并在绘图区自动创建 3 个基准平面（ASM_RIGHT、ASM_TOP、ASM_FRONT）和一个坐标系（ASM_DEF_CSYS）。新版本装配模式下的系统菜单栏与 Pro/ENGINEER 2001 版基本相同。不同的是 Wildfire 版完全取消了菜单管理器，菜单管理器下的"装配"（Assembly）菜单项分别分配到了"编辑"、"插入"、"视图"等菜单栏中，同时在绘图区右侧添加了几个常见的图标按钮，如将元件添加到装配按钮💾、在装配模式下创建元件按钮🗐。装配模式下的系统菜单栏与零件模式大体相同，只是多了一个"特征或元件的再生"按钮🗐。

10.1.3 组件模型树

如图 10-3 所示，在"模型树"窗口内显示了组件的一个图形化、分层的表示。"模型树"的节点表示构成组件的子组件、零件和特征。图标或符号提供了其他信息，可以双击元件名称以放大或缩小树显示。

图 10-3 组件模型树

模型树可用作选择工具，从各种元件和特征操作中迅速标识并选取对象。另外，系统定义信息栏可用于显示"模型树"中有关元件和特征的信息。当顶级组件处于活动状态时，可通过如图 10-4 所示的"模型树"的右击快捷菜单来直接访问下列"组件"操作。

（1）修改组件或组件中的任意元件。

（2）打开元件模型。

（3）重定义元件约束。

（4）重定义参照、删除、隐含、恢复、替换和阵列元件。

（5）创建、装配或包含新元件。

（6）创建装配特征。

（7）创建注释（有关其他信息，参阅"基础帮助"）。

（8）控制参照。

（9）访问模型和元件信息。

（10）重定义所有元件的显示状态。

（11）重定义单个元件的显示状态。

（12）固定打包元件的位置。

（13）更新收缩包络特征。

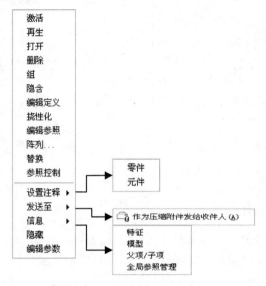

图 10-4　模型树右击快捷菜单

注意： 只有当系统中不存在其他活动操作时，才可以从"模型树"窗口调用操作。而且，当子模型是活动的时候，在没有活动模型的项目上只能进行"编辑"、"隐藏/取消隐藏"及"信息"等操作。

10.2　创建装配体

10.2.1　创建装配图

如果要创建一个装配体模型，首先要创建一个装配体模型文件。单击"文件"→"新建"命令或者单击 按钮，打开如图 10-5 所示的"新建"对话框。在该对话框中"类型"选项组下选中"组件"单选按钮，然后在"子类型"选项组下选中"设计"单选按钮。然后在"名称"文本框中输入新建文件的名称 example1，如图 10-5 所示。

因为前面已经设置了默认模板，因此这里可以直接使用默认模板，然后单击"确定"按钮进入组件设计环境，此时在图形区有 3 个默认的基准平面，如图 10-6 所示。这 3 个基准平面相互垂直，是默认的装配基准平面，用来作为放置零件时的基准，尤其是第一个零件。

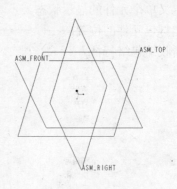

图 10-5　"新建"对话框　　　　　图 10-6　默认的基准平面

10.2.2　进行零件装配

零件装配的具体操作步骤如下。

❶ 建立一个组件类型的新文件，文件名称为 lianzhouqi.asm，然后进入装配环境。单击"插入"→"元件"→"装配"命令或者单击工具栏上的 按钮打开如图 10-7 所示的"打开"对话框。

图 10-7　"打开"对话框

❷ 从光盘上 yuanwenjian\ch10\zhuchen 中选择第一个要插入的元件，这里选择"zuotao.prt"文件，然后单击"打开"按钮则可以将该元件添加到当前的装配模型中，如图 10-8 所示。

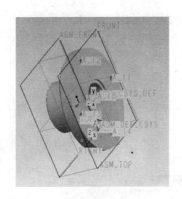

图 10-8 插入第一个零件

③ 单击约束类型下拉列表框，从中选择约束类型"默认"，如图 10-9 所示。然后单击操控板中的☑按钮，将该零件在系统的默认位置固定。

④ 再次单击"插入"→"元件"→"装配"命令或者单击工具栏上的按钮，打开"文件打开"对话框，并在光盘相应位置打开"youtao.prt"文件，结果如图 10-10 所示。其中新添加的零件处于加亮显示，表示该零件还处于未固定状态。

图 10-9 约束类型列表框   图 10-10 添加第二个零件

⑤ 单击操控板上的"放置"按钮，弹出如图 10-11 所示的放置上滑面板，在该上滑面板中左侧是约束管理器，右侧是约束类型和状态显示。

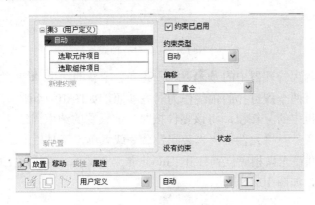

图 10-11 "放置"上滑面板

❻ 在"约束类型"下拉列表中选择"匹配"选项，然后选择组件上的匹配平面和元件上的匹配平面，这时零件就会按照约束的类型将零件移动到相应的位置，如图 10-12 所示。

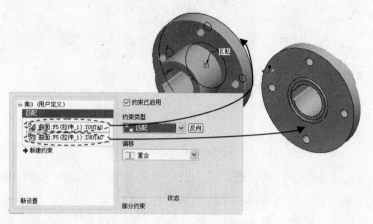

图 10-12　选择匹配平面

❼ 单击约束管理器中的 ➡**新建约束**，建立一个新的约束，这时约束类型显示为"自动"，通过单击其右侧的✔按钮从弹出的下拉列表中选择"对齐"方式。然后单击✏按钮将基准轴显示开关打开，然后选择两个零件的旋转中心线作为对齐的参照，则新添加的零件就会移动到相应的位置，如图 10-13 所示。

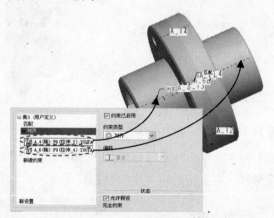

图 10-13　选择对齐轴线

❽ 再次单击约束管理器中的 ➡**新建约束**建立一个新的约束，并将约束类型修改为"对齐"方式，然后选择两个螺钉孔的轴线作为对齐参照，如图 10-14 所示。

❾ 单击操控板中的✔按钮，将该零件按照当前设置的约束固定在当前的位置。

❿ 单击"插入"→"元件"→"装配"命令或者单击工具栏上的📷按钮，打开"文件打开"操控板，并在光盘相应位置打开"luoding.prt"文件，并按照上面所属的过程将其固定到合适的位置，如图 10-15 所示。

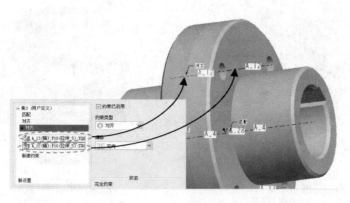

图 10-14　添加新的约束

⑪　单击"插入"→"元件"→"装配"命令或者单击工具栏上的 ⚿ 按钮，打开"文件打开"操控板，并在光盘相应位置打开"luomu.prt"文件，并按照上面所属的过程将其固定到合适的位置，如图 10-16 所示。

图 10-15　添加螺钉　　　　　图 10-16　添加螺母

⑫　在模型树中选择"luoding.prt"，然后单击工具栏中的阵列按钮 ▦，选择阵列类型为"轴"，并从模型中选取两个轴承套的中心轴作为阵列基准轴，并设置操控板中的选项，如图 10-17 所示。

图 10-17　操控板设置

⑬　设置完成后单击操控板上的完成按钮 ✓，阵列结果如图 10-18 所示。

⑭　在模型树中选择"luomu.prt"，然后单击工具栏上面的阵列按钮 ▦，选择阵列类型为"轴"，并从模型中选取两个轴承套的中心轴作为阵列基准轴，操控板设置与螺钉阵列相同，阵列结果如图 10-19 所示。至此整个连轴器的装配完成。

图 10-18　阵列螺钉

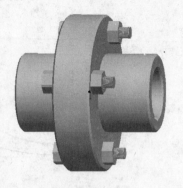

图 10-19　阵列螺母

10.3　装配约束

　　Pro/ENGINEER 系统一共提供了 9 种装配约束关系，其中最常用的是"匹配"（又称为"贴合"）、"对齐"、"插入"和"坐标系"，下面分别详述这些装配约束关系。

10.3.1　匹配

　　匹配约束关系是指两个面贴合在一起，两个面的垂直方向互为反向，如图 10-20 所示。匹配约束关系使用的具体操作步骤如下。

　　❶ 在 Pro/ENGINEER 系统中新建一个零件，名称为"assemble1"，零件尺寸如图 10-21 所示。

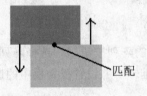

图 10-20　匹配约束关系

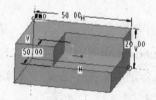

图 10-21　生成零件 1

　　❷ 在 Pro/ENGINEER 系统中新建一个零件，名称为"assemble2"，零件尺寸如图 10-22 所示。

　　❸ 在 Pro/ENGINEER 系统中新建一个装配设计环境，使用系统默认的名称；单击"工程特征"工具栏中的 按钮，系统打开"文件打开"对话框，选取第 1 步生成的零件"assemble1"，系统将此零件调入装配设计环境，同时打开"元件放置"操控板，如图 10-23 所示。

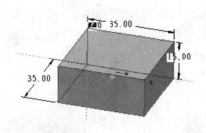

图 10-22　生成零件 2

图 10-23　"元件放置"操控板

❹　此时的待装配元件和组件在同一个窗口显示,单击"单独的窗口显示元件" 按钮,系统打开一个新的设计环境显示待装配元件,此时原有的设计环境中仍然显示待装配元件;单击"组件的窗口显示元件" 按钮,将此命令设为取消状态,则在原有的设计环境中将不再显示待装配元件,这样待装配元件和装配组件分别在两个窗口显示,以下的装配设计过程就使用这种分别显示待装配元件和装配组件的装配设计环境。

❺　保持"约束类型"选项中的"自动"类型不变,单击装配组件中的 ASM_FRONT 基准面,然后单击待装配元件中的 FRONT 基准面,此时"元件放置"操控板中的约束类型变为"对齐"类型,如图 10-24 所示。

❻　重复步骤❹,将 ASM_RIGHT 基准面和 RIGHT 基准面对齐,ASM_TOP 基准面和 TOP 基准面对齐,此时"放置状态"子项中显示"完全约束",表示此时待装配元件已经完全约束好;单击"元件放置"操控板中的"确定"命令,系统将 assemble1 零件装配到组件装配环境中,如图 10-25 所示。

图 10-24　对齐约束

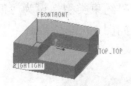

图 10-25　将零件装入装配环境

❼　单击"工程特征"工具栏中的 按钮,系统打开"文件打开"对话框,选取 assemble2 零件,系统将此零件调入装配设计环境,同时打开"元件放置"操控板,将"约束类型"设置为"匹配"类型,然后分别单击待装配元件和装配组件中的面,如图 10-26 所示。

⑧ 将待装配元件和装配组件的面按如图 10-27 所示的数字"匹配"在一起。

⑨ 单击"元件放置"操控板中的✓按钮，系统将 assemble2 零件装配到组件装配环境中，如图 10-28 所示。

图 10-26 选取匹配装配特征

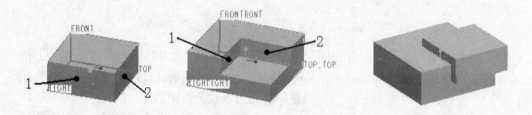

图 10-27 再选取匹配装配特征   图 10-28 将零件装配到装配环境

⑩ 匹配约束关系也可以偏移（Offset）一段距离，成为匹配偏移约束关系，使用方法和匹配约束关系类似，只要在"元件放置"工具栏中设定相应的偏移距离即可，在此不再赘述；在"设计树"浏览器中将 assemble2 元件删除，保留当前设计对象，下一小节将继续使用。

10.3.2 对齐

对齐约束关系是指两个面相互对齐在一起，两个面的垂直方向为同向；也可以使用对齐约束关系使两个圆弧或圆的中心线成一条直线，如图 10-29 所示。对齐约束关系使用的具体操作步骤如下。

❶ 继续使用上一节的设计对象，单击"工程特征"工具栏中的🔲按钮，系统打开"文件打开"对话框，选取 assemble2 零件，系统将此零件调入装配设计环境，同时打开"元件放置"操控板，将此对话框中的"约束类型"设为"匹配"类型，然后使用鼠标分别单击待装配元件和装配组件中的面，如图 10-30 所示。

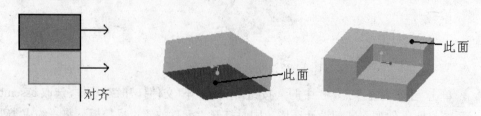

图 10-29 对齐约束关系   图 10-30 选取匹配装配特征

② 将待装配元件和装配组件的面按如图 10-31 所示的数字"对齐"在一起。

③ 单击"元件放置"操控板中的 ✓ 按钮，系统将 assemble2 零件装配到组件装配环境中，如图 10-32 所示。

 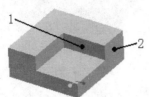 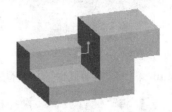

图 10-31　再选取对齐装配特征　　　　图 10-32　将零件装配到装配环境

④ 对齐约束关系也可以偏移一段距离，成为对齐偏移约束关系，使用方法和"对齐"约束关系类似，只要在"元件放置"工具栏中设定相应的偏移距离即可，在此不再赘述；关闭当前设计环境并且不保存设计环境中的对象。

10.3.3　插入

插入约束关系是指轴与孔的配合，即将轴插入到孔中。插入约束关系使用的具体操作步骤如下。

① 利用已有的 assemble1 和 assemble2 零件，分别添加如图 10-33 所示的轴和孔。其中，assemble1 零件上添加的轴的直径为 8.00，高度为 20.00，定位尺寸都为 15.00；assemble2 零件上添加的孔的直径为 8.00，贯穿整个零件，定位尺寸都为 15.00。

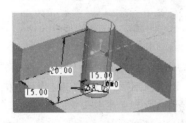 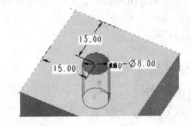

图 10-33　添加圆柱特征及孔特征

② 在 Pro/ENGINEER 系统中新建一个装配设计环境，装配体名称为 asm1；单击"工程特征"工具栏中的 按钮，打开"文件打开"对话框，选取步骤①生成的零件 assemble1，系统将此零件调入装配设计环境，同时打开"元件放置"操控板，按照 10.3.2 小节步骤④和⑤的方法，将 assemble1 装配到空的装配设计环境中，如图 10-34 所示。

③ 单击"工程特征"工具栏中的 按钮，系统打开"文件打开"对话框，选取步骤①生成的零件 assemble2，系统将此零件调入装配设计环境，同时打开"元件放置"操控板，将"约束类型"设为"匹配"类型，然后分别单击待装配元件和装配组件中的面，如图 10-35 所示。

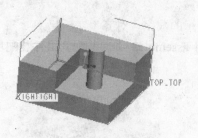

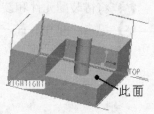

图 10-34　将零件装入到空装配环境　　　　　　图 10-35　选取匹配装配特征

❹ 将"元件放置"操控板中的"约束类型"设为"插入"类型，然后分别单击待装配元件和装配组件如图 10-36 所示的位置。

❺ 单击"元件放置"操控板中的✔按钮，系统将 assemble2 零件装配到组件装配环境中，如图 10-37 所示。

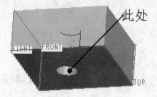
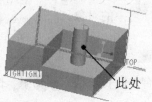
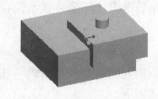

图 10-36　选取插入特征　　　　　　　　　　图 10-37　将零件装配的装配环境

10.3.4　坐标系

坐标系约束关系是指利用坐标系重合方式，即将两坐标系的 X、Y 和 Z 重合在一起，将零件装配到组件，在此要注意 X、Y 和 Z 的方向。坐标系约束关系使用的具体操作步骤如下。

❶ 继续使用上一节的设计对象，单击"基准特征"工具栏中的"基准坐标系"✶按钮，然后单击当前设计环境中的默认坐标系 PRT_CSYS_DEF，设计环境中出现一个坐标系并显示其相对于默认坐标系的偏移值，如图 10-38 所示。

❷ 分别单击 X、Y 和 Z 的偏移值，将其值分别修改为 20.00、10.00 和 20.00，如图 10-39 所示。

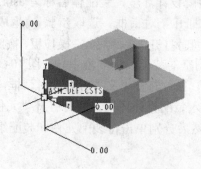
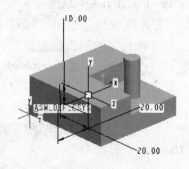

图 10-38　生成预览坐标系　　　　　　　　图 10-39　平移坐标系

③ 单击"坐标系"对话框中的"确定"命令，系统生成此坐标系，名称为 ACS0，如图 10-40 所示。

④ 单击"工程特征"工具栏中的 按钮，系统打开"文件打开"对话框，选取零件 assemble2，系统将此零件调入装配设计环境，同时打开"元件放置"操控板，将"约束类型"设为"坐标系"类型，然后分别单击待装配元件的默认坐标系和装配组件中上一步添加的坐标系，单击"元件放置"工具栏中的 按钮，系统将 assemble2 零件装配到组件装配环境中，如图 10-41 所示。

> 注意：使用"坐标系"约束方式时，一定要仔细注意坐标系 X、Y 和 Z 轴及其方
>   向。

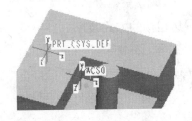

图 10-40　生成坐标系

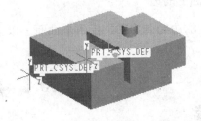

图 10-41　通过坐标系装配好零件

10.3.5　自动

使用自动约束时，用户只需要选取元件和组件上的参照，系统就会自动给出适当的约束。这种方式是系统默认的约束方式。一般情况下，自动方式只适用于比较简单的装配，对于复杂的装配常常会出现失误。表 10-1 显示了系统如何定义最佳猜测约束类型，以使选定的参照与另一个参照匹配。

表 10-1　系统的自动约束

用户选取的参照类型	系统匹配的参照类型
平面/曲面	用于"配对"或"对齐"的平面或曲面
轴	用于"对齐"的轴（可能是线性边）
坐标系	用于"对齐"的坐标系
旋转曲面	用于"插入"的旋转曲面
圆柱	用于"插入"的旋转曲面，用于"相切"的圆柱、球面或平面
圆锥面	用于"插入"的旋转曲面，用于"配对"的圆锥面

10.3.6 其他约束方式

1．相切

相切约束关系是指两个曲面以相切的方式装配。

2．线上点

线上点约束关系是指两个曲面以某一线上点相接的方式装配。

3．曲面上的点

曲面上的点约束关系是指两个曲面上以某一点相接的方式装配。

4．曲面上的边

曲面上的边约束关系是指两个曲面上以某一边相接的方式装配。

10.4　爆炸图

10.4.1　关于爆炸图

组件的爆炸图也称为分解视图，是将模型中每个元件与其他元件分开表示。使用"视图管理器"中的"分解"命令可创建分解视图。分解视图仅影响组件外观，设计意图以及装配元件之间的实际距离不会改变。可创建分解视图来定义所有元件的分解位置。

可以为每个组件定义多个分解视图，随时使用任意一个已保存的视图。还可以为组件的每个绘图视图设置一个分解状态。每个元件都具有一个由放置约束确定的默认分解位置。默认情况下，分解视图的参照元件是父组件（顶层组件或子组件）。

10.4.2　新建爆炸图

在组件环境下如果要建立爆炸图，单击"视图"→"分解"→"分解视图"命令来建立，如图 10-42 所示。

❶ 打开 10.2.2 节建立的组件文件 "lianzhouqi.asm"，如图 10-43 所示。

图 10-42　分解菜单

图 10-43　打开装配图

❷ 单击"视图"→"分解"→"分解视图"命令，系统就会根据使用的约束产生一个默认的分解视图，如图 10-44 所示。

图 10-44　默认的分解视图

10.4.3　编辑爆炸图

默认的分解视图产生非常简单，但是默认的分解视图通常无法贴切地表现出各个元件之间的相对位置，因此常常需要通过编辑元件位置来调整爆炸图。要编辑爆炸图，单击"视图"→"分解"→"编辑位置"命令，打开如图 10-45 所示的"分解位置"对话框。

在"分解位置"对话框中提供了 4 种运动类型，如下所述。

（1）平移：使用"平移"移动元件时，可以通过平移参照设置移动的方向，平移的运动参照有 6 类，如图 10-46 所示。

图 10-45　"分解位置"对话框　　　图 10-46　运动参照

（2）复制位置：在多个元件具有相同的分解位置时，某一个元件的分解方式可以复制到其他元件上。这样就可以先处理好一个元件的分解位置，然后使用复制位置功能就可以将其他元件位置进行设定。

（3）默认分解：将元件的位置恢复到系统默认分解的情况。

（4）重置：将元件位置恢复到装配状态，取消分解。

在"分解位置"对话框中选择"平移"类型，并选取"视图平面"作为运动参照来设置运动的方向。完成后选取图 10-44 中的一个螺钉并将其拖动到新位置，结果如图 10-47 所示。

然后从"分解位置"对话框中选择"复制位置"类型，并单击该对话框中的"优先选项"按钮，打开"优先选项"对话框，并从中选中"移动多个"复选框，如图 10-48 所示。

图 10-47　移动一个螺钉　　　　　图 10-48　"优先选项"对话框

　　单击"关闭"按钮关闭"优先选项"对话框，并从绘图区选取刚才移动的螺钉作为复制位置的源对象，然后按住 Ctrl 键选择其他螺钉，选取完成后按回车键进行复制操作，结果如图 10-49 所示。然后单击"分解位置"对话框中的"确定"按钮。

图 10-49　复制位置结果

10.4.4　保存爆炸图

　　建立爆炸视图后，如果想在下一次打开文件时还可以看到相同的爆炸图，就需要对产生的爆炸视图进行保存。首先单击 ▣ 按钮或者单击"视图"→"视图管理器"命令打开"视图管理器"对话框，然后切换到"分解"选项卡，如图 10-50 所示。

　　在该对话框中单击"新建"按钮，由于前面对默认爆炸图的位置进行了调整，因此弹出如图 10-51 所示的对话框，让用户选择是否保存修改的状态。

图 10-50　"视图管理器"对话框　　图 10-51　"已修改的状态保存"对话框

在该对话框中单击"是"按钮则可弹出"保存显示元素"对话框，如图 10-52 所示。选取"默认分解"选项并单击其中的"确定"按钮即可弹出如图 10-53 所示的"更新默认状态"对话框，如果选取其他选项则直接进入如图 10-54 所示的对话框。

图 10-52　"保存显示元素"对话框　　图 10-53　"更新默认状态"对话框　图 10-54　输入名称

在图 10-54 所示的对话框中输入爆炸图的名称，默认的名称是 Exp000#。其中，"#"是按顺序编列的数字。然后单击"关闭"按钮即可完成爆炸图的保存。

10.4.5　删除爆炸图

可以将生成的爆炸图恢复到没有分解的装配状态。要将视图返回到以前未分解的状态，可以单击"视图"→"分解"→"取消分解视图"命令恢复到没有分解的装配状态。

10.5　综合实例——手压阀装配

本例安装手压阀，如图 10-55 所示。首先分别安装手柄和球头，调节螺母和弹簧。再安装阀体和阀杆，继续安装锁紧螺母、销钉得到最终模型。

实讲实训
多媒体演示

多媒体演示参见配套光盘中的\\动画演示\第 10 章\手压阀装配.avi。

图 10-55　手压阀

❶ 单击工具栏中的"新建文件"按钮，在弹出的新建对话框的"类型"区域中选中"零件"单选按钮，在"名字"文本框中输入 shouyafa，再在"子类型"区域中选择"实

体"，取消选中"使用默认模板"复选框，单击"确定"按钮加以确认，在使用模板中选择 mmns_part_solid，即可新建一个零件。

② 单击工具栏上的 按钮，打开"文件打开"对话框，从光盘 yuanwenjian\ch10\ shouyafa 中 tiaojieluomu.prt 元件。打开"元件放置"操控板，单击 ✔ 按钮放置元件。

③ 单击工具栏上的 按钮，打开"文件打开"对话框，选择 tanhuang.prt 元件。打开"元件放置"操控板，选择"自动"约束类型。选择调节螺母的内圆台面和弹簧上的平面作为匹配曲面。在对话框的"约束"部分，更改前面创建的对齐约束为匹配约束。

④ 单击"新建约束"按钮。选择"自动"约束类型，再选择调节螺母的基准面 TOP 和弹簧的基准面 TOP 作为对齐曲面，选择"对齐"和"重合"作为约束类型和偏移。

⑤ 单击"新建约束"按钮。选择"自动"约束类型，再选择调节螺母的基准面 RIGHT 和弹簧的基准面 RIGHT 作为对齐曲面。

⑥ 选择"对齐"和"重合"作为约束类型和偏移。当元件完全约束时，单击对话框中的"确定"按钮 ✔，如图 10-56 所示。

⑦ 单击工具栏上的 按钮，打开"文件打开"对话框，选择 shoubin.prt 元件。打开"元件放置"操控板，单击 ✔ 按钮放置元件。

⑧ 单击工具栏上的 按钮，打开"文件打开"对话框，选择 qiutou.prt 元件。

⑨ 打开"元件放置"操控板，按照如下顺序添加约束类型。

匹配：匹配手柄尾部的台面和球头的端面。

插入：把手柄尾部的螺杆插入球头的孔。

⑩ 当元件完全约束时，单击对话框中的"确定"按钮 ✔，如图 10-57 所示。

图 10-56 形成配合 　　　　　图 10-57 零件的装配

⑪ 单击工具栏上的 按钮，打开"文件打开"对话框，选择 fati.prt 元件。打开"元件放置"操控板，单击 ✔ 按钮放置元件。

⑫ 单击工具栏上的 按钮，打开"文件打开"对话框，选择 fagan.prt 元件。

⑬ 打开"元件放置"操控板，按照如下顺序添加约束类型。

匹配：匹配阀杆的外表斜面和阀体的内腔斜面。

插入：把阀杆插入阀体的内腔。

⑭ 当元件完全约束时，单击 ✔ 按钮，效果如图 10-58 所示。

⑮ 单击工具栏上的 按钮，打开"文件打开"对话框，选择 jiaodian.prt 元件。

⑯ 打开"元件放置"操控板，按照如下顺序添加约束类型。

匹配：匹配阀体的下端面和胶垫的上端面。

插入：选择阀体的内腔轴曲面和胶垫的圆柱面。

⑰ 当元件完全约束时，单击 ✔ 按钮，效果如图 10-59 所示。

   图 10-58 零件的装配   图 10-59 设置胶垫约束

⑱ 单击工具栏上的 🖱 按钮，打开"文件打开"对话框，选择 shoubin.prt 元件。

⑲ 打开"元件放置"操控板，按照如下顺序添加约束类型。

匹配：匹配手柄连接处的侧面和阀体上端连接处的侧面。

插入：选择手柄连接处的孔和阀体上端连接处的孔。

⑳ 当元件完全约束时，单击 ✔ 按钮，效果如图 10-60 所示。

㉑ 单击工具栏上的 🖱 按钮，打开"文件打开"对话框，选择 shuojingluomu.prt 元件。

㉒ 打开"元件放置"操控板，按照如下顺序添加约束类型。

匹配：匹配锁紧螺母下端面和阀体上端面。

插入：选择锁紧螺母螺杆和阀体上端孔。

㉓ 当元件完全约束时，单击 ✔ 按钮，效果如图 10-61 所示。

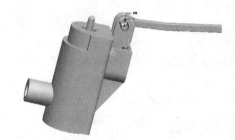 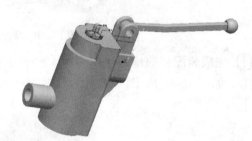

   图 10-60 设置手柄约束   图 10-61 设置手柄螺母约束

㉔ 单击工具栏上的 🖱 按钮，打开"文件打开"对话框选择 tiaojieluomu.prt 元件。

㉕ 打开"元件放置"操控板，按照如下顺序添加约束类型。

匹配：匹配调节螺母上端面和胶垫下端面。

插入：选择调节螺母螺杆和阀体下端孔。

㉖ 当元件完全约束时，单击 ✔ 按钮，效果如图 10-62 所示。

图 10-62　设置调节螺母约束

㉗ 单击工具栏上的 按钮，打开"文件打开"对话框，选择 xiaoding.prt 元件。

㉘ 打开"元件放置"操控板，按照如下顺序添加约束类型。

匹配：匹配销钉的圆台面和阀体上端连接处的侧面。

插入：选择销钉杆和阀体上端连接处的孔。

㉙ 当元件完全约束时，单击"按钮 ✔，如图 10-63 所示。

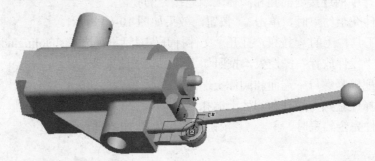

图 10-63　设置销钉约束

㉚ 完成装配后的模型如图 10-64 所示。对装配体进行颜色添加，使装配体的零件更突出，如图 10-65 所示。

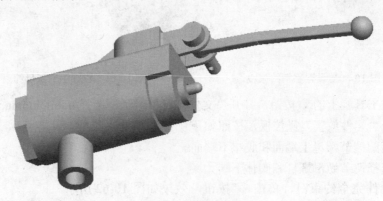

图 10-64　完成装配

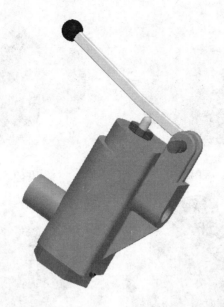

图 10-65　颜色显示

10.6　复习思考题

1．Pro/ENGINEER 提供了几种装配方式？

2．Pro/ENGINEER 提供了几种装配约束？

3．如何自定义装配体爆炸状态时各零件的位置？

4．新建一个装配环境，名为 zhoucheng，然后依次装入零件 zhou、zhoutao、neitao、neige、gunzhu、waiquan、dianquan 和 dangquan，总装配图如图 10-66 所示，各零件按顺序装配的分装配图如图 10-67～图 10-74 所示。

图 10-66　轴承　　　　　图 10-67　添加轴

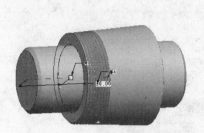

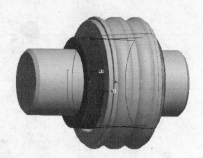

图 10-68　装配轴套　　　　　　　图 10-69　装配内套

图 10-70　装配内隔　　　　　　　图 10-71　装配滚珠

图 10-72　装配外圈　　　　图 10-73　装配垫圈　　　　图 10-74　装配挡圈

第 11 章

工程图绘制

本章导读

　　工程图制作是整个设计的最后环节，是设计意图的表现和工程师、制造师等沟通的桥梁。传统的工程图制作通常是通过纯手工或相关二维 CAD 软件来完成的。制作时间长、效率低。工程图模式具有双向关联性。当在一个视图里改变一个尺寸值时，其他视图也因此全部更新，包括相关三维模型也会自动更新。同样，当改变模型尺寸或结构时，工程图的尺寸或结构也会发生相应的改变。

内容要点

✧ 视图创建
✧ 视图编辑
✧ 工程图尺寸
✧ 表格、图框与模板

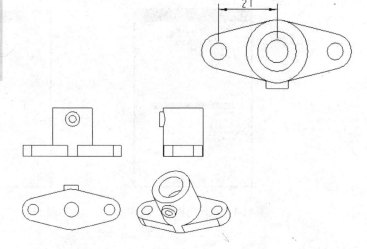

11.1 使用模板创建工程图

新建工程图后，系统将打开"新制图"对话框，用来设置工程图模板，对话框由3部分组成，"默认模型"和"指定模板"两部分位于上部，是固定不变的，下部分内容是可变的，与"指定模板"的选取项有关。

11.1.1 默认模型

默认模型用来设置工程图参照的 3D 模型文件，当系统已经打开一个零件或组件时，系统会自动获取这个模型文件作为默认值；如果没有任何零件和组件打开，用户则需要通过单击"浏览"按钮来搜寻要创建工程图的文件；如果同时打开了多个零件或组件，系统则会以当前激活的零件或组件作为工程图的参照；如果用户没有选取任何文件，系统则会产生一张空白的工程图。

11.1.2 指定模板

"指定模板"选项组共有 3 个选项：使用模板、格式为空、空。

1. 使用模板

选用本选项后，会出现如图 11-1 所示的对话框，其下方有"模板"选项，用户可根据需要来选取模板类型，然后单击"确定"按钮，系统就会自动创建工程图，工程图中包含3 个视图：主视图、仰视图、侧视图。

2. 格式为空

选用本选项后，会出现如图 11-2 所示的对话框，其下方有"格式"选项，用来在工程图上加入图框，包括工程图的图框、标题栏等项目，但是系统不会创建任何视图。用户也可以通过单击"浏览"按钮来搜寻其他的格式文件。完成后单击"确定"按钮。

图 11-1 "使用模板"选项

图 11-2 "格式为空"选项

3. 空

选用本选项后，会出现如图 11-3 所示的对话框，其下方有"方向"和"大小"两个选项组。

图 11-3　"空"选项

方向：纵向、横向、自定义图纸的长与宽。

大小：设置图纸的大小，包括标准大小和自定义大小，只有当"方向"的选项设为"可变"时，才可以自定义图纸的大小。

完成后单击"确定"按钮，系统会创建一张没有图框和视图的空白工程图。

11.2　创建视图

在"工程图"模式下，除了可以用"使用模板"方式创建工程视图外，还有多种视图的创建方法。因为"使用模板"方式只能创建简单的视图，至于剖视图、局部视图、旋转视图、展平摺视图等，则需要使用其他的方法，所以视图的创建是工程图中很重要的一部分，本节将一一介绍各种视图的创建方法。

11.2.1　一般视图与投影视图

如果使用"空"方式创建工程图，第一个放置的视图一定是一般视图，一般视图是所有其他视图的基础，如投影视图、局部视图等，也是唯一可以单独存在的视图类型，下面通过实例来详细讲解创建步骤。

❶ 首先将随书光盘中的 yuanwenjian\ch11\general_projection 目录下的零件复制到当前工作目录下，打开零件 box_down.prt。再单击"文件"→"新建"命令，接着在"新建"对话框选取"绘图"模式，然后指定文件名为 box_drw1。

❷ 系统打开"新制图"对话框，接受默认模型：box_down.prt，在"指定模板"选

项组中选中"空"单选按钮，设置图纸方向为"横向"，大小为 A3，如图 11-4 所示，单击"确定"按钮。

❸ 单击"插入"→"绘图视图"→"一般"命令，或直接单击绘图区顶部工具栏中的 🔧 按钮，系统提示"选取绘制视图的中心点"，在绘图区单击以确定视图放置位置，系统打开"绘图视图"对话框，如图 11-5 所示。不作任何方向设置，直接单击"确定"按钮，将视图放置在工程图右上角。

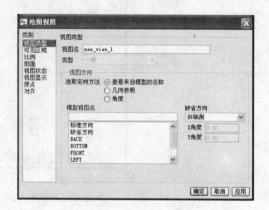

图 11-4　图纸设置　　　　　　　　　　图 11-5　视图类型设置

❹ 单击"插入"→"绘图视图"→"一般"命令，或单击工具栏中的 🔧 按钮，系统提示"选取绘制视图的中心点"，在绘图区单击以确定视图放置位置，系统打开"绘图视图"对话框，在"模型视图名"中选择 FRONT，如图 11-6 所示。单击"确定"按钮，将视图放置在工程图左下角。

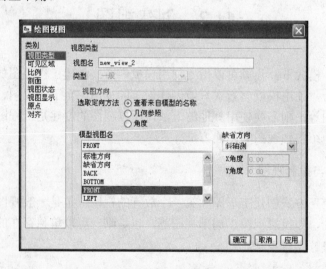

图 11-6　设置属性

❺ 单击"插入"→"绘图视图"→"投影"命令，选取左下角的视图作为投影父视图，再在视图父视图上方单击放置投影视图。采用同样的方法在视图右下角再放置一个投影视图，完成效果如图 11-7 所示。

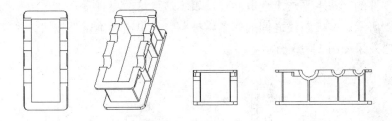

图 11-7　效果图

❻ 创建半视图：单击"插入"→"绘图视图"→"投影"命令，选取左下角的一般视图作为父视图，在工程图左列两个视图之间单击来放置视图，再选取视图，按住右键，从系统打开的下拉菜单中单击"属性"命令，如图 11-8 所示。系统打开"绘图视图"对话框，在"类别"列表框中选择"可见区域"选项，在"视图可见性"下拉列表框中选择"半视图"选项，"半视图参照平面"设置为基准面 RIGHT，如图 11-9 所示，单击"确定"按钮，系统完成半视图创建，完成效果如图 11-10 所示。

❼ 创建破断视图：单击"插入"→"绘图视图"→"投影"命令，选取左上角的投影视图作为父视图，在工程图顶排两视图之间单击来放置视图，再选取视图，右击，从系统打开的下拉菜单中单击"属性"命令。系统打开"绘图视图"对话框，在"类别"列表框中选择"可见区域"选项，在"视图可见性"下拉列表框中选择"破断视图"选项，再单击 ✚ 按钮来添加两条破断线，然后设置"破断线样式"为"视图轮廓上的 S 曲线"，如图 11-11 所示。

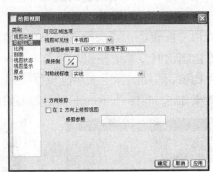

图 11-8　属性操作　　　　　图 11-9　设置属性

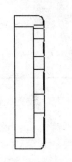

图 11-10　半视图　　　　　图 11-11　设置属性

❽ 在零件的一条水平边上选取两点，表示通过这两点且垂直水平边来创建两条破断线，如 11-12 所示。两破断线之间的线条将被删除，单击"确定"按钮，系统完成破断视图创建，完成效果如图 11-13 所示。

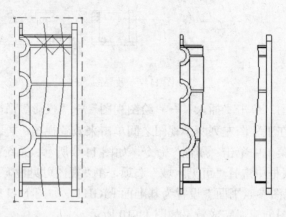

图 11-12　创建拭除区域　　　　　图 11-13　破断视图

❾ 创建局部视图：单击"插入"→"绘图视图"→"一般"命令，或单击工具栏中的 按钮，系统提示"选取绘制视图的中心点"，在工程图右中部单击以确定视图放置位置，系统打开"绘图视图"对话框，在"类别"列表框中选择"可见区域"选项，在"视图可见性"下拉列表框选择"局部视图"选项，在刚才放置的视图上选取一点作为局部视图的中心点，接下来草绘一条封闭的轮廓线来确定局部视图的显示区域，单击鼠标中键完成轮廓线绘制，设置如图 11-14 所示。

❿ 单击"应用"按扭，在"类别"列表框中选择"比例"选项，在"比例和透视图选项"区域选中"定制比例"单选按钮，输入局部视图比例"0.01"，此尺寸比例表示视图与实际模型的尺寸比值，即视图显示大小是模型实际大小的 1%，如图 11-15 所示。单击"确定"按钮，完成效果如图 11-16 所示。工程图效果如图 11-17 所示。

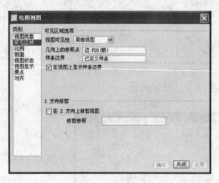 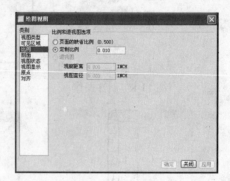

图 11-14　设置属性　　　　　　　图 11-15　设置比例

比例 0.010

图 11-16　局部视图

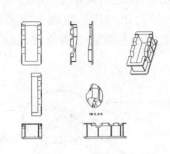

图 11-17　工程图

11.2.2　辅助、旋转与详图视图

当零件有斜面时，使用正投影将不能直观地表示其形状，如果以垂直斜面的方向进行投影，这样的视图效果就比较直观，这种视图称为辅助视图；旋转视图是绕切割平面旋转90°并沿其长度方向偏距的剖视图，视图是一个区域截面，仅显示被切割平面所通过的实体部分；对于零件中细小或复杂的部位，可以适当放大以便清楚地表达其形状，这种视图称为详图视图。

❶ 首先将随书光盘中的 yuanwenjian\ch11\aux_det_rev 目录下的零件复制到当前工作目录下，打开零件 part1.prt，接着在"新建"对话框中选取"绘图"模式，然后指定文件名为 part1_drw1。

❷ 系统打开"新制图"对话框，接受默认模型 PART1.PRT，在"指定模板"选项组中选中"空"单选按钮，设置图纸方向为"横向"，大小为 A3，单击"确定"按钮。

❸ 单击"插入"→"绘图视图"→"一般"命令，或单击工具栏中的 按钮，系统提示"选取绘制视图的中心点"，在绘图区单击以确定视图放置位置，系统打开"绘图视图"对话框，在"模型视图名"列表中选择 FRONT 选项，如图 11-18 所示，单击"确定"按钮，将视图放置在工程图左下角。

❹ 创建辅助视图：单击"插入"→"绘图视图"→"辅助"命令，系统接着提示选取轴线基准平面作为投影方向，选取如图 11-19 箭头所指的边作为参考边，在一般视图的右上方选取视图放置中心。完成视图如图 11-20 所示。

图 11-18　属性设置

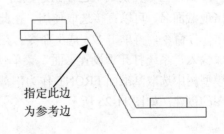

指定此边
为参考边

图 11-19　参考边设置

❺ 创建详图视图：单击"插入"→"绘图视图"→"详细"命令，系统提示"在

一现有视图上选取要查看细节的中心点",在如图 11-20 箭头所指的中心点处单击鼠标左键,再草绘一条封闭的样条曲线来定义详图视图的轮廓,单击鼠标中键结束样条曲线的绘制,在辅助视图左方适当的位置选取视图放置中心。完成效果如图 11-21 所示。

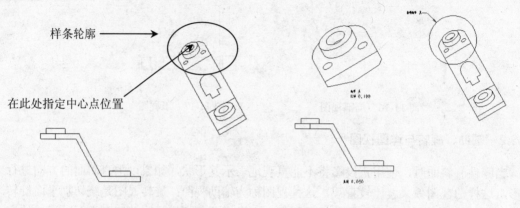

图 11-20 辅助视图   图 11-21   工程图布局

❻ 创建旋转视图:单击"插入"→"绘图视图"→"旋转"命令,选取右上角的辅助视图作为父视图,接着在适当的位置选取视图的放置中心点,系统打开"绘图视图"和"剖截面创建"菜单管理器,如图 11-22 和 11-23 所示。

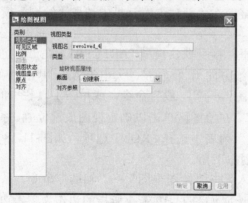

图 11-22 属性设置   图 11-23   剖截面设置

❼ 如果在零件模式下已经创建截面,在"绘图视图"对话框上的"截面"下拉列表中会出现截面名,可以直接选取使用。在此首先创建一个截面,单击图 11-23 中的"平面"→"单一"命令,再单击"完成"命令,在绘图区下方输入截面名称"sec1",单击鼠标中键完成输入,系统打开"设置平面"菜单管理器,如图 11-24 所示。单击"平面"命令,再在模型树中选取基准面 FRONT 作为剖截面,单击"绘图视图"对话框上的 确定 按钮完成视图的创建,如图 11-25 所示。

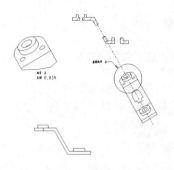

图 11-24　"设置平面"菜单　　　　　　　图 11-25　工程图布局

注意：在零件模式下创建剖截面，单击"视图"→"视图管理器"命令，系统打开
　　　"视图管理器"对话框，如图 11-26 所示。单击 X 截面 标签→| 新建 按钮
　　　来创建剖截面，输入剖截面名称，再单击鼠标中键，系统打开如图 11-27
　　　所示的对话框，接下来可以根据不同的方式来生成剖截面。

图 11-26　视图管理器　　　图 11-27　剖截面创建

⑧ 创建曲面视图：单击"插入"→"绘图视图"→"投影"命令，选取左下角的一般视图作为父视图，在工程图左列两视图之间单击鼠标左键来放置视图，再选取视图，右击，从系统打开的下拉菜单中单击"属性"命令，系统打开"绘图视图"对话框，在"类别"栏中选择"剖面"选项，在"剖面选项"区域选中"单个零件曲面"单选按钮，在刚才放置的视图上单击鼠标左键选取一个平面，所有设置如图 11-28 所示。单击"确定"按钮，完成曲面视图创建。完成效果如图 11-29 所示。

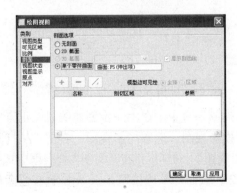　　　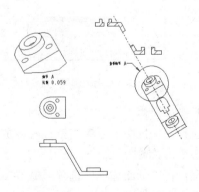

图 11-28　工程图布局　　　　　　　　图 11-29　剖面类型设置

11.2.3 剖视图

剖视图用来显示零件或组件的内部结构，主要有 10 种显示方式，含义如下。

- 完整的：视图显示为全部视图。
- 一半：视图显示为半剖视图。
- 局部：通过绘制边界来显示局部剖视图。
- 全部&局部：同时显示全部剖示图与局部剖示图。
- 全部剖截面：显示剖视图的所有边界。
- 区域剖截面：剖视图只显示截面所经过的实体轮廓。
- 对齐剖截面：显示绕某轴展开的区域剖截面。
- 全部对齐：显示绕某轴展开的完整剖截面。
- 展开剖截面：显示展开的区域剖截面，使剖截面平行于屏幕。
- 全部展开：显示展开的全部剖截面，使剖截面平行于屏幕。

下面通过实例来详细地讲解几种剖视图的具体创建过程。

❶ 首先将随书光盘中的 yuanwenjian\ch11\section 目录下的零件复制到当前工作目录下，打开零件 part1.prt，接着在"新建"对话框中选取"绘图"模式，然后指定文件名为 part1_drw1。

❷ 系统打开"新制图"对话框，接受默认模型"PART1.PRT"，在"指定模板"选项组中选中"空"单选按钮，设置图纸方向为"横向"，大小为 A3，单击"确定"按钮。

❸ 单击"插入"→"绘图视图"→"一般"命令，或直接单击绘图区顶部工具栏中的 按钮，系统提示"选取绘制视图的中心点"，在绘图区单击鼠标左键以确定视图放置位置，系统打开"绘图视图"对话框，在"模型视图名"列表中选择 TOP 选项，如图 11-30 所示。单击 确定 按钮，将视图放置在工程图合适的位置。完成效果如图 11-31 所示。

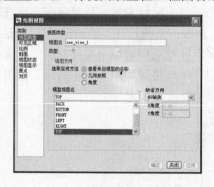

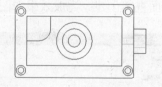

图 11-30　视图方向设置　　　　图 11-31　一般视图

❹ 单击"插入"→"绘图视图"→"投影"命令，在上一步创建的视图正方放置投影视图，再在父视图下方单击鼠标左键放置投影视图。选取投影视图，右击，从打开的快捷菜单中单击"属性"命令，系统打开"绘图视图"对话框，在"类别"列表框中选择"剖面"选项，在"剖面选项"选项区域选中"2D 截面"单选按钮，再单击 ✚ 按钮添加剖截面，指定剖切面名称为"XSEC_FRONT"，剖切区域为"全部"，所有设置如图 11-32 所示。

单击"确定"按钮，系统完成剖视图创建。完成效果如图 11-33 所示。

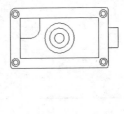

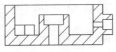

图 11-32   视图类型设置   图 11-33   剖视图

❺   添加箭头：选取剖视图，右击，从快捷菜单中单击"添加箭头"命令，如图 11-34 所示。系统提示"给箭头选出一个截面在其处垂直的视图"，单击鼠标左键选取父视图，完成效果如图 11-35 所示。

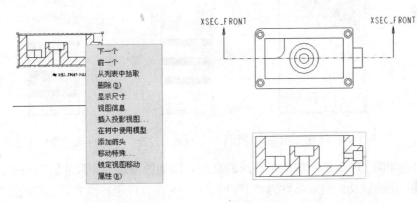

图 11-34   添加箭头   图 11-35   添加箭头效果图

❻   单击"插入"→"绘图视图"→"投影"命令，系统提示"选取投影父视图"，选取一般视图作为父视图，再在父视图左方单击鼠标左键放置投影视图。选取投影视图，右击，在快捷菜单中单击"属性"命令，系统打开"绘图视图"对话框，在"类别"列表框中选择"剖面"选项，在"剖面选项"选项区域选中"2D 截面"单选按钮，"模型边可见性"设置为"区域"，再单击 ➕ 按钮添加剖截面，指定剖切面名称为"XSEC_RIGHT"，剖切区域为"完全"，所有设置如图 11-36 所示。单击"确定"按钮，系统完成剖视图创建。完成效果如图 11-37 所示。

❼   打开零件 part1.prt，单击"视图"→"视图管理器"命令。系统打开"视图管理器"对话框，在 X 截面 选项卡中单击▌新建 按钮创建剖截面，输入剖截面名称 Xsec_alignxsec，如图 11-38 所示。再单击鼠标中键，系统打开"剖截面创建"菜单管理器。

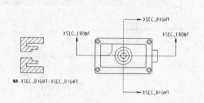

图 11-36　视图类型设置　　　　　　　图 11-37　剖视图

⑧ 在"剖截面创建"菜单管理器中单击"偏距"→"单侧"→"单一"命令，如图 11-39 所示。再单击"完成"命令退出。

⑨ 系统打开"设置草绘平面"菜单管理器，如图 11-40 所示，选取零件的顶面作为草绘平面，如图 11-41 所示。单击鼠标中键或方向菜单中的"正向"命令来确认查看草绘平面的方向，再单击鼠标中键以接受默认的草绘视图参照，关闭"参照"对话框。

图 11-38　创建剖截面　　图 11-39　剖截面设置　　图 11-40　草绘平面设置

⑩ 绘制如图 11-42 所示的两条等长的直线，添加约束条件和尺寸后单击 ✔ 按钮完成草绘，剖截面创建成功。约束条件为点 PNT0、PNT1 在直线上；点 PNT2 和两条直线交点重合。

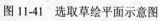
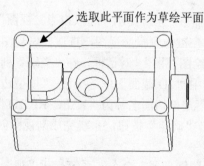
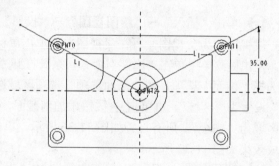

图 11-41　选取草绘平面示意图　　　　图 11-42　绘制剖切线

⑪ 切换并激活工程视图，创建对齐剖截面：单击"插入"→"绘图视图"→"投影"命令，系统提示"选取投影父视图"，选取一般视图作为父视图，再在父视图左方单击鼠标左键放置投影视图。选取投影视图，右击，在快捷菜单中单击"属性"命令，系统打开"绘图视图"对话框，在"类别"选项区域中选择"剖面"选项，在"剖面选项"选项区域中

选中"2D 截面"单选按钮，"模型边可见性"设置为"区域"，再单击 ✚ 按钮添加剖截面，指定剖切面名称为"Xsec_alignxsec"，剖切区域为"完全(对齐)"，系统提示选取轴，零件中心孔的轴线为"A_2 轴"，所有设置如图 11-43 所示。单击"确定"按钮，系统完成剖视图创建，效果如图 11-44 所示（为便于显示，前面创建的两个视图已经删除）。

图 11-43　视图类型设置　　　　　　　图 11-44　投影方向设置

⓬　其他几种视图与前 3 种视图的创建方法基本类似，只是视图外形不一样，在此不一一赘述，图 11-45~图 11-50 列出了其他几种剖视图的显示方式。

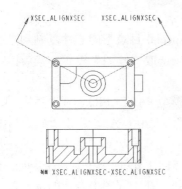

图 11-45　投影+全部+全部（对齐）

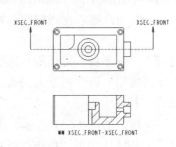

图 11-46　投影+一半+全部

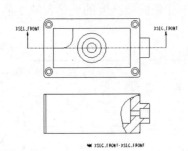

图 11-47　投影+全部+局部

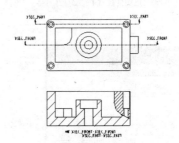

图 11-48　投影+完全+全部+局部

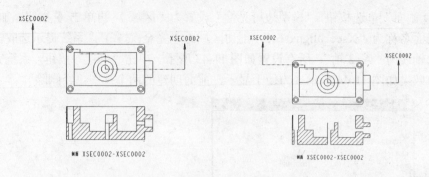

图 11-49　一般+角度+全部+全部（展开）　　图 11-50　一般+角度+区域+全部（展开）

11.2.4　特殊视图

在工程图模块中，还有几种特殊的视图，包括图形视图、展平摺视图和复制与对齐视图等。

1．图形视图

图形视图用来显示零件模式下通过"图形关系"来生成的特征，因此，与工程图关联的 3D 模型中必须有一个或多个"图形"特征。

❶ 首先将随书光盘中的 yuanwenjian\ch11\special 目录下的零件复制到当前工作目录下，打开零件 part1.prt，接着在"新建"对话框中选取"绘图"模式，然后指定文件名为 part1_drw1。

❷ 系统打开"新制图"对话框，接受默认模型 PART1.PRT，在"指定模板"选项区域选中"空"单选按钮，设置图纸方向为"横向"，大小为 A3，单击"确定"按钮。

❸ 首先在工程图中创建一个"一般"视图，完成后单击"插入"→"图形"命令，打开"图形"对话框，如图 11-51 所示。在图 11-51 中 3D 模型中有两个图形：GRAPH 和 PICTURE，选取 GRAPH 图形，单击"确定"按钮，在工程图中合适的位置单击来放置图形视图。

❹ 完成效果如图 11-52 所示，该图形视图中样条曲线高度的变化反映了酒瓶直径的变化趋势。

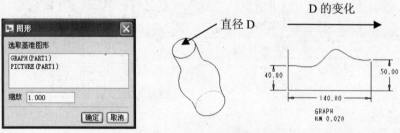

图 11-51　"图形"对话框　　　　　图 11-52　效果图

2．展平摺视图

展平摺视图主要用于通过"复合"方式创建的零件，将零件（如胶板）展成一个平坦的视图，然后标注尺寸。

3. 复制与对齐视图

复制与对齐视图是在一个部分视图中再创建一个或多个部分视图，以便在同一视图方向中有选取性地显示几何模型，并且与父视图之间保持相对位置关系，因此，在创建复制与对齐视图之前，工程图中必须存在部分视图，其创建步骤与局部视图类似。

4. 分解视图

分解视图的参考 3D 模型必须为组件。当为组件创建视图时，可以通过"绘图视图"对话框来设置分解视图：在"类别"列表框中选择"视图状态"选项，在"分解视图"选项区域选中"视图中的分解元件"单选按钮，如图 11-53 所示。

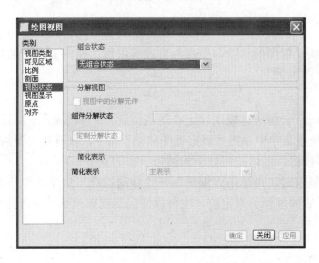

图 11-53　分解视图设置

5. "多模型"视图

"多模型"视图用来在同一工程图中显示两个或两个以上的模型视图。例如，在工程图上同时放置装配图的视图和某个零件的视图，其创建步骤如下。

❶ 单击"文件"→"属性"命令。

❷ 打开"文件属性"菜单管理器，单击"绘图模型"命令，在打开的"DWG 模型"菜单中单击"添加模型"命令，如图 11-54 所示。

❸ 系统弹出"对开"对话框，选取要添加的零件或组件。

❹ 此时"设置模型"变为可用，单击"设置模型"命令或单击绘图区上部的▣按钮，在打开的菜单中选取当前要参照的模型，如图 11-55 所示。

❺ 单击"插入"→"绘图视图"命令，或直接单击绘图区顶部工具栏中的▣按钮，接下来按前面介绍的方法创建相应的视图即可。

图 11-54　"添加模型"命令　　图 11-55　"设置模型"命令

11.3　编辑视图

工程图模块提供了视图的移动、删除与修改等编辑功能，下面详细地讲解这些功能。

11.3.1　移动视图

系统在默认情况下会将所有视图锁定在适当位置，要移动视图，首先要解除视图锁定：在视图上右击，在快捷菜单中单击"锁定视图移动"命令，取消其前面的标记，如图 11-56 所示；或者单击🔒按钮，使该按钮处于未被按下去的状态。

当视图被解开锁定时，可单击"编辑"→"移动特殊"命令，打开"移动特殊"对话框，通过输入 X 和 Y 的坐标值来定位，也可以捕捉到视图上某个点来定位，如图 11-57 所示。

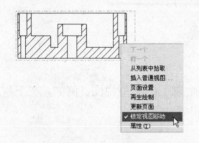 

图 11-56　取消"锁定视图移动"　　　　　　图 11-57　"移动特殊"对话框

如果无意间移动了视图，在移运过程中可按 Esc 键使视图回到初始位置。对于存在父子关系的视图，当移动父视图移动时，所有子视图也会跟着移动，以保持初始的相对位置关系；移动子视图时，父视图会保持不动。

11.3.2　拭除、恢复与删除视图

"拭除"与 3D 模式下"隐含"的功能类似，拭除视图不是永久删除视图，可在任何时候将其恢复，此功能可以提高视图再生和重画的速度。一般拭除视图不会影响其他视图和项目的显示，但是对于与拭除视图相关联的草绘对象或非连接注释，也会一起被隐藏。拭

除与恢复视图的具体操作步骤如下。

❶ 单击"视图"→"绘图显示"→"绘图视图可见性"命令。

❷ 打开"视图"菜单管理器，单击"拭除视图"命令，如图 11-58 所示。选取要拭除的视图，再单击"选取"对话框中的"确定"按钮，最后单击鼠标中键完成。

❸ 恢复视图：在"视图"菜单管理器中单击"恢复视图"命令，选取要恢复的视图，再单击"选取"对话框中的"确定"按钮，最后单击鼠标中键完成。

"删除"与 3D 模式下"删除"的功能类似，是不可恢复的，其操作步骤是：选取要删除的视图，再单击系统菜单中的"编辑"→"删除"命令，或在要删除的视图上右击，在快捷菜单中单击"删除"命令，视图被删除。

图 11-58 "视图"菜单

11.3.3 修改视图

在要修改的视图上双击或右击，在快捷菜单中单击"属性"命令，系统打开"绘图视图"对话框，如图 11-59 所示。

（1）视图类型：设置视图名称；改变视图类型，如将全视图改为半视图，将投影视图改为剖视图等；设置视图方向。

（2）可见区域：用来在全视图、半视图、局部视图和破断视图之间切换；定制样条边界和控制样条的显示与否；设置 Z 方向修剪，Z 修剪是用来处理隐藏线较多的视图，通过隐藏指定平面后的所有几何特征来显示视图，该命令对分解视图、透视图、区域剖视图和展开剖视图无效。

（3）比例：用来设置透视图选项和"一般"视图与"详图"视图的比例，注意视图修改前必须是通过"比例"方式生成的视图。用户也可以通过选取系统菜单中的"编辑"→"数值"命令，再在视图上选取要修改的比例数值，并输入新的比例数值来完成修改比例；或者直接双击比例数值来修改。

（4）视图状态：用来设置分解视图的显示与简化视图的表示。

（5）视图显示：设置视图线型、相切边的显示样式、线条颜色、骨架模型的显示与否、隐藏线的显示与否、焊接剖面的显示与否。

（6）原点：用来重新指定视图原点到视图上的其他位置，默认的视图原点是视图外框线的两条对角线的交点。

（7）对齐：设置视图与其他视图的对齐方式；取消了视图间的对齐关系后，各子视图可任意动，而不会随父视图的移动而移动。

（8）剖面：用来创建或选取剖切面以及剖切面的显示方式；修改剖视图方向、名称及剖面线的方向，或者用新的剖截面来取代现有的剖截面；要修改剖面的属性，在剖视图区双击，系统打开"修改剖面线"菜单管理器，如图 11-60 所示。

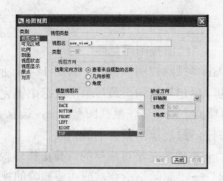 

图 11-59　"绘图视图"对话框　　　　图 11-60　"剖面线修改"对话框

- 间距：用来设置剖面线的疏密程度，有"一半"、"加倍"、"值" 3 种方式来定义剖面线的间距。
- 角度：用来设置剖面线的角度。
- 偏距：用来设置剖面线的间距。
- 线样式：用来设置剖面线的线条样式。
- 新增直线：在现有的剖面线上再添加一组剖面线，添加完毕后，其下面 3 个菜单项"删除直线"、"下一直线"和"前一直线"变为可用。
- 保存：保存工程图上剖面线样式。
- 检索：将已保存过的剖面线样式应用于当前工程图中。
- 复制：将第一个选取的剖面线型值复制到其他成员。
- 剖面线：用于填充剖面线。
- 填充：用于填充通过 2D 草绘命令创建的封闭区域。

11.4　标注工程图尺寸

完整的工程图包括以上创建的各种视图外，尺寸也是必不可少的。

11.4.1　尺寸标注

1．显示/拭除尺寸

"显示/拭除尺寸"命令可以用来显示 3D 模型尺寸，也可以显示从模型输入的其他视图项目。有以下两种方式来显示尺寸。

（1）使用模型树显示尺寸

使用模型树显示尺寸提供了一种快速简便显示尺寸的方法：在模型树中要显示尺寸的特征、零件或组件处右击，在快捷菜单中单击"显示尺寸"或"按视图显示尺寸"命令即可，如图 11-61 所示。

（2）使用"显示/拭除"对话框

"显示/拭除"对话框提供了有关视图显示的更多选项和控制方式，单击"视图"→"显示及拭除"命令，或单击"工具选项组"按钮 ，打开"显示/拭除"对话框，该对话框分为"显示"与"拭除"两个选项卡，如图 11-62 所示。

图 11-61　"显示尺寸"命令　　　图 11-62　"显示/拭除"对话框

① 类型。各类型功能如表 11-1 所示。

表 11-1　类型功能

按钮	功能	按钮	功能
←1.2→	显示/拭除尺寸	----A.1	显示/拭除轴线
←(1.2)→	显示/拭除参考尺寸	焊接符号	显示/拭除焊接符号
⊕⌀1Ⓜ	显示/拭除形位公差	32/	显示/拭除表面粗糙度
ABCD	显示/拭除注释	Ⓐ◀	显示/拭除基准平面
(5)	显示/拭除球标	▭	显示/拭除装饰特征
⊗A1	显示/拭除基准目标		

② 显示方式。

- 特征：显示某一个特征的尺寸。
- 特征和视图：在指定的视图上显示指定特征的尺寸。
- 零件：显示指定零件的尺寸。
- 零件和视图：在指定的视图上显示指定零件的尺寸。
- 显示全部：显示全部尺寸。

③ 拭除方式。

- 所选项目：拭除用户选取的所有项目。
- 特征：拭除某一个特征的尺寸。
- 特征和视图：在指定的视图上拭除指定特征的尺寸。
- 零件：拭除指定零件的尺寸。

- 零件和视图：在指定的视图上拭除指定零件的尺寸。
- 拭除全部：拭除全部尺寸。

④ 选项与预览。

- 拭除的：仅显示在前面操作中从工程图中拭除的项目，不显示那些在先前操作中从未显示过的项目。
- 从不显示：显示从未在工程图中显示的项目。
- 切换到纵坐标：使用现有基线使尺寸显示为纵坐标尺寸，选用此项后"拾取基线"变为可用。

2. 手动创建尺寸

前面提到的创建尺寸是系统自动完成的，用户还可以通过手动方式来创建尺寸。手动方式创建的尺寸是驱动尺寸，不能被修改。

（1）标注线性尺寸

单击"插入"→"尺寸"→"新参照"命令，或者直接单击工具选项组中的 按钮，打开"依附类型"菜单管理器，如图 11-63 所示。

图 11-63 "依附类型"设置

① 图元上：在工程图上选取一个或两个图元来标注，可以是视图或 2D 草绘中的图元，如图 11-64 所示。

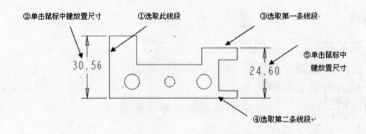

图 11-64 在图元上创建尺寸示意图

② 在曲面上：选取一个或多个曲面来标注，可以是视图或 2D 草绘中的曲面。
③ 中点：通过捕捉对象的中点来标注尺寸，如图 11-65 所示。

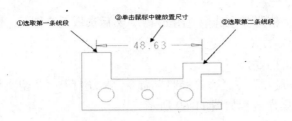

图 11-65　通过中点创建尺寸示意图

④ 中心：通过捕捉圆或圆弧的中心来标注尺寸，如图 11-66 所示。

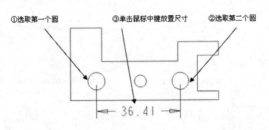

图 11-66　通过中心创建尺寸示意图

⑤ 求交：通过捕捉两个图元的交点来标注尺寸，交点可以是虚的，如图 11-67 所示。按住 Ctrl 键选取 4 条边线，然后选取"斜向"方式标注尺寸，系统将在交叉点位置标注尺寸。

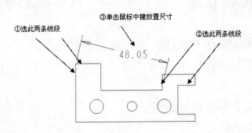

图 11-67　通过求交创建尺寸示意图

⑥ 做线：通过选取"两点"、"水平方向"或"垂直方向"来标注尺寸。

（2）标注径向尺寸

要标注半径尺寸，用鼠标左键单击圆或圆弧；要标注直径尺寸，用鼠标左键双击圆或圆弧，如图 11-68 所示。

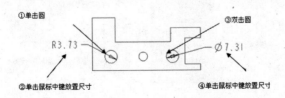

图 11-68　创建尺寸示意图

（3）标注角度尺寸

要标注角度尺寸，依附类型选取"图元上"。然后选取两个图元，再单击鼠标中键放置角度尺寸。

（4）按基准方式标注尺寸

单击"插入"→"尺寸"→"公共参照"命令；系统打开"依附类型"菜单管理器，单击"图元上"命令。操作过程如图 11-69 所示。

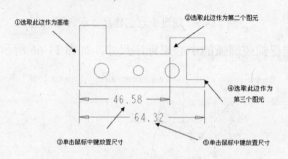

图 11-69　创建尺寸示意图

（5）纵坐标方式标注尺寸

创建纵坐标之前，必须存在一个线性尺寸，下面结合图 11-70 讲解具体的创建步骤。

① 选取线性尺寸（选中后线性尺寸颜色变亮），右击，从快捷菜单中单击"切换纵坐标/线性"命令，将线性尺寸转换为纵坐标尺寸，再选择到尺寸线的一条边界线作为基准线。

② 单击系统菜单中的"插入"→"尺寸"→"纵坐标"命令；系统打开"依附类型"菜单管理器。

③ 选取一条现有的纵坐标基准线，表示从其开始标注。

④ 在"依附类型"菜单管理中单击"图元上"命令，再选取一个图元，单击鼠标中键放置尺寸。

⑤ 重复上一步完成下一个尺寸标注。

⑥ 单击鼠标中键完成标注。

完成效果如图 11-70 所示。

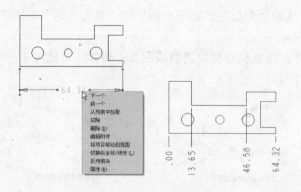

图 11-70　创建尺寸示意图

（6）参考尺寸

单击"插入"→"参考尺寸"命令，可以用来创建参考尺寸。创建方式与前面所述的几种方式一样，唯一不同的是，参考尺寸创建后会在尺寸后面加上 REF 字样，如图 11-71 所示。

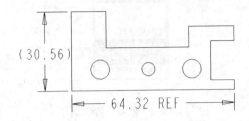

图 11-71　创建参考尺寸

（7）坐标尺寸

创建坐标尺寸前，工程图上必须存在水平与垂直两个方向的尺寸，单击"插入"→"坐标尺寸"命令，接着选取轴、边、基准点、曲线、顶点作为箭头依附的位置，最后选取要表示成坐标尺寸的水平、垂直两个方向的尺寸（首先选取的尺寸会作为 X 方向的坐标尺寸），系统会自动完成转换，如图 11-72 所示。

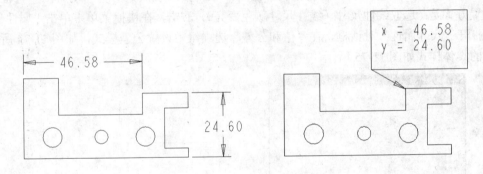

图 11-72　创建尺寸示意图

11.4.2　公差标注

在工程图模块中，可以创建两种公差，一种是"尺寸公差"，另一种是"几何公差"。

1．尺寸公差

Pro/ENGINEER 提供了两种尺寸公差的表示方式，一种是 ANSI 公差标准，另一种是 ISO/DIN 公差标准。单击"文件"→"属性"→"公差标准"→"标准"命令，系统会打开"公差设置"菜单管理器，可以选取需要的标准类型，如图 11-73 所示。然后单击鼠标中键两次完成标准设置。

图 11-73　"公差设置"菜单

在零件或组件模式下，单击"编辑"→"设置"→"公差设置"→"标准"命令可用来设置公差标准，不过在零件或组件模式下所设置的公差标准只会影响工程图上用"显示/拭除"菜单所显示的尺寸。

公差设置后，要在零件或组件模式下显示公差，单击"工具"→"环境"命令，在"尺寸公差"选项前打上标记即可；要在工程图中显示公差，需要将工程图配置文件中的 tol_display 选项的值设为 yes。

Pro/ENGINEER 提供了 4 种公差表示模式："限制"、"加-减"、"+—对称"、"象征"。其设置方式是：选取线性尺寸（线性尺寸颜色变亮），右击，在快捷菜单中单击"属性"命令，打开"尺寸属性"对话框，在"值和公差"选项组中设置公差模式，如图 11-74 所示。各项的具体样式如图 11-75 所示。

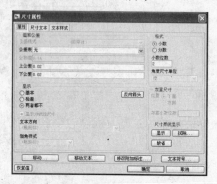

图 11-74　"尺寸属性"对话框

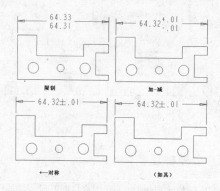

图 11-75　公差样式示例

ISO/DIN 公差标准是由"公差表"来设置的。在零件或组件模式下，将系统配置文件中的 tolerance_standard 选项的值设为 iso 后，可将公差表与模型一起保存。在工程图模式下设置 ISO/DIN 公差标准后，"公差设置"菜单管理器上的"模型等级"和"公差表"两项变为可用。

"模型等级"用来设置模型加工精度，其下选项分为 4 级：精加工、中键、粗加工、非常粗糙，如图 11-76 所示。

"公差表"用来处理公差表相关的事项，分为"公差表操作"和"公差表"两大项，如图 11-77 所示。

图 11-76　公差等级设置　　　图 11-77　公差表设置

　　"公差表操作"共有 4 个选项：修改值、检索、保存和显示，分别用来修改、读取、保存、显示一组公差表。

　　"公差表"共有"一般尺寸"、"破断边"、"轴"、"孔" 4 种公差表可用。"一般尺寸"、与"破断边"只指定一个公差表，"轴"与"孔"可以指定一个以上的公差表，"轴"与"孔"的公差表必须先通过"检索"读取出来后才能用，系统默认的公差表放在随书光盘目录下的 tol_tables 文件夹内，可以通过系统配置文件中的 tolerance_table_dir 来设置公差表放置路径。

　　ISO/DIN 公差表修改有两种方式。一种如前所述，利用"尺寸属性"对话框中的选项来修改，如图 11-78 所示。另一种方式是单击"文件"→"属性"→"公差表"→"修改值"命令，修改现有公差表内容。修改公差表时，系统会要求输入公差表字母，用户可以到 Pro/ENGINEER 安装目录下的 tol_table\iso 文件夹中查看公差字母。举例说明：如果使用 hole_b 公差表，则改时仅需要输入字母 b，系统自动打开公差表。此外，也可以创建新的公差表内容，再利用"检索"命令加载。

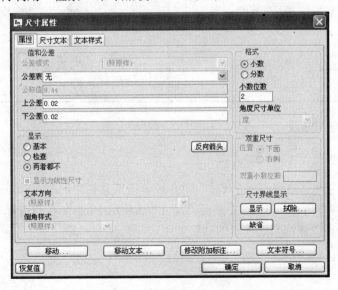

图 11-78　"尺寸属性"对话框

2．几何公差

在零件加工或装配时，设计者需要使用几何公差来控制几何形状、轮廓、定向或跳动，即对于大小与形状所允许的最大偏差量。

在零件或组件模式下，单击"编辑"→"设置"→"几何公差"命令可以设置几何公差。

在工程图模式下，单击"插入"→"几何公差"命令或直接单击系统工具选项组中的 按钮，系统将打开"几何公差"对话框，如图 11-79 所示。共有 14 种形位公差，分为形状公差和位置公差两大类型，如表 11-2 所示。

图 11-79 "几何公差"对话框

表 11-2 公差类型

类型	符号	名称	类型	符号	名称
形	——	直线度	位	∠	倾斜度
状	▱	平面度	置	⊥	垂直度
公	○	圆度	公	⊕	位置度
差	⌭	圆柱度	差	◎	同心度
形状或	⌒	曲线轮廓度		═	对称度
位置公差				↗	圆跳动
	⌓	曲面轮廓度		⌰	全跳动
				∥	平行度

11.4.3 尺寸整理与修改

1．尺寸整理

单击"编辑"→"整理"→"尺寸"命令或单击工具栏中的 按钮，打开"整理尺寸"对话框，如图 11-80 所示。单击"要整理的尺寸"选项组中的 按钮选择需要整理的尺寸。下面的"放置"和"修饰"选项卡的功能如下。

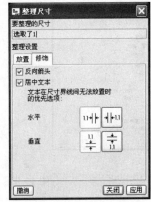

图 11-80 "整理尺寸"对话框

（1）放置

① 偏移：用来指定第一个尺寸相对于参考图元的位置。

② 增量：指定两个尺寸的间距。

③ 偏移参照：设置尺寸的参考图元。

● 视图轮廓：以视图轮廓线偏移距离的参照，如图 11-81 所示。

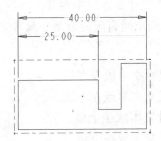

图 11-81 样例说明

● 基线：以用户所选取的基准面、捕捉线、视图轮廓线等图元作为偏移距离的参照，如图 11-82 所示。

④ 创建捕捉线：用来创建捕捉线，以便让尺寸能对齐捕捉线。

⑤ 破断尺寸界线：打断尺寸界线与尺寸草绘图元的交接处。

除了通过"整理尺寸"的设置选项来自动创建捕捉线外，也可以创建额外的捕捉线。创建步骤是单击"插入"→"捕捉线"命令，打开"创建捕捉线"菜单管理器，如图 11-83 所示。选取捕捉线要参考的图元，然后输入第一条捕捉线与参考之间的距离、捕捉线的数量以及捕捉线的间距，单击鼠标中键两次完成。

 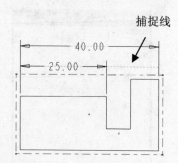

图 11-82　样例说明

图 11-83　"创建捕捉线"菜单

（2）修饰

此选项卡主要用来修理尺寸文本的位置安排。

① 反向箭头：当尺寸距离太小时，箭头自动反向。

② 居中文本：尺寸文本居中对齐。

当在尺寸界线间空间有限而放不下尺寸文本时，可以设置尺寸文本放置的优先选项，各选项如下。

- 　：将尺寸文本放在左边。
- 　：将尺寸文本放在右边。
- 　：将尺寸文本放在上边。
- 　：将尺寸文本放在下边。

2．尺寸移动

（1）移动尺寸位置

先用鼠标左键选取需要移动的尺寸（此时尺寸颜色会改变），之后当鼠标靠近尺寸时，会出现下面 3 种箭头符号中的一种：✛、↔、↕，此时按住鼠标左键即可拖动尺寸。

- ✛：尺寸文本、尺寸线与尺寸界线可以自由移动。
- ↔：尺寸文本、尺寸线与尺寸界线在水平方向上移动。
- ↕：尺寸文本、尺寸线与尺寸界线在垂直方向上移动，如图 11-84 所示。

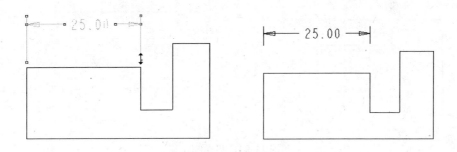

图 11-84 尺寸界线移动

可以按住 Ctrl 键选取多个尺寸，或直接用矩形框选取多个尺寸，再同时移动多个尺寸。

（2）移动并对齐尺寸

选取多个尺寸后，再单击绘图区上部工具选项组中的▦按钮，可以使多个尺寸对齐（以最先创建的尺寸为参考尺寸），此功能在处理纵坐标尺寸时特别有用，如图 11-85 所示。

（3）在视图间移动尺寸

选取尺寸（尺寸颜色改变），右击，在快捷菜单中单击"将项目移动到视图"命令，再选取目标视图，执行结果如图 11-86 所示。

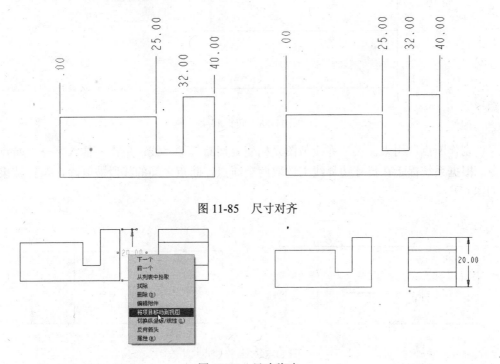

图 11-85 尺寸对齐

图 11-86 尺寸移动

（4）制作角拐与断点

"制作角拐"用来折弯尺寸界线：单击"插入"→"角拐"命令，根据系统提示选取尺寸（或注释），再在尺寸边界线上选取断点位置，移动鼠标来重新放置尺寸，执行结果如图 11-87 所示。

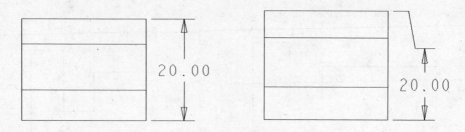

图 11-87　角拐制作

若要删除角拐，先选取尺寸线，用鼠标箭头指向角拐处，右击，从快捷菜单中单击"删除"命令即可，如图 11-88 所示。

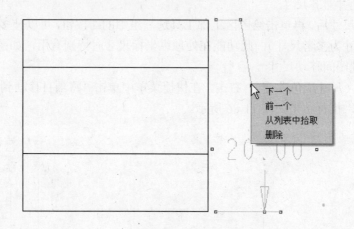

图 11-88　角拐删除

"制作断点"用来在尺寸界线与图元相交处切断尺寸界线：单击"插入"→"断点"命令，根据系统提示在尺寸边界线上选取两个断点，断点之间的线段被删除，执行结果如图 11-89 所示。

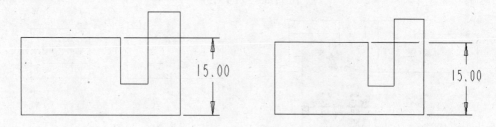

图 11-89　制作断点

（5）"尺寸属性"对话框

"尺寸属性"是一个集成了所有关于尺寸选项的对话框，选取一个或多个尺寸后（尺寸颜色改变）；右击，在快捷菜单中单击"属性"命令，打开"尺寸属性"对话框，该对话框有"属性"、"尺寸文本"、"文本样式"3 个选项卡，如图 11-90 所示。

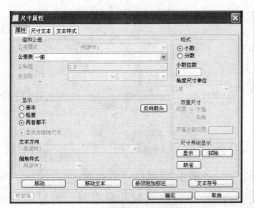

图 11-90　"尺寸属性"对话框

"值和公差"选项组如图 11-91 所示，主要用来修改尺寸值、公差上下偏差和设置公差的表示方式。其中，"公称值"指的是绘制模型的尺寸值，只有标注尺寸是通过"显示/拭除"方式创建时才能修改尺寸值。修改后单击 按钮后系统会更新模型和视图。

"显示"选项组如图 11-92 所示，主要用来设置尺寸的表示方式与箭头方向。"基础"与"检查"的表示方式如图 11-93 所示。单击"反向箭头"按钮可以改变尺寸箭头方向。"显示为线性尺寸"可以用来改变径向尺寸的显示方式，如图 11-94 所示。

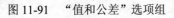

图 11-91　"值和公差"选项组　　　　　图 11-92　"显示"选项组

"格式"选项组如图 11-95 所示，主要用来设置尺寸值的小数位数或以分数形式表示。对于角度尺寸，可用来设置角度单位。

图 11-93　尺寸表示方式样例　　　　图 11-94　显示样式的改变

"尺寸界线显示"选项组如图 11-96 所示，主要用来控制尺寸界线的显示与否。

"双重尺寸"选项组如图 11-97 所示，在标注尺寸以双重尺寸显示时，可以设置主要尺寸的位置与小数位数。

 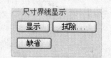 

图 11-95　"格式"选项组　　　图 11-96　"尺寸界线"选项组　　　图 11-97　"双重尺寸"选项组

"尺寸文本"选项卡的功能是在尺寸文本前、后添加文字或符号；设置尺寸代号；移动文本。

"文本样式"选项卡的功能是设置文本的字体、高度、粗细、宽度、下划线等；设置注释的放置方式、行间距、镜像显示等。

11.4.4　实例——标注轴

本例通过为如图 11-98 所示的利用 3D 模型生成的 2D 视图的尺寸标注来综合应用本章介绍的尺寸公差和形位公差的标注，具体操作步骤如下。

❶ 打开随书光盘中的 yuanwenjian\ch11\zhou.drw，如图 11-98 所示。

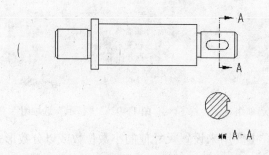

图 11-98　轴的 2D 工程图

> **实讲实训**
> **多媒体演示**
> 多媒体演示参见
> 配套光盘中的\\动
> 画演示\第 10 章\
> 标注轴.avi。

❷ 单击"视图"→"显示及拭除"命令，打开"显示/拭除"对话框。在"显示"选项卡中单击"尺寸 ⊦1.2→"、"轴 ⁞⁞⁞⁞A.1"以及"显示全部"按钮，在弹出的"确认"对话框

中单击"是"按钮，如图 11-99 所示。显示结果如图 11-100 所示。

图 11-99 设置显示选项

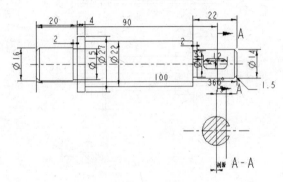

图 11-100 显示全部尺寸的轴

❸ 单击"显示/拭除"对话框中的"接受全部"按钮，如图 11-101 所示。然后单击该对话框中的"关闭"按钮，完成与 3D 模型相关尺寸的显示。

图 11-101 "显示/拭除"对话框中的操作

❹ 单击"编辑"→"整理"→"尺寸"命令，系统自动完成尺寸整理。整理后的尺寸如图 11-102 所示。

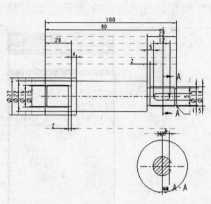

图 11-102　自动整理尺寸

❺ 将主视图中的部分尺寸切换到剖视图中，并手动调整尺寸位置，拭除不适当的尺寸标注，如图 11-103 所示。

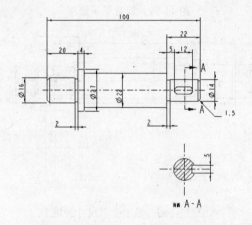

图 11-103　拭除不适当的尺寸标注

❻ 手动标注剖试图中的尺寸，并修改主视图中的倒角标注，如图 11-104 所示。

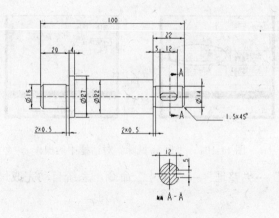

图 11-104　手动标注尺寸

❼ 对于有公差要求的尺寸加上公差，首先启动配置文件中的公差显示。单击"文件"→"属性"命令，打开"文件属性"菜单管理器，单击"绘图选项"命令，弹出"选项"窗口，如图 11-105 所示。在"选项"窗口中将 tol_display 的值设置为 yes，然后单击窗口中的"应用"按钮，公差显示启动完成。然后单击"关闭"按钮退出"选项"对话框。最后在"文件属性"菜单管理器中单击"完成/返回"命令，即可结束绘图选项的设置。

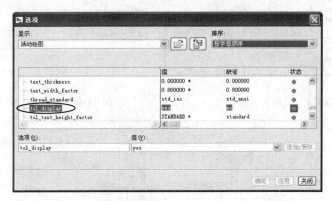

图 11-105　启动公差显示

❽ 修改有公差要求的尺寸属性，如图 11-106 所示，右击要标注尺寸公差的尺寸图元，在弹出式菜单中单击"属性"命令，弹出"尺寸属性"对话框。

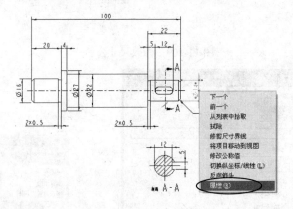

图 11-106　修改尺寸属性

❾ 在如图 11-107 所示的"尺寸属性"对话框中设置"公差模式"为"加-减"，设置"小数位数"为 3，设置"上公差"的值为 0，"下公差"的值为 0.018，单击"确定"按钮完成公差值的设置。设置结束后的结果如图 11-108 所示。

❿ 按照步骤❽和❾所述的方式，在视图中给所有需要标注尺寸公差的尺寸逐个加上公差，结果如图 11-109 所示。

⓫ 为视图加上形位公差。首先建立基准轴，单击"插入"→"模型基准"→"轴"命令，打开"轴"对话框，在"名称"文本框中输入 A，单击 ▢A◀ 按钮，再单击"定义"按钮，打开"基准轴"菜单管理器，如图 11-110 所示。

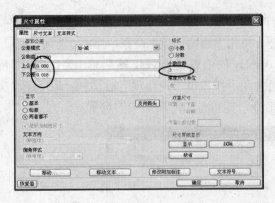

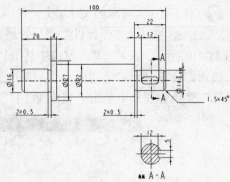

图 11-107　设置尺寸公差　　　　　　　　图 11-108　显示尺寸公差

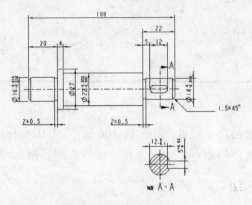

图 11-109　修改尺寸公差

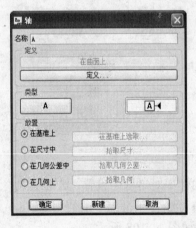

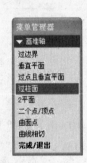

图 11-110　设置基准轴选项

⓬ 在"基准轴"菜单中单击"过柱面"命令。

⓭ 选择如图 11-111 所示的轴外表面，系统将生成如图 11-112 所示的基准轴 A。

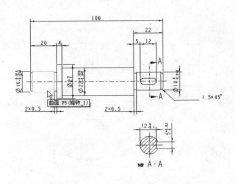

图 11-111　选择轴外表面

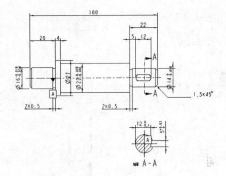

图 11-112　生成基准轴 A

⓮ 在"轴"基准对话框中单击"新建"按钮,在"名称"文本框中输入 B,单击 ⬛A◀ 按钮,再单击"定义"按钮,如图 11-113 所示。系统弹出"基准轴"菜单管理器,和上面的菜单一样,在菜单中单击"过柱面"命令,然后在视图中选择如图 11-114 所示的轴外表面,系统生成如图 11-115 所示的基准轴 B。

图 11-113　新建基准轴

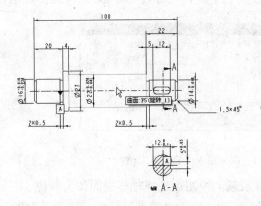

图 11-114　选择轴外表面

⓯ 用与步骤⓮同样的方法可以创建基准轴 C,如图 11-116 所示。单击"轴"基准对话框中的"确定"按钮即可退出基准轴的创建。

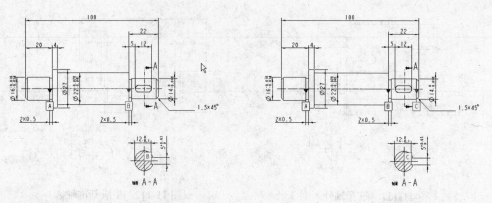

图 11-115　生成基准轴 B　　　　　　　　图 11-116　生成基准轴 C

⓰ 为视图标注形位公差。单击"插入"→"几何公差"命令，打开"几何公差"对话框，单击"圆跳动"图标按钮 ⟋，选择"基准参照"选项卡，设置"基本"参照为 A，"复合"参照为 B，如图 11-117 所示。

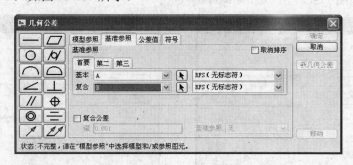

图 11-117　选择参照基准

⓱ 在如图 11-118 所示的"公差值"选项卡中设置"总公差"为 0.012。

⓲ 选择"模型参照"选项卡，在选取参照栏中单击"选取图元"按钮，设置要选取的图元，在"类型"下拉列表中选择"曲面"选项，系统提示选取曲面，如图 11-119 所示。

图 11-118　输入"总公差"值　　　　　　图 11-119　设置选取图元

⓳ 在如图 11-120 所示的视图中选择轴外表面作为参照。

⓴ 在"模型参照"选项卡中的"放置"栏中，选择"类型"下拉列表中的"法向引线"选项，如图 11-121 所示。

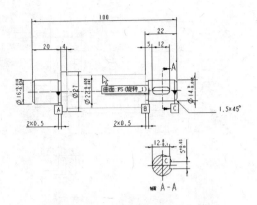

图 11-120 选择轴外表面作为参照

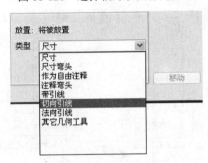

图 11-121 设置放置类型

㉑ 系统提示选择公差引线箭头位置，在"导引形式"菜单中选择"箭头"选项，选取如图 11-122 所示的位置为几何公差引线箭头位置。

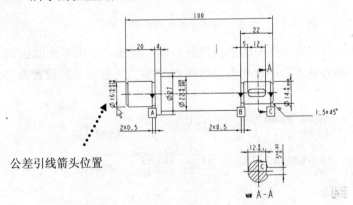

图 11-122 选择公差引线箭头位置

系统提示选择公差放置的位置，在适当的位置用鼠标左键选择放置几何公差的位置。"圆跳动"几何公差生成，如图 11-123 所示。

㉒ 在"几何公差"对话框中单击"新几何公差"按钮，即可重新创建新的几何公差。其他设置不变，只是在选择引线箭头位置时选择轴在视图中的投影线，生成轴外圆表面的"圆跳动"几何公差，如图 11-124 所示。

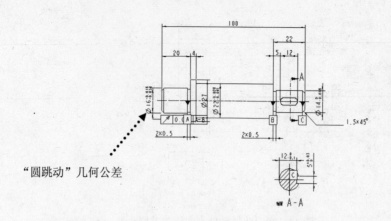

"圆跳动"几何公差

图 11-123　生成"圆跳动"几何公差（1）

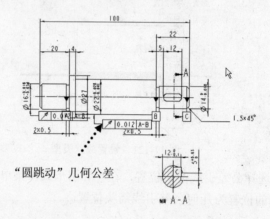

"圆跳动"几何公差

图 11-124　生成"圆跳动"几何公差（2）

㉓　单击"几何公差"对话框中的"新几何公差"按钮，单击对称度按钮▤。选择"基准参照"选项卡，在"基本"下拉列表中选择 C，"复合"参照基准设置为"无"，如图 11-125 所示。

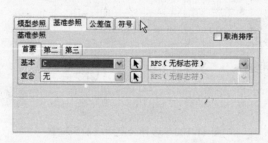

图 11-125　选择参照基准

㉔　选择"公差值"选项卡，在"总公差"文本框中输入值 0.08，如图 11-126 所示。

㉕　选择"模型参照"选项卡，在参照"类型"下拉列表中选择"边"选项，如图 11-127 所示。系统提示选取特征的边，或者单击"选取图元"按钮后再选取特征的边。

图 11-126　输入"总公差"值　　　　图 11-127　设置参照类型为"边"

㉖　在剖视图上选取边作为参照，如图 11-128 所示。

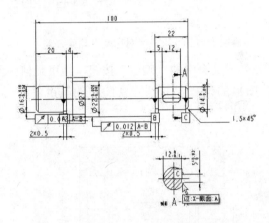

图 11-128　选择参照边

㉗　在放置类型选取栏的"类型"下拉列表中选择"法向引线"选项，系统提示选择公差引线箭头位置，在如图 11-129 所示的图示位置选择引线"箭头"位置。

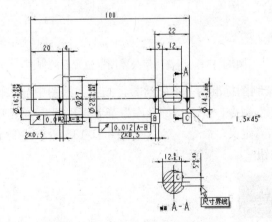

图 11-129　选择公差引线箭头位置

㉘　系统提示选择几何公差图框放置的位置，在合适位置单击，"对称度"几何公差创建完成，如图 11-130 所示。

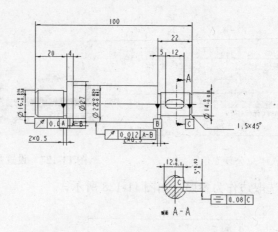

图 11-130　生成"对称度"几何公差

㉙ 单击"几何公差"对话框中的"确定"按钮，结束几何公差的创建。

㉚ 调整几何公差图框的位置，并拭除视图中的基准轴符号。调整后的视图如图 11-131 所示。

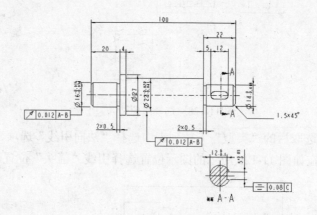

图 11-131　调整几何公差图框位置后的视图

㉛ 创建复合国家制图标准的基准轴符号，先在工程图中插入轴外表面的粗糙度。单击"格式"→"符号库"命令，打开"符号库"菜单管理器，如图 11-132 所示。在"符号库"菜单管理器中单击"定义"命令，然后在如图 11-133 所示的文本框中输入基准轴符号 A，并单击"确定"按钮☑。

图 11-132　"符号库"菜单管理器与输入提示框

㉜ 系统进入如图 11-134 所示的符号编辑器 SYM_EDIT。

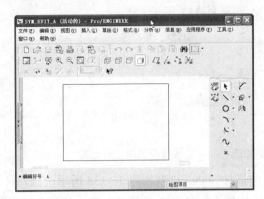 

图 11-133　符号编辑器及"符号编辑"菜单　　　　　图 11-134　符号编辑

㉝ 在"符号编辑"子菜单中单击"绘图复制"命令。

㉞ 返回工程图界面，暂时屏蔽尺寸，并提示选取要复制的图元，选择如图 11-135 所示视图中的粗糙度符号 $\sqrt{\frac{3.2}{}}$ 。

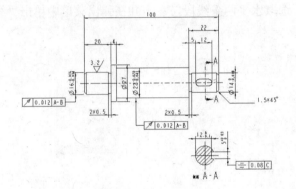

图 11-135　选择复制图元

㉟ 单击"符号编辑"菜单中的"完成"命令，结束图元复制。返回符号编辑器界面，并弹出如图 11-136 所示的"符号定义属性"对话框。

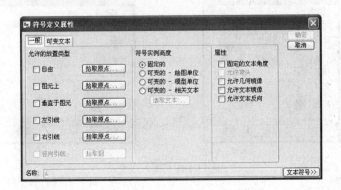

图 11-136　"符号定义属性"对话框

36 按住 Ctrl 键选择如图 11-137 所示的粗糙度符号的 4 条线段，右击，在弹出的菜单中单击"删除"命令将其删除，结果如图 11-137 所示。

图 11-137　删除选中的 4 条线段及删除后的结果

37 单击工具栏中的绘制圆的图标按钮○，绘制如图 11-138 所示的圆，双击鼠标中键结束。然后在工具栏中单击绘制直线按钮╲，绘制 3 条线段，双击鼠标中键结束绘制，结果如图 11-139 所示。

\roughness_height\　　　\roughness_height\

图 11-138　绘制圆　　　　　　　图 11-139　绘制线段

38 按住 Ctrl 键，选取水平两条线段，右击并在弹出菜单中单击"线型"命令，如图 11-140 所示。

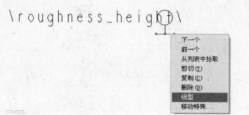

图 11-140　设置线段线型

39 打开"修改线体"对话框，如图 11-141 所示。在"宽度"文本框中输入线宽 0.5，单击"应用"按钮，再单击"关闭"按钮，结果如图 11-142 所示。

图 11-141　输入线宽

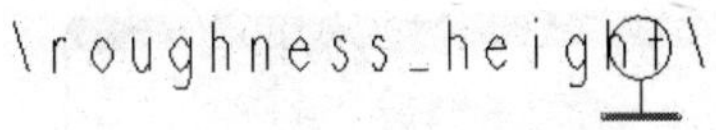

\roughness_heigh\

图 11-142　线段加宽

④⓪ 单击"编辑符号"菜单管理器中的"属性"命令,选中"符号定义属性"对话框中的"自由"复选框,并选取如图 11-143 所示的基准轴符号顶点为自由放置时的放置原点。

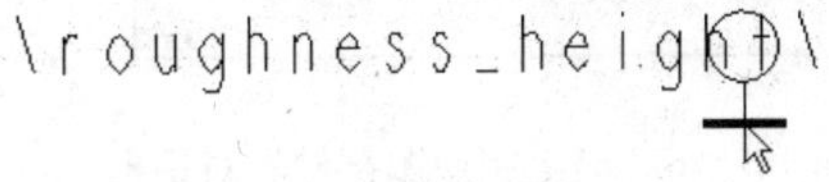

\roughness_heigh\

图 11-143　选择放置点

④① 单击"符号定义属性"对话框中的"确定"按钮,结束符号属性定义。然后单击"符号库"菜单中的"完成"命令,退出符号编辑器。

④② 单击"符号库"菜单中的"符号目录"命令,定义符号保存目录。系统弹出如图 11-144 所示的"选取符号目录"对话框,选择用户 Pro/ENGINEER Wildfire 在系统中的安装路径下的"\Pro/ENGINEER Wildfire4.0\symbols"目录为自定义基准符号的保存目录,单击"打开"按钮。

图 11-144　"选取符号目录"对话框

④③ 单击"符号库"菜单中的"写入"命令,系统在提示区显示如图 11-145 所示的用户设置的符号目录,直接单击"确定"按钮☑。

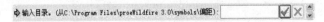

图 11-145　接受符号保存目录

④④ 单击"符号库"菜单中的"完成"命令,完成自定义符号的操作。

④⑤ 插入自定义的基准轴符号。单击"插入"→"绘图符号"→"定制"命令,打开"定制绘图符号"对话框,如图 11-146 所示,自动选择前面自定义的基准轴符号 A,也可以单击"浏览"按钮,选择保存的"ProeWildfire34.0\symbols\a.sym"基准轴符号。

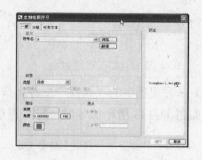

图 11-146 "定制绘图符号"对话框

46 系统提示选择基准轴符号放置的位置，用鼠标左键逐一选择要放置基准轴符号的位置。单击如图 11-147 所示"定制绘图符号"对话框中的"确定"按钮，结果如图 11-148 所示。

图 11-147 结束设置

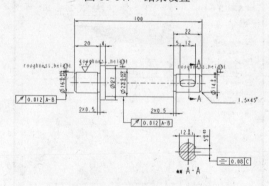

图 11-148 生成基准轴符号

47 编辑基准轴符号文本。选择要编辑的基准轴符号，右击在快捷菜单中单击"属性"命令，如图 11-149 所示。

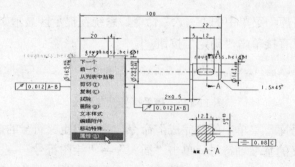

图 11-149 编辑基准轴符号

48 打开"定制绘图符号"对话框，选择"可变文本"选项卡，如图 11-150 所示。输入文本 A，单击"确定"按钮，文本编辑后的结果如图 11-151 所示。

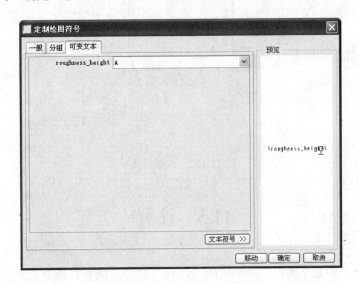

图 11-150 "可变文本"选项卡

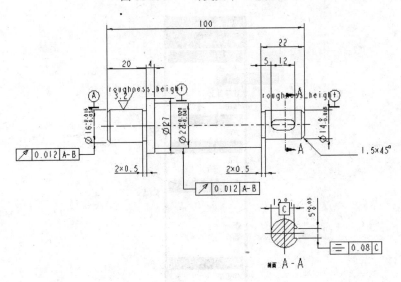

图 11-151 可变文本编辑结果

49 重复上面的操作，将另外两个基准轴符号可变文本编辑为 B 和 C，结果如图 11-152 所示。然后将 3 个基准轴符号与视图进行绑定，便于一起移动。当然工程图还没有完全完成，还需要加入相关的技术要求和标题栏等，相关内容在后面的章节中介绍。

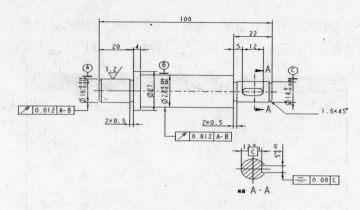

图 11-152　编辑结果

11.5　注释

　　要创建注释，单击"插入"菜单中的"注释"命令，或者直接单击工具条中的"创建注释"按钮 🅰，打开"注释类型"菜单管理器，如图 11-153 所示。

图 11-153　"注释类型"菜单管理器

　　"注释类型"菜单管理器中的选项意义如下所述。

（1）无方向指引：不创建带有方向指引的注释。

（2）带引线：创建带有方向指引的注释。

（3）ISO 导引：为注释创建 ISO 样式的方向指引，球标无法使用此选项。

（4）在项目上：将注释连接在边、曲线等图元上。

（5）偏距：注释和选取的尺寸、公差、符号等间隔一段距离。

（6）输入和文件：这两个选项用来指定"文件内容"输入方式，选取"输入"直接用键盘来输入文字，按回车键换行；选取"文件"则是从计算机中读取文本文件，文件格式为"*.txt"。

（7）水平、垂直与倾斜：用来设置注释文本的排列方式。其中，"倾斜"选项只能在创建注释时使用。

（8）标准、法向引线和切向引线：如果注释带有引线，可以指定引线的样式。

（9）左、圆心与右：这 3 个选项仅适用于创建注释时使用。

（10）样式库与当前样式：自定义专属的文本样式与指定目前使用的文本样式。

（11）制作注释：当"注释类型"菜单管理器中的所有选项选定后，单击此命令，输入文本内容与指定位置即可创建注释。

11.6 表格、图框与模板

Pro/ENGINEER 虽然提供了一些工程图模板供用户使用，但是还远远不能满足用户对模板多样性的要求，因此很多时候还是需要用户来自己定义专门的模板。"表"可以用来制作标题选项组、BOM 表、零件组表，还可以用来显示零件的其他信息；可以通过"格式"来绘制图框，将制作好的表格和图框加入自定义的模板后，保存模板，以后就可以反复调用集合了表格与图框功能的模板。

11.6.1 表格

1．表格的创建

（1）单击"表"→"插入"→"表"命令，打开如图 11-154 所示的"创建表"菜单管理器，系统提示在视图上选取一个点作为表的一个顶点。该点可以通过以下 5 种方式获取。

- 选出点：通过单击鼠标左键在工程图上选取一点。
- 顶点：取视图上的顶点作为表的顶点。
- 图元上：选取图元上的一点作为表顶点。
- 相对坐标：通过对参考坐标的偏距来设置表顶点。
- 绝对坐标：通过对绝对坐标的偏距来设置表顶点。

"降序"、"升序"、"右对齐"、"左对齐" 4 个选项用来指定表相对于表顶点的生长方向，相对关系如图 11-155 所示。

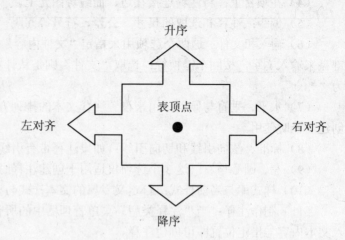

图 11-154　"创建表"菜单管理器　　　　图 11-155　表生长方向示意图

（2）单击鼠标左键确定表格的顶点后，接下来要确定列宽和行高，可以通过"按字符数"和"按长度"来指定。

- 按字符数：指定单元表格可容纳的字符数来指定列宽，如图 11-156 所示。指定完成列宽和列数后，单击鼠标中键，再指定行高和行数，如图 11-157 所示。
- 按长度：通过在绘图区下侧输入列宽和行高来创建表格。

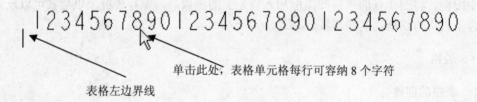

图 11-156　表单元格宽度设置

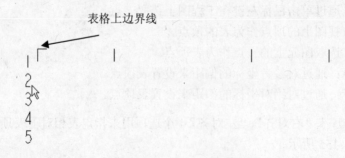

图 11-157　表单元格高度设置

2. 表格的删除

❶ 在要删除的表格内任意位置处单击，然后单击"表"→"选取"→"表"命令，

选取整个表。或者将指针移到表的任意一个顶点附近，当整个表的颜色改变后，单击鼠标左键选取整个表。

❷ 单击"编辑"→"删除"命令，或直接按 Delete 键，表格被删除。

3. 表格的移动

（1）选取整个表，再将鼠标箭头移到表格顶点附近，当光标变为 ⊕、↔或↕时，按住鼠标左键并拖动表格到目标位置，松开鼠标左键以放置表格。

（2）选取整个表，单击系统菜单中的"编辑"→"移动特殊"命令，通过输入 X、Y 的值来移动表格。

4. 文本输入与编辑

❶ 双击要输入文本或编辑文本的单元格，打开"注释属性"对话框。

❷ 在"文本"选项组中输入文本、符号、尺寸、参数等，在"文本样式"选项组中设置符号高度、宽度、对齐方式等属性。

5. 文本自动换行

❶ 选取包含文本的表单元格，按住 Ctrl 键可选取多个单元格，要一次选取整行或整列，将鼠标指针移到单元格的外边界，行或列变亮，单击鼠标左键选取整行或整列。

❷ 右击，从下拉菜单中选取"文本换行"命令，文本根据列宽自动换行。

注意：要执行自动换行的功能，必须在文字间留下空格，因为 Pro/ENGINEER 会
将连续的文字视为一个单词，不进行分割。

---

6. 复制、粘贴单元格文本

❶ 选取要被复制内容的表单元格。

❷ 单击"编辑"→"复制"命令；或右击，在快捷菜单中单击"复制"命令。

❸ 选取目标单元格。

❹ 单击"编辑"→"粘贴"命令；或右击，在快捷菜单中单击"粘贴"命令。

7. 删除表格文本

❶ 选取要被删除内容的表单元格。

❷ 单击"表"→"删除内容"命令，或右击，在快捷菜单中单击"删除内容"命令。

·8. 表的保存

表可以保存为一个文本文件（.txt），还可以保存为一个专门的表文件(.tbl)。

❶ 选取要保存的表或表单元。

❷ 单击"表"→"保存表"→"表文件"命令。

❸ 输入一个表的名称，单击"保存"按钮，系统将以.tbl 的格式将表格保存到当前工作目录下。

如果要保存为文本文件，单击"表"→"保存表"→"文本文件"命令；输入一个表

的名称，单击"保存"按钮，系统将以.txt 格式将表格保存到当前工作目录下。

9．表的读取

❶ 单击"表"→"插入表"→"表来自文件"命令。

❷ 打开"打开"对话框，选取已保存的.tbl 文件。

❸ 绘图区出现表的轮廓，在图上合适的位置单击鼠标左键以放置表。

10．表的复制

❶ 选取要复制的表。

❷ 单击"编辑"→"复制"命令。

❸ 单击鼠标中键退出"表"选取。

❹ 单击"编辑"→"粘贴"命令。

❺ 系统打开剪贴板窗口，显示要复制的对象。在剪切板中，单击以选取放置点。

❻ 在工程图中合适的位置处单击鼠标左键以放置表。

11．表的编辑

插入列（行）的步骤如下。

❶ 单击"表"→"插入"→"列"（"行"）命令。

❷ 在表中选取一条竖直线，在所选竖直线右边插入一个新列（行）。

删除列（行）的具体操作步骤如下。

❶ 在要移去的列中选取某一单元格。

❷ 单击"表"→"选取"→"列"（"行"）命令，选取整列（行）。

❸ 按 Delete 键，删除该列（行）。若取消删除，单击系统菜单中的"编辑"→"取消删除"命令。

❹ 在工程图上单击鼠标左键以确认删除。

改变行高和列宽的步骤如下。

❶ 选取要重新设置的行或列。

❷ 单击系统菜单中的"表"→"高度和宽度"命令。

❸ 单击打开"高度和宽度"对话框，如图 11-158 所示。通过设置长度或字符数来设置行高或列宽。

表格的合并与还原的具体操作步骤如下。

❶ 选取要合并单元格的表。

❷ 单击"表"→"合并单元格"命令，打开"表合并"菜单管理器，如图 11-159 所示。然后选取一个选项。

图 11-158 "高度和宽度"对话框   图 11-159 "表合并"菜单管理器

❸ 选取要合并的第一个和最后一个单元格，所选两个单元格之间的所有单元格被合并，单击"确定"按钮。

❹ 单击鼠标中键退出合并单元格命令。

如果要还原单元格，单击"表"→"还原单元格"命令。选取要还原的第一个和最后一个单元格，所选两个单元格之间的所有单元格被还原，单击"确定"按钮。

表格旋转与原点设置的具体操作步骤如下。

❶ 选取表格，单击"表"→"设置旋转原点"命令，表的所有顶点被加亮。

❷ 选取新的顶点作为原点。

❸ 要旋转表格，首先在表内单击，再单击"表"→"旋转"命令，则表绕原点逆时针旋转 90°。

11.6.2 图框

Pro/ENGINEER 提供了 3 种方式来创建图框：从外部系统导入、通过草绘命令绘制和通过草绘模式绘制。

1. 从外部系统导入

如果用户已有现成的图框文件，且该文件是 Pro/ENGINEER 能够读取的格式，如 DWG、DXF、IGES 文件，就可以将其导入到 Pro/ENGINEER 中，然后将其保存成图框文件即可（扩展名为.frm）。以 DWG 文件为例，具体操作过程如下。

❶ 进入系统后，单击"文件"→"打开"命令，打开"打开"对话框，在"类型"下拉列表框中选择"DWG（*.dwg）"选项，如图 11-160 所示。再浏览选取要导入的.dwg文件，单击"确定"按钮。

❷ 系统打开"输入新模型"对话框，如图 11-161 所示。在"类型"选项组中选中"格式"单选按钮，表示要将.dwg.文件转化成.frm 文件，再输入.frm 文件的名称，单击"确定"按钮即可完成图框的导入。

图 11-160　设置格式选项　　　　图 11-161　"输入新模型"对话框

2．通过草绘命令绘制

❶ 进入系统后，单击"文件"→"新建"命令，或直接单击□按钮，系统打开"新建"对话框，在"类型"选项组中选中"格式"单选按钮，如图 11-162 所示。然后输入文件名称，单击"确定"按钮。

❷ 系统打开"新格式"对话框，这与创建工程图时的对话框很相似，只是"使用模板"项不能用，如图 11-163 所示。"截面空"用来导入".sec"文件，"空"用来创建空白页面；

❸ 单击"确定"按钮进入工作区，四周的边线代表实际纸张的边界，出图时，只有边界内的项目才会打印出来，边界本身不会被打印。

❹ 使用 2D 草绘命令来绘制图框的边界，如折叠线，还可以利用"表"命令绘制标题选项组。

图 11-162　"新建"对话框　　　　图 11-163　指定模板格式

3．通过草绘模式绘制

❶ 进入系统后，单击"文件"→"新建"命令，或直接单击□按钮，系统打开"新建"对话框，在"类型"选项组中选中"草绘"单选按钮，再输入文件名称，单击"确定"按钮进入草绘工作区。然后绘制图框外型，完成后将其保存为扩展名为".sec"的文件。

❷ 单击"文件"→"新建"命令，或直接单击□按钮，打开"新建"对话框。在"类型"选项组中选中"格式"单选按钮，输入文件名称，单击"确定"按钮。

❸ 系统打开"新格式"对话框，选中"截面空"单选按钮，单击"浏览"按钮来选

取前面创建的.sec 文件。

④ 单击"确定"按钮，系统自动将草绘文件导入到图框文件。导入时，系统以左下角为对齐原点，并且根据草绘文件的大小来自动设置纸张的大小。

⑤ 如果要绘制标题选项组，还是要利用"表"功能。

> **注意：** 图框创建完以后，可以在图框中加入参数，让系统自动提取这些参数内容。调用时，必须在参数名称前加入"&"符号，如果要提取视图比例，可以在字段中输入"&view_scale"，有关系统参数，可以参阅附录。

11.6.3 模板

工程图"模板"可以用来提高工程图创建的效率，主要可以完成以下任务：安排视图布局，设置视图显示，放置注释、符号与表格，创建捕捉线，显示尺寸。

创建新模板与创建工程图的步骤是一样的，而且扩展名也是"*.drw"，具体操作步骤如下。

① 单击"新建"→"文件"命令，或者直接单击□按钮。

② 系统打开"新建"对话框，选中"绘图"单选按钮，输入模板名称，取消选中"使用默认模板"复选框，单击"确定"按钮。

③ 系统打开"新制图"对话框，在"指定模板"选项组中选中"空"单选按钮，设置好纸张的放置方位和大小，单击"确定"按钮，即可进入工程图的工作环境。

④ 单击"应用程序"→"模板"命令，系统切换到模板绘制模式。

⑤ 单击"插入"→"模板视图"命令，系统打开"模板视图指令"对话框，如图 11-164所示。

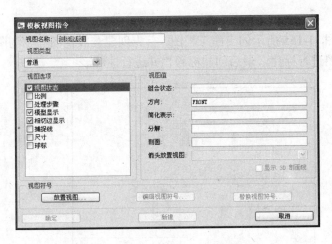

图 11-164 "模板视图指令"对话框

对话框由 5 大部分组成，分别为"视图名称"、"视图方向"、"视图选项"、"视图值"、"视图符号"。

（1）视图名称：用来设置视图名称。当创建工程视图时，会以此作为视图名称。

（2）视图方向：由"视图类型"和"视图方向"两部分组成。"视图类型"有"普通"和"投影"两个选项。"视图方向"名称要与模型中已保存的视图方向名称相同，否则不能用此模板自动生成视图。

（3）视图选项：用来定义更详细的视图属性，各项功能如下。

- 视图状态：用来设计当前视图的状态，包括组合状态、方向等。
- 比例：设置视图比例，只有视图类型选取"普通"时才能设置。
- 处理步骤：用来显示 NC 加工的程序步骤。
- 模型显示：用来设置工程视图的显示方式，分为"线框"、"隐藏线"、"无隐藏线"、"缺省值"4 种方式。
- 相切边显示：用来设置相切边线的显示方式，共有 6 种显示方式："相切实体"、"不显示切线"、"相切中心线"、"相切双点划线"、"切线无效"、"切线缺省"。
- 捕捉线：用来创建捕捉线。
- 尺寸：设置视图上显示尺寸与参考图元的偏距和间距，并且可以设置是否同时创建捕捉线。
- 球标：当模型中预先创建 BOM 表时，进入工程图时可以显示组件的球标。

（4）视图值：用来定义视图选项中选择选项的视图值。选择的视图选项不同，视图值中的各项也不同。

（5）视图符号：将符号放置到视图中，并且可以对视图符号进行编辑或替换。

11.7　综合实例——支座工程图

本例创建如图 11-165 所示的支座工程图。首先创建一般视图和轴测图，然后创建剖面图，再对各个视图进行标注，最后创建标题栏并进行注释。

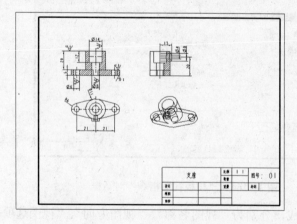

图 11-165　支座工程图

支座工程图的绘制过程如下。

❶ 打开文件。单击"文件"→"打开"命令，打开随书光盘中的 yuanwenjian\ch11\zhizuo.prt，如图 11-166 所示。

图 11-166　零件模型

❷ 新建工程图。单击"文件"→"新建"命令，或直接单击工具栏中的 □ 按钮，打开"新建"对话框，在"类型"选项组中选中"绘图"单选按钮，在名称输入栏中输入文件名"11-1"，单击"确定"按钮，系统弹出"新制图"对话框。在"新制图"对话框中，设置"指定模板"为"空"，图纸"标准大小"为"A4"，单击"确定"按钮，进入工程图主操作窗口。

❸ 创建主视图。单击"插入"→"绘图视图"→"一般"命令，或直接单击工具栏中的 按钮。在页面上选取一个位置作为新视图的放置中心，模型将以 3D 形式显示在工程图中，随即弹出"绘图视图"对话框提示选择视图方向，在"模型视图名"列表框中选择 FRONT 选项，如图 11-167 所示。单击"确定"按钮，结果如图 11-168 所示。

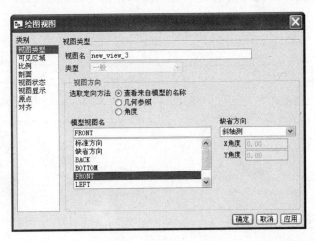

图 11-167　设置主视图方向

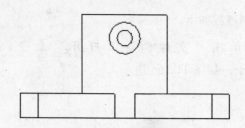

图 11-168　产生主视图

❹ 创建左视图。单击"插入"→"绘图视图"→"投影"命令，系统提示选择绘图视图的放置中心点，在主视图的右侧选择左视图的放置中心点，左视图显示在工程图中，如图 11-169 所示。

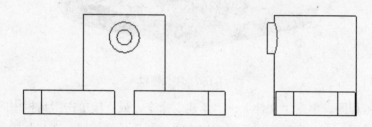

图 11-169　产生左视图

❺ 创建俯视图。单击"插入"→"绘图视图"→"投影"命令，系统提示选择绘图视图的放置中心点，在主视图的下部选择俯视图的放置中心点，俯视图显示在工程图中，如图 11-170 所示。

❻ 创建轴测视图。单击"插入"→"绘图视图"→"一般"命令，或直接单击工具栏中的 按钮。在页面上选取一个位置作为新视图的放置中心，系统弹出"绘图视图"对话框，在"模型视图名"列表框中不选择任何项，单击"确定"按钮，结果如图 11-171 所示。

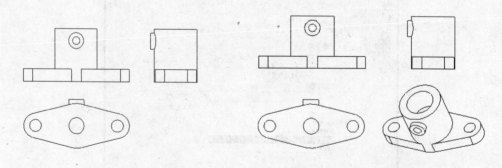

图 11-170　产生俯视图　　　　　　图 11-171　产生轴侧视图

❼ 创建全剖视图。双击主视图，系统打开"绘图视图"对话框，在"类别"列表框中选择"剖面"选项，在"剖面选项"选项组选中"2D 截面"单选按钮，如图 11-172 所示。单击增加剖面按钮 ✚，系统弹出"剖截面创建"菜单管理器，如图 11-173 所示。

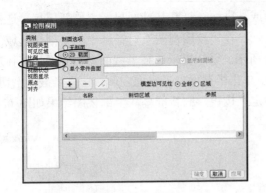

图 11-172　设置剖面选项　　　　　　图 11-173　设置剖截面形式

⑧　选择剖截面菜单管理器中的"平面"→"单一"→"完成"命令，在提示区输入截面名称 A，单击"确定"按钮☑，如图 11-174 所示。系统提示选择剖截面平面或基准面，打开基准面显示，刷新屏幕，选择俯视图上的基准面 FRONT。单击"绘图视图"对话框中的确定按钮，刷新屏幕，结果如图 11-175 所示。

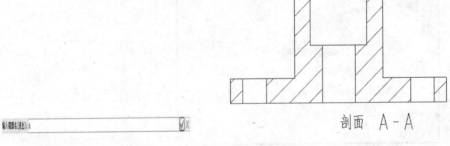

图 11-174　输入截面名　　　　　　　图 11-175　产生全剖视图

⑨　创建半剖视图。双击左视图，系统打开"绘图视图"对话框，在"类别"列表框中选择"剖面"选项，在"剖面选项"选项组中选中"2D 截面"单选按钮，如图 11-176 所示。单击增加剖面按钮➕，系统弹出"剖截面创建"菜单管理器，如图 11-177 所示。单击"剖截面创建"菜单管理器中的"平面"→"单一"→"完成"命令，在提示区输入截面名称 B，单击"确定"按钮☑，如图 11-178 所示。

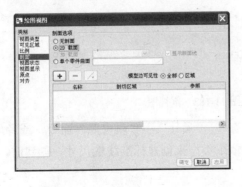

图 11-176　设置剖面选项　　　　　　图 11-177　设置剖截面形式

⑩ 系统提示选择剖截面平面或基准面，打开基准面显示，刷新屏幕，选择主视图上的基准面 RIGHT，如图 11-179 所示。在"绘图视图"对话框中的"剖切区域"下拉列表中选择"一半"选项，如图 11-180 所示。系统提示选择半截面参照平面，选择左视图上的基准面 FRONT，如图 11-181 所示。单击半截面参考平面左侧，选择半截面剖切侧为左侧。单击"绘图视图"对话框中的"确定"按钮，刷新屏幕，半剖视图结果如图 11-182 所示。

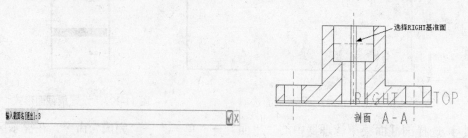

输入截面名[退出]: B

图 11-178　输入截面名　　　　　　　图 11-179　选择基准面

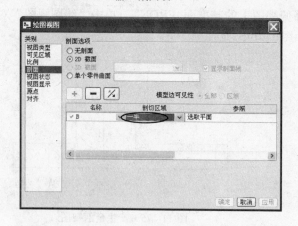

图 11-180　设置剖切区域

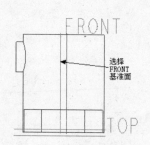

图 11-181　选择半截面参照平面

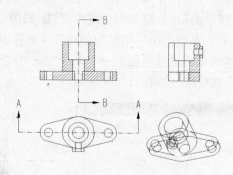

图 11-182　剖视图

⑪ 创建线性尺寸。单击"插入"→"尺寸"→"新参照"命令，或者单击 ⬚ 按钮，可以创建标准线性尺寸。在这里采用依附类型来创建标准线性尺寸，创建时，有 5 种图元选取方式，如图 11-183 所示。

- 依附类型－图元上。用鼠标左键选择要标注尺寸的图元，系统提示"选取进行尺寸标注的附加图元；中键退出"。单击鼠标中键决定尺寸放置位置，系统提示"选取图元进行尺寸标注或尺寸移动；中键完成"。

  如果还想标注其他图元，可以重复上述步骤进行尺寸标注。

  单击鼠标中键或单击"选取"菜单中的"确定"按钮完成尺寸标注，此时标注的尺寸还处于选中状态，可以用鼠标移动该尺寸或尺寸组，使尺寸处于合理位置。结果如图 11-184 所示。

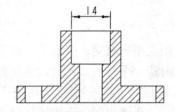

图 11-183　"依附类型"菜单管理器　　　　图 11-184　依附类型－图元上

- 依附类型－中点。用鼠标左键选取第一个图元中点，系统提示"选取进行尺寸标注的附加图元；中键退出"。用鼠标左键选取第二个图元的中点，系统提示"选取进行尺寸标注的附加图元；中键退出"。用鼠标中键选取尺寸放置位置，系统弹出"尺寸方向"菜单管理器，如图 11-185 所示，同时系统提示"选择尺寸方向"。

  在"尺寸方向"菜单管理器中单击"水平"命令，系统提示"选取图元进行尺寸标注或尺寸移动；中键完成"。

  单击鼠标中键或单击"选取"菜单中的"确定"按钮完成尺寸标注。此时标注的尺寸还处于选中状态，可以用鼠标移动该尺寸或尺寸组，使尺寸处于合理位置。结果如图 11-186 所示。

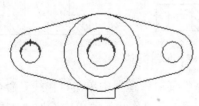
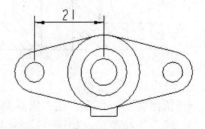

图 11-185　"尺寸方向"菜单管理器　　　　图 11-186　依附类型－中点

- 依附类型－中心。标注尺寸时，用左键选择圆形几何，系统会自动捕捉中心点，其余与选择"中点"选项时相同，结果如图 11-187 所示。选择"中心"选项时，尺寸标注步骤与"中点"选项相同。

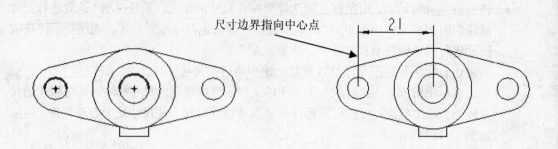

图 11-187　依附类型—中心

- 依附类型—求交。选取第一组第一个图元，再按住 Ctrl 键选取第一组第二个图元，此时第一个交点被标示，系统提示"选取进行尺寸标注的附加图元；中键退出"。选取第二组第一个图元，再按住 Ctrl 键选取第二组第二个图元，此时第二个交点被标示，系统提示"选取进行尺寸标注的附加图元；中键退出"。

  用鼠标中键选取尺寸放置位置，系统弹出"尺寸方向"菜单管理器，系统提示"选择尺寸方向"。

  在"尺寸方向"菜单管理器中单击"水平"命令，系统提示"选取图元进行尺寸标注或尺寸移动；中键完成"。

  单击鼠标中键或单击"选取"菜单中的"确定"按钮完成尺寸标注。此时标注的尺寸还处于选中状态，可以用鼠标移动该尺寸或尺寸组，使尺寸处于合理位置。结果如图 11-188 所示。

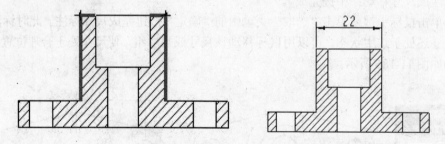

图 11-188　依附类型—求交

- 依附类型—作线。在"依附类型"菜单管理器中单击"作线"命令，系统弹出"作线"下拉菜单，如图 11-189 所示。在"作线"菜单中选取"水平直线"方式，系统提示"选取通过其作一水平/垂直尺寸界线的顶点"。鼠标指向要标注的图元的顶点时，该顶点加亮显示，用鼠标单击选取，在顶点处显示如图 11-190 所示的水平双向箭头，系统提示"选取进行尺寸标注的附加图元；中键退出"。鼠标指向要标注的图元的另一顶点时，该顶点加亮显示，用鼠标单击选取，在顶点处显示如图 11-190 所示的水平双向箭头，系统提示"选取进行尺寸标注的附加图元；中键退出"（其中，"2 点"和"竖直线"的作线依附类型同"水平直线"作线依附类型一样，读者自己标注，这里不进行详细的介绍，示意图如图 11-190 所示）。

图 11-189　"作线"菜单

⑫ 用鼠标中键选取尺寸放置位置，系统提示"选取图元进行尺寸标注或尺寸移动；中键完成"。单击鼠标中键或单击"选取"菜单中的"确定"按钮完成尺寸标注。此时标注的尺寸还处于选中状态，可以用鼠标移动该尺寸或尺寸组，调整尺寸位置。

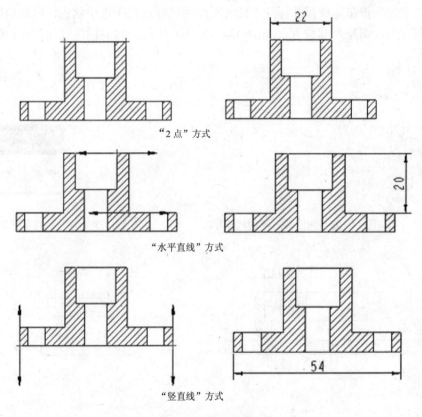

图 11-190　标注方式

⑬ 创建径向尺寸的方式与创建线性尺寸的方式完全一样，只是选取图元为圆形或弧形几何。

- 用鼠标左键在圆或弧上单击，所标注的尺寸则为半径值；双击，所标注的尺寸则为直径值，如图 11-191 所示。
- 选取两圆，如图 11-192（a）所示。单击鼠标中键选取尺寸放置位置，系统弹出"弧/点类型"菜单管理器，如图 11-193 所示。同时系统提示"请选取中心或相切尺寸类型"。在"弧/点类型"菜单管理器中单击"中心"命令，同时系统弹出"尺寸方向"菜单管理器，系统提示"选择尺寸方向"。

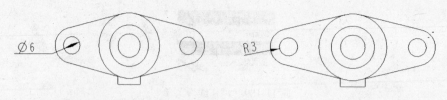

双击，标注直径   单击，标注半径

图 11-191 径向尺寸标注

⓮ 在"尺寸方向"菜单管理器中单击"水平"命令，单击鼠标中键或单击"选取"菜单中的"确定"按钮完成尺寸标注。此时标注的尺寸还处于选中状态，可以用鼠标移动该尺寸或尺寸组，调整尺寸位置，如图 11-192（b）所示。然后标注其他尺寸，结果如图 11-194 所示。

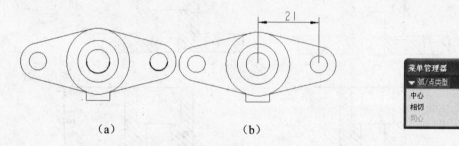

（a）   （b）

图 11-192 两圆形之间的尺寸标注   图 11-193   "弧/点类型"菜单管理器

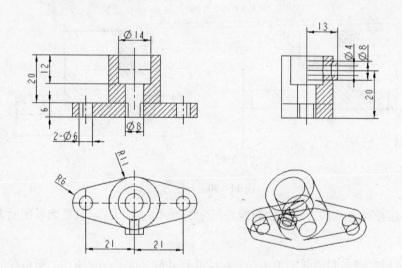

图 11-194 尺寸标注

⓯ 创建粗糙度。单击"插入"→"表面光洁度"命令，在弹出的菜单管理器中单击"检索"命令，如图 11-195 所示。系统弹出"打开"对话框，列出系统提供的基本粗糙度符号文件夹和用户自定义的粗糙度符号，选择不去除材料粗糙度符号文件夹 unmachined 下的 no_value2.sym 符号，单击"打开"按钮，如图 11-196 所示。

图 11-195 "得到符号"菜单管理器　　图 11-196 选择表面光洁度符号

⑯ 系统弹出"实例依附"菜单管理器，单击"无方向指引"命令，如图 11-197 所示。系统提示选择粗糙度符号放置位置，在适当的空白处放置粗糙度符号。

⑰ 单击菜单管理器中的"退出"→"完成/返回"命令，如图 11-198 所示，完成粗糙度符号的放置。产生粗糙度符号的结果如图 11-199 所示。

图 11-197 选择依附类型　　图 11-198 完成粗糙度符号位置放置

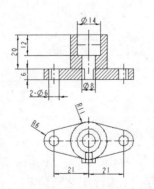
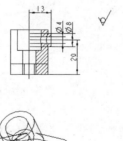
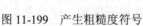

图 11-199 产生粗糙度符号

⑱ 创建粗糙度注释。单击"插入"→"注释"命令，在弹出的菜单管理器中单击"无方向指引"→"输入"→"水平"→"标准"→"默认"→"制作注释"命令。系统提示

选择注释放置位置，在合适的空白处单击即可。系统提示输入注释文字，在提示区输入"所有表面光洁度"，如图 11-200 所示。单击两次"确定"按钮结束注释输入，结果如图 11-201 所示。

输入注释：所用表面光洁度

图 11-200 输入注释

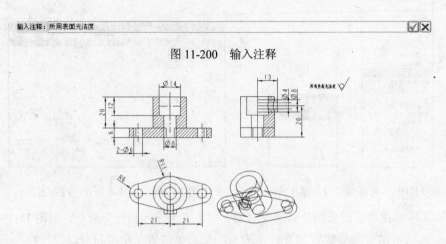

图 11-201 产生粗糙度注释

⑲ 创建技术要求注释。单击"插入"→"注释"命令，在弹出的菜单管理器中单击"无方向指引"→"输入"→"水平"→"标准"→"默认"→"制作注释"命令。系统提示选择注释放置位置，选择如图 11-202 所示的空白处。

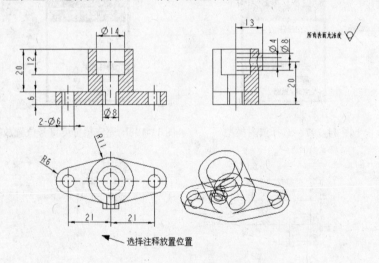

选择注释放置位置

图 11-202 选择注释放置位置

⑳ 在提示区输入注释文字"技术要求："，单击"确定"按钮，如图 11-203 所示。系统提示继续输入注释，在提示区输入注释文字"1.未注工艺圆角 R2～R4。"，单击"确定"按钮。系统提示继续输入注释，在提示区输入注释文字"2.所有表面喷漆。"，单击"确定"按钮系统提示继续输入注释，直接单击"确定"按钮结束注释输入，结果如图 11-204 所示。单击菜单管理器中的"完成/返回"命令结束注释制作。

输入注释：技术要求：

图 11-203   输入注释

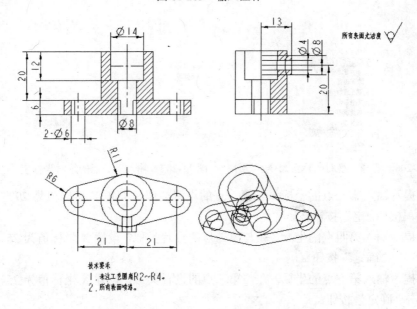

图 11-204   产生注释结果

㉑ 移动工程视图。在绘制图框前先移动视图、技术要求和注释到图纸幅面的合适位置，如图 11-205 所示。

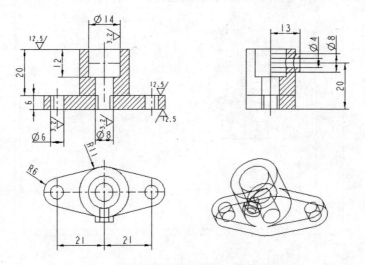

图 11-205   移动视图、技术要求和注释到合适位置

㉒ 绘制图框。单击工具栏中的启用草绘链按钮 来绘制连续线，单击绘制直线按钮，系统提示选择线的起点，右击，在如图 11-206 所示的快捷菜单中单击"绝对坐标"命令。在如图 11-207 所示的提示输入对话框内输入 X 坐标值 25、Y 坐标值 5，单击"确定"按钮。

系统提示输入第二点的坐标，右击，在快捷菜单中单击"绝对坐标"命令，在弹出的提示输入对话框内输入 X 坐标值 292、Y 坐标值 5，单击"确定"按钮☑。

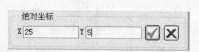

图 11-206　选择"绝对坐标"命令　　　　图 11-207　输入第一点的绝对坐标值

系统提示输入第三点的坐标，与第二点的设置类似，设置 X 坐标值为 292、Y 坐标值为 195，单击"确定"按钮☑。

系统提示输入第四点的坐标，在与第二点的设置类似，设置 X 坐标值为 25、Y 坐标值为 205，单击"确定"按钮☑。

系统提示输入第五点的坐标，在与第二点的设置类似，设置 X 坐标值为 25、Y 坐标值为 5，单击"确定"按钮☑。

系统继续提示输入第六点的坐标，双击鼠标中键结束绘制直线命令，结果如图 11-208 所示。

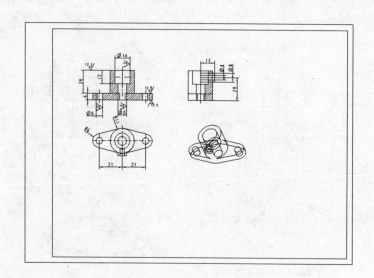

图 11-208　产生装订图框

㉓ 图框线加粗。按住 Ctrl 键，逐一选择如图 11-208 所示内侧的 4 条线，再右击，在弹出的快捷菜单中单击"线型"命令，如图 11-209 所示。系统弹出如图 11-210 所示的"修改线体"对话框，在"宽度"文本框中输入 1.5，单击"应用"按钮，再单击"关闭"按钮，结果如图 11-211 所示。

图 11-209　设置图框线型　　　　　　　图 11-210　输入线宽

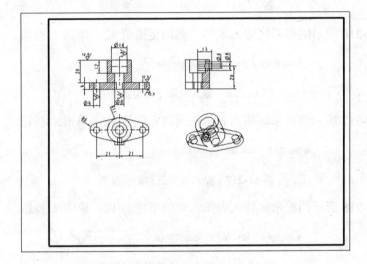

图 11-211　图框加宽

24 绘制表格。单击如图 11-212 所示的"表"→"插入"→"表"命令,在弹出的菜
单管理器中单击"升序"→"左对齐"→"按长度"→"绝对坐标"命令。

图 11-212　插入表

在如图 11-213 所示的提示区输入表右下角的 X 坐标值 292，单击☑按钮。
在如图 11-214 所示的提示区输入表右下角的 Y 坐标值 5，单击☑按钮。

图 11-213　输入表右下角的 X 坐标值 　　　图 11-214　输入表右下角的 Y 坐标值

在如图 11-215 所示的提示区输入表第一列的宽度值 23，单击☑按钮。

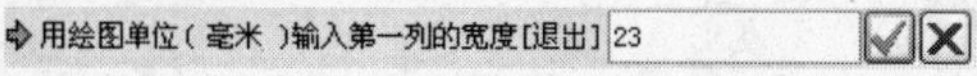

图 11-215　输入表第一列的宽度值

在如图 11-216 所示的提示区输入表第二列的宽度值 12，单击☑按钮。

图 11-216　输入表第二列的宽度值

在如图 11-217 所示的提示区输入表第三列的宽度值 18，单击☑按钮。

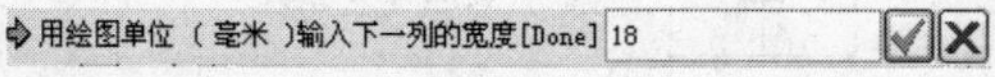

图 11-217　输入表第三列的宽度值

在如图 11-218 所示的提示区输入表第四列的宽度值 12，单击☑按钮。

图 11-218　输入表第四列的宽度值

在如图 11-219 所示的提示区输入表第五列的宽度值 25，单击☑按钮。

图 11-219　输入表第五列的宽度值

在如图 11-220 所示的提示区输入表第六列的宽度值 28，单击☑按钮。

图 11-220　输入表第六列的宽度值

在如图 11-221 所示的提示区输入表第七列的宽度值 12，单击☑按钮。

图 11-221　输入表第七列的宽度值

系统继续提示输入下一列的宽度，可以直接单击如图 11-222 所示的☑按钮，结束列宽度的输入。

图 11-222　结束列宽的输入

在如图 11-223 所示的提示区输入表第一行的高度值 8，单击✅按钮。

➡ 用绘图单位（毫米 ）输入第一行的高度[退出] 8 ✅✖

图 11-223　输入第一行的高度值

在如图 11-224 所示的提示区输入表第二行的高度值 8，单击✅按钮。

➡ 用绘图单位（毫米 ）输入下一行行的高度[Done] 8 ✅✖

图 11-224　输入第二行的高度值

在如图 11-225 所示的提示区输入表第三行的高度值 8，单击✅按钮。

➡ 用绘图单位（毫米 ）输入下一行行的高度[Done] 8 ✅✖

图 11-225　输入第三行的高度

在如图 11-226 所示的提示区输入表第四行的高度值 8，单击✅按钮。

➡ 用绘图单位（毫米 ）输入下一行行的高度[Done] 8 ✅✖

图 11-226　输入第四行的高度值

在如图 11-227 所示的提示区输入表第五行的高度值 8，单击✅按钮。

➡ 用绘图单位（毫米 ）输入下一行行的高度[Done] 8 ✅✖

图 11-227　输入第五行的高度值

㉕ 系统继续提示输入下一行的高度，直接单击如图 11-228 所示的✅按钮，结束行高度的输入，结果如图 11-229 所示。

➡ 用绘图单位（毫米 ）输入下一行行的高度[Done] ✅✖

图 11-228　结束行高度的输入

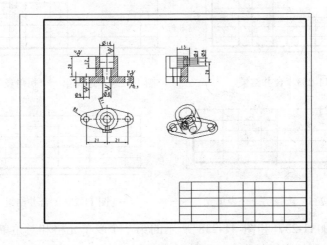

图 11-229　产生表格

㉖ 单元格合并。单击"表"→"合并单元格"命令，在弹出的菜单管理器中单击"行&列"命令，如图 11-230 所示。

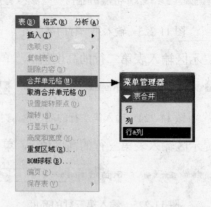

图 11-230 设置合并单元格选项

㉗ 系统提示"为一个拐角选出表单元"，选择如图 11-231 所示左上角的表单元格为第一个拐角表单元，系统提示"选出另一个表单元"，选择如图 11-232 所示的对角表单元格，结果如图 11-233 所示。

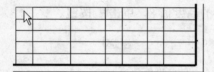

图 11-231 选择第一个拐角表单元　　　　图 11-232 选择另一个表单元

㉘ 选择如图 11-234 和图 11-235 所示的第一个表单元格和对角表单元格，结果如图 11-236 所示。

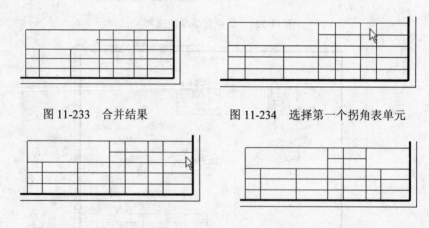

图 11-233 合并结果　　　　图 11-234 选择第一个拐角表单元

图 11-235 选择另一个表单元　　　　图 11-236 合并结果

㉙ 选择如图 11-237 和图 11-238 所示的第一个表单元格和对角单元格，结果如图 11-239 所示，双击鼠标中键结束表单元格的合并。

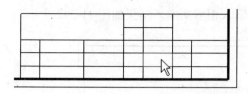

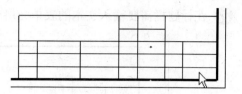

图 11-237　选择第一个拐角表单元　　　图 11-238　选择另一个表单元

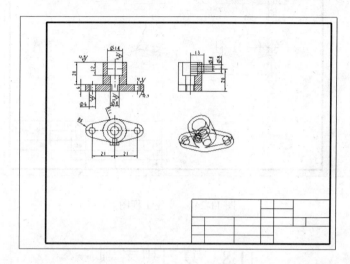

图 11-239　合并结果

㉚ 创建文字。双击要输入文字的表单元格，系统弹出如图 11-240 所示的"注释属性"对话框。

㉛ 选择"注释属性"对话框中的"文本样式"选项卡，如图 11-241 所示。可以设置字符的字体、高度、宽度和宽度因子等，还可以设置"注释/尺寸"选项组中的各项。

图 11-240　"注释属性"对话框　　　图 11-241　设置文本参数

㉜ 在标题栏需要输入文本的表单元格中输入相应文本，结果如图 11-242 所示。

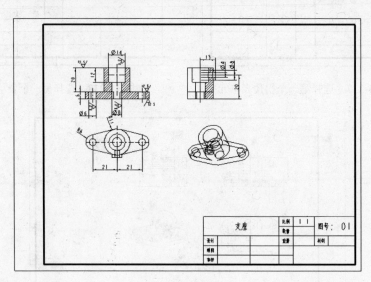

图 11-242　支座工程图

11.8　复习思考题

1．Pro/ENGINEER 提供了几种类型的视图？

2．在 Pro/ENGINEER 提供的视图类型中，哪些是可以独自存在的，哪些是必须依赖其他视图才能存在的？

3．Pro/ENGINEER 图框的作用是什么？

4．在随书光盘中打开零件 yagai（在 yuanwenjian\ch11 中），生成如图 11-243 所示的工程图，并保持名为 yagaichengzuo.drw 文件。

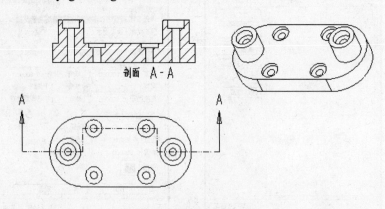

图 11-243　工程图

5．在随书光盘中打开零件 pangai（在 yuanwenjian\ch11 中），生成如图 11-244 所示的工程图，并保持名为 pangaichengzuo.drw 文件。

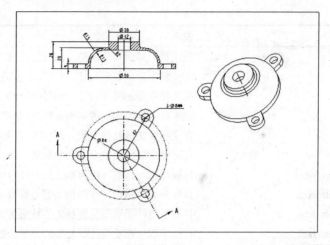

图 11-244　工程图

附录　系统绘图参数

参数名称	说明
&d#	在注释中显示尺寸参数，#是尺寸标识 ID
&ad#	在注释中显示关联尺寸，#是尺寸标识 ID
&rd#	在注释中显示参考尺寸，#是尺寸标识 ID
&p#	在注释中显示陈列的实例数量，#是陈列标识 ID
&g#	在注释中显示几何公差，#是几何公差标识 ID
&<param_name>	在注释中显示用户定义的参数值
&<param_name>：att_cmp	目标参数，指明与注释相连的元件参数
&<param_name>：att_edge	目标参数，指明与注释相连的边参数
&<param_name>：att_feat	目标参数，指明与注释相连的特征参数
&<param_name>：att_mdl	目标参数，指明与注释相连的模型参数
&<param_name>：att_pipe_bend	目标参数，指明与注释相连的管道折弯参数
&<param_name>：att_spool	目标参数，指明与注释相连的线轴参数
&<param_name>：EID_<edge_name>	显示定义在边上的参数
&<param_name>：FID_<feat_ID>	显示定义在特征上的参数
&<param_name>：FID_<FEAT_NAME>	显示定义在特征名称上的参数
&<param_name>：SID_<surface_name>	显示定义在曲面名称上的参数
&angular_tol_0_0	指定注释中角度公差值的格式，小数位数从 1 到 6 位
&current_sheet	显示当前页面编号的绘图标签
&det_scale	显示详图视图的比例
&dtm_name	显示基准名称
&dwg_name	显示工程图名称
&linear_tol_0_0	指定注释中尺寸公差值的格式，小数位数从 1 到 6 位
&model_name	指定当前使用的模型的名称
&parameter:d	为注释增加绘图参数，parameter 是参数名称，d 是指绘图
&pdmdb	显示模型原点数据库
&pdmrev	显示模型修订
&pdmrev:d	显示模型修订号，:d 是指绘图
&pdmrl	显示模型版本级
&scale	显示绘图比例
&sym(<symbolname>)	在注释中加入符号，symbolname 为符号名称
&todays_date	显示绘图日期
&total_sheets	显示页面总数
&type	显示模型类型，如组件或零件
&view_name	显示视图名称，但不能在注释中使用
&view_scale	显示视图比例，但不能在注释中使用